헝가리의 연극배우이자 작가, 시인
율리오 바기의 체험적 자전소설

피어린 땅에서
(Sur Sanga Tero)
-소설 『희생자』의 속편-

율리오 바기 (Julio Baghy) 지음

울부짖는 "타이가(시베리아의 원시림)" 숲에 눈이 내리고,
검은 구름에 가려진 저 달은 창백하기만 하네.
복수에 앙갚음하는 또 다른 복수심은,
울부짖으며 신을 모독하고,
눈 위엔 붉은 피가 맺히네.
또, 저 구름 뒤에,
사람들의 비탄에 잠긴 눈물뿐……

"언제나 전쟁만 일삼는 세계를 향해"

텍스트:
JULIO BAGHY
《SUR SANGA TERO》
부다페스트, 1933년판(제2판)

형가리의 연극배우이자 작가, 시인
율리오 바기의 체험적 자전소설

피어린 땅에서
(Sur Sanga Tero)
-소설 『희생자』의 속편-

율리오 바기 (Julio Baghy) 지음
장정렬(Ombro) 옮김

진달래 출판사

피어린 땅에서(Sur Sanga Tero)

인 쇄 : 2021년 10월 20일 초판 1쇄
발 행 : 2021년 10월 27일 초판 1쇄
지은이 : 율리오 바기(Julio Baghy)
옮긴이 : 장정렬(Ombro)
표지디자인 : 노혜지
펴낸이 : 오태영(Mateno)
출판사 : 진달래
신고 번호 : 제25100-2020-000085호
신고 일자 : 2020.10.29
주 소 : 서울시 구로구 부일로 985, 101호
전 화 : 02-2688-1561
팩 스 : 0504-200-1561
이메일 : 5morning@naver.com
인쇄소 : TECH D & P(마포구)

값 : 15,000원
ISBN : 979-11-91643-23-7(03890)

목 차

전편『희생자』(Viktimoj) 주요 줄거리

이 소설은 제1차 세계대전 때 시베리아 수용소에서 체험한 사건들을 자전적으로 그린 작품이다. 수용소에는 정치적인 이유로 포로가 된 사람들도 섞여 있다. 어찌할 수 없는, 고립무원의 희생자들에게 희망이라고는 여기서 살아남는 것이다.

권력자들도 때로는 제 욕심의 희생물이 되기도 한다. 잔혹하기로 소문난 '호랑이'라는 별명을 가진 수용소 소장은 강력한 야생동물과 비슷하다. 그는 불쌍한 포로들의 위엄과 개성을 짓밟고서 즐거워한다. 그의 목소리는 늘 명령이고, 그의 행동이란 고문이고, 그가 가진 도구는 회초리이다. 일단의 폭도들이 수용소로 몰려오자, 그는 황급히 자기 아내와 아들을 데리고 피난한다. 그렇게 도망을 치다, 그의 아들이 내빼는 마차에서 밖으로 떨어진다. 하지만 소장은 아내의 절망적 고함마저 무시하며 계속 도주한다. 그러나 그는 죽임을 당한다. 그가 죽임을 당한 사건은 지금까지 억압받던 이들에겐 해방이고, 이젠 자식을 잃고 절망하던 아내는 어린 자식을 되찾게 되어 사랑을 누리고는 마침내 평온을 되찾는다.

또 다른 권력자로 등장하는 검사는 지체 높은 집안 출신의 '카챠'라는 아주 아름답고 매력적인 여성과 결혼해 살아간다. 하지만 그는 그녀를 사랑하지 않는다. 검사에겐 결혼은 직위를 얻기 위한 수단 정도로 여긴다. 검사는 자신의 상급 권력자들이 아내와 놀아나고 있다는 사실에도 전혀 개의치 않는다. 되려 그런 만남을 주선하려고 한다. 그게 그의 사회적 지위를 누리는 데 도움이 되기 때문이다. '카챠'는 무력하게 남편의 말이라면 곧이듣고 남편의 희망대로 행동한다. 왜냐하면, 그게 그녀가 할 수 있는 일이라고 여겼기에. 그러다가 그녀는 예술가인 요한을 만나면서 연극 공연을 준비하게 된다. '카챠'는 요한을 만나면서, 지금까지 알고 지낸 다른 남자들과 다르다는 것을 알게 된다. 하지만 습관적으로 그와도 연인이 되고 싶었다. 그러나 '요한'은 기필코 거부한다. 그는, 저 먼 고국에서 자신을 기다리고 있는 아내를 사랑하고 있기에.

'요한'에게, 사랑은 지속적인 헌신과 충직함을 요구하는 숭고한 감정이다. '카챠'는 조금씩 정서적으로 사랑의 가능성과 도덕적 감정이 자신에게서 생겨나는 것을 느낀다. '요한'이 그에 응해 줄 수 없음에도 그녀는 '요한'을 사랑하게 되면서, 행동이 변한다. 그녀는 지금까지 순종적으로 대해 오던 남편에게 반항하게 된다. 그러자 이젠 남편도 하는 일에 도움이 되지 못하는 '카챠'에게 화를 내고 복수심으로 '요한'을 죽음의 열차에 실어 결코 돌아오지 못할 곳으로 보내버린다. '카챠'는 쓰러진다. 실수 때문에, 또 죽음으로 이르게 된 폭행 때문에. 검사는 꼼짝 않는 아내의 시신 앞에서 마침내 울음을 터뜨리고, 자신의 복수심을 털어놓는다.

한편 '요한'은 아내가 자신을 배신한 사실을 알게 된다.

또 '카챠'가 갑자기 죽자 깜짝 놀란 그는, 그 죽음의 열차에 실려 신체적 고통으로 도덕적 고통을 완화할 결심으로 열차를 더욱 기다린다.

이 소설에서 가장 감동을 불러일으키는 주인공은 '피자'다. 그녀는 비천하고, 식구가 많은 집에서 태어났다. 13살 무렵부터 그녀는 자신과 형제들의 음식을 구하러 수용소로 온다. 이미 들짐승 같이 변해 버린 포로들은 그 비천한 소녀가 거부할 수 없는 것을 요구한다. 그렇게 '피자'는 점점 모든 포로의 연애 놀이의 희생자가 된다. 아무도 그녀를 사랑하지 않는다. 하지만 '피자'의 마음은 누군가에 주고 싶은 강력한 사랑의 감정이 숨어 있는데, 그 감정을 요구하는 이는 아무도 없다. 우연히, 그녀는 '호랑이'의 아이를 좀 돌봐 달라는 요청을 받는다. 그녀는 자신이 되살아난 느낌을 받지만, 그 기쁨도 오래가지는 못한다. 그녀는 '요한'을 사랑하게 된다. 그가 그녀를 '사람'으로 대해 주는 유일한 사람이기 때문이다. 그러나 그녀는 그에게 그 비밀을 밝힐 수는 없다. 밝히면 그를 더욱 난처하게 만들기만 할 뿐이기 때문이다. 하지만, 그녀는 사람들이 그를 죽이려고 한다는 것을 알자, 그 열차가 떠나는 역으로 달려가, 그와 함께, 그 죽음의 열차에서 고통을 함께 나누려고 한다. 하지만 '피자'가 도달했을 때는, 마지막 희망마저 사라졌음을 늦게야 깨달았다.

그런 재앙의 희생자들에게 정당하고 더욱 소중한 가치는 위안, 사랑, 아픔과 후회(자책감)이다.

제1장. 시베리아 포로수용소와 총상 입은 개

병영마다 들려오는 아침 교향악이 혼절한 채 잠자고 있는 도시를 깨우고 있었다. 도시는 아무 움직임이 없다. 우울과 타성과 걱정 속에 출입문은 빗장을 지른 채 닫혀 있다. 널빤지들로 가려진 창문들 뒤로 사람들은 심장은 떨면서도 말은 없다. 그곳 사람들의 침묵 속 물음은 그들 영혼의 저 밑바닥에서 싸우고 있다. 새날이 오면 우리에게 뭘 줄 것인가?... 이상한 물음이다. '하얀 정부'가 들어서기 전에는 날이 새면 그들이 받은 것이라곤, - 테러, 공포, 피의 복수였다. 어느 집의 가장이 실종되면, 그 집은 생계를 책임지는 사람이 없어지니, 고아처럼 남게 된 아이들은 러시아식 주전자인 사모바르 주위에서 울음을 터뜨리는 일만 반복해 일어난다.

혼돈의 트럼펫 소리는 새 아침을 헛되이 알려 주고 있다. 트럼펫은 거짓을 말하고 있다. 사람들의 영혼에는 오로지 밤만 자리하고 있고, 그 밤의 유령은 평화롭게 살고 싶은 사람들을 공포로 몰아넣었다. 러시아 민중은 자신들의 몸에 단도를 꽂았다. 피! 피! 벌써 살육의 현장 위로 매와 독수리들이 배회하고 있다.

일본 군대가 동부 시베리아에서 '바이칼'까지 지키고 있던 러시아 수비대들을 점령해 그 자리를 차지하고 있고, 체코 군대가 시베리아 횡단 철도를 점령하고 있다. '협상 당사국'들의 정치적 이해 때문에, 미국, 영국, 프랑스, 이탈리아의 군대가 병영들을 차지하고 있다. 중국군 소속의 연대는 도시의 중국인 구역마다 시위를 벌였다. 이 비극의 러시아 현실에서 이 땅의 주인공인 러시아 민중 속에 임시로 여러 외국 권력이 조연 배우 역할을 하고 있다.

아침의 교향악이 울려 퍼지자, 그 도시를 둥글게 둘러싼 병영마다 자신들의 출입 대문을 힘껏 열었다. 그 병영 중 한 곳의 대문을 나선 25~30명으로 구성된, 말을 탄 장교 일행이 북쪽 산을 향해 말을 몰아가고 있었다. 분견대인가? 아니다. 기마 포수 대원들로 구성된 연대소속의 병력이다. 또, 다른 병영에서 나온, 50~60명으로 구성된 공병연대 장교들은 일부가 말을 타고, 일부가 짐마차에 올라탄 채, 그 기마 포수 연대를 따르고 있었다. 전장에 나선 군인들의 마지막 점을 형성하는, 2문의 대포가 이 소규모 군대를 늠름하고도 태연한 모습을 보여주려고 했다.

대포 바퀴들이 굴러가며 내는 소음에 민간인 주민들 심장은 떨고 있다. 이번에는 어디로 가지? 사람들의 흥미로운 눈들이 커튼 뒤에서 숨어 엿보기도 했다. 말을 탄 군인 일행의 맨 앞에 오는 군인을 보자, 사람들은 두 손을 불끈 쥐었다. 사람들의 입에서는 그 이름 -블라디미르 스미르노프, 자칼 같은 존재- 을 증오하며, 조용히 그 이름을 발설했다. 블라디미르 스미르노프는 기마 포수병들을 지휘하는 대위이다. 그는 인간의 탈을 쓴, 잔인하고 피에 굶주린 약탈 짐승 같은 자다. 그에게 소속된 부하 장교들이 그를 증오했지만, 아무도 그의 명령을 거역할 용기가 없다. 그럼, 블라디미르 스미르노프는 어떤 인물이었던가? 아무도 그자가 어디서 왔는지 몰랐다. 반혁명(反革命) 전에 그가 무슨 일을 했는지 아무도 모른다. 정치적 혼란이라는 늪의 회오리가 그를 수면 위로 올려놓았다. '제1차' 붉은 정부가 전복된 직후 기마 포수연대가 조직되었다. 그가 그 기마 포수연대를 조직했는가? 그는 스스로 장교 복장을 하고서 인근의 건달들을 모집해 자신이 그 건달들의 우두머리라고 자처했다. 그는 많은 사람을 잔혹하게 고문해 죽음의 저 세상으로 보냈다. 그로 인한 공포와 증오는, 사람들에게 비밀의 미움과 용서 못 하는 복수심을 갖게 했으나, 지금... 지금은 아무도 그에 대항할 용기가 생기지 않다.

공병연대 연대장인 육군대령 데메트리오 포덴코 자신은 블라디미르 스미르노프의 포악한 얼굴을 보면, 자신의 피가 거꾸로 솟구치는 것을 느낄 수 있었다. 이것은, 그의 관점에서 보면, 놀라운 것이다. 왜냐하면, 데메트리오 포텐코는 그와는 성격이 달랐다. 소문에는, 그는 아무것에도 관심을 주지 않아, 그의 무관심은 바뀌지 않았다. 그는 착한 사람도, 그렇다고 나쁜 사람도 아니었다. 그는 예비역 장교로 이 전쟁에 참여했지만, 평화 시의 그의 유일한 관심은, 선친의 유산인 소시지 공장을 관리하는 일이다. 전쟁 초기의 몇 해에는, 그는 자기 공장에서 군

수 물품을 주로 생산하였다. 그 공장 물품은 군인들로부
터 전반적으로 나쁜 평판을 받았지만, 그런 공장 덕분에
그 공장 소유자인 그는 갑자기 부유해졌다. 그는 한 번
도 전선에 가본 적이 없었고, 한 번도 화약 냄새를 맡아
본 적도 없다. 그는 언제나 참호 뒤에서 조심조심 군대
의 먹거리 문제를 해결하는 지휘관으로 봉사했다. 그의
붉은 사과 같은 뺨과 뚱뚱한 허리가 이를 생생하게 증명
해 주고 있었다. 차르 정부가 망하고 제1차 혁명이 일어
났을 때, 그는 자기 집에 있었다. 그의 아내가 깜짝 놀라
며 신문에 난 놀라운 뉴스를 읽었을 때, 그는 점심 식탁
에 앉아, 아무 감동도 없이 보르시치 접시만 숟가락으로
퍼먹다가 한참만에 이 말만 했다. "어떡하지?"

그러고 볼셰비키가 승리하고 난 뒤에도, 그는 똑같은
말만 되풀이했다. "어떡하지?"

제1차 붉은 정부의 책임 공무원들이, 포덴코가 초대하
지 않았는데도, 그의 공장에서 손님처럼 대접받으려고
할 때도, 그는, 아내의 한숨 소리에도 불구하고, 똑같이
조용하게 이 말만 말했다. "어떡하지?"

그 뒤 이번에는 반혁명 쪽이 승리하자, 물론 그 승리한
쪽에 속한 새로운 사람들이 그를, 그 혁명의 피해자로
분류해 주었지만, 그런 언급에도 불구하고, 그는 지난 일
로 복수심을 갖지는 않았다. 아주 단순하게도, 그는 자신
의 일만, 즉, 이 도시 사령관 루크야노프가 그에게 맡긴
일만 받아들여, 직접 공병연대를 조직해, 스스로 그 연대

의 대령이 되었다. 사실, 그는 과거에 차르 군대에 입대했을 때, 대위 계급을 달았다. 하지만 이번에는, 정치적 성향이 있는 아내의 설득에 못 이겨, 그 자신은 이 시대에 어울리는 계급을 스스로 달았다. 어떡하지?

그는 수십 명의 장교를 모집하여 공병연대를 구성했지만, 그들 중 정말 공병연대에 필요한 기술을 가진 이는 없다. 그래서 그는 중국인 4명을 고용해 붉은 군대가 남겨 놓은 대포들을 청소하는 일을 맡겼고, 전쟁포로 중 5명을 뽑아, 장교 병영의 주방에 배치했다. 그리고 그는 사령부의 명령을 즉각 수행했다.

그랬다. 어떡하지?

원하든 원치 않든 그는, 기마 포수연대를 뒤따라, 생명의 위험에 노출되지 않는 잔인무도한 소풍을 따라갔다. 그리고 그는 매번 그 소풍에서 돌아올 때마다, 그 소풍이라는 이름의 임무를 증오한다는 표시로 자주 침을 뱉었다. 블라디미르 스미르노프가 저지르는 인간 사냥에 그는 분개심을 가졌지만, 자신의 마음속 증오심을 들키지 않으려고 "*어떡하지?*"라는 의문의 말을 내뱉은 경우가 한두 번이 아니었다. 그러고 그는 자신이 그 자칼의 목을 처단할 방법을 찾는데 골똘해 있다는 것을 다른 사람들이 소문을 내도 관여치 않았다. 가장 효과적인 방법은 저 도둑 같은 개를 총살해 버리면 그만이다. 그러나 누가 그 방아쇠를 당길 것인가? 그는 1분도 자신이 그 일을 할 생각은 하지 않았다. 그는 결코 사람의 피에 목마르지 않았고, 전쟁에 필요한 군수품을 수집하는 일에 그 자신의 전쟁심리는 충분히 만족했다. 공병연대 대포들은 그 소풍길에 그저 장식품으로 계산되어 있었다. 대포를 끌고 다니는 실제 목적은 자신들의 '하얀' 군대에 필요한 양식을 조달하려고, 아무 무기도 갖지 않은, 마을 주민들을 약탈하는 것에 있었다. 기마 포수 병들이 교수형을 집행하는 일을 했다. 공병 연대는 자신들이 징발해온 소시지의 길이가 얼마인지 쟀고, 감자와 완두콩과 누에콩 포대들이 무게가 얼마인지만 쟀다. 자주, 돌아오는 길에서는 그 위험하지도 않은 대포들을 배추 싣는 마차로 이용했다. 데메트리오 포텐코는 자신의 내부에서 이는 분개심을 이겨보려고, 또 무너지려는 자신의 균형심을 다시 세우기 위해 어깨를 한 번 으쓱하면서 침 한 번 뱉었다.

"전쟁은 전쟁이고, 혁명은 혁명이다. 어떡하지?"

말발굽 소리는 규칙적으로 다그닥다그닥 소리 냈고, 먼지구름은 공중으로 치솟고 있었다. 중국인 묘지들 가까운 길옆 움푹 파진 곳에서 큰 개 한 마리가 으르렁대며 짖고 있었다. 개는 목이 찢어지라는 듯이, 또 화난 듯이 짖었다. 하지만, 말을 탄 군인들이 다가오자, 그 개는 뒤로 물러나, 일정한 거리를 두고, 자신의 유일한 의무인 짖는 일만 계속하고 있다. 블라디미르 스미르노프는 자기 권총을 빼내, 그 개를 목표로 겨눠 방아쇠를 당겼다. 그러자, 총 맞은 개가 아파 짖기 시작하더니, 나뒹굴면서, 다시 일어나려고 애쓰다가도, 연이어 신음하며 짖어 댔다. 그러자, 스미르노프는 큰 웃음과 욕을 하며 자신의 장교들 뒤를 따라, 계속 말을 달려갔다.

묘지들이 있는 곳에서 어린 중국인 하나가 팔에 광주리를 든 채 나타났다. 그는 말을 달려가는 군인들의 뒤를 바라보다가, 그들을 향해 아무것도 들지 않은 다른 손을 불끈 쥐고서 위협적으로 흔들어 보이고는, 땅바닥에 자기가 들고 있던 광주리를 얼른 놓고, 아파서 크게 신음하는 개가 있는 쪽으로 조심조심 기어갔다. 총알이 그 개의 다리 하나를 부숴버렸다. 그 중국인은 자신의 웃옷을 벗어, 흙과 비슷한 색깔의 자기 속옷 한 조각을 길게 찢어, 피흘리는 개를 향해 끊임없이 뭔가 말을 걸며, 그 개의 다리에 붕대를 감아 주기 시작했다.

곧 말 탄 사람들의 말발굽 소리가 그 중국인이 있는 쪽으로 들려 왔다. 그 중국인은 겁에 질려, 다시 무덤 쪽으로 내빼려 했지만, 이미 때는 늦었다. 말 위에 아무 형체를 갖추지 않은, 감자를 가득 담긴 포대 같은 모습으로 앉아 있는 장교가 맨 앞에 보였다. 그 장교와 그와의 거리는 몇 미터밖에 되지 않았다. 그 중국인은 존경보다 두려움이 더 많은 태도로 그에게 인사를 했다. 그는 데메트리오 포덴코 장교였다. 그는 자신의 달리던 말을 세웠다. "저어, 무슨 일이야? 너, 총 맞았니?"

포덴코는 '만주' 정부가 중국인 거주자들을 보호하도록 명령한, 무장이 잘 된 중국인 연대가 생각나, 흥미를 갖기 시작했다. 중국인들과 갈등을 빚으면 불쾌한 일이 될 테니까. "어디 다쳤어?"

중국인은 고개를 흔들며 아니라는 신호를 보내고는, 말 없이 개만 바라보았다.

"너희 집 개야?"

"아니다!...개다...개가 짖는다. 대위가 총 쏜다. 리오푸펭의 개 아니다. 리오푸펭은 아버지에게 속해 있고, 아버지께 음식 가지고 가는 길이다. 대위 온다. 총 쏜다. 개 죽는다."

어린아이 얼굴의 그 중국인은 포덴코를 바라보았다. 그 개는 이젠 숨을 끌듯이 짖다가, 아직 제대로 묶이지 않은 그 붕대를 그만 찢어버렸다. 포덴코는 어깨를 한 번 으쓱하고는, 침을 뱉었다.

"어떡하지? 전쟁은 전쟁인데?...개 한 마리가 더 있으나 없으나 중요치 않아! 개 한 마리 더 있으나, 덜 있으나. 중요치 않아!... 더구나 개는 뼈가 빨리 회복된다지... 헝겊이 증오할 정도로 더럽구나." 그리고 포덴코는 자신의 호주머니에서 하얀 손수건을 꺼내, 중국인에게 던졌다. "너희 아버지는 이 묘지에 사나? 그분이 이 묘지를 지켜?"

그 중국인 소년은 그의 말을 이해하지 못하거나, 전혀 이해하지 못한 것 같았다. 왜냐하면, 그 중국인 소년이 포덴코에게 답하지 않고 멍하니 바라보고만 있자, 포덴코는 중국인들이 중국어 식으로 말하는 러시아말만 이해할 수 있다는 걸 갑자기 기억했다. 이제 그의 소속 장교들도 그에게 벌써 다가왔고, 대포들도 그들 주위로 덜컹덜컹 요란하게 지나가, 포텐코는 자기 호기심을 만족시키는데 시간을 보낼 수만은 없었다. 포텐코는 자신의 말을 발로 차며, 갈 길을 재촉하며, 멀리 질주해 갔다. 그렇지만 그 불쌍한 개와 그 가련한 중국인이 그의 빈혈같은 환상 속에 계속 어른거렸다. 아마 그가 블라디미르 스미르노프를 매우 싫어했기 때문에, 그 때문이었다. 이제 그의 눈길이 말안장에서 꾸벅꾸벅 졸며, 흔들리고 있는 페트로프프 중위를 향했다.

"헤이, 페트로프프, 자넨 페테르그라드에서 치과의사를 했다지. 그렇지?"

"예, 대령님." 페트로프프는 자신의 상사가 자기 이름을 부르자, 졸다가 깨어났다.

"저어, 페트로프프 중위가 가서 저 개에 붕대 좀 매어 줘!"

"제가 뭘 하라구요?"

"저 개 다리에 붕대를 매어 주라고! 이제 자넨 의사가 좀 되어주게. 안 그런가?"

"저어, 그렇게 하지요. 하지만 저는 수의사가 아니에요. 특히 개의 다리를 치료하진 않아요... 저는 치과의사예요."

"그래 알았네! 그래도 자넨 저 중국인보다 붕대를 더 잘 맬 수 있지 않는가." 그리고 데메트리오 포덴코는 자기 바람을 불이행하면 군의 규율을 어기게 됨을 넌지시 알려주었다. "그리 하면서 만약 자네가 위엄을 차리려면,

저 개의 이빨을 하나 뽑아 주든지."

페트로프프 중위는 그 대령님이 농담하려는지, 진지하게 말하는지 알지 못했다. 그는 자기 상사 옆으로 말을 몰아 다가갔다.

"헤헤! 농담도 잘 하시군요, 대령님! 전 어릴 때부터 떠돌이 개의 이빨을 치료해주는 치과의사가 되고 싶었어요. 헤헤!"

그 웃음에 그 대령은 자신의 위엄이 통하지 않는구나 하며 흥분하게 되었다. 데메트리오 포덴코는 그 개에 대해서도, 그 중국인에 대해서도 이젠 생각하지 않았다. 그 대령은 분개심만 느꼈다. 그는 자신이 중위로 있었을 때는, 자기 마음의 휴머니즘적 열정보다는 자기 상사들의 더 어리석은 명령을 더 많이 수행해야 했다. 그는 한 번도 감히 그 명령에 저항하지 못했다. 특히 그런 거만한 웃음으로는 아니었다. 전쟁은 전쟁이다. 그러나, 중위는 대령도 아니고, 연대장도 될 수 없다. 지금부터 그는 중국인도, 개도, 휴머니즘적 감정도 필요 없음을 느꼈다. (악마나 이 모든 것을 가져가 버려! 그는 한 번도 저런 어리석은 바람을 갖고 있지 않았다. 더구나 그는 자신의 혀를 깨무는 편이 더 낫다.) 지금은 그가 군의 기강에 대해 걱정할 때다. 갑자기 그는 화를 벌컥 냈다.

"페트로프프 중위, 내 명령 못 들었나? 저 개에게 가서, 저 개 다리에 붕대를 매어 주라고, 또, 만약 자네 마음에 든다면, 자넨 저 개의 목을 비틀 수도 있겠지만, 내 명령에 복종하지 않는 것은 허용할 수 없다. 알아들었나?”
그러자 페트로프프 중위는 조금 창백해졌다가, 화를 참느라고, 치밀어 오르는 욕설을 참느라고 얼굴이 붉혀진 그 대령에게 거수경례했다. 그 중위는 자기 말을 돌려, 그 괴상한 명령을 수행하러 말을 달려갔다. 포덴코는 자신의 열받아 생긴 화는 곧 사그라졌다. 그는 어깨를 으쓱하고는, 무표정하게 철학적으로 말했다.

“히야, 전쟁은 전쟁이야. 어떡하지?”

페트로프프 중위는 난폭하게 말을 달려가면서, 욕을 내뱉고는, 그 ‘소시지 대령’에게 분을 풀게 될 때도 있으리라 라고 희망하고는, 자기 하인인 전쟁포로 미카엘로 미혹의 뺨을 10대라도 때려 줄 결심을 했다. 정말로, 그 불행한 전쟁포로는 그 일과는 아무 상관이 없지만, 그는 어떤 방식으로든 자신의 마음을 평정시켜야만 했다. 다행스럽게도 그는 자신의 말 타는 행위와 은유적으로 세련된 욕설을 통해 점점 자신의 화를 삭일 수 있었다. 그러고는 그가 깜짝 놀란 그 중국인 앞에 다가가서 보니, 그 중국인이 두려움에 가득 찬 눈꺼풀을 오르락내리락하기에, 그는 곧장 자신이 좀 전에 받은 그 명령을 좀 놀려 줄 방법을 생각했다.

움푹 빠진 곳에 웅크리고 있는 중국인은, 그 대령이 준 손수건으로 총 맞은 개의 다리를 능숙하게 이미 매어 놓았다. 그 짐승은 길게 째진 눈의 착한 사람을 고맙게 쳐다보더니, 군복 입은 페트로프프를 발견하고는 화를 내며 짖더니, 곧 자신의 이빨을 위협하듯 드러냈다. 페트로프프는 내키지 않은 웃음을 보였다.

"이 개는, 이빨 하나는 건강하게 생겼네. 분명 이 개는 볼세비키 개야. 이 개가 장교 군복을 이렇게 증오하니. 그래도 좋아! 군대 규율에 따르면, 부상병은 병원으로 데려가야 한다구." 그리고 페트로프프는 자기 말안장에서 뛰어내려, 상처 입어 붕대 감긴 볼세비키 개를 안고서 군용 병원에 데려가겠다고 보고를 할 때를 생각해 보니, 좀 전의 그 대령의 얼굴이 생각났다.

"그럼, 이 사람아, 나를 도와줘!" 그는 중국인에게 몸을 돌려, 자기 말안장의 한 포대에서 소독병 한 개와 붕대 뭉치를 꺼내, 상처를 입은 개의 다리를 검사하기 시작했다. 그 선의의 재치있는 생각으로 그는 피식 웃고는, 자신이 가진 연필을 그 개의 부서진 다리를 받치는 부목으로 쓰려고 했다. 칼로 그는 그 연필을 두 조각내었다.

그 중국인은 그렇게 하는 목적을 이해하지 못했지만, 그 중위의 입가에 드러낸 웃음 때문에 그 중국인의 마음은 안심이 되었다. 정말 이 장교는 뭔가 나쁜 일은 하고 싶지 않음을 알 수 있다. 페트로프프는 그 개에게 다가갔다. 그 개는 위협하듯이 자신의 이빨을 드러내 보이며 으르렁거렸다.

"오호, 중국인아, 저 짐승을 잡아 줘. 만약 저 개가 나를 물면, 난 너를 쏴 죽일 거야. 알아들었어? 저 개의 입을 꽉 잡아!... 인간이 저런 이빨을 가졌다면, 치과의사는 모두 굶어 죽었을 거야... 하하하! 대령님, 유머가 이제 시작됩니다요... 어디서 너는 이렇게 부드러운 손수건을 가져 왔니?"

"착한 대위가 리오푸펭에게 준다. 나쁜 대위가 개에게 총 쏜다. 착한 대위가 하얀 손수건을 준다."

페트로프프는 그 손수건을 풀었다. 이상한 익살이 그에게 생각났다. 그 개는 총상을 입은 채 달려 있는 다리와, 삐져나온 뼈들이 메스껍게 느껴졌다. 그의 눈길은 그 짐승의 입을 힘껏 잡고 있는 그 중국인 표정으로 향했다. 페트로프프는 자신의 좋은 기분이 그만 가시었다. '이 황색 얼굴의 중국인은 얼마나 감동적으로 바라보고 있는가?' 그 자신이 원하는 것 이상으로 조심해, 가지고 있던 소독병으로 상처 부위를 씻고, 그 개의 부서진 다리를 함께 잡고, 반으로 자른 연필들을 이용해 총상 입은 다리를 고정했다. 그러면서, 그는 인간들이 자기 형제보다는 짐승에 대해 더 많은 동정을 보내는 이 세상에 대해 자신의 의견을 욕으로 표현했다.

"저어, 이젠 다 됐어. 모든 게 잘 되었어... 그리고 이젠, 이 존경스런 볼세비키 개야, 네 놈은 군 병원으로 이송될 거야. 하하하!"

페트로프프는 그 짐승을 바라보았다. 그 개는 힘세고, 회색 털을 가졌다. 집을 지키는 개인가 보다. 그 중국인은 이제 그 개의 입을 막고 있지 않았다. 그 개의 혀는 마치 길고 붉은 헝겊처럼 힘없이 걸려 있고, 감사의 표정으로 그 개의 두 눈은 페트로프프에게 머물고 있었다. 그렇게 개는 마치 고통당하는 사람처럼 그를 바라보고 있었다. 그랬다. 이 개는 인간의 눈과 비슷한 눈을 가지고 있었다. 갑자기 페트로프프는 군 병원에서 이 상처 입은 개를 기꺼이 받아 주지 않을지 모를 걱정이 앞섰다.

"감수성이란 저 악마에게나 줘버리자! ...흠, 이 개는 인간 같은 눈을 가지고 있네... 그래서 어떻다는 건가? 인간은 가지고 있어... 인간은 가지고 있어... 인간이 뭘 가지고 있어? 하하하! 인간은 개의 마음을 가졌고... 아냐, 개보다도 못한... 헤이, 너 황색 얼굴을 가진 녀석아, 이 강아지를 안고 멀리 데리고 가버려. 안 그러면 내가 저 개의 머리에 총을 한 방 놔 버릴테다."

그 중국인은 크게 웃었다. 이 웃음은 그 말의 의심을 나타내 보였지만, 그는 기꺼이 고개를 끄덕였다.

"리오푸펭이 어디로 이 개를 데려간다? 이 개는 리오푸펭 것도 아닌데. 개는 어디에도 속하지 않는다."

"저 개를 악마의 지옥으로 데리고 가!" 페트로프프 중위는 자신의 말에 다시 올라탔다. 그의 용감한 말이 달리다가, 뭔가 말하려던 중위가 그 묘지의 모퉁이를 도는 곳에서 자신의 말을 세웠다. "헤이, 중국인아, 그 빌어먹을 짐승을 푸슈킨스카야 15번가로 데려가. 그곳에서 내 하인에게 줘라... 그 개는 곧 죽을지도 몰라... 자, 그리고 난 지금, 이 마음씨 약한 수의사 역할을 끝내면, 우린 인간 사냥을 하러 가야 해. 빌어먹을!"

제2장. 붉은 포로수용소 울타리를 넘은 빵

그 말을 탄 군인은 그 길에 먼지구름을 일으키고는 곧 그 모습이 사라졌다. 그 중국인은 멀어져가는 그 말 탄 군인을 오랫동안 바라보고 있었다. 개는 아파 깽깽- 소리를 질러댔다. 리오푸펭은 광주리에서 남은 빵조각을 집어, 그 짐승에게 주었다. 개는 자신의 코로 그 빵조각도 맡지 않았다. 어떡하지? 중국인은 그런 시도가 실패로 끝나자, 자리에서 일어나, 팔 하나에는 광주리를 메고, 다른 팔로는 개를 일으켜 세웠다. 리오푸펭은 질질 끄는 장송곡 조의 노래를 부르며 출발했다.

그 길은 벽돌로 된 병영들과, 높은 판자 울타리로 에워싼, 목재로 지은 막사들 사이로 나 있었다. 그 병영들은 다양한 종류의 차르 연대들이 내버린 둥지 같았다. 리오푸펭은 군인들에게 매일 몇 광주리씩 빵을 팔던 좋았던 시절이 생각났다. 그런데 그 즐거워하던 군인들은 지금 어디로 가고 없는가? 병영들이나 막사마다 비어 있다. 정말, 막사 모두가 거주하는 사람들이 없는 것은 아니었지만, 경쟁이 아주 치열했고, 그 빵을 사주던 사람들은... 러시아의 하얀 군대는 수백 명의 장교를 거느리고 있었는데, 그들은 민가에서 징발해 온 밀가루로, 이곳의 안주인들이 만든 과자를 더 즐겨 먹었다. 특히 일본 군인들은 원칙적으로 중국인 물건을 구입하지 않는다. 하얼빈이나 베이징에서 온 중국 군인들은 빵보다는 구운 호박씨에 자신의 동전을 더 기꺼이 지불한다.

그런데, 붉은 포로들은...저들은...

리오푸펭은 동정심이 생겨나, 한숨을 내쉬었다. 저 불행한 사람들은 경계가 엄중한 막사 안에서 언제나 굶주린 채 지내고 있다. 목에까지 무장한 장교들이 두 줄로 서서 지키고, 그들 사이에서 포로들은 블라디보스토크항에서 출발해 이곳으로 도착한 기차에 실린 짐을 내리려고 기차 역사를 향해 자신들의 몸을 끌고 가고 있을 때, 그들은 넝마처럼 낡은 옷을 입은 채, 난폭하게 취급받고 있는 포로 무리를 간혹 보았다. 어떤 무리인가?! 반짝이는 눈만 가진 해골 같은 남자들, 체질화된 복수심이 가득찬 여자들, 피멍이 다리에 나 있는 아이들이 하나님의 호의라곤 전혀 받지 못한 천사 같은 모습으로, 진흙 길을 피곤하게 걸어가고 있었다. 성인 남자들과 여자들이 여러 열차에서 일하고 있을 때, 아이들은 그곳 맨땅의 한쪽에 무리지어 웅크리고 앉아서, 어느 행인이 위험을 무릅쓰고 빵 한 조각, 빵 한 덩어리라도 선심으로 던져주기를 애타게 기다리고 있다. 행인들이 그들에게 단순히 동정심만 보여도, 그 행동은 볼세비키들을 동정하는 것으로 비쳐, 온전히 고발 대상이다. 리오푸펭은 기꺼이 자신이 가진 빵들을 나눠주고 싶었지만, 그는 그런 모험을 무릅쓰기보다는 그로 인해 자신이 당할지도 모를 두려움에 떨었다.

개는 아파 끙끙댔다. 리오푸펭은 자신의 빵 광주리를

길에 미끄러지게 내려놓고는, 개를 좀 더 안락한 움푹 패인 곳에 뉘었다. 그는 이 개를 더 편하게 운반할 방법을 찾는데 머리를 썼다. 광주리 안에 저 짐승을 넣고 들고 가는 게 더 현명한 것 아닌가? 그러나, 그러면 빵과 음식물은 어디에 둔다? 그의 아버지는 오늘은 이 빵과 음식이 필요하지 않다. 어제까지만 하더라도, 노인인 아버지는 묘지의 쇠막대기 위에 관 안에 아직 누워 계셨다.

오늘은... 콜레라에 걸린 아버지가 그만 생명을 잃었다. 콜레라일까 아니면 유행성 발진티푸스일까? 마찬가지다. 지난 몇 주일 동안 중국인들이 그 2가지 전염병으로 많이 죽었다. 단지 몇 사람만 묘지에 놓일 자신들의 관-침대에서 빠져나와 생환하기도 했다.

리오푸펭은 주위를 둘러보다가 근처에 붉은 포로수용소의 높은 울타리를 보게 되었다. 그 수용소는 그가 있는 곳에서 수백 걸음 떨어진 거리에 있었다. 그는 울타리에 몸을 숨기고서 포로수용소 경비병이 지키고 있는 탑을 쳐다보았다. 그는 기회를 잡았다. 그곳을 지키는 장교는 마침 반대쪽을 향해 서 있고, 리오푸펭은 재빨리 팔을 흔들어 자신의 빵들을 울타리를 넘겨 집어던졌다. 그리고 다시 총상 입은 개가 있는 곳으로 달려왔다.

리오푸펭은 이제 자신의 광주리에 상처 입은 개를 안아서 담고는 도시를 향해 자신의 길을 갔다. 마침, 그가 그 붉은 포로수용소를 지나갔을 때, 아침까지만 해도 비어 있던 막사들 앞에 자신의 짐보따리를 들고 서 있는, 방금 도착한 평범한 전쟁포로들의 긴 행렬을 보게 되었다. 그러나, 이 불행한 사람들은 이곳의 붉은 사람들의 모습과는 비교가 안 될 정도로 건강해 보였다. 그리고 리오푸펭은 이 사람들이 곧 그의 빵을 사줄 수 있는 사람들이겠구나 하고 추측했다.

그 포로 중 한 사람이 그에게 말을 걸었다.

"어디로 가나, 이 사람아? 광주리에 점심을 담아 가는가?" 그 낯선 사람은 광주리에 담긴 개를 가리켰다. "하하하! 이봐, 친구들, 이 중국인은 동물시장에 갔다 오는가 봐!" "헤이, 이 사람, 개고기 맛있어?" 누군가 농담조로 물었다. "묻지 마, 자네도 알면서." 누군가 끼어들었다. "우리가 '**베레조브카**'에선 우리 독일 동무들의 이해심 덕택에 2주일 이상이나 개고기 덩어리를 튀겨 먹었지."

"브르르, 그 얘긴 말하지 말게! 우리가 무얼 먹었는지 아무도 모른다구. 지금도 내 배는 뒤틀리듯이 춤춘다구. 오, 그 독일 사람들!"

"왜? 그들 스스로는 정말 자신이 튀긴 고기를 먹지 않았어...적어도 난 그렇게 생각해."

리오푸펭은 그 포로들 무리 앞에 희망을 안고, 자신의 미래 고객들에게 친절한 웃음을 보였다.

"전쟁포로?...오스트리아인?" 그는 물어 보았다.

갈색 얼굴의 하사가 그 질문에 곧장 대답했다.

"전쟁포로지만, 오스트리아인은 아니야. 우리가 입은 바지를 보면 구별이 안 되나? 자 봐, 도자기 모양의, 파이프를 한 코르크 머리를 한 사람은 오스트리아인지만, 난 아니야... 난 마자르 사람이야, 알아? 마자르! 악마가 네 놈을 데려가!"

갈색 얼굴의 하사가 그런 식으로 자신의 목청을 높이고 있을 동안, 그의 친구는 조용히 웃었다.

"왜 자넨 흥분하나? 어느 민족인지 자네 코에 써놓아 두고 있지는 않거든."

"자네 들었지. 이 자두 씨 같은 눈의 이교도가 나를 오스트리아 사람으로 부르는 걸? 자, 솔직히 말해 봐, 내가 오스트리아 사람 같아 보여?"

그 친구가 크게 웃자, 이 때문에 자신의 동무를 더 흥분시켰다.

"페트로, 페트로, 자넨 평화라고는 모르는 야만의 마자르인 같군. 보게, 이렇게 함께 고통당하면서, 난 저 오스트리아 형제와 평화롭게 잘 지내. 왜냐하면..."

"왜냐하면, 자넨 우둔한 짐승이니 그렇지. 자! 난 자네와 화해하지 않을 거야. 결단코! 우리는 그 오스트리아인들의 속박 아래 벌써 수백 년을 신음하고 있어. 그리고 지금도 그들의 이익을 위해 우린 전쟁터에 나와서 이렇게 피 흘렸어. 살아있는 동안에는, 나는 오스트리아인, 그들을 믿지 않아." 리오푸펭은 목소리가 큰 그 남자를 쳐다보다, 겁이 좀 났다.

"마자르 사람 화난다. 그런가?... 마자르 사람 빵 원한다?...리오푸펭 빵 많이 갖고 있다, 신선한 빵 많다..."

그 하사는 이젠 웃음을 내보이고는 그 농담에 낄낄 댔다. "어디에, 이 중국인아? 그럼 저 개 밑에 있겠구나, 안 그래? 자넨 새끼 빵을 개를 이용해 부화시키려고 하는 구나. 하하하!....헤이, 스테판, 내 말 좀 들어 봐. 이 오 스트리아인 덕분에 우린 이 누런 이교도와 친해지게 되 었네.... 저어, 그런데, 자네가 말하는 빵은 어디 있나?"

리오푸펭은 그렇게 자신에게 관심을 보이는 사람에게 겸손하고도 재빨리 알려주었다.

"빵 집에 있다. 리오푸펭 빵 들고 온다. 그 빵 마자르 사람에게 많이 준다. 신선한 빵, 아주, 아주 신선한 빵이 다. 리오푸펭은 이 개 퓨슈킨스카야로, 착한 대위에게로 데리고 간다. 그리고 빵 마자르 사람에게 가져다준다."

"그럼, 좋아! 어서 뛰어 가! ... 그리고, 헤이, 스테판, '합스부르크'의 그리스도께서 그 오스트리아 놈들에게 재 앙을 내리도록 우리가 함께 빌자. 우리가 언제나 오스트 리아 때문에 피 흘려 왔으니!"

한편, 좀 전엔 코르크 모자 쓴 사람이란 별명이 붙여진 그 오스트리아인은 자신의 짐보따리 위에 조용히 앉아, 자신의 담배 파이프의 주둥이를 빨아댔다. 한편, 그는 자 기 민족에 대해 어느 다혈질 헝가리인이 화젯거리로 만 드는 걸 예상하지 못했다. 그런데 그 파이프는 제대로 작동되지 않았다. 그 오스트리아인은 자신의 주머니마다 뒤져 담배를 찾고 있다. 그리고 그는 주위를 바라보다가, 그 헝가리인 호주머니에 담배 파이프를 빨아들이는 빨부리가 있는 것을 알게 되었다. 그는 그 헝가리인에게 다가섰다. "Kamarad, haven sie ein wenig Taback?"

그 말을 들은 사람은 그 말을 이해하지 못하고 당황해, 그 파이프를 들고 있는 사람에게는 고개를 갸우뚱하는 한편, 자기 친구에게 몸을 돌려 물었다.

"저 사람이 뭐라고 해?"

"그는 자네에게 담배 좀 있는지 묻고 있어."

야만스런 모습의 헝가리인 표정은, 곧 친절한 모습을 보이더니, 자신의 호주머니에서 기꺼이 자기 담배통을 꺼냈다.

"담배를 원하나요, 형제? 여기 있어요. 당신 파이프를 꽉 채워요! 내가 담배 하나는 정말 기찬 걸 갖고 있어요, 동무. '베르흐네 우딘스크'[1])에서 러시아 신부로부터 선물로 하나 받았지."

그 오스트리아인은 헝가리말로 하는 그의 말을 전혀 이해할 수 없었다. 하지만 그는 기꺼이 자신의 고개로 답

---

1) 역주: 오늘날의 울란우데. 부랴트 공화국의 수도이다. 오늘날 인구는 약 38만 명이고, 3개의 행정 구역인 소베츠키 구, 젤레즈노도로즈니 구와 옥탸브리스키 구가 있다. 1666년에 코사크부대가 우데 강 하류에 건설한 요새에 유래되었다. 당시 이름은 베르흐네 우딘스크로, 지금의 명칭은 소비에트 연방 시절에 울란우데로 개칭되었다. 울란우데의 의미는 "붉은 우데강"이다. 러시아 혁명 뒤에는 반혁명군, 그 다음에는 시베리아 출병에 의해 일본군이 이 도시를 점령했고, 1920년에 소련이 세운 극동 공화국의 수도가 되었지만, 1922년에 소련이 다시 지배했다. 1923년에는 부랴트-몽골 소비에트 사회주의 자치공화국의 수도가 되었고, 지금까지 부랴트 공화국의 중심지이다.

하고는, 자신의 파이프에 가득 채웠다. 페트로는 그에게 자신의 성냥 통도 내밀고는, 자기 동무가 연기를 빨아들이는 모습을 즐기고 있었다.

"저어, 내가 거짓말했어요, 친구? 그런 담배는 구내매점에서도 팔지 않아요. 남자같은 냄새가 그 담배에서 나요, 안 그래요?"

옆의 다른 사람은 유유히 공중으로 날아가는 동그란 담배연기를 눈으로 따라가며 쳐다보았다. 그리고 고마움을 표시하듯 자기 머리를 끄덕였다.

"Danke sehr, Kamerad!" "기꺼이, 형제!"

오스트리아인이 자기 짐꾸러미가 있던 쪽으로 돌아가자, 스테판이 웃음을 터뜨렸다. 페트로는 마음이 상한 듯이 그를 향해 몸을 돌리고는 다시 그 담배통을 자신의 호주머니에 집어넣었다. 그 비웃음에 그는 흥분하게 되었다. "왜 자넨 나를 비웃어?"

"오스트리아인을 증오하는 자네 때문이지! 자넨 그에게 담배도 주고 또 불조차 서비스했으니."

다혈질의 그 하사는 얼굴이 좀 빨갛게 되더니, 나중에 자기 친구를 무시하듯 쳐다보며, 자신이 명백하게 더 우월함을 나타내려는 제스처로 자기 바지를 당겼다.

"자넨 어리석군, 스테판. 그리고 자넨 이걸 모르는 군. 이건 '정치'야, 고단수의 정치야."

"고단수의 정치 때문에 자네가 그 오스트리아인에게 담배를 준 것이란 말인가? "

"이 당나귀 귀 같은 놈아, 내가 그에게 담배 하나 준 게 고단수의 정치도 아니고, 오스트리아인을 높이 평가하는 것도 아니야. 내 아버지, 할아버지, 내 선조 모두가 오스트리아인을 미워했어. 그리고 그 때문에 우리는 헝가리인으로 남아 있어. 그들이 쓰는 말 중 한 마디도 우리말에 속해 있지 않아도, 합스부르크 사람들은 자기 언어로 우리말을 왜곡시켜 놓고, 우리의 혀도 강제로 왜곡시켜 놓았어. 그래, 고단수의 정치란 게 이것이지, 그리고 자넨 그 고단수 정치를 냄새조차 맡을 수 없을 만큼 우둔하기도 하구. 안 그런가!"

스테판도 흥분하면서도 더욱 웃었다.

"그럼에도 실제 자넨 그렇게 증오하는 오스트리아 사람에게 담배를 주었어... 그럼 자네의 그런 화를 드러내는 것은 진실보다 더 세다는 걸 고백하는 셈인가!"

"난 그들을 보면 화가 나고, 앞으로도 화를 낼 거야. 그것으로 끝이지. 하지만, 자네는 세상의 평판을, 또, 사람이 죽자, 짚을 쑤셔 넣는 것에 가치 있다고 여기는 어리석은 사람이네. 왜 그런지 알아? 첫째, 나는 그를, 저 오스트리아인을 싫어하지 않아. 우린 3년 전부터 같이 고생해 왔거든. 둘째, 저 사람은 아주 착한 사람이고, 티롤2)의 어느 산맥의, 어느 곳에 대가족을 두었다고 해.

___

2) 역주:티롤(독일어: Tirol, 이탈리아어: Tirolo 티롤로)은 유럽 중앙부에 있는 역사적인 지역명이다. 알프스 산맥 중의 산간지대에 걸쳐 있다. 제1차 세계 대전까지 오스트리아-헝가리 제국의 일부였으며, 전쟁이 끝난 이후에 이 지방의 남부는 이탈리아에 속하게 되었다. 현재 오스트리아 서부의 티롤

셋째로, 그는 '오스트리아 사람'이지만, 전혀 오스트리아 사람 같지 않아서이지. 또 그게 근본 차이점이지, 끝으로 그 말은 성(聖) 베드로께서 자네와 함께 천당의 문 앞에서 의논해야 할 정치에 속해 있어, 그러나 곧장, 자네가 계속 나를 흥분하게 만들기에, 나는 우리 동네 사람이나, 남의 동네 사람이거나 똑같이 대하거든. 하지만 난 자네에게 진정한 마자르 사람이란 어떤 사람인가를 보여줄게. 끝!"

스테판은 말을 않고, 자기 머리의 정수리 부분을 만지고, 이 사이로 침을 길게 뱉었다.

"자네 말이 맞을 수도 있어. 정치란 것이 이 온 세상을 지배해...그 고단수의 정치를 한센병이 삼켜버려라!"

그 하사는 다시 마음을 진정하여, 자기 파이프를 꺼내, 파이프에 담배를 가득 채운 뒤, 담배 한 대를 피우고 침을 내뱉었다.

"그래, 그걸 피워. 하지만, 가능한 한 빨리 우리가 고향으로 돌아갈 수 있었으면 좋겠어,....하지만, 스테판, 자네 알아? 이 오스트리아인, 이 늙은 사람인 벤셀 롭마이어는 착한 사람이야. 또... 또 그에겐 아름다운 뾰족코를 지닌 딸이 있어."

"그래?"

"저어, 그렇고말고. 그는 내게 가족사진을 보여 주었어... 하지만 그 딸이 오스트리아 사람이란 것이 아까워."

주와 이탈리아 북부의 트렌티노알토아디제 주로 나뉘어 있다.

제3장. 빵과 헝가리 포로

붉은 포로수용소 안의 막사마다 문이 열렸다. 남자들과 여자들이 아직 잠이 아직 덜 깬 듯이 각자 아침에 쓸 물을 가지러 우물로 걸어가고 있었다. 높이 설치된 경비탑마다 장교들이 수용소 마당을 주의 깊게 살펴보고 있고, 그 수용소 울타리의 정문에는 기관총이 그 아무 가진 것 없는 포로 무리를 향해 놓여 있었다.

운동선수같이 덩치가 좋고 키 큰 어느 남자 포로가 울타리 근처에 빵이 몇 개 놓여 있음을 발견했다. 그 남자의 두 눈은 그것을 가질 욕심으로 빛나고, 조심조심 주위를 살펴보고서, 몸을 숙여 살금살금 그 빵이 있는 곳으로 기어가려고 애썼다. 그 근처로 향해 약 절반이나 기어갔을 때, 한 경비병이 날카롭게 경고하는 소리를 내자, 그는 그-만 동작을 멈추었다. 그는, 몽둥이에 맞은 개처럼, 우물로 돌아왔다. 그의 양손은 위협적으로 주먹이 쥐어졌다.

"나쁜 스미르노프 개 같으니! 악한아! 그때가 올 거야. 내가 네 놈의 영혼을 눌러 없애버릴 때가 올 거야."

"왜 울타리 근처로 갈려고 했어요? 낮에 탈출을 시도하다니 미친 일인 것 같은데요."

"난 도망치려고 한 게 아니었어요." 운동선수 같은 키의 사람의 눈길이 자기 동료의 얼굴색을 의구심으로 탐색하며 말했다. 잠시 그는 자신이 좀 전에 본 일을 알려

주는 게 나은지 망설이며 생각해 보았다. 알리는 편이 나을 것 같다. "저길 봐요! 빵이 놓여 있어요!" 그는 눈짓으로 그 장소를 알려주고, 조용히 속삭였다. "빵이라고요. 동무, 빵이요! 듣고 있어요? 난 배고파 미칠 지경이에요... 하지만 지금은 조용히 모르는체해 줘요! 저녁에, 그때까지만 누가 발견하지 못하면, 내가 저 빵을 챙기러 갈 거요."

그와 대화를 하던 사람도 그 유혹하는 물체들을 발견했다. 잠시 그 사람은 조용했다. 그의 창백하고, 턱수염이 난 얼굴에 굽은 미소가 보였다... 동정이 담긴, 그러면서도 아픔 속에, 한편으론 아주 이해하는 듯한 웃음.

"들어 봐요, 추린, 내가 저걸 갖고 오겠어요. 하지만 저것의 절반은 내 몫이요. 됐어?"

"그런데, 저녁이면 나도..."

"내가 곧 가져올게요... 절반은 내꺼... 동의해요?"

운동선수 키의 사람은 동의하듯 고개를 끄덕였고, 그는 벌써 그 울타리의 정문을 향해 가는 그 사람의 능력에 관심을 가졌다. 그는 그 점에 놀라워했다. 그 빵들은 바로 맞은편에 보였다. 그 사람은 정문을 지키는 장교들에게 재빨리 다가가, 일정한 거리를 두고 서서, 손을 들어 자신이 말하고 싶음을 알렸다.

"저어, 뭐야?" 기관총 옆에 앉아 있던 여러 장교 중에 한 사람이 물었다.

"중위님, 아주 정중하게 몇 말씀 드릴 수 있도록 해 주십시오."

"그럼, 와 봐!"

운동선수같이 키 큰 사람은 모든 걸 발설하겠구나 하고 생각하고, 자신의 동무 목을 나중에 비틀어버리리라 다짐했다. 다른 포로는 장교들 앞에 서서, 그들에게 거수 경례를 했다. 그렇게 말을 하도록 허락한 장교는 일어나, 날카롭게 그 포로를 쳐다보았다. 용기없는 폭군들이 가지는 언제나 있는 의심이 그의 표정에 보였다.

"자, 이제 입을 시원하게 열어 봐!"

"존경하는 뜻으로 보고 드립니다. 간밤에 내 아래쪽 침상에서 어떤 여인이 아이를 낳았습니다."

잠시 그 장교는 그 깜짝 놀라게 하는 소식을 이해하지 못한 것 같았으나, 잠시 뒤에는 그는 피 튀기듯이 증오하며 웃음을 터뜨렸다.

"그래서 내가 어떡하라구? 내가 탯줄이라도 끊어 주러 가란 말이야?" 그는 동료 장교에게 몸을 돌려 말했다. "짐승들의 숫자가 불어났구면." 다시 그는 그 포로를 향해 말했다. "그 여자가 죽었어?"

"아뇨! 그 여자가 심하게 아픕니다... 정말 많이!... 주위에서 여자들이 그녀의 출산을 도와 주었지만, 지금은...지금은..."

"지금은 어떻다는 거야? 그럼 그 애새끼가 죽었단 말인가?"

"아뇨, 중위님, 하지만, 애 어머니가 자기 아이에게 우유를 먹이려면, 어머니에겐 뭔가 먹을 음식이 더 필요하답니다."

그러자 대답보다 먼저 함박웃음이 먼저 튀어나왔다.

"내가 우유 장수야? 자네 나더러 직접 그 아이에게 젖을 먹이라는 이야기는 하지 않으니 다행이네. 더구나 이곳이 조산소도 아니구."

창백한 얼굴의 포로는 자신의 요청을 계속 이어 나가지 못하고, 그의 두 눈에서 눈물이 흘러내렸다. 그의 아픈 시선은, 표정으론 아무 동정이 없는 듯 보이는 다른 장교를 향해 도움을 구하고 있었다.

"하나님을 두고, 간청합니다. 중위님, 잠시라도 저 불쌍한 여인을 동정해 주십시오... 그리스도에 대한 사랑으로 나는 그리스도 신자이신 중위님께 간청합니다..."

"입 닥쳐! 이 볼셰비키 개야!...돌아 섯! 앞으로 갓! 꺼져!"

그때 갑자기 그 옆의 다른 장교가 기관총이 있는 곳에서 일어났다.

"거기 서 봐!" 그는 그렇게 말하고, 좀 상기되어 자기 동료에게 설명했다. "우린 저 포로 이야기를 들어보세. 더구나 나는 당직 일을 어렵게 만든, 아이들을 데리고 온 여자들에 대해 수비대 사령관에게 보고해야겠어... 그래, 자네, 포로, 네가 원하는 것이 뭔지 말해 봐요?"

"어느 마음씨 착한 사람이 빵 몇 개를 이곳 울타리 너머로 던져 놓았어요... 그 여인을 위해 저것들을 주울 수 있게 허락해 주셨으면 해서요... 그것 때문에요!"

장교는 힐끗 자기 동료의 표정을 살펴보더니, 그의 눈길에는 당찬 표현이 나타났다.

"그래, 좋다! 앞장서. 내가 당신 뒤를 따르겠어."

포로가 앞장섰다. 장교가 그 뒤를 따라갔다. 장교는 그 창백한 얼굴을 한 사람의 옷을 쳐다보았다. 시민 복장. 군복이 아니다. 말하는 걸로 봐서, 이 사람이 어느 나라 사람인지 알 수 없었다.

"그 여자가 당신 여자?"

"아닙니다!"

"애인?"

"아닙니다!... 그녀 남편은 일주일 전에 죽었어요."

몇 걸음을 잠자코 걷다가, 장교는 다시 궁금해했다.

"그럼, 당신은 누구요?"

"헝가리 포로입니다."

"볼셰비키의 개네, 고용된 선동가군."

"정치적 이유로 여기에 오진 않았어요."

"도둑질했어?"

"아뇨?"

"알았어. 돈 때문에 누굴 죽였구나."

"아뇨!... 여기로 자원해서 왔어요. 고통을 잊기 위해, 난 더 큰 고통을 당하러 여길 왔습니다."

"당신 나라에선 뭘 했어?"

"배우입니다."

"당신 나라 군대에 있을 때 계급은?"

"1년간 자원입대한 하사입니다."

그 장교는 더는 묻지 않았다. 그는 탑에 있는 경비병에게 손짓했다. 그들은 빵이 흩어져 있는 곳 가까이로 그들이 갔다.

"저 빵을 가지러 들어가도 좋네."

포로는 자신의 웃옷을 벗어 그 안에 여러 개의 빵과, 신문지에 싸인 고기 몇 마리를 담았다.

중위님, 친절한 마음씨에 정말 고맙습니다."

"입 닥쳐!... 난 당신 사는 막사까지 따라간다."

그들은 다시 출발했다. 그 포로가 앞장서서, 장교는 그 포로 뒤에.

"당신은 뒤돌아보지 마, 하지만 잘 들어!... 알아들었어?"

"예!"

"오늘 나중에 우리가 일하는 기차역 역사에서 어느 열차 칸에 오면, 그 애 엄마에게 필요한 우유병이 있다."

"고맙습니다."

"입 닥쳐!... 여자 때문에 당신은 이곳에 오게 되었어?"

"자원해 여길 왔습니다."

"그걸 묻지 않았어. 여자와 관계가 된 일이야고?"

"그렇습니다...그 여자는 죽었어요."

"그 여자가 당신 애인이었어?"

"아닙니다! 내 친구의 아내였어요."

- 38 -

"그녀가 왜 죽어?"

"총알에, 전쟁터에서 총탄에 맞아 죽었어요."

"당신이 그 여자 죽였구나."

"아닙니다!"

"그럼 어찌해서 이 죽음의 열차에 타게 되었어?"

"그녀 남편이 도와주었습니다."

"당신 친구가...당신은 그를 당신 친구라고 했지. 안 그런가?"

"그렇습니다!"

"교활한 우정이네."

"내가 그렇게 되길 바랬습니다."

긴 침묵 뒤에 그 장교는 다시 물었다.

"당신은 그 여자 사랑했소?...어서 대답해 봐!"

"그렇습니다!"

그들은 막사에 도착했다. 포로는 안으로 들어갔고, 장교는 자기 위치로 돌아갔다. 다른 장교는 그런 행동을 이해하는듯이 아무 말이 없었다.

그렇게 자신의 위치로 돌아온 장교는 지루한 침묵을 깨려고, 알려 주듯 말을 했다.

"그자는 볼셰비키가 아니더군."

"이 무리의 절반은 자신이 죄가 없다고 맹세코 말하지."

"이 사람은 거짓말하지 않았어...난 그렇게 느꼈어."

"자넨 그 사람을 동정하는 것 같군. 그래, 안 그래?"

"다른 사람에 대해 느끼는 것과 별 차이 없어."

"그럼 자넨 다른 사람들도 동정한다는 거네. 자넨 참 이상한 남자군, **스트리치코프** 중위...자넨, 자네의 젊은 아내를 이별하게 만든 볼세비키를 철천지 원수라고 맹세하더니, 오늘은 어째서..."

"날 오해하지 말게, 푸가체프! 우리의 혹독하고도 잔혹한 엄정함은 협상국 군대들의 동정을 위험하게 한다네."

"에이! 우리 내부 일은 어떤 방식으로 이 개들을 취급하는가 하는 거야...저들을 깡그리 없애버리는 것이 더 낫겠는걸."

스트리치코프 중위는 곧장 답하지 않았다. 아마 그는 다른 의견을 갖고 있거나, 아니면, 그의 생각은 벌써, 이 우울한 장소에서 벗어나 방황하는 것 같다. 몇 분 뒤에야 그는 이런 말을 했다.

"전쟁에서 또 혁명에서 승산은 늘 바뀐다는 것과, 오늘을 지킨다는 것이 애국하는 사람의 목표가 될 수 없음을 자넨 때론 잘 기억해야 할 걸세."

푸가체프 중위는 그런 문제를 논의하려고 하지 않았다. 그는 시계를 보고, 큰 목소리로 포로들을 향해 명령을 했다.

"헤이, 이 짐승들아, 출발하도록 줄을 맞춰 서!"

제4장. 헝가리 포로와 붉은 별과 초록별

　공병연대 장교식당에서는 '보드카'에 취한 사람들이 하는 유머가 언제나 더 많아진다. 그 독한 술은 벌써 머리를 잘 회전하게 만들어 주었다. 오늘 소풍의 결과에 만족한 장교 나리들에겐 온 세상이 장밋빛처럼 보였다. 오늘 약탈하러 간 마을은 비교적 부유했지만, 반항이 없었기 때문이었다. 기마 포수연대 병사들은 "국경선"을, 새 정부를 위한 중립지대를 만들겠다고 약속했던 코사크[3] 대장 칼무코프의 명령을 수행하기 위해 무참히도 살육을 저질렀다. 그리고 그 대장은 그런 목적을 빌미로 마을 사람들을 싹 쓸어버렸고, 철로에서 남북으로 40베르스타[4] 안의 마을을 파괴해 버렸다.

---

3) 역주: 카자크(우크라이나어: козакú; 러시아어: казáки; 폴란드어: Kozacy) 또는 코사크는 15세기 말 부터 20세기 초까지 우크라이나와 러시아 남부에 있었던 군사 집단이다. 구성원의 출신 국가는 다양하였다. 15세기 말 우크라이나의 중앙 지역을 가로지르는 드니프로 강을 중심으로 한 자포리쟈 지역에서 자포로쟈 카자크가 처음으로 결성되었다. 16세기에는 돈 강 유역을 중심으로 돈 카자크가 결성되었다.
자포로쟈 카자크는 애초에 폴란드-리투아니아 연방의 봉신으로서 출발하였다. 초대 헤트만이었던 보흐단 흐멜니츠키가 반란을 일으켜 잠시 동안 카자크 헤트마네트라는 이름으로 독립하기도 하였으나 얼마 지나지 않아 진압당하였다. 1654년 페레야슬라프 조약으로 우크라이나의 대부분 지역이 러시아의 지배를 받게 되면서 카자크는 러시아의 통치를 받았다.
4) 역주: 러시아의 이정(里程)단위. 1베르스타=1,067미터. 과거 러시아에서 쓰이던 길이(거리)에 관한 단위이다. 1 베르스타는 500사젠(сажень)과 같으며 1.0668킬로미터(km), 0.6629마일, 3,500피트에 해당한다.

오늘의 승리 외에도 그 장교들은 자신들의 목을 축일 다른 동기도 있었다. 칼무코프 자신은 겁이 많기도 한 대장이지만, 영광스런 자리에 앉아, 대공 같은 제스처로 그 연대의 군수품을 구입하는데 수만 루블을 내놓기도 했다. 그 욕심이 없는 듯한 기부금은 탁자 위에 놓여 있었다. 술 취한 장교들은 열성적인 환호를 질렀다. 단지 포덴코 대령은 그 돈의 출처에 대해 머리를 굴리고 있었다. 그 대령은 자신의 궁금함을 풀어보려고 그의 오른편에 앉아 있는 칼무코프에게 몸을 돌렸다. 그리고 그는 짐짓 친근함으로 속삭이듯이 관심을 보였다.

칼무코프는 큰 목소리로 웃었다.

"아냐, 대령, 출처는 완전히 비밀이야. 하하하! 그러나 그 출처가 어딘지 자넨 추측하고 있군. 악마가 자네를 좀 데려가지!"

그리고 그는 포덴코 대령의 등을 철썩 때리자, 그 세기가 그 모험심 많은 대령의 숨을 잠시 멎게 할 정도로 크게 다가왔다.

"그런데 만약 국제적인 감사가 진행되면요?" 잠시 생각한 뒤에 포덴코가 물었다.

"우리의 용감한 코사크 군대가 그 답을 해 줄거야. 흐하하! 러시아에선 아직은, 그 윽박지르는 외국인들보다 우리가 더 신사지... 더구나, 그 어린 양 같은 얼굴의 독점 상인이 나에게 처음 붙잡혀 왔을 때, 내가 그에게서 27만 루블을 압수해버렸지. 그렇게 그는 처음 붙잡혀 온 그때 이후로, 나를 자주 불쾌하게 만들었어. 그 일은 5월에 있었어. 내가 '포그리치나야'에서 '하얼빈'까지 그를 호송해 갔을 때였지. 그자는 자신을 스웨덴 적십자사가 파견한 인사라고 핑계를 대면서, 언제나 첩자질만 했다구... 간단히 표현해, 그자는 자신의 인간적인 활동을 이젠 계속해 나갈 수 없을 걸."

포덴코는 그 말에 놀라, 두 눈이 긴장되어, 무슨 외교적 갈등이 있지 않을까 하며 잠시 생각하는 것 같았다.

"정말 그가 간첩이었나요? 붉은 정치 아래서는 그와 말해 본 적이 있습니다만,....솔직히 말하자면, 저는 그 스웨덴 사람이 중앙권력의 포로에 관심이 많구나 하고 생각했거든요."

칼무코프의 눈길에서 화가 치민 듯이. 그는 자신의 담배 연기를 이리저리로 흩어지게 하였다. 그의 그런 화난 뜻을 포덴코가 완전히 이해하였다. 그래서 그는 자기가 가졌던 흥미로 인한 불쾌함을 없애고, 또 자신이 옆에 있음을 나타내 보이려고 억지로 자신의 입가에 살짝 미소를 보이고는, 그런 하찮은 일을 더는 화제 삼지 않겠다는 듯이 즐거운 기분으로 제안했다. 하나님이 축복한 샴페인 한 잔을 마시는 편이 더 현명한 것 같았다.

칼무코프는 목이 쉴 정도로 크게 웃었다.

"대령, 자넨 어린아이같이 천진하군!... 사령부에선 벌써 스웨덴 사람들의 탈출 정보를 갖고 있어. 그것 하나면 만사 잘 되거든. 안 그런가, 포덴코 대령?"

"그렇습니다. 그렇고말고요! 대장님 말씀이 맞습니다. 그자는 간첩이고, 나 자신도 … 그럴 거라 추측이 갑니다. 어떡해요? 전쟁은 전쟁입니다."

포덴코는 다시 어깨를 으쓱했다. 그는 자기 술잔을 들어, 당시 전권을 쥐고 있는, 영예로운 조국 수호자인 칼무코프의 건강을 위해 건배를 제안하였다. 그리고 그 소시지 같은 대령은 자신의 온 생애를 통해 언제나 그런 권력을 존경했다.

그로부터 일주일만에 포덴코는 스웨덴 국적의 두 사람, '헤드블롬'과 '오프사우그'가 붙잡혀 와, 잔혹하게 교수형을 당하게 되는 것도 알게 되었다. 그 둘의 시신이 길 옆의 구덩이에 묻혔다.

셋째 희생자는 코사크병사 칸다우로프가 욕보인 타자수 '헬무 코프프' 양이다. 앞의 그 두 스웨덴인을 처형한 세르비아군대에서 탈출한 사병 율리네크가 그녀를 총으로 잔인하게 죽었다. 그랬다.

일주일 뒤에는 그 모든 것에 대해 이야기가 있었지만, 어떤 식으로 스웨덴 적십자사가 제공한 1백만 하고도 50만 루블이 소유주가 바뀐 그 일에 대해서는 아무도 공개적으로 보고할 위험을 감수하지 않았다.

포덴코는 겸손한 표정으로 끓어오르는 화를 배신하고 있는 칼무코프를 향해 눈을 껌벅거렸다. 대장은, 새로운 오락거리를 찾으려다가 식당 출입문에서 언제나 봉사할 채비를 하고 풀이 죽은 채 기다리며, 큰 목소리로 떠드는 주인들을 쳐다보고 있는 장교들을 봉사하는 봉사원들을 향해 자신의 쪽으로 오라고 손짓했다. 그런 봉사원들은 장교의 부하이지만, 단순한 전쟁포로들이었다.

"헤이, 너,...너, 7년 동안 아무것도 먹어 본 것 같지도 않은 놈아. 넌 왜 그리 멍청하게 보고만 있어?" 칼무코프는 그 전쟁포로들 가운데 한 명을 지명했다. 지명을 당한 사람은 곧장 얼굴이 창백해지더니, 그 내키지 않는 흥미에 몸을 떨었다. "야, 넌 왜 대답이 없어. 내가 네놈 불렀는데도 말야? 개야!"

"Ja nje zanju pa ruski"[5] 질문을 받은 사람은 쉰 목소리로 더듬거렸다.

그는 칼무코프의 야만적 즐거움을 불러일으킬지도 모를 공포에 질린 표정을 지었다.

"네 같은 포로들 모두가 그런 쥐라구. 자, 봐, 오늘 우리 코자크 군대가 네놈 형제들을 좀 뛰어다니게 만들었지. 그들은 우리 애들 칼 아래서, 마치 머리 없는 원숭이들 같이 뛰어다니기도 했고, 저항하기도 했고, 또 꽥-소리 지르기도 했어. 하하하!... 그리고 그 교활한 늑대인 그루크야노프는 왜 그러는지 그 원인을 물어볼 용기조차 못 내더구나. 왜냐고? 무엇 때문에? 그건 내가 너희 모두를 증오하기 때문이야. 모든 전쟁포로는 비밀을 가진 볼셰비키야. 네놈들을 요리해버리는 게 가장 현명해. 네놈은 알아들었나?"

---

5) 역주: (러시아어) 저는 러시아 말을 할 줄 모릅니다.

포로는 그런 어조에 있어 뭔가 물음을 추측하긴 했지만, 자신에게 그렇게 말을 쏟아붓는 것을 전혀 이해하지 못했다. 그 불행한 남자는 대장의 기분을 맞춰 주려고 떨리는 입가에 수줍은 미소를 떠올렸다.

　"저런 거만한 놈이 있나! 네놈이 웃기조차 하다니... 네놈이... 아마 네놈은 나를 놀려보겠다는 심사네. 그래?" 화를 벌컥 내며, 또 거침없이 마신 술 때문에 얼굴이 벌게진 칼무코프는 벌떡 자리에서 일어나, 위협적인 표정으로 그 놀란 포로를 향해 치를 떨었다.

　"저런, 네놈의 그 미친 웃음은 어디로 미끄러져 가지? 그게 아마도 팬티 속으로 들어갔구나. 그렇지?"

　"그를 내버려 두십시오, 대장님! 저 불행한 사람은 러시아말을 한 마디도 못합니다,"

　페트로프프 중위가, 벌써 때리려고 손을 들고 있는 그 대장에게 외쳤다. "그는 제 봉사원입니다."

　"그래? 그래 이자가 자네 봉사원인가, 중위? 자넨 멋진 볼세비키의 개를 데리고 있군. 축하하네!... 이 무례한 놈이 우리가 사는 이곳에서도 자신의 오각형 별로 시위를 하는 것을 자넨 몰랐나?" 그리고 칼무코프는 자신이 들어올린 손으로 결국 그 포로의 뺨을 한 대 갈겼다.

　그렇게 한 대 세게 맞자, 그 포로는 벽에 쓰러졌다. 그렇게 맞은 자국은 벌겋게 부어올랐다.

　"그 볼세비키의 별을 떼어 버려. 내가 곧장 네놈을 지옥으로 보내 줄테니까!"

그렇게 한 대 맞은 희생자의 시선은 페트로프프를 향해 도와 달라고 애원하고 있었다. 그 중위는 자신의 봉사원에 대해 진심어린 동정의 빛을 보였지만, 자기 봉사원의 작업복에 오각형 별이 달린 것을 발견하고는 놀랐다. 지금까지 그는 그걸 알지 못했다. 솔직히 말해 그는 한 번도 그 포로가 입은 군복에 대해 유심히 보지 않았다.

포로이자 봉사원인 그는 모직물 조끼를 입고 자신에게 맡겨진 일을 제대로 잘 해냈다. 페트로프프는 이 정부를 위협하는 배지가 뭔지 살피러 그 포로에게 다가갔다. 그러더니, 갑자기 그 중위는 웃어버렸다.

"대장님, 틀렸군요. 이건 볼셰비키 별이 아니라, 영어를 런던 사투리로 말하는 사람들이 쓰는 별이네요. 대장님도 아셔야 하는 것은 '헤르 미혹'(그는 언제나 자기 봉사원을 그렇게 불렀다.)이 내게 영어를 가르쳐 주고 있고, 이 사람은 정말 믿음직한 사람입니다. 더구나 대장님도 보시면 아시다시피 이 별은 '초록색'이지, 붉은 것이 아닙니다. 색깔에 따라 차이가 있습니다."

페트로프프 중위는 이전에는 그 별을 보지 못했지만, 그는 어떤 식으로든지 자기 봉사원을 구하려고 노력하면서 살짝 웃었다. 그는 그 불행한 사람에게 천둥 같은 목소리로 말했다.

"헤르 미혹, 그게 영어에 쓰는 별이지...그렇지?"

"Da, da, da, pa angliski!6)" 그 밀랍같이 창백한 미

---

6) 역주: (러시아어)예, 예, 예, 영어로요.

혹은 더듬거렸다. 칼무코프의 화가 이제 겨우 누그러뜨렸다. 포로의 혼비백산한 표정에 그는 웃었고, 그게 그의 허황된 마음에 아첨이 되어 주었다. 그 상황은 희극적이었다, 적어도 비극적이고도 희극적이었다.

"그렇지만, 난 자네, 헤르 미혹에게 **뺨**을 때린 걸 거둬들일 수는 없네." 칼무코프는 크게 웃으며 말을 시작했다. "자네에게 이 대장이 **뺨** 한 대 때리긴 했지만, 칼무코프 라는 사람은 자신이 잘못했구나 하는 정도는 표현할 줄 알지." 그리고 그 말을 하고서, 칼무코프는 자신의 견장을 떼어, 탁자 위에 놓고는 말했다. "자. 여기로 와 봐! 이젠 난 대장이 아니다, 난 자네에게 손을 내밀 수 있어. 하하하!"

칼무코프가 미혹에게 손을 내밀자, 견장을 떼낸 걸 보고, 미혹은 더욱 더 겁이 나서 딸꾹질도 하며 한숨을 쉬었다. 그는 어떤 식으로든지 복싱으로 자신에게 결투할 준비를 하는 것으로 생각했다. '오, 러시아사람들은 정말 미쳤어! 저 사람들은 마음이 없는가? 아니면 저 사람들은 눈이 없는가? 그들은 이 사람이, 아침 바람에도 쉽게 쓰러질지도 모를 아주 연약한 존재로서 바느질이나 하는 평화를 가꾸는 이 사람인 줄 단번에 보고서도 이해하지 못하는가? 싸워야 하나, 아니면 말아야 한담? 어떡한 담?' 그는 이젠 한 대 더는 맞고 싶지는 않다. '아냐! 가장 현명한 것은 졌다고 투항하는 것이다'... 그리고 미혹은 말없이 그 복싱에서 자신이 졌음을 보여주려고 말없이 바닥에 벌렁 드러누워 버렸다.

그 바람에, 처음에는 그곳의 장교들이 놀라 그를 내려다보았다. 칼무코프도 그를 이해하지 못한 듯이 분을 삭이지 못했다. 페트로프프는 오랜 노력 끝에 미혹에게 그의 대장님인 칼무코프의 고상한 의도를 설명해 주었으나, 그 두려워하는 남자는 이미 자기 뺨을 한 대 맞은 경험이 있는 그 손에 다가서기엔 너무 주저함이 많았다. 그가 사자 같은 목청을 가진 자기 주인의 거듭되는 설명에도 언제나 이해하지 못하고 있자, 그곳에 모여 있던 모든 사람은 모두 한바탕 웃었다. 마침내 칼무코프가 100루블짜리 지폐 1장을 꺼내, 그 지폐에 침을 묻혀 미혹의 이마에 붙였다.

"이게 내가 아프게 만든 것에 대한 보상이야... 자, 중위, 자네 봉사원은 뿔이 없는 소이기도 하고, 고집이 센 당나귀군... 장교 여러분, 우리 군대 승리를 위해 건배합시다!" 잔들이 부딪히는 소리를 내고, 마주치는 눈마다 열렬히 이글거렸고, 분위기는 조금씩 술이 취하는 쪽으로 빠져 들고 있었다. 포덴코 대령의 사과 같은 양 볼은 주홍빛으로 타올랐고, 잠이 고픈 듯, 그의 두 눈은 게슴츠레해졌다. 그는 기꺼이 쉬러 가고 싶었지만, 칼무코프가 자신의 고삐 풀린 즐거움을 누리면서 순간순간마다 지쳐 있는 자기 부하들을 깨우기 위해 천장에다 자기 권총을 연거푸 쏴 댔다. "여러분, 찬가를 부릅시다!...황제의 찬가를!" 칼무코프는 명령했다.

제5장. 놀라운 일과 미국군대의 개입

도시 군사령부 명령서를 손에 든 기병 포수연대의 한 장교가 방안으로 들어섰다. 그는 문턱에서 오른손을 자신의 모자에까지 올려 방 안에 있는 장교들에게 전체적으로 거수경례를 했다. 그리곤 그는 포덴코 대령에게 다가 갔다.

"중위, 무슨 소식이라도? "

"대령님, 내일 업무에 대한 일정표입니다."

"왜 이런 늦은 시간에?... 앉게, 중위!"

"고맙습니다! 사안이 긴급한 것 같습니다. 왜냐하면, 최종순간에 이 명령서가 제게 하달되었습니다... 더구나 그 명령서엔 내일부터는 제가 대령님 연대에 배속되는 영광도 함께 들어있습니다."

"그것 좋군! 그걸 기념해 지금도 샴페인을 한잔 마셔야 겠는걸...어서, 앉게!"

"기꺼이 대령님 초대에 응해야 하지만, 그럴 시간이 없습니다. 저는 근무 중이고, 급히 가 봐야 할 곳이 있습니다. 더구나 저는 몇 군데 병영을 방문해야 합니다. 이 일정표를 받으셔서 읽어 보십시오..."

"그래, 알았네, 알았네... 우리가 어딜 소풍 가야 할지 볼까?"

"내일 대령님 연대는 붉은 민간인-붉은 포로들의 감독권을 접수할 것입니다. 그리고 그 포로들을 대령님이 계시는 중앙 병영의 남쪽 막사로 이송시켜야 합니다."

함께 있던 칼무코프가 깜짝 놀라, 그의 두 눈이 화가 치밀어 번쩍거렸다?.

"어떻다구? 그게 무슨 말이야?"

"미국군대 사령부 요청입니다. 민간인 포로들을 남자, 여자와 아이들로 분리해 더욱 관용적으로 처리해야 합니다."

칼무코프는 화를 터뜨리며 외쳤다.

"물론, 미국 사람들은... 그들은 러시아의 쓰레기들을 보호해주려고 '샌프란시스코'에서 깡패 무리를 데리고 왔어. 그리고 우리는 정치 때문에 양보만 해야 하다니... 그들은 전쟁이란 게 휴머니스트들의 키스 정도로 생각하는군. 그들이 왜 우리 일에 간섭해?"

"대장님, 저는 그 명령을 전해 드리는 사람일 뿐이지 그걸 비판해야 하는 사람은 아닙니다." 스트리치코프가 신중하게 대답했다.

"그래, 좋아, 좋아." 그리고 포덴코는 그 명령을 전달받았다고 서명해 주었다. "내일 나는 아이들을 돌보는 보호자이자, 하렘7)의 후궁을 지키는 내시가 되겠군."

"왜 내일이지, 당장 수행하지 않고?"

칼무코프는 목소리를 높였고, 그 목소리에는 화를 참고 있는 것이 느껴졌다. "우리 코사크 병사들과 함께 내가

---

7)역주: 하렘(harem·고대 이슬람 군주가 아내들과 첩들, 여종들을 한 데 모아 생활하게 한 공간).

그 이송을 돕지... 그러나, 적어도 그들이 마지막으로 한 번 더 우리에겐 힘이 있다는 걸 느껴보게 해야지."

포덴코는 자신의 대장이 침묵하며 하는 생각을 추측하며, 조심해서 경고하듯이 말했다.

"그 명령은 제가 속한 연대의 내일 업무로 주어졌으니, 만약 우리가 오늘 이 밤에 그 귀찮은 업무를 수행해서 우리의 지금의 좋은 분위기를 망친다면, 우리에겐 아무 도움도 되지 않는다는 것이 제 생각입니다."

"대령, 자넨 잘못 생각하고 있어, 그런 한밤중의 업무 교체는 나에겐 언제나 특별한 즐거움이야. 난 적들을 놀라게 하는 일을 아주 좋아하지. 더구나, 내가 보기엔, 자네 장교들은 완전히 기진맥진해 있어. 그런 일을 수행하려면 새로운 기분을 가질 필요가 있거든. 그래, 우리 코사크 병사들은 신선한 피를 가진 장난꾼들이고, 장난끼도 아주 많지."

칼무코프의 두 눈은, 바로 이 순간에 권위를 지키느냐 아니면, 저 겁을 주는 대장에게 투항해야 하는가 하는 두 가지 가능성 중 하나를 선택해야 하는 기로에 서 있는 그 대령을 꿰뚫어 볼 듯이, 위협하듯이 빛나고 있었다. 포덴코는 전쟁 철학자였다.

"대장님, 전쟁은 전쟁입니다... 솔직히 말씀드려, 이 명령은 제게 내키지 않는 과업을 던져 놓았지만, 아침이 되기 전에, 그 이송 이전에, 이 민간인 녀석들의 운명에 대해 제가 뭐라 답할 처지가 아닙니다. 더 무슨 말씀을 하겠습니까?"

칼무코프는 이해가 되는 듯이 웃었다. 포덴코의 표정은 고마움을 내비치고 있었다. 스트리치코프는 서명된 명령서를 받고 나갈 준비를 하고 있었다.

"즐거운 시간 되십시오, 장교님!"

칼무코프가 그를 불러 세웠다.

"근무 잘하게, 중위. 자넨 루크야노프 대령에게 가서 그의 인간애적 속결주의가 나를 아주 놀라게 만들었다고 전해 주게. 지난 오전엔 그가 우리 애들이 때린 포로들을 변호하더니, 오늘 저녁에는 민간인 볼셰비키들을 자기 보호 아래 두려고 벌써 데리고 가려 하네. 그런 성격으로 보면, 우리 손으로 다시 쟁취한 제동장치가 우리 손아귀에서 곧장 미끄러져 내빼는 것 같다네. 그럼, 그에게 나의 인사를 전해 주게! 나도 놀랄만한 일을 준비할 수 있다고."

그 아이러니하게 위협적인 말투는 스트리치코프 중위를 자극했다. 그 용감한 중위는 모욕을 느꼈다. 칼무코프의 전체 태도와 개성 때문에 그가 스미르노프에게 가졌던, 비슷한 혐오감이 자신의 마음속에 다시 떠올랐다. 그러나, 그는 그 대장의 말에 응대하지 않고 떠나고 싶었다.

"대장님, 그 명령은 여자들과 아이들에 대해, 의심받고 있는 무기도 지니지 않았던 민간인들에 관한 것입니다... 더구나, 저들은 칼에 상처 입은 전쟁포로들이고, 마찬가지로, 무기를 들고 있지 않은 오스트리아군이나 독일군 소속의 장교들입니다. 그들은 자신의 정치적 태도에 대해 글로 발표하기도 했습니다. 지금까지 그들은 러시아 내부의 일에 참여하지도 않았고, 장래에도 참가하지 않을 것입니다."

"스트리치코프 중위, 자네 말은 의심을 받을만하군. 그것은 저런 깡패들을 자네가 동정심을 내보이고 있다는 것과 같아."

스트리치코프는 칼무코프의 두 눈을 당당하게 바라보다가, 자신의 망토를 열어, 차르 정부가 그의 가슴에 직접 달아 준 십자 모양의 군대 훈장을 내보였다. 그의 표정에서는 우울하고도 포기하는 듯한 웃음이 보였다.

"적과 공모하는 것 때문이 아니라, 저는 이 명령 때문에 왔습디다. 대장님. 저는 무장한 적들과 싸우는 군인이지, 젖먹이들이나 깡마른 여자와 싸우는 군인이 아닙니다. 양심적으로 저는 제 임무를 수행합니다. 저는 사람들에게서 결코 군인으로서의 명예를 더럽히는 것도 허락하지 않지만, 군인에게서 인간을 불명예스럽게 만드는 것도 결코 허락하지 않습니다."

그런 말을 하고서, 그는 그 대장과 장교들에게 인사하고 서둘러 그 방을 빠져나갔다. 잠시 지루한 침묵이 방안에 이어졌다. 칼무코프는 화가 나, 자신의 입술을 깨물고, 군대 규율에 대해 한번 그에게 가르쳐 주려고 그 중위를 따라가고도 싶지만, 상황을 고려해서, 자신이 비난하는 것으로 만족했다.

"이 중위 좀 거만한 데가 있어."

"전선에서는 그를 '겁을 모르는 용감한 군인'으로 불렀습니다."페트로프프가 그 떠나간 중위를 변호했다. "제가 그 중위 잘 압니다. 당시 그는 저와 같은 중대에 배속되어 참호에서 함께 복무하였기 때문입니다. 모두가 그 중위를 좋아했습니다. 특히 사병들이요."

칼무코프는 이상하게 얼굴을 찡그렸다.

"솔직히 말해, 사병들이 특별한 선호감과 열정으로 영예롭게 대해주는 그런 장교들을 나는 절대 신뢰하지 않아. 자주 그런 점이, 그런 장교에겐 강철 같은 성격이 부족함을 자주 보여주는 것이지."

"스트리치코프는 진짜 용감한 군인입니다. 저는 그의 용감한 모습을 전투에서 한두 번 본 게 아닙니다. 몇 가지 사안에 있어, 그는 조금은 꿈꾸는 듯하지만, 결혼한지 얼마 안 된 신혼이라는 점 때문에 그가 그런 감수성을 가졌을 겁니다. 여섯 달 전에, 그는 '우파'8)에서 결혼했어요. 제가 그 결혼식 증인으로 참석했습니다. 결혼한 뒤, 첫 밀월의 달 중순에 여러 전투가 있었는데, 그 전투를 치르느라 그는 정말 자신이 사랑하는 젊은 아내와 생이별해야 했습니다...그런, 그런 사람들도 있습니다."

"그럼, 지금 그의 아내가 어디 있는가야?"

"그 자신도 모른답니다. 그 여인은 '이르쿠츠크'까지 그를 따라 왔습니다. 볼셰비키 정부가 들어선 동안에 그

---

8)역주: 구소련 유럽부(部) 동부, 러시아 연방 공화국 서부에 있는 도시

여인이 사라졌습니다. 소문엔, 그녀가 '베르흐네 우딘스크'에 있는 자기 숙모 집으로 갔다고 합니다만, 우리 정부가 승리하고 난 뒤, 그가 그곳을 찾아가 찾아보았지만, 못 찾았답니다."

"그 여자가, 그 장교가 자기 상관에게 보고하면서 지켜야 되는 규율을 몇 번 잊게 만들 정도로, 그런 깊은 사랑의 애환을 가질 만한 여자인가?"

"그녀는 정말 미모의 여성이자, 매우 지성적이고, 교양도 풍부한 사람입니다."

칼무코프는 웃음을 지었다.

"아마 그녀가 어느 인민위원의 연인이 되어버렸어... 그게 러시아의 깡패 집단에게 대항하는 그의 약한 마음을 단련시켜 주겠지, 그게 더 낫군... 하지만, 제군들, 이 밤은 곧 아침을 맞게 될 거야. 난 자네를 내일 근무에 방해하도록 붙잡아 두고 싶지 않네. 난 이만 가네."

그 대장의 시선은, 그 대장이 서둘러 자리를 뜨는 원인을 생각하고 있는 포덴코의 시선과 마주쳤다.

"대령, 자네의 용감한 장교들과 함께 몇 시간을 보낸 것이 즐거우이. 내일 보게, 여러분!"

장교들은 그를 문 앞까지 배웅해 주었다.

포덴코는 여전히 문턱에 서서, 멀어져 가고 있는 칼무코프의 뒤를 한동안 바라보고 있었다. 그는 자신의 전쟁 철학으로 자신의 양심을 가볍게 하려고 했다.

"전쟁은 전쟁이야... 그 명령은 내일 아침에 생각하면 돼."

제6장. 색유리 구슬과 깨진 거울

볼세비키 포로들의 인원 파악을 위한 저녁 점호는 벌써 있었다. 막사 문들이 이제 닫혀 있다. 기력이 소진된 사람들은 자신의 누울 자리로 자신의 몸을 끌고 갔다. 밖에 작업하러 나갔다 들어온 사람들은 자신의 호주머니에서 몰래 주워 온 물건들을 꺼냈다. 양파들, 마른 빵 조각들, 당근과 담배꽁초들을. 아이들 손에도 자신이 구걸해온 것들을 침상에 올려놓았다. 설탕 조각, 사과, 마른 자두, 구운 호박씨들이 그들 저녁의 후식이 되었다.

운동선수처럼 큰 키의 추린은 자신의 침상 끝에 앉아, 작은 소리로 약하게 욕을 했다. 그는 배가 고파 창자가 뒤틀리는 것 같았다. 그처럼 덩치 큰 사람에겐, 이곳의 잔혹한 보호자들이 매일 한 번씩 안겨주는 물고기 수프 한 그릇이 얼마나 도움이 되겠는가?

전혀 도움이 되지 못했다. 추린은 기분이 아주 나빴다. 그는 오늘 배불리 먹을 기회가 딱 한 번 있었다. 그러니 여전히 지금도 배가 고팠다. 그는 자신의 우둔함에 대해 자책하고는 자신의 복수심이 그렇게 교활하게 '그 자신의' 빵을 가져간 그 이상한 동무를 떠올리며 자신에게 화를 부추겼다. 그랬다. 그가 가질 수 있는 빵은 '그 자신이' 울타리 근처에서 맨 먼저 발견했는데, 그걸 챙겨간 그 작자는 얼마나 교활한가?! 그렇게 습득한 걸 약속대로 절반씩 나누기로 했는데, 이를 거부하는 게 우정이라면 그게 우정일까? 늑대 같은 우정. 온종일 추린은 그 일에, 그런 생각에 매달려 있었다. 그는 그 일에 대해 그에게 한 번 물어보려고 했지만 그렇게 하지 못했다. 그런 기회가 없었다. 그 둘 다 열차 가까이서 일하고 있었지만, 그 '스미르노프' 개들이 포로들의 일거수일투족을 감시하고 있었기 때문이었다.

추린의 두 주먹이 무릎 위에서 화를 삭이지 못하고 떨고 있었다. 그의 눈길은 그 속임꾼을 위협하듯 찾아다녔다. 그가 찾고 있던, 같은 처지의 사람이 자기 잠자리에서 일어나, 자리에서 떠나려 하고 있었다. 추린이 그런 그를 보자, 그의 분개심은 더욱 더 난폭해졌다.

같은 처지의 그 포로는 한 손엔 빵을, 다른 한 손엔 우유 한 병을 들고, 자기 침대에서 아래로 내려가, 평평한 젖가슴을 가진, 갓 하루 전에 태어난 갓난아기를 안고 있는 여인에게 그 빵과 우유를 내밀었다. 추린은 마치 짐승처럼 꽥- 소리를 지르고는, 벌떡 자신의 자리에서 일어나, 달음박질하여 그 동무가 있는 곳에 가, 그 동무의 웃옷을 흔들 듯 잡았다.

"헤이, 동무, 그 빵과 우유는 내 몫이요."

같은 처지의 그 포로는 침착하게 그를 정면으로 바라보았다.

"추린, 당신은 틀렸어요. 이 음식은 이 여자분 꺼요."

"거짓말! 아침에 그 울타리에서 그 빵을 맨 먼저 발견한 사람은 나라구요. 그 습득물의 절반은 내꺼요. 난 사마리아 사람이 아니라, 배고파 창자가 뒤틀릴 지경에 있는 고통 받는 사람이란 말이요. 왜 당신은 '당신' 몫이나 이 여인에게 주지 않구요?"

"나는 이미 그걸 아침에 벌써 주었거든요. 당신 몫은 당신 수건 밑에 넣어 두었어요. 가서 챙겨 먹어요! 이 빵과 우유는 오늘 열차 안에서 발견했어요..."

추린의 태도는 그 말에 좀 온화해졌지만, 그의 대답에는 여전히 위협이 들어있는 어투였다.

"에이, 들어봐요. 그새 쥐들이 와서 먹어 버렸다면, 그 신비스런 쥐를 찾는 방법도 알고 있어요. 그리고..."

"낮에는 쥐들이 숨어서 나오지 않지. 추린. 어서 가서 챙겨 먹어요!"

그 운동선수 체격의 남자는 여자 몇 명으로부터 비난 섞인 말을 듣고, 투덜거리며 다시 자기 자리로 돌아갔다. 저쪽 멀리서 다섯 살 난 아이가 보고 있었다. 그 아이의 눈은 그렇게 가고 있는 추린을 궁금한 듯 따라가고 있었다.

추린은 베개처럼 쓰던 수건 아래 손을 집어넣었다. 그 속에서 빵 3개와 구운 물고기 한 조각을 그가 발견하자, 그의 표정은 곧장 밝아졌다. 세 걸음 정도 떨어진 거리에서 뭔가 하고 궁금해하던, 그 배고파하던 아이는 오로지 추린의 입에만 눈길이 가 있었다. 순식간에 그 에고이스트인, 거구의 추린은 한입 가득 게걸스럽게 먹는다. 아주 굶은 들짐승만이 그렇게 빨리, 야만스럽게 집어삼킬 수 있다. 지금까지 보고 있던 아이가 위험을 무릅쓰고 다가와, 추린에게 자기의 작은 손을 내밀어 조금만 달라고 했다. 추린은 걸인 같은 그 아이 모습을 보지 않으려고 두 눈을 감은 채, 더욱 열심히 먹었다.

그런데 갑자기 그가 삼키던 음식이 목에 걸렸다. 그는 뭔가 날카롭게 찌르는 것을 느꼈다. 물고기 뼈가 그의 목을 간지럽게 하니, 그를 흥분하게 만들고, 고문을 하듯 그를 질식하게 했다. 금새 그의 얼굴 모습은 붉게 변했다. 곧 그 게걸스럽게 먹던 음식은 자신이 기침하면 툭 튀어 나올 것만 같은 생각이 들었다. 그런 생각만으로도 그는 난폭하게도 자신의 화를 삭이지 못한 채 그 아이에게 뛰어가, 그 아이를 그만 한 대 때렸다.

그 아이는 기절한 듯이 쓰러졌다. 외침과 욕설이 들려왔다. 몇몇 남자들과 여자들은 그 불쌍한 아이에게 달려갔다. 기침을 참느라고 얼굴이 붉혀진 추린은 이젠 겨우 빵을 한 입 가득 삼켰다. 아마 그 빵은 그의 목에 걸린 물고기 가시와 함께 삼켜질 것으로 생각했나 보다. 잠시 뒤, 그는 이젠 좀 살 만하다고 느끼자, 좀 전에 자신이 한 행동에 대해 변명을 하려고 했다.

"이 코맹맹이 녀석이 내가 빵 먹는 걸 뚫어지게 보고 있잖아요."

증오와 놀램이 같은 처지에 빠진 사람들의 표정에서 보였지만, 아무도 감히 그에 대항하여 손을 치켜들 수 없었다. 모두는 그의 유별난 힘을 알고 있었다. 깡마른 여자 한 사람만이 그에게 달려들어, 가는 주먹으로 그의 넓은 가슴을 난폭하게 때렸다.

"당신은, 짐승, 당신, 돼지야, 나쁜 짐승같으니라구...하나님이 당신의 손을 말려 버릴 것이다!"

추린은 웃으며, 그 여자의 손을 잡고 말렸다.

"이-런!...이봐요! 당신 자식은 벌써 눈을 껌벅이고 있어요...다음번엔 저 아이는 뭘 먹는 사람을 존중해 줄 거요...그리고 당신들 모두 그렇게 볼썽사납게 날 째려보고 있는 거요?! 이 꼬마가 내가 입으로 뭘 삼키는 것을 쳐다보는 것 봤지요? 이해가 되어요?...누가 마음에 안 들면, 말해 봐요! 덤벼 봐요! 당신들 열 명이 한꺼번에 달려들어도 싸울 수 있어요... 해 봐?!"

그에게 비난 섞인 불평을 하고 난 뒤, 그를 둘러섰던 사람들은 그 아이를 데리고 물러났다. 추린은 그들 뒤에 침을 뱉었다. 그리고 그는 자기 침상으로 다시 올라갔다. 그는 자기 외투를 가슴에 덮고, 이 모든 일이 자기편에서 끝을 냈지만, 그 일 자체가 그의 생각을 더 자극하고 있음을 알게 되었다. 몰래 그는 그 아이가 울먹이며 자기 엄마에게 더 파고 들어가는 모습을 바라보았다. 같은 처지의 사람 중에서 누군가 그 아이에게 빵 한 조각과 사탕 한 개를 주었다.

'그런데, 누가 나를 쳤다면, 아무도 내게 저런 맛난 걸로 보상해 주지 않을 거야.' 그는 생각했다. '저 뺨 한 대가 없었다면, 저 아이는 배고픈 채로 자야 했을 걸... 더구나, 난 그를 세게 때리진 않았어...다행히도! ...결국 저 녀석은 어린애 아닌가. 어린애라? 하지만 저 아인 거 만한 코맹맹이야. 저 아이는 내가 먹는 빵을 노려보고 있었어...그 빌어먹을 물고기 뼈 가시 때문에! 그래, 그 썩은 냄새 나는 물고기 뼈가 문제였어. 그것만 걸리지 않았다면, 난 화를 내지 않았을 거야... 이젠 저 동무들 이 나를 침 뱉고 있어. 특히 손가락이 두꺼운 여자가... 그런데, 만약 그들이 침을 뱉으면, 나도 침을 뱉어 주 지.'

추린은 여전히 오랫동안 그런 생각에 잠겨 있었다. 15 분이 지나서야, 그는 후회조차 했다. 그런 후회는 그가 그 아이와 화해할 방법을 찾게 만들었다. 그는 자기 호 주머니에 든 걸 알아보려고 자리에 앉았다. 아마 뭔가 그 소년이 좋아할 물건이 있을 것이다. 그가 잘 기억하 고 있다면, 며칠 전에 그는 길에서 색유리 구슬을 하나 주웠다. 아이들은 그런 놀이 도구를 좋아한다. 추린은 자 기 호주머니를 다 뒤져 보았지만, 그가 찾는 물건은 보 이질 않았다. 그는 수건들을 거꾸로 들춰 보았다. 그곳에 서도 그 구슬은 보이지 않았다. 갑자기 그는 자기 수건 밑에다 빵을 숨겨 놓았던 그 동무가 떠올랐다. '그 동무가 어떤 아이를 위해 내 구슬을 훔쳤을지도 모른다.' 정확하 진 않지만, 그래도... 추린은 자기 침상에서 내려왔다.

막사 안에는 이제 잠자는 사람들의 침묵만 있었다. 그 는 짐작이 가는 그 동무 자리로 갔다. 그는 몇 번 서너 명의 동무를 일일이 흔들어 깨웠지만, 그가 아님을 확인하고는, 마침내 그가 찾고 있는 그 남자 동무의 잠자리를 찾아냈다. 추린은 그의 발을 잡고 깨웠다.

"헤이, 동무... 잠시만요!"

그 바람에 잠이 깬 사람은 자리에 앉고는, 이해가 안 되는 듯이 추린을 바라보았다.

"무슨 일이요?"

"구슬요."

"무슨 구슬?"

"색유리 구슬...내 방석 밑에 두었거든요."

"난 못 보았어요...나를 잠 좀 자도록 놔 둬요!"

추린은 당황했다. 그는 머뭇거리며 서 있다가, 상대방을 쳐다보았다.

"내가 그 구슬을 어디엔가, 아마 내 호주머니 속에 넣어둔 걸로 기억하는데... 빌어먹을."

"그걸로 뭘 하려구요?"

"당신이 상관할 바 아니오... 그런데, 혹시 아이가 좋아할만한 물건 없어요?"

"좋아할 만한 것이라니?! 무슨 말인지 모르겠군."

"알 필요 없구요... 난 다만 아이들이 좋아할 만한 걸 당신이 가지고 있는지 물었을 뿐이라구요. 없으면 말구요! 어떡하지?"

추린은 자기 자리로 돌아가려 할 순간에, 그 사람이 그를 몸으로 제지하고 말했다.

"굽은 거울이 있긴 한데."

"굽은 거울이라구요? 그건 뭐에 좋아요?"

"덩치 큰 사람을 작게 만들지요, 추린."

추린은 그렇게 말하는 사람의 어조에서 숨겨 있는 비웃음을 알아채고는, 그것 때문에 마음이 상했다. 그럼에도 그 사람은 여기저기 찾다가 호주머니용 둥근 거울을 꺼냈다. 그것은 양면이 유리로 되어 있었다.

"자, 봐요! 추린, 한 번 거울을 봐요! 당신이 이 안에서 머리가 얼마나 작아지는지를! 그리고 이렇게, 다른 면에서 보면, 당신 머리는 마치 연필처럼 바싹 마른 모습이군. 그리고 이렇게 뒤집으면, 당신 머리는 타타르 여인의 옆 모습처럼 두껍게 보이지."

추린은 작은 거울을 집어 들고, 그 거울을 돌려 보기도 하였다... 그의 표정은 그 물건이 가져다주는 즐거움의 내용에 완전히 만족해하는 것임을 알 수 있었다. 그는 거울 속의 자기 모습을 보다가 마침내 웃었다.

"유리구슬보다 이걸 갖고 놀면 한층 즐겁겠군요. 안 그런가요?" 그는 마침내 자기 의견을 말했다.

"뭐에 이걸 쓸거요?"

"당신이 관여할 바 아니라구요... 하지만, 이걸 당신이 내게 선물한다면, 내 생각엔 이걸 아이가 가지면 그 아이가 아주 즐거워할 것 같군. 안 그래요?"

"정말이구 말구요!"

추린은 그 동무의 표정에서 완전히 이해하고 있음을 보고는, 그 때문에 부끄러움을 느꼈다. 그는 망설이다 그것의 주인에게 그 거울을 내밀었다.

"아뇨, 난 이게 필요하지 않아요... 구슬이 더 낫겠어요."

"그걸 넣어 둬요, 추린. 이젠 나를 잠 좀 자게 해줘요!"

그렇게 깨어났던 사람은 다시 자리에 눕고, 추린은 그 작은 거울의 양면을 바라보고는, 그 아이를 찾으러 갔다. 그 막사 출입문 근처에 그 귀여운 녀석이 자기 엄마와 함께 낮은 침상에서 자고 있었다. 추린은 그들 앞에 섰다. 만약 그가 그 아이의 손에 그 선물을 밀어 넣을 수만 있다면 가장 좋겠으나, 그걸 하려면, 그가 조금 기어 들어 가야 했다. 추린은 조심스레 벽 가까이에 누워 있는 그 아이에게 가려고 무릎으로 기어갔다. 육중한 무게에 눌린 침상 마루가 삐거덕거렸다. 추린은 자신의 입속의 이들 사이로 욕을 했다... 그리고 그는 그 남자아이의 어머니가 두려움에, 긴장하는 모습이 느껴졌다. 그 아이 어머니는 잠에서 깨어 있었다. 그가 재빨리 행동하지 않으면 그 어머니가 뭐라 소리칠 것이다. 상황이 정말 묘하게 돌아가는구나 하고 추린이 생각하자, 그는 자기 손바닥으로 그 어머니의 열리려는 입을 막고는, 어머니에게 그 작은 거울을 보여 주고는 자신의 우호적인 의도를 그 어머니가 이해할 수 있도록 최대한 친절한 모습을 보였다.

그 여인의 눈길이 좀 온화해지자, 추린은 그 여인의 입에서 손을 치웠다.

"거울요... 굽은 거울인데요....저 아이에겐 아주 재미있는 거요." 그는 약한 소리로 말하고는, 자신의 입가에 넓은 웃음을 내보였다.

"왜요? 난 이해를 못 하겠어요."

"재미난 걸 가지게 해 주려고요. 아이들에겐 정말 재미난 물건이라구요...굽은 거울..."

"가난한 사람에게 거울이 무슨 소용이지요?"

추린은 당황스러웠다. '어떤 대답을 해야 하나?' 마침내 그는 그 여인의 손에 그 거울을 밀어 넣었다. 그러자 그 작은 거울은 그 여인의 손가락 사이에서 굴러다녔다. 그는 그 여인의 대답을 들으려고 그 침상 가장자리에 앉았다. 그 여인이 오랫동안 침묵해 있자, 추린은 지루하게 되었고, 그는 그 선물의 특성을 설명해 주어야겠다고 결심했다.

"자 봐요! 그 작은 거울은 요술 같은 면을 갖고 있습니다. 거인을 작게 만들고, 뚱보를 연필 정도의 크기로 만들고요, 또..."

"나쁜 거울이군요. 내 아이는 지금 키도 작고 연필처럼 마른데...이 아이에겐 이게 필요 없어요...나쁜 거울이네요."

여인의 목소리와 눈길은 비난을 나타내고 있었다. 그 단도같은 말에 추린은 말을 이어갈 수 없었다. 그는 할 말을 잃은 채 그대로 앉아, 창백한 여인의 얼굴을 바라보았다. 어머니의 판판한 가슴에 아이가 머리를 댄 채 더욱 창백한 모습으로, 그런 모습으로 잠자고 있었다. 머리 전체가 마치 추린의 주먹보다 조금 클 정도였다. 그는 정말 부끄러움을 느끼고, 갑자기 자신의 증오스런 잘못에 대해 다시 느꼈다. 그 자신과 비교해 이 아이는 무엇인가? 가련한 나비. 열 명의 건장한 남자도 추린을 넘어뜨리지 못했는데, 그 자신이 이 귀여운 아이를 주먹으로 때려 넘어뜨리게 하다니. 부끄럽다! 추린은 자신의 목에 뭔가 누르는 것 같았다. 그의 오른손 안에 든 거울을 깨어버릴 정도로 그렇게 세게 주먹을 쥐었다. 그리고 난폭하고도 빨리, 추린은 힘을 다해 자신의 뺨을 한 대 때렸다.

"넌 짐승이야!" 그는 자신을 향해 쉰 목소리로 자책했다.

추린의 갑작스런 행동에 그 여인은 깜짝 놀라, 자신의 침상에서 더 안쪽으로 방어하듯 물러났다. 그 철썩 때림은 셌다. 그것은 그의 얼굴에 자국을 남겼다. 그의 세게 쥔 주먹에 그만 그의 손 안에 든 거울이 깨져 버렸고, 그런 유리 파편 때문에 피가 났다. 그러나 그의 표정은 만족한 모습이었다.

"뭘 하려고요?... 가세요... 당신은 미쳤군요."

"내가 당신 아들을 때렸고,.... 그래서 지금 난 나를 때렸어요... 당신은 이제 속이 후련합니까?...만약 그렇지 않다면, 제 얼굴에 침을 뱉어 주세요! 난 그 침을 닦지 않을게요... 그리고...그 물고기 뼈 가시와 배고픔과...내가 다시 내 뺨을 때릴까요? 말해 봐요, 말해 주세요!"

그의 목소리는 쉿-소리를 내며 작은 소리로 말했다. 그 목소리에는 그 자신에 대한 억제하는 분개심이 진동하고 있었다. 그의 표정은 자신의 감정을 반영하고 있었다. 그 여인은 그의 후회하는 마음을 이해해야 했고, 그녀는 자기 아들을 때린 사람에 대한 어머니로서 화내는 것도 이젠 버려야 한다고 느꼈다. 그의 상처 입은 손을 바라보면서, 그녀는 그에게 동정조차 느꼈다.

"난 당신에 대해 더는 화를 내지 않겠어요."

"정말입니까?"

"정말이랍니다... 이젠 당신을 이해하겠어요, 추린...당신은 덩치만 큰 아이군요. 나쁜 아이는 아니군요."

"제가 나쁘지 않다고요? 당신은 그 점을 정말 믿습니까?"

"그래요, 난 믿어요...하지만, 봐요, 당신 거울이 깨졌으니...당신 손도 다쳤어요...그리고..."

"괜찮아요! 정말 괜찮아요! 거울은 아이들에겐 어울리지 않아요...난 색유리 구슬을 주고 싶었는데, 어떻게 잃어 버렸어요...내가 며칠 전에 길에서 주웠거든요..."

그가 한동안 자신이 잃어버린 구슬에 대해 설명하고 있는 동안에, 그 여인은 자신의 가슴에서 그 아이를 떼어내, 하얀 수건을 찾아 자신의 아이를 덮어 주었다.

"가서, 그 상처 씻고, 상처에 붕대 감아요...자, 어서 가요!"

"그럼 이젠 내게 더는 화를 안 내지요. 그렇지요."

"안 내요. 안 낸다구요! 난 정말 말합니다. 가세요! 난 그 피를 보면 토할 것 같아요."

추린의 표정은 웃음기를 띄고 있었다. 그는 자신의 왼손을 내밀어 화해를 청했다. 깡마른 여인의 작은 손이 그의 큰 손바닥 안에서 보이지 않자, 그의 미소는 이젠 목소리도, 좀 온화한 베이스톤의 소리로 바뀌었다.

"애석하게도 난 그 구슬을 잃어버렸어요. 그건 여러가지 색이 들어 있어서요, 당신 아이에겐 아주 좋은 것이 될 텐데... 왜냐하면..., 왜냐하면... 난 저 귀여운 녀석과 화해하고 싶었어요... 저어, 그래요, 하지만 난 구슬이 없으니, 그리고..."

그 여인의 창백한 미소는 추린의 마음을 어루만져 주었다. 그는 막사 밖의 우물에서 상처 입은 손을 씻으려고 발끝으로 걸어가서, 그 막사 출입문을 몰래 나섰다.

제7장. 1918년 시월 마지막 밤의 만행

바로 몇 분 뒤, 코사크 중사 한 사람이 그 막사에 나타났다. 잠자는 사람들이 내뿜고 있는 코를 쥐어짜는 듯한 냄새. 더러움의 악취, 그 토할 것 같은 분위기 때문에 그는 그 막사 출입문 문턱에서 더는 들어갈 수 없고 숨도 못 쉴 것 같았다. 그 메스꺼움에 그는 목이 간지럽게 느껴졌다. 잠시 뒤, 그는 역겨움을 겨우 참고는, 그 막사의 방 중앙으로 들어갔다.

침상에 있던 어떤 여인은 그를 보고는 깜짝 놀랐다. 그의 걸음걸이, 그의 외모, 또 그의 태도는 그녀가 잘 알고 있던 것이었다. 그녀가 그가 몸을 돌리는 것을 보았을 때, 익숙한 외침이 그녀의 입가에 나타났다. '오, 기적을 만드시는 성 니콜라이 님, 그이가 필시 콜루슈카 카라세프 임에 틀림이 없다. 맞다. 콜루슈카!'

그 중사의 명령하는 목소리에 그만 그녀의 미약한 목소리는 억눌렸다.

"헤이, 이 깡패들아, 당장 잠자리에서 일어나 줄을 서! 어서, 서둘러!"

그 큰 목소리는 밤의 정적을 흔들어 놓고, 잠자는 사람들의 눈에서 잠을 싹 가시게 했다. 막사 내부에서 웅성거림과 중얼거림이 있었다. 그 비참한 소굴에서는 모든 사람의 목소리가 혼돈으로 소란스럽게 갑자기 들려왔다. 마치 환영을 보는 것 같은, 침상 위의 그 여인은 그 중사만 쳐다보고 있었다.

"헤이, 서둘러, 이놈들아!"

"무슨 일입니까? 중사님?" 누군가 큰 소리로 위험을 무릅쓰고 물었다.

"무슨 관심이 그리 많아! 조금 있으면 알게 될 거야."

위험이 닥친듯한 느낌과 걱정스런 떨림이 넝마 같은 옷을 주섬주섬 입고 있는 비참한 사람들에게 생겨났다. 침상에 있던 그 여인은 입맞춤으로 그 아이를 깨웠다. 그 여인의 심장은 미친 듯이 뛰고 있고, 눈물이 그녀 눈가에 맺혔지만, 그녀 표정은 창백 속에서도 웃음을 띠고 있었다. '오, 신성한 성모님, 성모님의 '카잔'의 성화[9] 앞에 제 자신이 그렇게 자주 절을 하였더니, 이제 당신께서 제게 기적을 만들어 주시는구나! 그렇다. 저이가 바로 콜루슈카 카레세프다!'

"잘 들어, 이 깡패들아!" 중사는 자신의 채찍을 한 번 휘둘러 자신의 말에 태연자약함을 부여했다. "민간인 포로들, 남자와, 여자들과 아이들은 당장 마당에 줄을 지어

---

9) 역주: 카잔의 성모(러시아어: Казанская Богоматерь)는 러시아 카잔의 수호성인으로서 성모 마리아를 그린 러시아 정교회의 가장 거룩한 성화상(이콘) 가운데 하나이다. 로마 가톨릭교회에서도 카잔의 성모상의 모사품들을 제작하여 공경하고 있다. 카잔의 성모상은 수세기 동안 러시아의 수호자로 공경을 받아왔으며, 진품은 1904년에 절도당하여 파손되었을 것으로 추정된다. 모스크바와 상트페테르부르크 두 곳에 소재하고 있는 카잔 주교좌 성당들을 비롯하여 수많은 정교회 성당들이 카잔의 성모에게 봉헌되어 그를 주보성인으로 모시고 있다. 카잔의 성모 축일은 7월 21일과 11월 4일이다.

선다. 군인들이자 포로들은 임시로 이 막사 안에 남는다. 알아 들었나? ...에이, 이 무슨 냄새인가!" 그리고 그 중사는 자신의 역겨움을 침을 뱉어 표시했다.

그 목소리에 사람들은 혼비백산해 아주 시끄러워졌고, 그 중사는 피난하듯 그 막사를 빠져나왔다. 침상에 있던 그 여인의 외침은 그의 귀에는 들려오지 않았다. 그녀의 반쯤 잠자던 아들은 그 어머니를 바라보고만 있었다. 어머니의 웃음에 그 아들은 깜짝 놀랐다. 그는 어머니가 눈물이 담긴웃고 있는 모습을 본 것이 정말 오래되었다.

"엄마, 또 무슨 일이 있어?"

그 아이의 목소리는 두려움에 떨고 있었다. 어머니는 아들의 머리카락을 조심해서 쓰다듬었다.

"두려워하지 마라, 유로치카! 이젠 모든 일이 잘 될 거야. 카잔의 성모님이 우리 기도를 들어 주셨단다... 기다려 봐, 내가 네 얼굴을 좀 닦아 줄께."

그 여인은 그 아이의 옷 끄트머리를 혀끝으로 젖게 하고는, 눈물이 마른 흔적이 있는 아이의 양 볼을 닦기 시작했다.

"오, 어리석은 추린!...이젠 당신은 아무에게도 손찌검을 하지 못할 거야, 아이, 내 새끼야... 웃어봐, 유로치카! 웃어봐, 내 아들! 성모님이 우리를 도와주셨어."

"난 무서워." 그 아이는 응석을 부리듯이 말했다.

"뭐가 무서워?"

"몰라... 그 큰소리를 치던 군인 손에 채찍이 있었어."

그 여인은 그 아이를 품에 꼭 안고는, 입을 맞춰 그 아이를 진정시켰다.

"넌 그 사람을 두려워하지 않아야 해. 유로치카. 그 사람은 나쁜 사람 아냐. 난 그 사람 알아. 나를 믿어. 저어..."

그때, 서너 명의 코사크병사들이 나타났다.

"어이, 서둘러라고 했잖아! 우리가 좀 움직이게 해줄까?"

채찍을 휘두르는 소리가 휘익-하고 났다. 그 소리에 불쌍한 무리들은 자신의 걸인 같은 소지품을 꼭 끼고는 문을 지나, 마당으로 나왔다. 아이와 함께 있던 그 여인은 맨 나중에 나오는 사람들 속에 끼어 있었다.

"지금 우리를 어디로 데려가지?" 누군가 물었다.

"아마 다른 곳으로 이동시키겠지요."

"저 산에서 볼셰비키들이 시내를 공격했나 보지."

"내 생각엔 우리를 '블라디보스토크'로 옮길 것 같은데. 왜냐하면, 우리가 있는 이곳은 '타이가'에 너무 가까이 와 있거든."

"내가 도와주지요, 부인." 누군가 반쯤 기절할 것 같이 선 채, 헝겊 같은 걸로 싼 아이를 양팔에 세게 안고 있는 비참한 여인에게 말했다. "아이는 내게 주십시오, 그리고 우리가 떠날 차례 때까지 여기에 앉아 있읍시다."

"고마워요. 당신은 친절하네요."

그 남자는 잠자고 있는 간난 아기를 받아 안았다. 그

창백한 여인은 옆의 침상 가장자리에 쓰러질 듯 풀썩 주저앉았다.

"그리고 지금 무슨 일...무슨 일인가요?"

"나도 모릅니다."

"솔직히 말해, 저로선 모든 게 똑같아요... 이보다 더 나쁜 일은 있을 수 없지요...전 죽고 싶을 뿐입니다. 죽고 싶어요."

그 여인은 기절할 듯한 목소리로, 죽어 가는 듯한 목소리로 말했다. 그 남자는 그 여인을 위로하듯 바라보았다.

"모든 게 언젠가 지나갈 겁니다... 이 불행한 일도. 운명의 바퀴는 굴러가고 있습니다."

"그래요, 바퀴야 굴러가지만, 그 바퀴에 매달릴 힘이라도 갖고 있는 사람들에게야 그런 행운이 찾아오겠지요... 어디서 제가 그런 힘을 얻을 수 있으며, 무엇을 위해서요?"

"무엇을 위해서라뇨? 당신에겐 아이가 있잖아요."

그 여인의 두 눈에서는 하늘이 저주한 아픔이 반짝이고 있었다. 그녀 눈길은 아들이라는 선물을 주신 하나님을 비난하고 있었다. 그 여인은 자신의 운명이, 인생의 골고다 언덕을 향해 올라가고 있는 그녀의 십자가에 너무 무거운 짐이 달려 있다고 느끼고 있었다. 옆에 서 있던 남자는 그녀 표정으로부터 침묵하고 있는 생각들을 이해할 수 있었다. 그도 그녀 옆에 잠시 앉았다.

"사람들이 우릴 떼놓지 않으면, 내가 당신을 도와주겠

어요...영원히 우리를 이렇게 취급하진 않을 겁니다."

"당신은 언제나 저희에게 친절하군요... 기차 안에서도, 여기서도. 이반 파블로비치가 내게 이야기 해주었어요. 그이가 당신을 안다고요... 이반 파블로비치... 그이에게는 모든 게 벌써 끝났어요. 그이에겐 모든 것이 똑 같아요... 그이는 나를 이렇게 떨어져 놔두었습니다. 그리고... 그리고 그이가 죽어도 장례의 눈물도 나지 않더군요... 이반 파블로비치는 벌써 잠자고 있어도, 난 활기차게 잠을 잘 수도 없어요. 얼마나 오랫동안 될까요? 오, 얼마나, 얼마나, 오랫동안?!"

그들 앞에 서 있던 사람들의 줄이 막사 출입문 쪽으로 움직이기 시작했다. 그들도 자리에서 일어나, 조금씩 자신들의 발걸음을 움직여 앞으로 갔다. 그 여인은 순간 현기증을 느꼈다. 그 여인은 그 남자의 팔을 꽉 잡았다.

"그리고 지금 어디로, 또 왜 가요? ... 왜 언제나 더?"

"저어, 조금만 더 참아요." 그는 그 여인에게 용기를 북돋았다. 그의 자유로운 한 팔로 그 여인의 허리를 지지하듯 감았다. "바깥의 신선한 공기를 맡으면 나쁘진 않을 겁니다. 걸어가면서는 우리를 떼어 놓지 못할 테니, 당신은 내 팔에 기대요. 알아들었어요?"

"네... 우릴 떼놓지 않는다면,.... 그래요... 만약 우리를...떼놓지... 만약....오, 머리가 정말 무거워요!"

그들은 바깥의 문턱까지 왔다. 밤바람이 차갑게 밖에 나선 사람들에게 불어 왔다.

"그 아기는 저 여자에게 주고, 당신은 왼쪽으로 가."
어느 코사크 병사가 명령을 하고, 그의 팔에 안긴 아기
를 거친 손으로 빼내 그 여인에게 안겼다. " 여자들은
오른편에 선다. 어서 갓!"

그 남자 눈길은 그 반쯤 기절한 듯한 여인의 시선과 잠
시 만났다. 그 남자가 그 여인의 절망적으로 불평하는
작별소리를 들었을 때, 그의 두 눈에 깊은 동정의 눈물
이 왈칵 일었다. 그녀의 작별의 말은 몇 마디로 되어 있
었다.

"사람들이 우리를 떼놓지 않는다면... 사람들이 떼놓지
않는다면... 하하하! ... 사람들이 우릴 떼놓네... 이반 파
블로비치, 당신은 평안히 잠들어요... 이제 사람들이 우
리를 떼놓는군요... 사람들이..."

"지껄이지 마! 앞으로" 그 코사크는 그 여인을 여자들
무리로 밀쳤다.

달빛 아래 두 줄로 그 비참한 사람들이 서 있었다. 오
른편엔 여자들과 아이들이, 왼편엔 남자들이. 그 두 줄
뒤에는 코사크 병사들이 지키고 있었다. 그 두 줄 사이
의 빈 공터가 가운데가 되었다. 칼무코프는 자신의 말에
올라 타 있었다. 경비탑에 근무 중인 스미르노프의 기마
포수 병사들이 그 무리에 대해 경계를 게을리하지 않고
있었다. 울타리로 된 정문에는 두 장교가 그 민간인 포
로들에게 기관총을 겨눈 채 근무하고 있었다. 어느 먼
한 모퉁이에서는, 몇 명의 악단이 관악기를 들고 기다리

고 있었다.

칼무코프는 주위를 둘러보았다. 그의 두 눈은 술을 너무 많이 마셔 벌게져 있었다. 일어나는 안개 속에서 그의 생각은 흔들리고 있었다. 갑자기 그는 말안장에서 일어나, 몸짓으로 뭔가를 말하려고 했다. 그가 한 번 움직이자, 모두 일순간 조용해졌다.

"이 깡패들아, 러시아 쓰레기들아, 난 네놈들에게 침을 뱉는다!...우리 아이들이 네놈들을 보면 네놈들은 모조리 쓸어버릴 정도의 가치밖엔 없지만, 오늘은 내가 그것도 용서하는 기분이야. 그래서 나는 오늘 여기서 축제를 열고 싶어. 그 때문에 난 무도회를 준비해 놓았다구...중사, 차르 찬가를!"

니콜라이 카레세프, 그 중사는 존경하듯이 차렷 자세를 취하고, 자기 상관에게 경례하고는 오른팔을 높이 치켜들어, 그 악단에게 사인을 보냈다. 이제 관악기들이 소리를 냈다.

"헤이, 이 깡패들아, 네놈들은 땅에 못이 박힌 사람처럼 서 있군! 너희들은 이제 쓰고 있는 모자를 모두 벗는다!... 마음껏 노래 불러!... 헤이, 얘들아, 노래 안 부르는 자들을 잘 봐서, 부르도록 해!"

아이와 함께 있던 그 여인은 여자들이 속한 둘째 열에서 좀 떨어져 서 있었다. 그녀는 긴장된 눈으로 그 중사를 바라보고는, 그녀 자신의 입을 기계적으로 움직였지만, 그녀 목소리는 여전히 자신의 목 안에서만 맴돌고 있었다. 그 노래가 들려오는 동안, 몇 번 채찍을 휘두르는 소리와 외침과 욕설이 들려 왔다. 칼무코프는 웃었다.

"그리고 이젠, 나의 용서하는 마음을 네놈들에게 보이려고,무도회를 시작함을 허락한다...잘 들어 둬, 깡패들아! 네놈들은 모두 자신들의 옷을 벗는다! 하나, 둘, **빨리!**"

그 공포는 사람들의 심장을 뒤틀리게 했다. 저항하는 듯한 웅성거림이 비참한 사람들 사이에서 위협하듯이 들려 왔다. 코사크들의 만행을 피해보려고 그의 말에 복종하는 사람들도 몇 명 보였다. 대다수는 주저했고, 여인들 중 그에 응하지 않는 입장을 취한 사람들도 있었다. 칼무코프는 크게 웃으며, 큰 목소리로 명령했다.

"어서 옷을 벗는다! ...헤이, 얘들아, 채찍질을 아끼지 마라! 저 사람들이 옷을 빨리 벗도록 한다! 나는 이제 네 사람이 추는 프랑스 카드리유 무용10)을 하도록 명령한다. 악단장, 시작!"

너절한 옷들이 땅에 떨어졌다. 시체같이 창백한 나신들은 시월의 밤에 떨고 있었다. 부끄러움 때문에 그들이

---

10) 역주: 18세기 후반에서 19세기에 유행한 프랑스의 궁중 무용이 나중엔 사교춤으로 바뀜. 처음에는 코티용 무용이라고 함.나중에는 카드리유 무용이라고 함. 영국에서도 유행했다. 카드리유의 전신으로, 4쌍의 남녀가 4각 대형을 이루고 추었다. 첫번째와 3번째 쌍이 먼저 춤추고 뒤이어 2번째와 4번째 쌍이 춤추면서 여러 가지 기하학적인 대형을 이루었다. 19세기에 춤의 형태가 더욱 다양해졌으며, 춤추는 도중에 선물을 주고받았다. 뒷날 코티용이라는 말은 원래의 형태와는 거의 관계가 없는 남녀의 사교춤을 일컫게 되었다.

떨진 않았다. 그럼, 무엇 때문에 부끄러운가? 벌거벗어서? 가당치 않다. 떨림은 그것은, 이젠 인간의 벌거벗음을 더는 보여주지 않았다. 온 무리가 무덤에서 부활한 시체들과 같았다. 죽은 이를 덮는 천조차 달아나게 하고, 없애 버린 환영들이다. 그들은 마치 땅 밑에서 인간의 존엄성을 비웃으러 일어선 것 같다. 칼무코프는 그 잔혹한 장면을 만족한 듯 즐기고 있다.

아이와 함께 있던 그 여인은 그 중사만 바라보고는 움직이지 않고 있었다. 그녀는 옷을 입은 채 그대로 있었다. 코사크병사 한 사람이 그 여인에게 다가왔다.

"헤이, 이 년아, 너도 옷 벗어! 네 년의 매력도 숨기지 말아! 하하하!"

그 여인의 눈길은, 모든 것에도 불구함에도, 그렇게 할 수 없다고 보여주고 있었고, 여인은 자신의 앙상한 팔을 들어 그 중사를 가리켰다.

"만약 저 사람이 그걸 명령한다면, 난 따르겠다... 니콜라이 카레세프 만이 내 옷을 벗길 권한이 있어."

그 코사크는 웃었다. 그는 뭔가 농담인줄 여겨, 그 중사를 손으로 불렀다.

"하하, 니콜라이 카레세프 중사님! 중사님에게 이 년은 마음이 있나보군. 이 여자는 중사님을 위해서만 옷을 벗겠다는 군...하하하!... 중사님은 정말 여인에게 인기가 있다는데, 어떡하지요?"

"그 여자를 두들겨 패!" 대답이 들려 왔다.

그 코사크는 채찍을 들었다. 하지만 바로 그 순간에 그 여인은 귀를 째는 듯이 외쳤다.

"콜루슈카... 콜루슈카 페트로비치... 부끄럽지 않아요, 콜라!"

그 여인의 외침에 그 중사는 주목하지 않을 수 없었다. 그는 그 목소리를 이제 알아차렸다. 그는 그 여인에게 달려와, 긴장한 시선으로 그 여인을 노려보다가, 창백한 모습으로, 그의 입에서 떨리며 쉿소리의 말이 흘러 나왔다.

"루샤... 당신은 류샤!... 루샤치카?!... 이럴 수가!"

그 여인은 자기 아들을 꼭 붙잡고 있었다. 눈물어린 간청이 그녀 목청에서 진동되고 있었다.

"콜류슈카, 내 옷 벗을까요?...말해 봐요!...당신 대장에게 내 나신을 보여 줄까요?...말해 줘요!"

그 중사는, 마치 그가 오랫동안 묻혀 있던 환영을 본 듯이, 멈칫 멈칫했다. 그의 생각은 과거로 달리고 있었다. '정말 이 루샤가 그의 아름답고도 젊고 건강한 루샤라니,, 이 해골판 같은 복사물아라니?! 아냐! 그럴 리 없어!

"어떻게... 어떻게 당신이 이곳에 있을 수가?" 마침내 그가 말을 드듬거렸다.

"나를 이곳으로 끌고 온 작자들에게 물어 보세요!...콜루슈카...내가 옷을 벗어야 해요?" 그 여인의 목소리에는 더 이상 간청은 없다. 그 소리는 나무처럼 무뚝뚝하다.

"무엇 때문에? ...무엇 때문에 당신은 여기에 있소?!"

"당신들에게 물어 보세요! 그들에게 물어 보세요! 당신 대장에게 가세요, 니콜라이 페트로비치 카레세프, 그에게 가서, 물어 봐요. 그 자신은 무엇 때문인지 이유를 정말 알거요. 어서 가요, 콜루슈카...그리고, 난 옷을 벗어야 하나요, 콜루슈카?!"

그 중사는 마치 죽은 사람처럼 창백해져, 자신이 어떤 결정을 해야 할지 결정하는 능력도 마비된 것 같았다. 그는 자기 부하에게, 그 코사크 병사에게 요청하듯 눈짓을 하고는, 칼무코프를 몰래 쳐다 봤다. '어떡한담?' 이 순간에 그는 자기 상관을 질식시켜 버리고도 싶었지만, 군대 규율이... 그리고...그리고 이 루샤는 얼마나 추한 모습으로 변했는가. 그 여인은 마치 무의식적인 듯, 그의 내면의 싸움의 순간을 따라 가고 있었다. 갑자기 그녀는 큰 소리로, 히스테릭하게 미친 듯이 웃고는, 단번에 자신이 입고 있는 옷을 전부 찢어버렸다.

"봐요, 콜루슈카, 재회를 즐겨요! ...하하하!...봐라, 유로치카, 얘야, '카잔'의 성모께서 몇 번이나 비극적인 기적을 행사하시는 것을...하하하!"

그 중사는 천둥 같은 외치는 소리를 내났다. 그 아픔의 땀방울 같은 진주가 그의 이마에 보였고, 마치 회초리 맞은 짐승처럼 칼무코프에게 달려 갔다.

"대장... 대장님... 안... 안 하고 싶어요...내 아내 류샤가, 불행한 루샤치카가... 대장... 대장님... 대장은 내가 전투마다 얼마나 충성스럽게 대장님께 복종해 왔는지, 맹신적으로 대장님 명령에 복종해 왔는지 잘 알겁니다. 하지만 지금 저를... 지금... 저를 용서해 주십시오... 당신의 충직한 봉사자인... 저를요..."

칼무코프는 자기 중사에게 이해하지 못하겠다는 듯이, 당황하여 내려다보았다. 그는 조금 전에 무슨 일이 있었는지 몰랐다. 그는 자기 앞에서 아픔으로 뒤틀린 표정으로, 떨고 서 있는 사람을 바라보고만 있었다.

"여기서 너는 무슨 가당치 않는 말을 지껄이는 거야?"

"류샤가, 루샤치카가 여기에 있습니다... 내 아내와 내 아들이... 아들이 태어났을 때, 제가 겨우 한 시간 보았던 유로치카, 그리고 나서 저는 전선으로 징집되었다구요... 바로 그 두 사람이 저들 속에 있다구요... 대장님, 용서해 주십시오!"

칼무코프는 깜짝 놀랐다가, 잠시 뒤에는 불쾌한 사건 때문에 그에게 갑자기 화를 냈다. 그가 아주 잘 고안한 즐거움 속에 있을 때, 그를 이렇게 거만하게 방해하다니! 그의 두 눈이 번개처럼 빛났다.

"언제부터 우리 코사크 병사 중에 자기 가족을 볼셰비키 개로 두고 있었어?"

"제 가족은 죄가 없습니다... 오해가 있을 뿐... 뭔가 잘못된 음모 때문에..." 그 중사는 주저하며 간청했다.

"죄가 없다구? ...모두 그리 말하지!... 조국은 배신자들을 허용치 않는다. 중사, 난 자네를 이해하네. 그리고...

그럼 이젠 선택해! 가족인가, 아니면 조국인가?"

"대장님, 제가 충직하게 봉사해온 국가가... 저의... 저의..."

칼무코프는 그 중사 얼굴을 향해 침을 뱉었다. 그 증오로 뱉은 침이 전쟁터에서 받은, 영웅에게 수여된 군대 훈장들을 맞혔다. 그 중사는 몸이 굳은 채 서 있지만, 그의 표정에서는 화와 적개심을 참아 내느라 싸우고 있었다.

"계집같이 되었구나. 니콜라이 카레세프 네 놈은, 어느 볼세비키 인민위원의 침대에서 자기 이름을 더럽혔을지도 모를 그 여자 때문에 계집같이 되었어... 에잇!... 저리 꺼져!"

중사는 전신을 떨었다. 반쯤 취한 칼무코프조차도 자신이 군대 규율이라는 줄을 너무 세게 옥죈 것을, 또. 그 일에 있어 자신의 갑작스런 무관심을 난폭한 방식으로 표현했음을 알아차릴 정도였다.

"자네, 마음대로 해! 그 여자를 안고 자든지, 그 여자를 타작을 하든지! 나로선 마찬가지. 돌아서서 갓!"

중사는 자기 모자에 손을 올렸다... 그리고... 바로 그 순간에 또 다른 일이 벌어졌다. 수용소 정문 쪽에서 도움을 간청하는 소리가 들려 왔다. 죽을지도 모른다며 살려 달라는 요청과, 잠시 뒤, 기관총이 있던 쪽에 근무를 섰던 장교의 힘없는 몸체가 몇 사람이 서 있는 사람들 머리 위로 날아들었다. 덩치 큰 추린이 수용소 정문에 서 있는 것이 아닌가! 그는, 자신의 몸을 숨기기 위해 한 손으로는 두번째로 무장을 해제시킨 장교를 앞세우고, 또 다른 손으로는 정문 빗장을 풀려고 애쓰고 있었다. 그는 온 힘을 다해 벌거벗고 있는 무리들에 외쳤다.

"동무들, 기관총 있는 곳으로 와욧!... 동무들, 대문으로 와요!"

말로 형언할 수 없는 혼돈이 생겨났다. 경비탑에서 추린을 향해 총을 쏘는 소리가 들렸다. 총알 대부분이 추린이 꽉 잡고 있는 그 장교 몸에 맞았다. 코사크 병사들이 그를 체포하러 정문을 향해 달려들었다. 포로 중 몇 명도 달려갔다. 막사의 출입문들이 이제 열리더니, 그 안에 남아 있던 포로이자 군인들이 소란을 벌이며, 마당으로 달려 나왔다. 힘없는 비참한 사람들, 발가벗긴 사람들, 또 목에까지 중무장한 코사크 병사들 사이에 생사를 두고 투쟁이, 전쟁이 벌어졌다.

외침과 여인들의 놀라는 소리. 채찍을 휘두르는 소리. 총소리.

울타리 정문이 활짝 열렸다. 추린의 목소리가 모든 소란스런 목소리들을 잠재우며, 들려 왔다.

"동무들, 산으로!... 우린 산으로 갑시다!... 동무들, 나를 따르시오!"

추린은 울타리 너머의 움푹 빠진 곳에 숨었다. 붉은 포로들은 주변의 기관총을 빼앗아, 열린 정문을 향해 뛰쳐 나가고 있었다. 말 위의 코사크 병사들은 길길이 고함을 질렀다. 그들은 그 나신의 무리를 향해 채찍을 휘두르며 막사 안으로 밀어 넣었다. 몇 명의 코사크 병사들은 달아나는 추린을 추격하러 가기 시작했다. 막사들의 문턱마다, 계단마다 핏자국이 보였고, 상처 입은 사람들은 욕을 해댔고, 신음했고, 간청하고 있었고, 난폭해졌다.

그 광란의 몇 분이 지나자, 마당에는 난폭하게 말을 달리고 있는 코사크 병사들만 자기 말들을 내몰고 있고, 목표도 없이 허공으로 총을 쏴 댔다...

내동댕이쳐진 옷 조각들에 무릎을 꿇은 듯이 넘어져 있는 한 여인은 말라버린 두 눈으로 말발굽에 그만 목숨을 잃은 갓 나온 아기의 시신을 내려다보고 있었다. 그 여인은 똑같은 말만 되풀이하고 있었다.

"이반 파블로비치, 여기 당신 아들이...당신 아들이, 이반 파블로비치...여기 당신 아들이..."

창백한 달도 부끄러워 구름 속에 얼굴을 숨겼다. 밤은 자신의 검은 외투를 온 사물에 펼쳐주고 있었다. 정말 모든 사물 위로인가? 아니다! 그 불행한, 비참한 사람들 마음속엔 그 사건이 결코 씻을 수 없는 일로 조각되고 있었다. 칼무코프 대장이 '니콜스크-우수리스크'에서 1918년 10월의 마지막 밤을 즐겼다는 것은 꼭 기억해 둬야 할 것이다.

그 대장은 여전히 몇 번 더 비슷한 생각을 했다.

바로 애국이라는 미명으로, 극단적 열정으로.

제8장. 새로운 곳으로 이송된 포로들

군사령부 명령을 하달받은 포덴코가 붉은 포로들을 가둬 놓은 수용소에 나타났을 때, 칼무코프 대장은 이미 자기 코사크 병사들을 이끌고 '포그라니치나야'[11]로 말을 달리고 있었다.

멀리서 포덴코의 시야에는 벌써 그 수용소 울타리의 활짝 열린 정문이 들어 왔고, 그 수용소 마당의 모습은, 그 대장이 어제 한 말을 통해 포덴코가 추측한 그 밤의 흔적을 그대로 보여주었다. 막사 출입문 앞에 앉아 근무 중인 기병 포수연대 대원들이 그 사건에 대해 평하고 있었다. 그들은, 권력을 앞세운 칼무코프가 자행한 행동을 여러 가지로 평을 했다. 그들 모두는 한 가지 점-그 상황에서 이 "개들"을 약간 경고한 것은 철없는 행동이었

---

11) 역주: 1909년 7월 14일 대한제국의 국권회복을 위해 네덜란드 세계만국회의 참석하러 갔던 헤이그 밀사 중 한 분인 이상설선생이 당시 머물던 곳이 '포그라니치나야'라고 불린다. 또 포그라니치니(러시아어: Пограничный)는 러시아 프리모르스키 지방에 위치한 도시로 인구는 10,280명(2010년 기준)이다. 러시아-중화인민공화국 국경에서 동쪽으로 15km, 블라디보스토크에서 북서쪽으로 140km 정도 떨어진 곳에 위치한다. 1898년 오렌부르크 카자크에 의해 설치되었으며 설치 당시에는 1898년부터 1906년까지 아무르 주 총독을 역임한 니콜라이 이바노비치 그로데코프(Nikolay Ivanovich Grodekov)에서 이름을 딴 그로데코보(Grodekovo)라고 불렀다. 1958년 "경계에 위치한 도시"라는 뜻을 가진 포그라니치니로 이름을 바꾸어 오늘에 이른다.

다 -에 대해서만은 동의했다. 이 한목소리로의 의견은, 그 이상한 놀음에 늦게 도착해, 정말 함께 즐기지는 못했다고 주장한 스미르노프가 나중에 와서 들은 것이었다.

마당 중앙에서 사람들은 포로들이 벗어놓은 옷가지들을 쓸어 모으고 있었다. 그 옷가지들을 빗자루로 한곳에 모은 것은, 포뎅코 대령이 도착 전에, 떨면서 서둘러 옷들을 입고 있는 사람들의 모습을 벌써 본 스미르노프의 아이디어에서 나왔다.

스미르노프와 포뎅코는 군대식으로 인사를 교환했다. 스미르노프는 공식 인계절차를 마친 뒤, 여러 곳의 경비탑과, 울타리의 정문에 근무하는 자기 장교들에게 그 포로들을 이제 다시 자유롭게 해도 된다고 명령을 내렸다. 그래서 공병연대 장교들은 그 병영 안의 막사 출입문들을 열어주었다. 그 벌거벗은 민간인 포로들이 그 마당에 아직도 그대로 서 있는 것을 본 포뎅코와 그와 함께 온 부하들이 깜짝 놀라 기겁을 할 것 같은 표정을 짓자, 기마 포수연대 대원들은 웃음을 터뜨렸다.

"이젠, 포뎅코 대령님, 이 어린 양떼를 데려가도 좋습니다. 칼무코프 대장이 옷을 벗겼지만, 당신이 그들에게 옷을 입히시오."

자기 나름의 전쟁철학이 있음에도 불구하고, 지금은 포뎅코는 이 모든 것에 환멸을 느꼈다. 이 명령을 받은 임무 때문에, 칼무코프 때문에, 이 자칼 같은 스미르노프 때문에. 그럼에도 그는 자기 의견을 말로 표현하지는 않앉다. 그는 침을 뱉었다. 그런 행동은 사람들에게 두 가지로 해석하게 했다.

그것은 다른 사안에서와 마찬가지로, 볼셰비키들을 향해 그렇게 한 것일 수도 있었다. 그러나 그는 정말 몸을 사리는 사람이었다.

또 무슨 잔혹한 일을 당할까 두려워하는, 벌거벗긴 채 있는 민간인 무리는 자기 몸을 떨면서 줄을 서 있었다. 그들은 수없이 두들겨 맞은 개처럼 -노예가 되어버린 사람처럼 수줍게- 보였다. 몇몇 사람의 눈길에서만 숨겨진 복수심의 불길이 빛나고 있었다. 그 비참한 광경을 보자, 포덴코는 자기 감정을 전적으로는 숨길 순 없었다. 그의 목소리는 이젠 군인다운 날카로움을 잃어버렸다.

"사령부 명령에 따라, 오늘부터 내가 민간인 정치 포로들, 이름하여 여자들, 아이들, 민간인 남자들에 대해 경비를 맡는다...10명씩 앞으로 나와 옷을 입는다! ...자기 옷을 찾느라고 시간을 소비하는 자가 없어야 한다. 앞에 보이는 옷을 입으라. 그리고 각자 막사에서 모두 옷을 바꿔 입으면 된다... 첫 줄부터 10명 앞으로!"

비참한 사람들은 그의 말에 복종했다. 반 시간 뒤에는 그 민간인들은 모두 자신의 벌거숭이 몸을 숨길 수 있었다. 새 명령은 그 무리를 네 명씩 한 조로 줄을 세웠다. 포덴코는 그들을 남여 구분을 따로 하지 않았다. 그렇게 해서, 몇 몇 부부와 가족 전체가 함께 미지의 새 거주지로 갈 수 있었다. 공병 연대 장교들은 에스코트하듯이 그들을 둘러싸고 포덴코는 스미르노프에게 군대식으로 통고했다.

"스미르노프 대위, 내가 총인원 187명의 민간인 포로를 인수한다. 남자 131명, 여자 35명, 어린 아이 21명." 그는 군대식으로 인사하고는, 자신이 데리고 온 군인들을 향해 명령했다.

"출발!"

포덴코 대령은 자신의 앞으로 그 포로 무리가 앞서서 가도록 하고는, 자신은 페트로프프, 또 다른 두 장교와 함께 그 무리를 뒤따랐다. 그는 그렇게 가능하면 그 새벽의 분위기를 지워버리려고 뭔가를 유쾌하게 이야기하였지만, 자기 부하들 표정은 그런 그를 못하게 하는 것 같았다. 더구나 그는 무슨 후추 같은 우스갯소리를 이야기로 찾아내지도 못했다. 그의 머리는 잘 움직이지 않았다. 마침내 그는 길고 또 억지로 만들어 낸, 더 세련되게 나온 욕설로 그 무거운 기분 전환을 했다. 그의 장교들은 그를 이해한다는 듯이 바라보았다. 그러한 이해는 그 대령의 마음을 떨게 만들었다. 누가 알아차릴지도 모른다. 아마 그 장교 중 누군가는 그 욕설이 이 포로들을 동정한다는 표시로 받아들이지도 모른다. 그는 정치에 말려들고 싶지 않다. 그 때문에 그는 자신의 갑작스런 열기를 핑계로 말을 꺼내, 자신의 진짜 심경을 숨기려고 애썼다.

"그래, 그렇지... 내가 어떻게 하면 이 사람들을 먹여 살려야 하는지 생각하니, 어찌 이 마음이, 이 마음이 아프지 않겠어? 내가 저 사람들에게 요리사 하나 정도는 두도록 명령을 받아 놔야겠어. 내겐 책임감이 막중해질 것이네. 그리고...그리고 ... 악마에게 말해, 저 휴머니즘을 갖고 있는 아메리카 군인들을 싹 쓸어 버리라고 해야겠어! ...내가 이 포로들을 먹여 살려 그들에게 복수와 같은 보답을 해주게 하는 게 가장 낫겠어."

"그 정말 좋은 생각입니다, 대령님." 페트로프프가 말했다. " 휴머니즘 때문이라면 그 미국사람들은 대령님의 소시지공장의 남아 있는 모든 재고를 깡그리 사갈 겁니다."

포덴코는 자신의 농담을 페트로프프가 최하급의 아이디어가 아닌 것으로 생각해 주니, 자신이 한 농담을 생각해 보다가 웃었다. 그가 나중에 민간인 신분이 되면, 정말 그땐 그는 대령이 아니라, 상업가이다.

또 달러화 가치가 루블화의 가치를 능가한다.

특히 이 저주받은 혁명 시대에는. 또 그 휴머니즘도 만족하게 만들어야 할텐데. 포덴코의 기분은 한결 가벼워졌다. 자신이 탄 말이 그의 몸을 달래듯이 흔들자, 그는 자신의 머릿속에 새로운 계획이 생겼다. 그 계획은 머릿속에서 감자, 마디풀, 고기 무게를 재는 행위, 주위에 여러 통의 절여놓은 고기와 신맛 나는 배추를 처리할 일로 방황하고 있었다.

마침내 그는 오늘 저녁에는 자신이 보호하는 사람들을

위해, - 물론 장부상 정량의 4분의 3에 해당하는 분량으로 - 대형 솥에 보르시치[12]를 만들기로 결심했다. 루블화는 언제나 더욱 가치가 떨어져 간다. 어떤 식으로든 보상받을 방도를 찾아야만 한다. 그럼 이젠, 보르시치는 최하급 음식이 아니다. 그 스스로도 그 보르시치를 좋아하는 수프 중 하나로 여기고 있다....'오, 어려운 시대구나!' 포덴코 대령은, 그가 '독일적십자사'에 소속된 백작부인의 자매들을 도우러 2년 전 '아스트라칸'에 갔던 나날을 회상하면서, 의지와는 반대로, 긴 한숨을 내쉬었다. 400명 이상의 오스트리아 출신과 독일 출신의 자원봉사자들에게 주라고 책정된 그 자매들의 기금을 받은 아름다운 차르 정부는 자신의 정책으로 전쟁포로들에겐 주급 5 루블 이상을 주면 안 된다는 군법을 새로 만들어, 그 기금의 나머지를 몰수해버렸다. 그 법에 따라 그는 모든 자원봉사자들의 유일한 재산을 20루블씩 낮게 책정하는 데 성공했다. 20루블을 400명을 곱하면! 오, 아름다운 차르정부의 정책이여! 진실로, 그 일은 소란과 저항과 조서 작성이란 약간의 사안이 발생했지만, 마침내 그는 전쟁포로 400명을 시베리아의 '베레조브카'로 이송시키면서, 그들에게 이렇게 말했다. "Kvitung gestorben. Auf Wiedjersehn! Gljúkliche Reise!..."[13] 그리고 포덴코는 다시 허공으로 아픈 한숨을 다시 내품었다.

---

12)역주: 빨간 순무를 넣은 러시아식 수프
13)주: 영수증은 죽었어. 잘 가게! 행복한 여행이 되길!

그 대령은 가벼운 마음으로 그런 식으로 꿈꾸고 있고, 그 비참한 포로 무리는 아무 말 없이 걷고 있었다. 포로들이 걷는 줄 속에서 몇 개의 속삭이는 말들만 들려 왔다. 그들 표정엔 감동이란 전혀 보이지 않는 무표정함이 있고, 그들 태도엔 극도의 피곤함만 보여 주고 있었다. 그 길이 나쁘지도, 오래 걸리지도 않았지만, 지금까지의 기병 연대들에 비해 그 호송 분위기는 아주 너그러운 것처럼 보였다. 그 무리 중에 여자 하나, 또 아이 하나가 걷다가 실신하자, 그 행군은 간간히 중단되었다. 잠시 멈춘 뒤에는 그 실신한 사람을 다른 사람이 계속 부축해 가도록 했고, 그렇게 그 무리를 그의 공병 연대 소속의 수용소 막사로 계속 걷게 했다.

4명이 한 조가 된 줄에는 아이 하나, 여자 둘, 남자 한 명이 나란히 걷고 있었다. 이 중 남자가 자신의 한 팔로 옆에서 무표정한 채 가는 한 여인을 부축하고 있었다. 다른 여인은 중간에 잠시 쉬자, 자신의 등에 그 아이를 업었다.

"지금 어디로, 엄마?" 귀엽게 생긴 녀석이 물었다.

"모르겠어, 유로치카...어디로 가겠지!..내 목을 꽉 잡아!"

몇 분 더 걸어가자, 그 아이는 다시 뭔가 말하자, 그 말은 그 어머니 마음에 새로운 상처를 만들었다.

"내가 엄마에게 말했지, 그 채찍 든 군인은 착하지 않다고 한 거 알아?"

"그래, 그렇게 네가 말했지."

"엄마는 그 사람 알아?"

"묻지 마, 유로치카... 조용히 해!... 지금 군인들이 우리와 함께 가고 있어."

"그래, 하지만, 이 사람들은 채찍은 없네. 말 타고 가는 저 뚱뚱한 장교는 우리에게 옷 입으라고 했잖아."

"그래. 그렇게 해 주었지. 우리가 옷을 입지 않고서는 거리에서 걸어갈 수 없으니."

"그리고 저 사람은 어젯밤의 군인처럼 소리지르도 화도 내지 않았다... 그렇지?"

"저 사람은 큰 소리로 말하지 않았어. 유로치카, 아마 저 사람은 자기 목이 아프게 되는 걸 막으려고 그런가 봐...넌 꼭 잡아야 한다!"

"그리고, 엄마, '카잔'의 성모님께서 기적을 만드셨다고 어제 그 말은 왜 했어? 그분이 어떤 기적을 만들었는데?"

"조용해, 유로치카. 조용! 신성한 십자가의 이름으로, 나를 괴롭히지 말라구!"

그 말을 들은 아이는 무서워 그만 말을 그쳤다. 그 네 사람은 말없이 앞으로만 걸어갔다. 길이 굽은 곳에서 아직도 더 가야 되는 긴 길이 보였다. 다른 여인은 자기 자신에게 약한 소리로 혼자 말하고 있었다. "난 할 수 없어...난 할 수 없어!" 그 남자는 더욱 그 여인을 부축하려고 힘을 썼다.

"조금만 더 참아요. 이런 행군은 오랜 안 갈 거요. 내 마음 같아선 당신을 업고 가고 싶지만, 난 추린이 아니지 않소. 내가 당신을 업기에는 너무 약하오."

"추린...추린은 나쁜 사람이에요. 그 때문에 코사크병사들이 돌아버렸어요. 추린은 그 점에 있어 죄가 있어요... 그 점이..."

"이미 지난 일을 갖고 뭘 그래요! 그렇게 될 수 밖에 없었다구요."

"그래요. 그렇게...그렇게..."

그 아픔은 그 여인의 목을 누르고, 질식해 왔다. 믿기지 않는 힘으로 그녀 손가락이, 의지와는 반대로, 그 남자의 팔에 매달렸다. 그녀의 두 눈은 메마르고, 눈물도 없었다. 오, 이 여인의 영혼을 평안하게 해 줄 눈물은 언제 한 번 흘리게 될까?! 갑자기 그녀는 가슴을 찢는 듯이 하소연조로 외쳤다.

"이반 파블로비치, 당신은 왜 나를 혼자 내버려 두었나요?! 왜요?!"

"정신 차려요!"

"왜 그이는 되고, 난 안 되나요?... 왜 우리 둘 다는 안 되나요?! 뭘 위해 살아야 해요?!"

"조용해요! 장교가 우리에게 관심갖게 하지 말아요!"

"난 그들이 두렵지 않아요. 난 죽고 싶을 따름입니다... 그들이 와서 나를 죽도록 때리라고 해요. 난 더는 살고 싶지 않아요... 그리스도에 맹세코, 내겐 이만한 고통이면 충분해요!"

그 남자는 자유로운 다른 손으로 그녀를 조용하게 다독그렸다.

"자, 봐요, 장교 중 한 사람이 우리를 보고 있어요... 나도 당신 때문에 우리가 고통을 당하기를 원하나요?"

"당신이 나 때문에요?"

"그렇소. 우린 두 사람이 서로에게 속해 있는 것처럼 보인다구요" 그렇게 그는 답했다. 몇 걸음 더 가자, 그 여인은 마치 자기 자신에게 말하듯이 말했다.

"그래요, 우린 같이 있는 것 같군요... 당신 말이 맞군요. 그런데 왜 당신이 나 때문에?...왜요?"

그 장교의 은근한 눈길이 그 네 사람을 향하고 있다는 것은, 그 남자가 알기 전부터였다. 이제 장교는 그들에게 다가오자, 그 남자가 그 장교를 알아보았다. 바로 그 장교가 울타리에서 그 빵을 줍도록 허락했던, 또 몇 가지 물었던, 또, 그 젊은 엄마를 위해 기차에서 우유를 한 병 갖다 준, 바로 그였다. 이 공병연대에서 그 장교를 알아본 그 남자는 조금 놀랐다. 그런 감정은 또한 그 장교의 표정에서도 보였다.

장교는 그 네 사람에게 다가섰다.

"그 여자가 무슨 말을 해요?" 장교의 표정은 엄정함을 보이고 있었지만, 그 목소리는 잔인함을 보여 주고 있었지만, 그 두 눈은 깊은 동정을 숨기고 있었다.

"이 여인의 아이가 죽었다고요."

"언제?"

"오늘 밤에 말발굽에 그만."

장교는 말없이 몇 분간 그들 옆에 걷고 있었다. 그의 시선은 먼 곳의 어딘가를 향하고 있었다. 마침내 그는 말했다. "상심이 크겠어요!" 그 말을 들은 남자도 고개를 끄덕였다. 작은 소리의 간청이 들려 왔다.

"그 때문에 이 사람 때리진 마십시오! 우린 같이 있는 체만 합니다. 이 사람은 저와는 아무 관련 없는 사람입니다."

장교는 그 여인에게 눈길을 돌렸다. 그 가련하고 비참한 여인은 자기와 함께 걷는 남자의 팔에 온 힘을 다해 매달리다시피 걸어가고 있었다. 숨겨진 동정이 그의 목을 억누르고 있었다. 이 여인의 일을 통해 그 장교는 자신의 다른 일이 그 자신의 영혼으로 들어와 앉았다.

그 장교의 아내도 적대적인 당의 권력 아래 어디선가 같은 고통을 당하고 있지 않을까? 러시아에서는 사람을 용서하는 마음은 영원히 죽었는가? 이 난폭해 가는 복수심은 언제 없어질까? 복수심은 인간의 얼굴에 자칼 같은 마스크를 강요하는 것이 잠시 지나가는 유행인가, 아니면, 인간이 도저히 없애지 못하는 짐승의 탈을 쓴 모랄로 남아 있는가? 본능이란 -인간의 남겨진 유물. 운명의 늑대가 사람을 쫓아오면, 사람은 늑대처럼 소리 질러야 한다.

그 여인의 목소리는 더 힘없이 간청을 되풀이하고 있었다.

"이 사람을 때리지 말아요... 이 사람을 때리진 마십시오!"

장교는 화가 난 듯이 눈살을 찌푸렸다.

"입닥쳐!... 아무도 너희를 때리고 싶어하진 않아."

잠시 뒤 다시 그는 그 이상한 남녀를 쳐다보았다. 젊다. 또 고문을 당한 얼굴들이다. 걷고 있는 해골 같은 모습들이다. 그 남자의 시선에선 어찌할 바를 모르는 도우고 싶은 마음, 자기 운명을 잊고 싶은 마음이 느껴진다. 그 여인의 눈길에는 눈물조차 마른 아픔에 빠져 있는 장례의 분위기가 보이고 있었다. 그 여인은 언제나 더 피곤하여 자신의 몸을 겨우 가누고 있었다. 그 장교는 자신의 시선을 다른 쪽으로 돌리고는, 용기를 북돋우는 말을 난폭하게 던졌다. "곧! 길이 굽어지는 곳이 가까이 있어... 소리 지르지 마!"

장교는 잠시 그 행군하는 사람들을 관찰하려고 잠시 멈추었다. 포덴코가 그를 알아봤다.

"헤이, 중위, 좋은 기회는 아니군. 새로운 연대에 편성된 자네 첫 임무가, 그 옛 연대에서 마쳤던 곳에서 시작하니 말일세."

"그렇군요, 대령님."

"마치 내가 자네를 포로들과 함께 이송하는 것 같군."

"그렇군요. 대령님, 바로 그 모습이군요."

"군에 입대하기 전, 자네 직업이 뭔가?"

"기술자였다고나 할까요?"

뚱뚱한 포덴코의 입에서 큰 웃음이 튀어 나왔다.

"하하하! 우리 공병 연대에 최초로 진짜 기술자가 생겼네. 이제부턴 아무도 우리 연대 이름을 갖고 비웃진 못하겠군. 적어도 '한 사람의' 기술병을 우리 공병 연대가 보유하고 있으니."

"그렇군요, 대령님, 적어도 1명은 그 속에 있어야지요."

"그럼, 내가 특별히 자네에 대해 신경을 좀 써 보지. 곧 진급도 기대하도 돼."

"특별히 봐 주신다니 고맙습니다만, 대령님, 영내에서 제가 사용할만한 조그만 방이라도 하나 있으면, 임시로 아주 만족할 텐데요."

"중위는 집이 없나?"

"저는 지금까지 기병 포수 연대 병영 안에서 생활해 왔습니다."

"흠, 그래, 물론, 스미르노프 대위가 자기 휘하 장교들을 배치하려고, 그가 있던 곳에서 가까운 곳의 가장 적당한 막사를 차지하고 있었지. 그런데 우리 장교들은 이 도시의 여기저기에 분산해 살고 있어. 그들 중 몇 명은 우리 연대 병영 중에 한때 장교 기숙사 중에서 쓸만한 곳을 찾아내 그들 숙소로 이용하고 있지."

페트로프프 중위가 그렇게 말하는 두 장교에게 다가왔다.

"저어, 스트리치코프, 자네가 원한다면, 내가 거주하는 집에 방 하나를 얻을 수 있을 것 같은데. 그곳에는 사랑스런 안주인이 살아. 젊은 과부야. 그리고 그 안주인에겐 열여덟 살의 여동생이 하나 있지. 여성들이 당신과 즐거이 친교하게 되면 정말 기뻐할걸."

"고맙군요. 만약 그 여성 분들이 나를 받아 준다면, 내가 임시로 그 제안을 받아들여지요."

"그건 정말 확실히 확인해 둘 수 있지! 그 과부는 쾌활하고, 아주 호의적인 여성이지. 그 여동생도 아주 매력이 넘치지만, 모든 여성이 다 그렇듯이 좀 보수적이야. 하지만 누가 알아? 취향이란 게 다양하잖아."

페트로프프는 교활하게 웃었다. 대령도 이에 가세해, 천진난만한 아가씨와, 악마를 쫓는 은둔자에 얽힌 재담을 곧장 이어 이야기했다. 그는 스스로 그 이야기를 끝내면서 한바탕 웃었다. 페트로프프는 점잖게 웃었다. 그는 벌써 지금도 그 이야기를 백번이나 더 들었을 것이다. 스트리치코프는 지금 그 이야기를 들을 기분이 아니라, 넌지시 자기 근무 상황을 말하고, 자신이 데리고 가는 포로들 쪽으로 돌아갔다.

곧, 길이 굽어진 곳을 돌자 넓은 공터가 펼쳐졌다. 그곳이 그 공병 연대 연병장이었다. 반원처럼 되어 있고, 울타리는 없고, 긴 막사들만 연병장을 에워싸고 있었다. 그 막사들 사이로 좀 튀어나온 벽돌담으로 지어진, 두 건축물이 보였다. 장교들의 오락장 건물과 취사장이 있는 창고 건물이다. 오락장 앞에는 고용된 중국인 군인 2명이 매일 청소를 담당하는, 겨우 쓸 수 있는 대포 2문이 놓여 있었다. 취사장 앞에는 1층의 긴 방을 숙소로 쓰도록 명령을 받은 몇 명의 전쟁포로가 서 있었다. 장교들의 봉사원들이고 요리사들이었다.

그렇게 불쌍한 포로 무리가 마침내 어느 목재로 지은 막사에 도착하자, 포덴코는 그들에게 휴식을 하도록 허락했다. 그는 요리사들이자 포로들에게 막사 청소를 시키고, 대형 가마솥에 물을 끓이라고 하고는, 방금 도착한 포로들을 위한 점심을 준비하라는 등 몇 가지 사항을 창고 책임자에게 지시했다. 그 많은 일을 끝내려면, 그 연대는 더 많은 일꾼이 필요함이 분명했다. 포덴코는 자신이 속한 공병 연대에 전입하는 새 전쟁포로 통제권을 받을 요청서를 작성해, 포로들과 붉은 포로들을 관할하는 사령부로 들고 갔다. 반 시간 뒤, 포덴코는 특별한 임무를 집행하는데 너무 고생해 이젠 기진맥진해 있다고 선언했다. 그는 몇 명의 장교에게 임무를 하달하고는 물러나, 자신은 당장 자신의 집으로 말을 달려, 술 많이 마시는 사람의 위장을 편하게 해줄, 매콤한 배추 수프를 먹으러 갔다. 더구나, 칼무코프가 자행한 그 일 전부가 그에겐 아주 무거운 짐이 되었다.

그렇게 새로운 곳에 배속된 전쟁포로들은 자신들이 사용할 막사 전체를 쓸고, 씻고, 소독하였다. 막사 내부는 그리 나쁜 편이 아니었다. 약간 편안함도 가져다주었다. 앞서 거주했던 사람들이(틀림없이 포로들임에도) 다단 침상을 만들어 놓았다. 대형막사의 옥내 중앙을 중심으로 2개의 긴 줄이 여럿이 나 있어, 마치 배의 선실 같은 작은 방이 100개 정도 있었다. 두 줄의 침상 사이에는 4걸음 정도의 넓은 통로가 막사 양편의 출입문을 향해 나 있다. 상층 침대는 그 선실 천정이 되기도 하고, 창고 공간의 역할을 했다. 모든 작은 방마다 2개의 침대 널빤지 사이에 작은 탁자가 놓여 있고, 그 탁자 위로 가장 자주 쓰는 일용품을 놓을 넓은 선반이 걸려 있었다. 이 선실 같은 방들은 그곳에서 여러 해를 지내야만 하는 전쟁포로들에겐 자기 집 같은, 가정집과 같은 엷은 환상을 불러일으켰다. 처음엔 러시아군 사령부에서는 건축물 구조를 그렇게 바꾸는 것에 반대했지만, 그 뒤에, 각국의 적십자사 단체들이 차례로 방문하자, 특히, 포로들이 아침부터 저녁까지 웅크린 채 앉아 있어야 하는 단순한 다단식 침대들을 없애는 일엔 용서하듯 주목하지 않았다. 몇 군데 자리에는 밀짚포대도 있고, 선반에는 이전 이용자들이 남겨놓은 식기 그릇들, 책, 종이, 그림과 수공예품들이 있었다. 아마 이곳 막사의 포로들을 다른 곳으로 이송하면서, 그 포로들에겐 전쟁이 끝나 고국으로 돌아간다고 거짓말한 것 같았다.

정말, 이 새 거주지는, 민간인 포로들에게는 마치 청어들처럼 엉겨 몸과 몸을 맞대고 누워야만 했던 이전의 수용소에 비한다면, 낙원 같았다. 그 막사의 네 모퉁이에는 대형 난로들이 시커멓게 놓여 있었다. 시베리아 수비대의 모든 막사처럼 이곳 막사에도 중앙의 큰 방을 제외하고도 별실이 4개씩 딸려 있었다. 그 별실들에는 공병 중대 중사와 하사관이 거주하고, 그 중 방 하나는 세탁실로, 또 차 끓이는 방으로 쓰고, 또 다른 방은 중대 사무소로 쓰고 있었다. 물론 그 4개의 별실 중 3곳은 전쟁포로 중 하사관급이나 지원봉사원 계급을 가진 포로들이 차지해 쓰고 있었다. 그들은 중대 내 포로들의 연락 행정을 책임지고 있었다. 그들 방에서는 4명 또는 6명씩 거주했으며, 이곳은 다른 곳보다 상대적으로 좀 편해, 이곳을 선택받은 사람들은 자기 동료들로부터 부러움을 샀다.

그 막사에 새로 입소한 포로들을 배치하는 일을 마쳤을 때는 벌써 정오가 지났다. 스트리치코프, 페트로프프와 5명의 다른 장교는 포로들의 방을 배정하는 일을 맡았다. 그들은 그 불행한 포로들에게 고함을 지르며, 욕하고 겁도 주었지만, 포로들에게 손 하나 건드리지 않았다. 동정 때문인가? 그럴지도 모른다. 몸에 득실거리는 이에 대한 두려움도 그 용서하는 행동에 일조했다.

여자 둘, 남자 하나와 아이로 구성된 그 4인의 차례가 왔을 때, 스트리치코프는 그들을 막사 안으로 들어가도록 명령했다. 그는 그들 앞에서 그 옆방으로 통하는 문을 하나 열었다. 그러면서, 그는 말없이 여기가 그들이 살 곳이라는 것을 알려주고 있었다. 그 방에는 6개의 간이 침상이 있고, 2곳엔 밀짚 포대가 있고, 긴 탁자가 있고, 벽에는 붙박이 선반들이 있고, 전형적인 시베리아 난로와, 흐트러진 채 있는 몇 점의 물건들, 잡지, 책, 그림들이 놓여 있었다. 스트리치코프는 그 네 사람이 그 방에 들어가기를 기다리고 있었다. 그러고는 그는 다음 네 사람 중 남자 둘을 그 방에 같이 살게 했다. 그 두 사람 중 한 사람은 긴 수염을 가진, 희끗한 머리를 가진 사람이었고, 다른 한 사람은 마치 우유빛처럼 하얀, 나이 16살 정도의 소년이었다.

스트리치코프는 나가기에 앞서, 주변을 둘러보고는 마른 목소리로 명령했다.

"밀짚 포대는 여자들과 아이 몫이다."

"중위님, 선의를 베풀어 주어 고맙습니다." 지금까지도 여전히 그 여인을 부축하고 있는 그 남자가 말했다.

"입 닫아요!... 난 당신 의견엔 궁금하지 않아."

스트리치코프는 그 방을 나갔고, 숙소 배정 일을 점검하려고 그 막사 중앙으로 갔다. 한 시간 뒤, 그 막사는 꽉 찼고, 벌집처럼 웅성거렸다. 세탁실과 차를 달이는 방으로 쓰는 방만 비어 있었다. 장교 중 한 사람은 '어떡하지?'라는 말을 즐겨 쓰는 포덴코 대령에게 이제 막사에 와서 한번 점검을 해 주시라고 보고를 올렸다.

그 대령은 자기 부하들을 대동하고 중앙의 큰 방 문턱까지 와, 포로들에게 열을 세워 일장 연설을 할 생각을 했다. 언제나 쾌활한 페트로프프는 자기 상관의 이마에 보이는 구슬땀을 보자 몰래 웃었다. 정말로 포덴코는 아주 당황해, 이 '이제 겨우 사람 같아 보이는 사람들'보다 자신이 위엄 있게 보이려고 서 있는 장교들을 보고는 걱정을 더 했다. 마침내 그의 목소리는 거칠게 튀어나왔다.

"이 사람들아, 난 여러분에게 규정을 잘 지킬 것을 명령한다. 그러면 모든 것이 질서대로 될 것이다. 왜냐하면, 이 녀석들아, 너희를 엄중히 감시하고 있으니, 만일 탈출을 시도하는 자가 있다면, 죽음으로 보답하겠다. 그럼, 이 사람들아, 우리가 가진 휴머니즘을 놀라게 하지 마라. 우리를 자극하지 마라, 내가 말했다시피... 그만하면 됐어, 이 녀석들아!... 더구나, 이곳 장교님들이 너희들을 책임지고 있다. ..그리고... 고위 사령부가 너희들의 앞으로 운명의 재량권을 갖고 있으니, 전혀 상관하지 마라. 이만, 끝! 건강을 잘 유지할 것!"

포덴코는 갑자기 몸을 돌려, 급히 그 막사를 떠났다. 그 마지막 말인 '건강을 잘 유지할 것!'이라는 말은 생각지도 않게 튀어나왔다. 끝내 그 말은 아무 의미가 없었다. 장교들이 그런 식으로 자기 부하들에게 자주 인사해 왔으니, 포덴코 자신이 전선으로 나가는 군인들 앞에 서 있지 않음을 순간 잊고 있었다. 포덴코 대령은 자신에게 루크야노프 대령이 다시 억지로 맡긴 임무를 수행하는 이 일이 매우 언짢았다. 자기 장교 중 누군가를 택해, 그로 하여금 이 민간인들을 지휘하게 하면, 그는 막중한 책임감으로부터 좀 벗어나게 되니, 가장 편안할 것 같았다. 완전히 자유롭게 되진 못해도, 그래도... 그의 눈길은 페트로프프 중위의 미소 짓는 표정을 보았다. 아마 이 중위가 그 휴머니즘과도 관련해, 적당한 것 같았다. 페트로프프야 말로 치과 의사 아닌가.

"페트로프프 중위," 그는 그 중위에게 몸을 돌리며 말했다. "자넨 저 포로 무리를 잘 지휘할 수 있을 것 같군."

페트로프프의 표정이 곧 굳어졌다. 그는 그 대령이 그 자신에게서 무엇을 원하는지 아주 명확하게 이해되지 않았지만, 무의식적으로 그가 자신에게 뭔가 유쾌하지 못한 임무를 맡기는 것 같은 느낌이 왔다.

"무슨 말씀인지요, 대령님."

"간단해! 난 자네를 이 사람들을 지휘하는 책임자로 하고 싶은데. 그들을 맡아 주게. 영광스런 임무이자 아주 중요한 일이야."

"바로 그 중요성 때문에 그 일을 수행하는데 저는 적격자가 아닙니다." 페트로프프는 반대했다. "저는 아주 젊고, 우리 중에 저보다 직급이 더 높고, 복무 연수가 높은 분이 많이 있습니다."

"그래, 바로 그 점 때문이야. 자네가 가장 젊으니. 자봐, 내가 그 일을 대위들에겐 맡길 순 없네. 결국 그들은 민간인이고, 군인이 아니니. "

"대령님, 제 계급으로 그 책무가 막중합니다." 페트로프프는 그런 식으로 그 일에서 벗어나려고 했다가 갑자기 이런 말을 하는 것을 주저하지 않았다. "그리고 더구나, 복무에 있어서도 제가 가장 나이 어린 장교는 아닙니다... 우리의 가장 신참 연대 대원이 된 스트리치코프 중위가 바로 그 장교입니다."

포덴코는 그의 친구에게 그 일을 양보하려고 애쓰는 페트로프프를 보고는 즐겁게 웃었다.

"오, 아냐! 그 중위는 우리의 유일한 기술자라구. 난 그에게 특별 대우할 것을 이미 약속했다네."

"이상하군요, 대령님, 방금 그 임무가 젊은 장교에게는 중대하고도 영광스런 일이라 하였구요." 그리고 페트로프프의 말 속에는 아이러니한 어조가 섞여 있었다. "더구나, 저는 감히 말하고자 합니다. 스트리치코프는 저보다 그 사람들을 잘 알고 있다는 것을요. 그는 지금까지 그들을 호위해온 기마 포수연대 소속 장교였으니까요."

이 마지막 말이 효과를 보았다. 포덴코는 생각을 해 보았다. 그의 눈길은 스트리치코프 중위를 몰래 보았다. 대령은 그를 보면서, 몸짓으로 다가 오라고 했다.

"자네 의견은 어떤가, 스트리치코프 중위, 자네더러 민간인 포로들 책임자로 있으라고 한다면."

스트리치코프의 놀란 표정을 보면서, 대령은 마치 설득하듯이, 그 임무에 대해 더 설명해 주었다.

"자네가 운용할 수 있도록 내 부하들을 배속시켜 주지. 그들을 지킬 중국인들도 고용할 거야. 그리고... 물론, 우리 모두 근무에 참가할 거야. 하지만 이 사람들에 관한 책임자 한 사람은 반드시 있어야 해. 그래서,.... 그래서... 자넨 내 말 알겠지. 안 그래?"

"예. 대령님. 이해됩니다."

"그럼, 좋아, 좋아, 하지만,.... 그래, 자네 의견은 어떤

가?"

"대령님이 바라는 대로 하겠습니다. 규율은 불복종을 허용하지 않습니다."

마지막 말이 포덴코 마음에 쏙 들었다. 그리고 그는 악수로서 자신의 만족감을 표시했다.

"이제부터, 스트리치코프 중위, 자네가 그 사람들에 대해 완전한 권리와 책임을 갖는다. 오늘 일정부터 공식적으로 자네가 임무를 인계받아. 그리고, 루크야노프 대령에게도 내가 이 일을 보고하지."

"예, 대령님."

스트리치코프는 군대식으로 인사를 하고는, 이로써 그는 대령이 그 처리에 대해 더는 바라지 않음을 추측했다.

"곧장 자넨 취사장 검사부터 시작하게. 내가 그들에게 식사를 준비시켰거든. 지금쯤 수프가 준비되었을 거야."

스트리치코프는 취사장으로 서둘러 가고, 포덴코는 이제 기분이 한결 가벼워졌다. 그의 칭찬은 동시에 비난을 의미하고 있었다.

"자, 보게, 페트로프프 중위, 야심 찬 젊은 장교는 저렇게 행동한다구."

페트로프프는 멀어져가고 있는 동무의 뒷모습을 보고는, 자신의 의견을 말하지 않았다. 그걸 말하지 않는 편이 더 현명했다. 그는 자기 친구를 아주 잘 알고 있고, 그 때문에, 장교 오락장 출입문 앞에 가서야 마침내 이런 말을 했다.

"대령님, 난 대령님 선택에 만족합니다. 손에 등불을 들고 찾아봐도 스트리치코프보다 그 일에 더 적임자는 찾지 못했을 겁니다."

"정말 자넨 그렇게 생각하나?"

"아주 정말입니다. 일주일 뒤엔 대령님은 그 사람들을 제대로 알아보지 못할 겁니다."

"왠가?"

"스트리치코프는 이상한 사람입니다."

포덴코는 페트로프프의 표정을 놀라는 듯이 탐색하고는, 잠시 뒤, 어깨를 들며 자신의 유일한 희망을 말했다.

"나로선 똑같아. 단지 그들이 하나둘씩 달아나지나 말았으면 해. 난 도살자 같은 그런 역할은 하고 싶지 않아."

제9장. 미혹과 바르디의 재회

미카엘 미혹은 초대형 가마솥 옆에 서서, 끓고 있는 수프를 보고는 깜짝 놀랐다. 그는 이전에 한 번도 그만큼 많은 분량의 수프를 보지 못했다. 특히 그가 놀라는 것은, 그런 수프를 직접 자신이 만들고 있다는 것이다. '이게 러시아사람들이 그에게 강요한 일이란 말인가!' 그는 난생 처음으로 자기 일의 도구를 바늘에서 국자로 바꾸었다. 하지만 어떤 국자인가! 긴 줄이 달린 2리터용 국자다. 국자 손잡이 길이가 미혹의 키만큼이나 길다. 요리는 존경할 일이지만, 그 일이 재단사에겐 어울리지 않았다. 그는 어떻게 성공적으로 일해 냈는가? 마찬가지였다. 그건, -그것은 좋은 운명 덕분이다! -그가 그곳 장교들의 까다로운 위장을 채울 수프를 끓이는 것이 아니었기 때문이었다.

수프가 이젠 다 끓여졌다고 느꼈을 때, 미혹은 맛을 한 번 보고는, 먹을 수 있겠다고 느꼈다. 그러나 수프에 뭔가 중요한 재료가 빠진 것이 분명했다. 그가 실수했는가? 그는 수프를 만들기 위해 창고에서 찾은 모든 재료를 다 넣었는데도 말이다. 모든 것을? 미혹은 주위를 살펴보고는, 다행히도 자신의 눈길이 지금까지 미치지 못했던 자루 하나를 발견했다. '저 자루에 뭐가 들었을까?' 그는 그 자루를 풀어보았다. 그의 눈에는 이젠 살았구나 하는 안도감의 눈빛이 반짝였다. 소금, 하나님이 축복으로 주신 소금이다! 물론 그는, 바로 그 소금을 집어넣은 걸 잊고 있었다.

그가 아주 조심해서 몇 주먹의 소금을 수프에 집어넣고, 10번이나 수프 맛을 보자, 세 시간 전에 공병연대에 배속된 새 동무들은 그의 그런 노력하는 모습에 웃음을 터뜨렸다. 마침내 그들 중 누군가 가마솥에 다가와, 수프를 맛보고는 입맛을 다셨다.

"아마, 주방장님, 당신은 여기 계시면 안 되겠어요. 일주일 뒤에는 나는 이곳에서 달아나지 않을 수 없겠네요" 그는 자기 의견을 말했다.

미혹은 낭패감을 느꼈다. "수프가 맛이 없소?"

"맛이야 있지만 어떤 맛인가 하면? 그 맛을 단번에 판단할 수는 없어요. 이 맛은 돼지 사료로 쓰는 밀기울 씻은 것과 비슷하군요."

"하나님께 맹세컨대, 창고에서 받아온 재료란 재료는 다 넣었는데," 미혹은 변명하려고 애썼다. "내가 요리사가 아닌 걸 페트로프프 중위에게 정말 말해도, 습관적으로 그분은 사자 같은 목소리로 외쳐대니. 또, 우리 동포야, 그분이 사자처럼 호통을 치면, 난 버틸 용기가 나지 않아. 내 신경이! 오, 나의 이 묘한 신경은 군대 복무엔 맞지 않게 만들어져 있어... 정말 이 수프 먹을 수 없는 건가?"

"그래요, 먹을 수야 있지만, 맛은 없어요... 더구나 몇 인분 만들었어요?"

"약 200인분을" "이 가마솥으로?"

"물론이지 ...난 요리 연습할 만큼 특별한 가마솥을 살 돈 없으니까."

"하지만, 불행한 주방장님은 이렇게 큰 가마솥으론 500명분도 더 끓일 수 있겠네... 그러니 맛을 내기란 불가능한 걸 이해하겠군요."

"그럼 지금 내가 어떡해야 하지?"

그 질문은 이 취사장에 있는 모든 사람을 향해 던졌고, 그게 웃음을 자아냈다. 모두 웃었다. 누구는 한 사람이 다 마셔버리라고 했고, 다른 사람은 더 이성적으로, 남는 것은 증발하도록 놔두자고 제안했다.

마침내, 그 수프 맛에 대해 자발적 의견을 말했던 그 사람은 물 한 동이를 가져와, 가마솥 아래의 불을 껐다. 다른 사람들은 깜짝 놀랐다.

"반 시간 뒤면 그 수프는 제맛이 날 겁니다." 그는 좀 자신 있게 말했다. "10분 기다리면, 진한 수프는 가마솥 바닥에 엉길 테니, 비계 부분을 우리가 조심해서 양동이에 퍼 담고, 나머지 국물은 우리가 마당에 쏟아 버리면 됩니다. 그리곤 다시 우리가 그 비계 부분을 진한 부분과 섞어 다시 끓이면, 그 수프 맛이 정말 맛나게 될 겁니다."

"이제야, 제대로의 일꾼을 만났군!" 미혹은 자신의 구세주를 만난냥 칭찬했다.

모두 웃었고, 실제로 반 시간 뒤, 수프는 앞서보다 비교가 안 될 정도로 더 좋은 맛을 냈다. 모두 그 재치 있는 새 일꾼에게 축하를 보냈다.

"어디서 자네는 그렇게 좋은 요리 방법을 배웠는가." 미혹은 궁금해 했다.

"베레조브카 제42 막사에서 요리사로 일했어요."

미혹은 기뻐 훌쩍 뛰었으며, 큰 목소리로 말했다.

"이제 자네가, 이제 자네가, 존경스런 동포야, 자넨 우리 요리사라구. 자네 이름이 뭔가?"

"페트로 푸르고니, 제44연대 하사... 하지만 난 고추를 넣지 않고는 요리 못해요. 난 정말 마자르 사람이라구요."

미혹은 자신의 정수리를 쓸면서 생각에 잠겼다.

"정말 존경스런 친구, 여긴 고추 없어. 러시아에선 후추만 있을 뿐이야. 간단한 후추."

"어떡하지요? 당근을 세게 튀기면, 그 요리에 꼭 고추와 같은 색깔은 낼 수 있어요."

그때, 취사장 문이 열리더니, 빠른 걸음으로 스트리치코프가 왔다. 그는 국자를 달라 하고는 수프를 한 번 맛보고 난 뒤 만족해하고는, 배식할 빵들을 검사하고는, 20 개의 대형 양철통의 청결 상태를 점검했다. 그 양철통은 음식 담는 통의 역할을 했다. 요리사는 수프를 국자에 두 번 떠서 10인분씩 그 양철통에 담으면 된다. 간단한 상자 안에는 벌써 수백 명이 사용한 적이 있는, 수백 개의 나무 숟가락이 놓여 있었다. 스트리치코프는 식기통들과 숟가락들을 다시 씻으라 명령하고는, 10분 뒤 수프를 배식할 것이라고 말하면서 바삐 나갔다.

취사장에서 일하는 사람들은, 스트리치코프가 다시 왔을 때, 배식 준비를 거의 다 해 놓았다. 그리고 그 뒤에는 헐벗은, 해골같은 사람 19명이 서 있다. 미혹은 가마솥 곁에 섰다. 그의 손은 계속 수프를 국자로 떠는 일에 이미 지쳐 떨리고 있었다. 그러고 그의 눈길은 한 번은 그 불쌍한 사람들을, 한 번은 아주 엄정한 장교 같은 스트리치코프 중위를 쳐다보고 있었다.

빵 배식은 페트로 푸르고니와 벤셀 롭마이어가 맡았다. 페트로 푸르고니의 친구 스테판 멜레스는 지나가는 모든 사람에게 숟가락을 10개씩 집어 주었다. 그리고 그 지나가는 사람들은 양철통 1개씩 들고, 가마솥으로 다가 왔다.

미혹은 열심히 그 수프를 뜨면서, 밀도나 당도가 같이 잘 섞이도록 여러 번 저었다. 그는 정말 영웅적으로 자신의 임무를 수행했다고 나는 감히 말할 수 있다. 왜냐하면, 국자로 퍼담을 때마다, 그는 자신의 가슴을 뒤틀리게 하는 눈물어린 동정을 참느라고 더 싸우고 있었다. 놀라지 마라! 미혹은 아주 감수성이 예민한 마음을 지녀, 자주, 하찮은 일에서도 감동을 잘 받기 때문이다. 그의 환상이 자기 가슴을 찢게 만드는 그런 느낌을 만들어 주는 그런 하찮은 일에도 감동했다.

벌써 그는 열한째 사람까지 수프를 퍼주고, 국자를 잠시 자기 손에서 멈추고는, 자신의 눈앞에서 양철통을 들고 서 있는 남자를 한동안 바라보고 있었다.

"바르디 선생님... 맞지요. 그렇지요?"

그 말을 듣고 있는 당사자는 입가에 굽은 미소가 보였다.

"그래요, 미혹이네요. 그건 중요하지 않아요... 아주 진하게 해서 줘요!"

미혹은 지금 더 센 에너지로 자신을 누르고 있는 눈물을 꾹 참고, 그 순간을 외면하면서, 그 진한 수프에서 조금 오랫동안 국물을 퍼 올리려 했다. 그 남자 얼굴을 다시 보자, 바르디는 미혹의 눈가에서 떨리는 눈물을 볼 수 있었다. 하지만, 바르디만 그 눈물을 본 게 아니라, 미혹의 옆에 서서 배식을 지켜보던 스트리치코프도 그 모든 것을 알아차렸다.

바르디가 이제 그곳을 떠나려고 할 때, 스트리치코프가 그를 불러 세웠다. 그는 먼저 미혹에게 몸을 돌려 주의를 주었다.

"식판에 2국자씩 가득 수프를 줘야지."

미혹은, 장교가 하는 러시아말을 몰라, 당황했다.

"미혹, 장교님이 모두에게 2국자씩만 배식하라고 해."

"예." 미혹은 대답했다. 그 대답하는 목소리는 한숨을 쉬고는, 자신의 눈길을 다시 그 수프의 밀도 속에 오래 넣어 두고 퍼 담으려고 했다.

배식이 끝나자, 스트리치코프는 가마솥안을 내려다 보았다. 그 안에는 아직도 몇십인 분의 수프가 남아 있었다. 그는 마지막으로 수프를 타 가는 사람에게 말을 걸었다.

"수프 더 먹고 싶은 사람이 있으면, 다시 오라 해. 알아들었어?" "예!"

스트리치코프는 취사장을 둘러보고는, 엄한 어조로 미혹에게 말했다.

"배식 중 포로와 대화하는 것은 불허한다. 적어도 임시로 안 돼! 알아들었어?"

언제나 미혹은, 지금도 여전히 당혹해하며, 장교를 쳐다보았다.

"넌 그 남자 포로와 이야기했지. 자넨 그 남자 아나?"

"Ja nje znaju po ruski!(난 러시아말을 모릅니다!) 마침내 그는 더듬거리며 말했다.

스트리치코프는 다른 사람들에게 물었다.

"러시아말 할 줄 아는 사람?"

푸르고니 중사가 자신이 할 줄 안다고 했다. 그는 많이는 알지 못하지만, 그 언어를 잘못 이해해 자신이 팔려가는 경우는 없었다. 언젠가 그는 사마라[14] 주에서, 러시아 농민의 집에서 일했는데, 자신이 돌보던 말들은 거룩하신 하나님께서 지켜주고 계실 때, 그 주인집 딸이 그에게 그 러시아어를 가르쳐 주었다. 그렇게 배운 지식

---

14) 역주:러시아에서 6번째 규모의 도시이자 볼가강 하류의 중심인 사마라(싸마라). 이곳은 볼가강과 사마라강이 합쳐지는 곳에 자리를 잡고 있기에 지역 교통과 경제의 중심지로 이름이 높다. 2차대전 당시 독일군 공격으로 모스크바가 초토화되면서 많은 정부부처들이 임시로 이전하면서 당시 러시아(소비에트연방공화국, 소련)의 임시정부 역할을 하기도 했다. (출처:http://russiainfo.co.kr/2266)

은 사람들이 쉽게 잊지 못한다.

스트리치코프 중위와 미혹 사이의 대화를 그가 통역해 주었다.

"자네와 이야기하던 그 남자 어디서 알게 되었어?"

"그분은 베레조브카에선 제 스승이었습니다. 그분은 아주 착한 사람이고 예술가입니다."

"그 사람은 붉은 혁명에 가담했나?"

"소문엔 그분이 죽을 처지에 있었다고요. 왜냐하면, 포로 중에서 모집된, 붉은 연대의 지휘관인 우리 동포 포르바트가 그분에게 또 그분의 배우들에게 전선의 연극 단원으로 봉사하라는 것을 거절하자, 총살형이라는 유죄 판결을 내렸어요"

"그런데도 그가 여기 이 사람들 사이에 있는 게 아무 이유가 없진 않겠지?"

"저도 이해할 수 없습니다. 그분은 '베르흐네 우딘스크' 시에 사는 자기 친구인 샤르쉬와 함께 아주 유명합니다. 그분은 장교 부인들에게 춤을 가르쳤습니다. 그분은 그분 친구와 함께 자선 목적으로 하는 연극 공연들에는 언제나 출연했습니다. 저는 그분을 아주 잘 압니다. 왜냐하면, 저는 '베레조브카'의 수비대 극단에서 그분의 재단사로 있었습니다."

스트리치코프는 더는 캐묻지 않았다. 그는 통역해 준 푸르고니와 미혹에게 담배 한 대를 권했다.

"당신은 재능있는 사람이군."

그는 그 하사를 칭찬해 주었다.

"지금부터 당신이 주방 책임자가 된다. 러시아말 할 줄 아는 사람이 그 자리에 꼭 필요하니. 알아들었나?"

"예, 중위님." 그 하사는 한때 자신의 상관에게 대답하듯이 군대식으로 대답했다. 그는 차렷 자세를 취하며 서 있었다.

"하나님, 또 성 안토니오 덕분에! 난 구원에 대해 그 요구가 많은 성인께 촛불을 몇 개 더 켜 놓아야 할 줄로 벌써 겁먹고 있었는데... 더구나 그의 엄정한 모습은 그의 온화한 목소리와는 어울리지 않아. 저런 러시아 사람은 전혀 이해 안 돼! 우리 페트로프프 중위는 언제나 웃기만 하고, 사자 목소리로 포효하기는 한데, 이 중위는 간담을 서늘케 하는 표정을 해도 온화한 목소리를 하고 있어."

미혹이 자기 주인들에 대해 불평하는, 한탄의 말투에 모두 웃었다.

"러시아사람들은 좋은 사람이라구요." 푸르고니는 말했다. "그러고, 그렇기 때문에 그들은 당신에겐 엄한 표정을 지을 수밖에요. 당신은 러시아말을 모르니깐."

미혹의 입에서 용서해 주는 변명이 튀어나왔다.

"러시아사람들을 '내가' 어떻게 이해하겠나. 그 사람들은 자기들끼리도 이해가 안 되는 모양이던데!"

그리고 취사장에는 그 천진난만한 미혹이 말한 의견이 틀리지 않자, 일순간 모두 조용해졌다.

제10장. 미국기독교청년회 위문단의 방문

페트로프프 중위가 포덴코 대령에게 보고하기를, 일주일 뒤에는, 그분이 지휘하는 포로들을 알아보지 못할 정도라고 한 말이 입증되었다. 실제로 첫 주간에 그 민간인 포로들의 모습뿐만 아니라, 그들 태도도 또한 눈에 띄게 변했다. 마치 늑대 가죽에 둘러싸인 아이 같은 모습의 러시아 군복을 입은 12명의 중국인 일꾼은 자신들이 하는 경비 임무가 한결 쉬워졌다. 그들은 근무 중에 어깨에 총을 메고 수시로 말뚝과 가시철사로 된 울타리 주위를 다니면서, 온종일 속옷이나 옷들을 빨아 탱탱한 빨랫줄에 늘고 있는 민간인 여자 포로들을 만족스럽게 지켜주었다. 아이들은 그들 옆에서 놀았다. 매일 아침 포로 중 남자들은 시내의 이곳저곳으로, 또는 역으로 작업하러 그 막사를 떠났지만, 그들 모습은 더욱 인간적이고, 적어도 더욱 깨끗한 모습이었다.

막사 내부에도 변화가 있었다. 침상마다 밀짚포대가 놓이고, 방마다 언제나 깨끗하게 빗질이 되어있었다. 차 끓이는 곳의 굴뚝에서는 벌써 이른 아침부터 연기가 활발하게 날고 있었다. 여러 개의 옆방 중 한 곳은 사무실로 사용되었다. 스트리치코프는 민간인 포로들의 첫 명단과, 개인 신상 기록부를 만들게 했다. 그는 그 서류들을 직업별로 분류했고, 매일 저녁에 공식 보고를 받으면서, 포로들의 요구사항을 청취했다.

그 보고 장면은 신기했다. 스트리치코프는 그 막사에 거주하는 포로들을 4그룹으로 구분하여, 그룹마다 자기네들의 불만 사항과 희망 사항을 통역해 줄 사람을 한 사람씩 선출하라고 했다. 스트리치코프는 언제나, 아무 대답 없이 그 보고자의 말만 경청했다. 보고자들은 그가 어떤 결정을 내릴지 추측할 수 없었다. 그의 표정은 나무로 조각된 사람처럼 보였다. 그 표정은 한 번도 변하지 않았다. 꽉 다문 입술은 말을 하려고 열지 않았다. 그래서 사람들은 그를 '혀가 없는 사람'으로 불렀다. 하지만, 조금씩 그 불쌍한 포로들은 그를 존경하고, 좋아하기조차 했다. 그의 지시사항은 옆방에 거주하는 민간인 포로 중에서 가장 나이 많은 이반 푸칼로프에게 문서로 전달되었다.

그렇게 전입 후 사흘째 되던 날, 그 막사를 미국기독교청년회 위원단이 갑자기 방문하게 되었다. 그들은 이 곳 사람들이 생활하는 모습을 보고는 깜짝 놀라, 수십 권의 성서와 수백 점의 묵주를 전달하고, 10장의 레코드판이 들어있는 전축을 놓고 갔다. 스트리치코프는 그들의 입 안에서의 우물거리는 욕설과 이상한 지적에 대해 들었지만, 일절 대꾸하지 않았다. 그는 그 위원단을 막사의 사무실로 초대했다. 그 '혀가 없는 사람'이 갑자기 그들로부터 놀라운 설득을 받았을까? 그 점을 포로들은 전혀 몰랐지만, 사실 그 위원단은 이틀 뒤, 3대의 자동차를 이용해 그 연병장 앞에 다시 나타났다. 그 차 안에는 긴

상자들이 있었다. 그 상자 중 몇 개를 창고에서 일하던 포로들이 취사장으로 옮겨 주었다. 그 날은 기념이 될 만한 날이었다. 6명의 중국인 군인이 나머지 상자들의 내용물을 구분했다. 포로들 모두 각각 뭔가를 받았다. 모두에게 똑같은 것이 돌아갈 정도가 되지 않아, 골고루 나누어지진 않았다. 어떤 사람은 신발을 받고, 어떤 사람은 바지를, 또 다른 사람은 잠바를, 네째 사람은 외투를, 몇 명의 남자들은 단체로 사용할 수 있는 면도날들이 든 면도기를 받았다. 식기 세트와 숟가락은 모두에게 지급되고, 내의를 받는 행운아도 몇 명 있었다. 여자 포로들 정도가 운명의 의붓어머니의 관심에 대해 불평할 수 있었을 것이다. 물론이다. 왜냐하면, 선물은 미국군대에서 보내졌기 때문에, 그 미군부대 상점은 '블라디보스토크' 항에 설치되어 있었기 때문이었다. 여인들은 자신들의 선물로 실, 바늘, (남성용)내의와 짧은 양말로 만족해야 했고, 아이들은 비스킷과 초콜릿을 몇 개 받았다.

스트리치코프는 그 여인들의 표정에서 말 없는 단념의 태도를 이해했지만, 여전히 '혀가 없는 사람'으로 남아 있었고, 그들에게 한 마디 위로의 말도 해 주지 않았다. 며칠이 지난 뒤, 여인들은 그가 그들에 대해서도 잊지 않고 있음을 확신하게 해 주는 사실이 하나 있었다. 다양한 나라의 군대에 소속된 고급 장교들의 부인과 딸들로 구성된, 외국 여성들로 구성된 새로운 위원들이 막사를 방문하러 왔다. 여성 중 한 사람인, 어느 미국 육군

소령의 매력적인 부인은 이 수용소의 처절함과 혐오감에 기절했다. 그 위원단의 어느 여성은 아이들이 필요한 용품을 구입하라며 자기 지갑을 스트리치코프에게 맡겼다. 이렇게 누군가 모범을 보이자, 이를 따르는 사람들도 있었다. 인간의 선한 마음은, 정말 때때로 잠들어 있지만, 그런 본성은 누군가가 활발히 움직이도록 자극하는 것만으로 충분하다.

어느 날, 포덴코 대령은 자신이 일을 미루는 성격임을 잘 알고 있지만, 그렇게 맡겨 놓은 민간인 포로 막사를 공식 검열을 했다. 대령은 스트리치코프 중위의 보고를 통해 많은 것이 변했음을 들은 바 있지만, 발걸음을 옮길 때마다 놀라움을 표시했다. 질서, 청결, 더구나 조금의 규율은 그 막사 구석구석에 찾아볼 수 있었다.

포로들의 표정에도 생기가 보였다. 차 끓이는 곳은 모범적으로 깨끗했고, 식판들은 반짝인 채 있고, 스무 개의 큰 차주전자도 마찬가지였다. 사무실에는 포로명단, 지시사항과 주의사항에 대한 서류들이 일목요연하게 정리되어 놓여 있었다. 약품, 의약품, 의료기구들이 든 큰 상자도 있었다. 다른 막사 끝의 옆방에는 벤치들이 놓여 있고, 벽에는 학교에서 쓰는 칠판이 걸려 있었다. 선반 위에는 여러 장난감이, 아주 보잘것없어도 놓여 있었다. 다른 옆방에는 여섯 사람이 사는 곳이 '거의' 진짜 가정 같은 분위기를 만들어 주었다. 포덴코는 자기 눈으로 직접 보면서도 믿기지 않는 듯 했다. '볼셰비키들에 대한 동정

을 이렇게도 용감하게 보여준다는 것이 가능한 것인가?!'
이 미친 중위가 마침내 '그의' 직위에 위험을 줄 것이다.
그가 스트리치코프에게 몸을 돌렸을 때, 그런 생각이 그
의 얼굴 표정에 떠올랐다.

"난 만족하네, 중위, 하지만... 하지만 우리가 '포로들에
게 사치스런 생활을 챙겨줄' 의무는 없다고 생각하지 않
는가... 솔직히 말해 난 놀라울 따름이네."

스트리치코프는 말없이 자신의 호주머니에서 서류와 비
슷한 무슨 종이를, 포덴코 대령에게 건넸다.

"뭐라구? 새로운 게 벌써 또 있어?" 그는 대답을 듣기
도 전에 자신이 받은 그 종이를 읽었다. 먼저 그 공문서
의 스탬프가 그를 놀라게 했고, 둘째로, 그 내용이 그를
놀라게 했다. 갑자기 그는 얼굴을 밝게 하고는, 병들어
누워 있던 여자에 대해 직접 물었다. "몸은 좀 괜찮소?
희망적으로... 아주... 아주,... 희망적으로..."

그리고 그 순간 두 눈길이 마주쳤다. 스트리치코프의
눈길과 그 포로 중 한 사람의 눈길이. 아무도 그 상황을
눈치채지 못했다. 그 두 사람에겐 포덴코의 전투적인 태
도에 대해 아이러니한 용서가 숨바꼭질하고 있었다. 그
시선의 이 순간의 만남은 정말 우연이었지만, 그 두 남
자는 그것으로 자신들 사이의 굳건한 관계를 만들어 놓
았다.

스트리치코프를 대동한 포덴코는 그 막사를 떠났다. 떠
나면서 그 대령은 특별한 방법으로 그 중위에게 축하해

주는 것을 참지 못했다.

"저어, 스트리치코프 중위, 자넨 정말 이상한 사람이군. 솔직히 말해, 자네의 노력이 일반 사회에서 오해를 불러 일으킬까 겁이 나네. 하지만, 참모부 서신은 자네 행동을 정당하게 해 주더군... 그럼에도 난 참모부의 사고방식을 이해하지 못하겠어. 왜 그 잔인한 엄정함 뒤에 곧장 그런 용서가 뒤따르지?"

"저는 참모부 명령에 대해 의견을 말하기에는 너무 직급이 낮습니다."

"그럼, 좋아, 좋아! 그래도 자넨 무슨 의견이 있지."

"물론 저도 의견이 있지만, 군 관계 일은 아닙니다."

"그래, 자네의 그 비군사적인 의견이란 게 무엇인가?"

"사람들이 자신의 정신적 균형을 되찾기 시작했습니다... 그리고 언제나 역사에서처럼 그렇게 되어 갑니다."

포덴코는 잠시 생각에 잠겼다가, 그는 자발적으로 자신의 견해를 숨김없이 말했다.

"그런 균형에 대해 난 토론하지 않네. 다만 '콜차크' 장군의 행정부가 봄에 군인들을 모집하기로 했다는 걸 알 뿐이야. 만약 우리가 그 부모들을 잔혹하게 다룬다면, 그 군인이 된, 그들의 아들들이 다시 공격할 걸세. 이걸 보게! ... 하지만 그 균형 문제에서도 조금의 진실은 찾아볼 수 있어. 방금 기억이 나네만, 내일 자네가 내 공장에서 25파운드의 소시지를 가져갈 수 있을 거야. 자네 알고 있나? 내일 저녁에 내 아내가 자기 생일을 챙겨서 하겠다는군. 집사람은 여린 마음을 가진 여자야. 더구나 집사람은 자선을 베풀 줄 아는 사람이고, 집사람의 변덕스러움에 양보하는 것이 여러 번 나쁘지도 않다는 생각이 들어... 그럼, 소시지를 가져가게. 배추 수프에 넣으면, 그 소시지가 일미가 되거든."

"그 점은 의심하지 않습니다. 대령님. 저녁식사를 배식하면서 우리 대령님 사모님이 주시는 선물에 대해 배식하는 사람에게 꼭 알려 두겠습니다."

"정말, 그건 필요하군, 중위... 하지만... 여자들이란 변덕스럽고 조금은 허황되어 있거든... 자넨 그 점을 잘 알아야 해... 어떡하지? 완벽한 사람이란 없으니...하나님만 완벽하시단 말이야!"

"그래요, 대령님. 우리는 하나님의 특색에 따라 만들어졌습니다."

포덴코는 그런 대답에 대해, 자신이 갑자기 놀란 것을 농담으로 함으로서 마무리했다. 그 농담에서는 천진난만한 미녀와 악마를 쫓는 은둔자와 대한 이야기였다. 스트리치코프는 그 이야기를 두 번이나 들었음을 잊지 않고 있었다. 그조차도 그 이야기를 듣자, 큰 소리로 웃었다. 자기 상관이 소시지를 선물한 호의는, 감사를 표할만했다.

제11장. 되살아난 삶의 균형감각

이른 오전이었다. 막사의 남자들 대부분은 여러 회사로 일하러 가서 시내에 없었다. 그렇게 일하는 남자들에 대한 최소 급료를 그 회사들의 지도자들이 공병연대 구좌로 지불하고, 공병연대는 그렇게 받은 돈으로 좀 더 높은 수준의 식료품의 구입 경비로 썼다.

막사 중앙의 큰방에는 모든 것을 빗질로 쓸고, 정돈하는 남자 몇 명만 남아 있었다. 연대의 마당에서는 여자들이 속옷을 씻거나, 의복들과 침대보와 밀짚포대들의 먼지를 털었다.

늙은 이반 푸칼로프는 복도에서 자신이 규칙적으로 해오던 것을 정리하고 있었다. 그는 기꺼이 자신의 임무를 해내려고 애썼다. 그는 매일 그 '혀가 없는 사람'을 더욱 존경하게 되었다. 그는 자신이 적대적인 당에 소속되어 있어도 이 젊은 장교가 그에겐 그 자신의 침묵하는 태도 때문이라기보다는, 그를 다정다감한 사람으로 보이게 한 사실들 때문에 마음속으로는 존경스럽게 여겨졌다. 이반 푸칼로프는 늘 그런 사람들을 꿈꿔 왔다. 그가 생각하는 혁명은 피에 굶주린 그런 혁명이 아니었다. 그는 어릴 적부터 많은 것을 겪었고, 차르가 지배하는 동안에는 여러 교도소에서 몇 년을 보낸 적이 있었다. 언제나 그는, 자신의 자유주의 성향과 정의로운 감정을 그대로 표현하는 바람에 투옥되었다. 차르 정부가 무너지자, 마침내 그는 교도소 문이 열려 석방되었다. 그는 혁명의 승리에 환호했고, 나아가 더 벅찬 미래를 꿈꾸었다. 이상주의자인 그 노인은 여전히 젊은 불꽃을 잘 유지하고 있고, 그는 새 정부에 대한 봉사로 이를 실천했다. 그러나 무비판적이지 않았던 그는, 바로 그 점 때문에 자기가 속한 당을 지금 불평하고 있었다. 그는 사마라 주(州)의, 자신이 태어난 곳인 부주루크 시에 책임 인민위원에 임명된 적이 있었다. 그곳에서 그의 운명은 그를 우하라는 곳의 당의 일을 지도하기 위해 더 북쪽으로 보내졌다. 그곳으로 가는 도중에 그는 제1차 붉은 정부가 무너짐을 알게 되었고, 그래서 그는 '니콜스크-우수리스크'로 향하는 43일간의 긴 여행 동안 언제나 더 길어만 가는, 죽음의 열차들을 만나게 되었다. 그는 이젠 아무 것도 기대하지 않았다. 붉은 포로수용소에서 보낸 여러 주간의 세월 속에, 또 열차 이송 중에, 또 스미르노프 대위가 그 막사에서 저지른 적대적인 당의 만행으로 인해 그는 자신의 삶의 기대를 완전히 버렸었다. 그는 아무런 불평 없이 자신을 포기하고는, 어서 생명의 불길이 그만 사그라지기를 기다려왔다. 하지만, 지금... 지금 새 시대에 대한 청춘의 믿음이 다시 그에게서 불타올랐다. 그리고 그런 믿음을 심어준 것은 바로 승리자들에 속해 있는 어느 장교의 행동방식이었다. 이상하게도! 이반 푸칼로프는 자신에게서 되살아나는 동정의 감정 때문에 그는 자주 그 장교를 비난했다. 그는 자신의 감정을 열렬히 옹호했으나, 당의 기강이 그의 그런 태도를 엄중히 판단하리라고 이미 알고 있었다.

옆방에는 두 사람이 지금 앉아 있었다. 남자와 여자. 카레세프의 아내 루시아 파블로프나는, 자기 아들인 유로치카와 함께 막사 내 학교로 가서 공부하고 있었다. 루시아 파블로프나야는 한때 자신이 멋진 코사크 중사 니콜라이 파블로비치 카레세프와 결혼했던 곳인, 바로 그 코사크 마을에서 교사로 있었다. 몇 달의 결혼 생활 뒤에 남편인 카레세프는 전쟁터로 징집되었다.

딱 한 차례, 그가 겨우 며칠간의 첫 휴가를 얻었을 때, 바로 그때 유로치카가 태어났다. 혁명의 시기에 카레세프의 집에는 어느 정치 인민위원이 입주했었다. 그게 루시아가 저지른 죄의 전부였다. 여자들의 악의적 험담 때문에, 루시아도 죽음의 열차에 동승해야 했다. 루시아 파블로프나야는 한때 아름다웠던 자신의 모든 것을 잊고, 자신을 위로하기 위해 지금 여기서 옛 교사로서의 자기 일을 기꺼이 다시 시작했다. 매일 오전시간을 그녀는 교실에서 아이들과 함께 보냈다. 이렇게 자원봉사할 수 있기에 그녀는 매일 하나님께 진심으로 고마움의 기도를 했고, 함께 거주하는 사람들의 친근함에서만 표현되었던, 그녀의 소원을 그렇게 신비스럽게 이루게 해준 그 이해심 많은 장교의 건강을 위해서도 기도했다. 루시아는 경건한 마음을 지니게 되고, 종교에 더욱 의지하게 되고, 계속되는 고통이나 환멸에도 불구하고 그녀 믿음은 더욱 깊어 갔다.

옆방에 있던 16살의 시몬 트카체프도 이미 자기 자리에 없다. 종일 그가 하는 일은, 부엌에서 감자껍질 벗기기였다. 다른 일을 하기엔 그의 지적 능력이 부족했다. 태어날 때부터 저능아였는지, 아니면 만행을 겪으면서 생긴 것일까? 그것을 아는 이는 아무도 없다. 보통 그는 말수가 아주 적고, 전혀 이해할 수 없는 문장으로 자신의 뜻을 표현했다. 그래서 그 말을 듣는 사람들은 미신의 징조마저 느끼게 하였다. 그가 좋아하는 화제는 언제나 어느 방랑자 악사였다. 그 악사는 바이올린을 연주하며 이 세상에 오기로 약속하고 또 이 세상에 요술을 부리기로 약속한 사람이었다. 그러나, 그가 언제 어디서 그 악사를 만났는지, 그가 무슨 이유로 여기로 오게 되었는지 모르는 것처럼, 아무도 그의 말을 가지고는 그것을 추측할 수 없었다.

옆방에는 두 사람만 앉아 있었다. 한때 전쟁포로였던 요한 바르디와, 이반 파블로비치 쿠즈민의 젊은 과부 폴리에나 알렉산드로코브나. 남편과 아이를 잃어 두 배의 슬픔으로, 또 지난 두 달간 겪어야만 했던 정신적 고통으로 그녀는 삶의 균형 감각을 잃었고, 그녀는 삶에 대한 애착도 상처 입었고, 그 때문에 그녀는 육체적으로, 정신적으로 아파 있었다. 지난 3일 동안 그녀는 그 침상을 떠나 있었다. 오늘 그녀는 '방랑하는 재봉틀' 앞에 앉아, 낡은 헝겊을 깁고, 손질하며, 외국 여성위원회가 모든 여자수용소 거주자들을 위해 기증한 그 재료로 간단한 작업복을 만들고 있었다. 그녀는 그 재봉틀 앞에 앉아 있지만, 작업은 진척이 없다. 그녀 눈길은 하늘에 오고 가는 구름들을 쫓아가고, 그녀 생각은 과거 일에 대해 이 생각 저 생각에 빠져 있었다.

폴리에나 알렉산드로코브나는 '옴스크' 김나지움 교사의 딸이었다. 근원을 따지자면, 그녀 가계는 폴란드였고, 로마카톨릭이고, 그 때문에 언제나 그녀는 차르 정부의 경찰로부터 주목을 받았다. 하지만, 그녀 아버지는 평생 그런 정치적 위험 사이에서 교묘하게 잘 적응해 살아갔지만, 언제나 계속된 이 운명이 자신에게 속박을 느끼지 않게 하는 것은 아니었다. 폴란드에 대한 열렬한 사랑, 폴란드가 다시 일어서리라는 끊임없는 낙관주의, 또 싸우고 있는 중앙 국가들에 대한 동정심은 아버지 마음속 깊이 불타고 있었다. 이 숨어 있는 불꽃은 생각과 사상과 열성에 빛을 발하게 해 주고, 그것은 또한 가정의 삶에도 깊은 영향을 끼쳤다. 그 아버지 슬하에 두 자녀가 있었다. 아들과 딸. 아들은 의과대학생이었는데 박사학위를 받기 전에 전쟁이 터지는 바람에, 전선에서 군 복무를 해야 했다. 아들은 참호 뒤에서 붕대를 매어 주는 곳에서 몇 달간 복무해야 했다. 그런데, 그의 전사 소식은 온 가족에게 또 다른 관대(棺臺)를 만들어야 했다. 그 소식에 그만 아버지마저 돌아가셨다.

딸인 폴리에나 알렉산드로코브나는 이젠 거의 사그라져

가는 양초 같은 어머니와 함께 남게 되었다. 보호자가 없는 채로 남아 있지 않기 위해서 폴리에나 알렉산드로 코브나는 그녀 자신이 전쟁터에서 다시 돌아오기만을 고대하던 연인과의 꿈을 땅에 묻고는, 어머니 설득에 못이겨, 그녀 아버지의 젊은 동료였던 이반 파블로비치 쿠즈민에게 시집갔다. 새 가정에서의 그녀의 삶은 조화로웠다. 그 사랑은 조금씩 그들 가정에 보금자리를 만들어 갔다. 젊은 부부는 자신들의 이상적인 사상에서 조화의 기본을 찾을 수 있었다. 그리고... 그리고 국민의 원성이 폭발하고, 혁명의 깃발이 나부끼자 그들은 자신들의 구속에서 해방되었다.

이반 파블로비치는 혁명집회에 열심히 참가해, 곧 가장 중요하면서도 권위 있는 활동가가 되었다. 자유, 자신의 이상적 사상, 공동체 일에 대한 임무를 위해서라면, 그 두 사람은 자신들의 안위에 대해선 더는 걱정하지 않을 정도였다. 이반 파블로비치는 문자 그대로 이상주의적 혁명아였고, 그의 행동 하나하나가 자신이 사는 도시 시민들로부터 전반적인 존경을 불러일으켰다. 그때까지는...체코 군대가 자신들의 귀국길을 위해 무력으로 자유로운 길을 깨뜨리면서 붉은 정부를 무너뜨리고, 그로 인해 패배자들을 반혁명적 러시아군대의 정의에 맡겨 버렸을 때까지는. 그래서 이 젊은 부부는 '이르쿠츠크' 수용소와 알게 되었다. 그러고 난 뒤, 그 죽음의 열차에서의 참상도 접하게 되었다.

이반 파블로비치는 그 죽음의 열차 안에서 치명적인 폐렴을 앓게 되고, 그 부부의 새 아이가 태어나기 전에, 스미르노프가 소속한 기마 포수연대 병사들이 휘두른 채찍에 남편 이반 파블로비치는 죽어갔다.

폴리에나 알렉산드로코브나는 이 구름 저 구름 사이에서 생각에 잠겨 있었다. 저 구름은 어디로 밀려가는가? 또 다른 저 구름은 그녀와 마찬가지로 목표가 없지 않는가? 인생에서 삶의 목표를 잃은 사람은 무엇을 추구하는가? 그녀가 육체적으로 좀 더 강해진 것을 느끼고 있는 지금, 잃어버린 아이를 간절히 보고파 하며 괴로워했다. 적어도 그 아이를 그이의 뒤에 남겨 둘 수 있었는데. 지금이라면 그녀가 그 아이를 위해 작은 외투 옷을 만들 수도 있었을 텐데. 에흐, 이런 식으로 있는 편이 더 나아! 러시아 어머니들은 무엇을 위해 아이를 낳는가? 대포를 위해, 칼날을 위해, 코사크 말의 말발굽을 위해. 러시아 역사에서는 언제나 그렇게 되어 있었다. 차르 러시아 아래 수백 년간 신음하던 민중의 이상주의는 한 번도 풍요롭고 당당하게 피어본 적이 없었다. 그럼 미래에도? 누가 아는가? 아마 수십 년 뒤에는… 수십 년 뒤에는… 그녀는 그때 어디에 있을까?… 이반 파블로비치는 그 안개의 미래를 위해 죽었다.

그 여인이 창밖으로 시선을 떼지 못한 채, 두 손은 기운 없이 무릎 위에 둔 채, 앉아 있을 동안, 요한 바르디는 자신의 웃옷의 주머니마다 그 안에 든 것을 비워서는, 자신의 웃옷의 찢긴 소매를 수선하러 그 웃옷을 벗었다. 겨우 그가 바늘에 실을 꿰매고는, 바느질을 서툴게 해갔다. 탁자 위에는 그의 호주머니에 들어있던 것들이 모두 나와 있었다. 때때로 그의 눈길은 그 물건들에 갔다. 종이들, 사진들, 수첩이나 편지들은 '베르흐네 우딘스크'에서 기차에 오를 때 자기 호주머니에 들어있던 것이었다. 이제 이런 물건들이 그의 마음을 따사로이 해주었고, 가시처럼 상처를 준 그 모든 일을 이야기해주는 것 같았다. 여기 이 문서는 그가 그 도시를 자유로이 방문할 권리를 준 것이고, 저기 접혀진 채 있는 붉은 포스터는 그 수비대 극장에서 개최된, 그의 마지막 공연의 밤을 증명해 주는 것이다. '오, 이 포스터에는 얼마나 많은 이름을 보여주고 있는가!' 모든 이름마다 그의 기억 속에 살아 숨 쉬는 모습으로 보였다. 러시아 지성계가 붉은 군대의 병원 기금을 모으기 위해 자선의 즐거운 밤을 개최한 사진도 보였다. 남자 4명과 여자 3명. 눈에 익은 얼굴들. 특히 그들 중 한 사람은 그에겐 아픔으로 남아 있었다. 그 그림에서도 그녀는 살아있는 것 같구나. 순간적으로 그런 회상에 눈물이 쏟아졌다. "카탸! 카튜쉬카!" 그는 그 사진을 옆으로 밀치고는, 눈길을 고향의 남겨진 가정에서 온 편지로 향했다. 그의 어머니가 쓴 편지였다.

아버지의 사망 소식을 알려 준 편지. 그리고...그리고... 그 행간에서는 그 깨진 가정의 화로가 그를 힐난하고 있었다. 그는 자기 아내에게 화를 내지 않고, 잘 이해하고 있었다. 가정은 철사 울타리로 둘러싸여 있지 않았다... 그의 친구 도슈키 말이 맞았다. 상상이 그려놓은 그 제단 그림은 현실을 놀리고 있었다... 도슈키!... 그에게 무슨 일이 있었을까? 그는 '베레조브카'15)에 남아 있었다. 도슈키, 그 여자를 증오하던 그 사람은, 메드베두크의 아내를 위해 기꺼이 자신의 삶을 희생했으리라. 그들과 함께 있던 모든 사람은 어떻게 되었을까? 어떻게? ...비참함.

그는 바늘 한 뜸 한 뜸을 넓게 하여 소매를 기웠다. 바느질 때문에 그는 이 방이 잠잠해 있음을 알게 되었다. 왜 그렇게 오랫동안 그 재봉틀 기계는 떠들썩하지 않고 조용한가? 그는 이제 그 여인을 바라보았다.

그 여인의 섬세하고도 거의 어린애 같은 옆모습은 예술가의 붓에는 좋은 소재가 될 것 같았다. 그녀의 틀어 묶은 밤색의 머리카락은 목덜미에 매달려 있었다. 병색의 얼굴 모습과 그녀 전체 모습의 뚜렷함 때문에 그 여인의 나이를 알아내기란 불가능했다. 바르디의 동정은 그 동승한 죽음의 기차에서 본 그녀를 생각나게 했다.

그는 그 불행한 젊은 부부를 좋아하기 시작했고, 그는 태어날 아이 때문에 매일 그 미래에 대해 떨었던 그 불쌍한 여인에게 특히 깊은 동정을 느꼈다. 그 동정은 이반 파블로비치가 '옴스크16)'에서 '치타'로의 자신의 여행

---

15) 역주:크라스노야르스크 지방의, 예니세이강 유역의 지명
16) 역주: 러시아 중남부시베리아의 노보르시비르스크에 이어 두 번째로 큰 도시. 도스토옙스키가 복역한 곳이기도 하다.

에 대해서, 또 '베르흐네 우딘스크'에서 개최된 공연에도 관람하러 간 이야기했을 때, 우호적인 관계로 변했다. 그곳에서 그 남편은 바르디가 무대 위에서 다른 무용수들과 함께 발레 공연하는 것을 보았다고 했다. 바르디가 사진을 보여 주자, 이반 파블로비치는 그 공연에 출연한 사람들을 알아보았다. 바르디는 그 불행한 김나지움 교사인 그 남편이 마지막 숨을 거둘 때까지 함께 있었고, 그 뒤에도 그는 그 미망인에게 적어도 도움이 되어 주어야겠다는 의무 같은 것을 느꼈다.

그녀가 자기 남편의 죽음이 있은 뒤부터 수많은 운명의 매질이 연거푸 닥쳐, 아픔 때문에, 또 사별의 아픔 속에서 지내고 있는 것에 대한 존중 때문에, 그 두 사람은 간혹 서로 겨우 몇 마디만 했을 뿐이었다.

여기에서야, 그 여인이 고열로 며칠간 힘이 약해 누워 보내야 했던 지난 며칠간을 보내면서 비로소 그들 사이에 말이 오갔다.

바르디는 그녀 마음을 가볍게 하려고, 과거 일에 대한 그녀의 주목을 회피해 보려고 적당한 화젯거리를 찾으려고 애썼다. 그리고 폴리에나 알렉산드로브나는 자신의 행동으로 고마움을 표시하려고 애썼다. 그녀는 이 비참한 상황 속에서도 이 남자가 그녀에게 인간적으로 대해 주는 것에 대해 아주 잘 알고 있었다.

그녀는 그의 행동에서 따뜻한 마음씨를 느꼈고, 그것은 의지와는 반대로 그에 대한 믿음으로 변했다.

요한 바르디는 그녀를 바라보면서, 자신이 울컥하는 감정을 억제하느라고 언제나 애썼다. 지금도 그의 동정심은, 그가 말로 위로해 주기도 전에 벌써 그녀의 순교자 같은 모습을 어루만져 주고 있었다.

"무슨 생각을 하고 있어요?"

폴리에나 알렉산드로브나는 놀란 듯 자기 눈을 긴장했다. 그렇게 말을 붙이자, 그녀는 다른 생각에서 벗어나, 이 땅으로 다시 왔다.

"무슨 생각인지? 정말, 난 모르겠어요. 필시, 있어 온 일에 대한 것이에요."

"더는 있지 않는 것, 존재하지 않는 것이라는 게 더 정확하겠군요. 그렇지요?"

"그래요...그렇게...그렇게..."

"그건 좋지 않아요! 다가올 것에 대해, 앞으로의 일에 대해 생각해 보세요!"

"그럴 가치가 있나요?... 뭐든 생각해 본다는 것이 가치 있는 걸까요?"

그 여인의 입가에서 나온 아픔의 굽은 미소가, 한때의 매력을 양 볼로, 눈길로 다시 가져다주었다. 요한에겐 - 그 자신은 왜 그런지 이유를 몰랐다 -이 미소가 가을 구름을 뚫은, 한줄기 겁 많은 햇살이 생각나게 했다. 그러나 그 미소는 곧 지나갔다. 그 여인의 표정은 다시 어두워졌다. 요한은 서투르게 몇 땀을 더 기웠다.

"당신은 당신이 입을 의상을 만드는 편이 더 낫겠군요.

내일이면, 그 방황하는 재봉틀은, 벌써 볼로딘의 좁은 방에서 요란스레 돌게 될 거요."

폴리에나 알렉산드로코브나는 그 말에 복종하듯 일을 다시 시작했다. 몇 분 뒤에 그 바퀴가 단조롭게 돌아가는 소리가 들렸다가, 그런데 갑자기 멈추었다.

그녀는 자리에서 일어나, 요한에게 다가가, 그의 손에 잡혀 있는 웃옷을 집어 들어, 그 찢긴 소매를 수선하는 일을 도와주려 했다. 그녀는 그가 엉성하게 기운 걸 보자, 그녀의 햇살 같은 미소가 다시 그녀의 입가에서 우울하게 보였다.

"제가 하도록 해 주세요! 제가 하면 몇 분이면 끝날 일을, 당신이 하시니 아무 만족할 만한 결과도 얻지 못하고 반시간이나 이렇게 땀 흘리며 헛고생하네요."

"고맙군요... 당신 말이 맞아요. 난 내 친구 미혹처럼 바늘을 갖고 하는 예술가는 아닙니다. 이제, 삶은 그에게도 다른 일을 억지로 맡기더라구요. 그는 어느 중위 밑에서 장교의 봉사원이자 동시에 우리 막사의 요리사이기도 합니다. 우리로서는 다행스럽게도 보조요리사로선 그 혼자뿐이니."-요한은 몇 가지 하찮은 일에 대해 이야기하고 있었지만, 그의 눈길은 그의 말을 듣지 않고 있는 것 같은 폴리에나의 능숙하게 일하는 손길에 가 있었다. 그는 그녀가 주의를 딴 데 기울인 것을 잘 알고서, 그것에 대해 그녀를 비난하지 않았다. -"... 왜냐하면, 봐요. 늙은 푸칼로프 아저씨조차도 그 상황을 더 낙관적으로 보고 있어요... 그리고... 그리고... 난 바라고 싶어요. 만약 '삶'에 대한 당신의 믿음이 어느 날 돌아온다면, 그리고... 그렇게 당신에게 적당한 말을 찾기가 이렇게 어려울 수가!"

폴리에나는 수선하다 말고 그를 한번 쳐다보았다. 요한의 표정은 그녀에게 감동을 주었다. 그녀를 기쁘게 해주려고 얼마나 많이 노력하는가! 그러나 무엇 때문이지? 갑자기 그녀에겐 전혀 예기치 않은 의문이 생겼다. 그 이상한 의문은 그녀 입가에서 맴돌았다.

"솔직히 말해 봐요, 진흙이 당신을 끌어당기지 않나요?"

요한은 그 질문에 깜짝 놀랐으나, 잠시 뒤 그녀 생각을 계속 따라갈 수 있었다.

"흙덩어리에 매달리는 것은 인간답지 않아요. 왜냐하면 사람들은 쉽사리 진흙에 빠질 수 있어요. 진실한 인간이라면 묘지 입구에서도 자신의 미래를 생각합니다."

"당신은 무덤 뒤의 삶을 믿나요?" 그리고 놀라움이 그녀 목소리에서 느껴졌다.

"난 '삶'의 윤회를 믿습니다."- 요한은 좀 자신 있게 대답했다.- "나는 유용한 전환을 생각하고 있지만, 나를 집어삼킬 그런 진흙은 생각하지 않습니다."

"하지만, 늪이 나를 끌어당긴다면, 내가 과거의 나를 또, 내가 되려고 애쓰던 것을 잊어버리려고 그 진흙과 하나가 되기를 바란다면, 어쩌겠어요... 자주 내겐 그 하나 됨이 보여지지 않아도 실제로 내게 일어났어요."

"자, 봐요. 당신의 그 절망적 토로에서 나는 '삶'의 기대에 대한 당신의 불꽃을 벌써 볼 수 있습니다. 난 당신 심장이 짓이겨진 것 같은 심정을 아주 잘 알고 있습니다. 내게도 장례의 아픔을 안고 있었습니다. 또 나에게서 에너지도 벌써 무력해져 있습니다만, 그런 뒤에 나에게서 떨치고 일어서서 삶의 삼위일체 -기대와 사랑과 이해 - 가 되살아났습니다."

"당신은 신부인가요?"

"그래요, 나 스스로를 위한 신부이자, '삶'엔 목표가 분명히 있다고 믿는 사람들을 위한 신부이지요."

"그럼... 그리고, 당신 말에 따르면, '인생'이란 모두 목표가 있나요?"

"그렇습니다... '삶'의 조화로운 법칙에 대해서 정신적으로 더욱 완벽함이라는, 완벽한 지식을 갖는 것입니다."

폴리에나의 시선은 그의 용모에 오랫동안 머물렀다. 작은 한숨이 그녀 입가에서 터져 나왔다. 그 안에는 부러움과 무시가 섞여 있었다.

"당신이 아직도 요람 옆에 서 있는 것을 내가 몰랐네요... 당신은 정말 하나님을 믿는 분이군요. 전 벌써 하나님을 잊었고, 어떤 식으로든지 '그분'을 잃었어요... 그게 중요해요? 아닙니다!"

"한때 나도 그런 같은 생각이었습니다. 그땐 인생 전체가 뭔가 목적이 없는 것 같고, 바보 같은 것으로, 무의미하고 단순한 존재의 늪에 빠져버린 뭔가로 보였답니다...
당신이 지금 바로 그런 상태이듯, 나도 나 자신에 대해
그 진흙에, 삶을 집어삼키는 그 늪에 끌려감을 느꼈습니
다. 그리고 난 뒤에... 오, 그 잠 못 이루는 밤이며, 고통
을 통해서, 잦은 실수들을 통해 저는 하나님에 대한 올
바른 개념을 갖는 길을 찾기 시작해, 내 안에서 내 고유
의 종교가 생기게 되었습니다."-요한 바르디의 목청은
이젠 더욱 뜨거워지고, 달아올랐고, 그녀 관심을 불러일
으키는 소리를 받았고, 그녀로 하여금 그의 말에 대한
실타래를 따라가도록 만들었다.- "나의 하나님은 자연의
조화로운 법칙에 자신을 숨긴 채 있는 **'창조하는 삶'**입니
다. 완전한 '삶'이 물질적 실체와 정신적 실체에서 나눠
진, 볼 수 있고 느낄 수 있는 일위일체적인 '**하나님**'입니
다. 이 '하나님'은 항상 창조 속에서 의식적 협력을 요구
합니다. 오늘은 그 하나님은 자신의 존재를 안개처럼 만
들어, 인간들이 무의식적으로 복종하게 되고, 그 사람들
이 '외양'에 족쇄를 차게 만들어 버립니다. 영원한 법칙
들이 잔인하게 그 자체의 정당성을 보여준다는 것은 당
연합니다."

　폴리에나 알렉산드로코브나는 그 낱말들이 가져다주는
구속에서 흔들며 빠져나와, 아이러니한 표정으로 자신의
입술을 뽀로통하게 했다.

　"말이란 마취제이자, 단순히 위로일 뿐...아무런 근거가
없어요."

요한 바르디는 이제 말이 없었다.

그는 그녀 말이 맞다고 느꼈다. 그는 그 여인과 자기 자신을 위로하기 위해 적당한 말들을 끌어모았다. 하지만 그는 솔직한 확신에서 말했지만, 단지, 그가 명쾌하게 이해될 수 있는 문장으로 만들기엔 능력이 부족했다. 그래, 이 모든 것은 단순한 위로인 듯하다. 그러나 그 위로는 상처받은 영혼들에겐 진정제가 된다; 그 상처는 그런 진정제의 보호 아래 아물고, 혼절했던 삶의 소망은 되살아나고, 그 영혼은 새로운 햇살 속에서 그늘진 면만 보여주는 것은 아니다. 오늘날의 온 세계가, 마치 '삶'이라는 신체 위에 파괴적으로 더욱 커가는 궤양처럼, 하나의 큰 상처다. 그러나 그 삶은 이길 수 없습니다. 그 삶은 열병을 일으키는 고름을 제 몸에서 **빼내** 준다. 우리를 또 사람들을 잘못 인도하는 것은 좁은 시야이다. '창조하는 삶'은 영원하며, 이길 수 없는 존재이다.

폴리에나는 그의 옷소매 수선을 마쳤다. 그녀는 그걸 요한에게 건넸다. 그녀 몸짓과 표정은 요한이 지난 몇 년간 헛되이 꿈꾸어 온, 바로 그 따뜻한 매력을 지니고 있었다. 한 쌍의 인간이 사는 가정을 다시 생각나게 하는 몸짓과 표정. 의도와는 반대로 생겨난 그런 환상 때문에 그는 고마운 느낌이 들었고, 그 느낌은 그의 눈길에서도 보였다.

폴리에나 알렉산드로브나는 갑자기 자신을 잔인하게 느껴, 자신이 한 말에 부끄러워했다. 이제야, 그녀는 설령 그의 말이 그녀를 위로하기 위한 희망 이상을 전혀 갖지 않았다 하더라도, 적어도 그의 말은 고마움을 받을만한 가치가 있음을 느꼈다. 그녀는 자신을 변명하고 싶었다.

"당신은 이상한 남자예요. 요한 유로비치... 선의를 가진 사람이군요... 어쨌든 당신은 현실에서 멀어져 있군요. 이반 파블로비치는 혁명가였어요. 그의 생각과 사상은 더 명확히 정의할 수 있어요. 난 더 쉽게 그의 말을 따라 갈 수 있었어요. 당신 말씀은 저기 구름에 가 있는 것 같아요. 제가 당신을 잘못 이해했다면 용서해 주세요."

"한때, 이반 파블로비치의 사상은 구름 속에 방황하는 것이었어요. 하지만 그 사상이 땅에 도달했을 때..."

"그 사상은 진흙이 되어요... 진흙일 뿐이라구요."

요한은 반박하는 몸짓을 보였다.

"바로 저 땅의 저습지와 하나가 된다는 것, 따뜻한 햇볕이 그 구름 속에서 떨어져 나온 씨앗을, -즉, 혁명을- 성숙시켜 주었다고는 생각하지 않습니까?"

"아마 당신 말씀이 맞겠지요." 그녀는 조금 생각한 뒤에 말했다. -"하지만 나에겐 혁명이라는 것이, 제대로 제 목표에 도달하려 한다면, 살아남은 모든 것은 없어져야 한다는 생각이 들더군요?!"

"그래요. 저도 동감입니다. 하지만 이 혁명은 아직 '지금' 생겨났기에, 없어지려면 성숙해야 합니다. 먼저 러시아 혁명은 새로운 세대를 위해 정상적 환경을 생산해 내고, 창조해 내야만 합니다. 러시아 혁명은 그런 힘을 판단하기에는 너무 어렵습니다. 러시아 혁명이 사회 진보에서 자리 잡게 될, 그 정상적 상태가 러시아 혁명을 정당하게 하거나, 부당한 것으로 만들 겁니다... 아마 마침내 그런 평가에 대한 필요한 역사적 전망을 가지게 될 때까진 20년이 더 지나갈 겁니다. 우린 지금 그 혁명의 초기에 살고 있지만, 우리 자신들은 그 속에서 활동적인 사람이 되었기도 하고, 수동적인 사람이 되었기도 합니다. 구멍 뚫린 채 썩은 배의 갑판 위에서는 사람들은 판단력을 잃게 되고, 그런 카오스는 낭패만 가져옵니다. 그 배가 파도라는 묘지를 만날지, 그 배가 새 정박지에 도달하게 될지는 그 배의 조타수들조차도 앞일을 내다볼 능력이 없습니다. 하지만 그들은 희망을 갖고 끈기를 가집니다... 봐요, 폴리에나 알렉산드로브나, 난 한 번도 혁명가가 된 적이 없어요. 난 영혼의 자유를 가두는 폭력을 증오하지만, 당신 나라에서는 오로지 혁명이 자라날 권리가 있음을 난 분명하게 봅니다. 차르 주의가 실현하기를 잊은 개혁은, 혁명에 살아갈 권리를 주었어요... 이 혁명에서는 난 '창조하는 삶'의 승리를 믿습니다. 그 '삶'이 지금 파괴되는 것은 중요치 않습니다. 가정을 일으키려면 숲도 잘라내야 하고, 늪의 물도 마르게 해야 하고, 때로 산도 들어내야 합니다. '창조하는 삶'은 자기 갈 길에서 멈추지 않고, 멈추게 할 수도 없습니다."

폴리에나는 더욱 관심을 가졌다. 그녀 시선에서는 흥미

가 있음을 볼 수 있었다.

"이제, 지금 당신은 더 명확하게 말하는군요... 하지만, 만약 이 혁명이 이 땅 천지에 유행처럼 퍼지게 된다면, 그 점에 대해 어떤 의견인가요? 만약 당신의 집이 당신 위에서 불타버리게 된다면, 그때도 당신은 혁명을 옹호할 것인가요? 당신의 지적대로 당신은 혁명가가 아니잖아요? 만약 이웃집만 불타버린다면, 그때도 당신은 혁명을 지지하겠어요?"

"그런 비난을 이해합니다. 진실로 나는 러시아 혁명의 권리에 대해 말했지만, 내 마음이 그 혁명 때문에 아파하지 않는다고는 생각하지 마십시오. 내가 당신 나라에서 겪은 모든 고통과 부정의에도 불구하고, 난 정말 열렬히 당신 나라 사람들을 사랑했고, 그 사랑은 아마 죽을 때까지 살아 숨 쉬게 될 겁니다. 왜냐하면, 러시아 국민성의 각 요소는 위대한 미덕이라는, 퍼내고 퍼내도 마르지 않는 샘이기 때문입니다. 그것은 마치 예술적 모습을 보이게 되기를 기다리는 자연석 상태의 다이아몬드라고 말할 수 있습니다. 사람들은 어떤 상황에서도, 또 어디에서도 비참함 속에서보다, 그 참혹한 학살이 자행되는 동안에서보다 더 인간의 영혼과 친해질 기회는 없습니다. 지난 3년간, 나는 당신 나라 국민에 대해 느끼고, 보고, 결론을 내릴 만큼 충분한 경험이 있습니다. 그 때문에 나는, 러시아에서는 혁명이 충분한 권리를 갖는다고 강조하여 말하고 싶습니다. 왜냐하면 '진보'를 위한 전제조건들이 부족했기 때문이었습니다. 서구 유럽과 동유럽의 각국에서는 그 진보의 조건을 갖고 있었습니다. 그곳에는 파괴라는 것이 가정의 건설을 의미하는 것이 아니라, 이미 도달된 모든 것을 폐허로 만드는 의미를 가집니다."

"이반 파블로비치는 세계혁명을 믿었습니다. 그의 주장은 확신을 주는 것이었어요. 당신은 그 가능성을 부정하나요? 당신 나라에서는 잊은 개혁이 존재하지 않나요? 서방에서는 제1차 세계대전 후 비참함에 빠진 채, 무위도식하는 사람들은 없나요? 그 사람들은 그들 안전을 지켜주고 그들 특권을 유지하는 그런 인습에 꽉 붙들고 있지 않나요? 어서 대답해 봐요? 당신 나라는 천국인가요?"

폴리에나 알렉산드로브나의 시선에는 열기가 있었다. 그녀의 혁명 정신이 그 눈길에서 다시 반짝였다. 요한은 말이 없었다. 그는 그런 그녀 질문에 그 자신도 관심 있다라곤 대답할 수 없었다. 순간, 그는 자기 동포들을, 평범한 시골 사람이나 농사꾼이나 노동자들을 생각해 보았다. 그들은 모든 전쟁의 목표가, '토지가 있기에, 그리고 토지 때문에'라고 정의하고 있었다. 그리고 그런 사람 중 아무도 땅 한 평을 소유하고 있지 않았다. 그러한 무산자들은 땅 때문에, 땅을 위해서 전쟁터에서 수천 명씩 죽어 갔다... 아냐, 아냐! 그렇게 정의를 내리는 것은 어리석은 짓이야! 조국을 위해서다! 조국이란 국토만 의미하는 것이 아니라 그 조국이 포함하고 있는 모든 것이다.-역사와 문화와 민족의 통일성과 그동안 이룩해 놓은 것들과, 국민의 전 재산까지도 포함하고 있다. 그 무산자인 보통 사람들은 그러한 모든 것에 자신이 속해 있음을 느꼈고, 그것을 지키려고 싸웠다. 그리고 다른 방식으로는 절대 없을 것이다. 언젠가 러시아 혁명이 성공한다면, 새 공화국 시민들은 똑같은 심정으로 똑같이 행동할 것이다. 그들은 그 혁명 때문에, 그리고 그 혁명을 위해서 죽어갈 것이다. 다만 표어만 달라질 뿐일 것이다. 조국 대신에 그들은 혁명 국가를 논할 것이지만, 근본적으로 그 말도 '가정'이라는 원조의 말로 남게 될 것이다.

폴리에나는 오랫동안 그를 바라보다, 아이러니한 마음을 숨기는 듯이, 그녀 표정엔 그녀가 정당하다고 만족감을 내보이고 있었다.

"당신 침묵 그 자체가 답이군요. 그럼 서방 나라들도 천국은 아니군요. 또 그곳의 삶도 마찬가지로 근본적으로 폭발할 것 같지는 않는군요. 그들은 마찬가지로 불쌍한 사람들에겐 감옥이 될 것이고, 억압당하는 사람에겐 지옥 같겠군요... 이반 파블로비치가 맞았군요. 그래요. 그이가 맞았어요. 하지만 그게 무슨 의미가 있나요? 더 많은 희생자들만, 더 많은 미친것만 낳았을 뿐이라 구요. 왜냐하면,....왜냐하면, 난 특권의식의 자발적 포기를 믿지 않아요. 양보하는 자만 채찍을 받을 뿐이거든요."

"하지만, 문화는요, 폴리에나 알렉산드로브나!" 요한은 그녀에게 주의를 환기하려고 노력했다.

그녀는 자기 의견을 충분히 웅변했다는 듯, 당연한 제스처를 취했다.

"문화는 언제나 권력자들의 호사스러움으로 있었고, 또 언제나 있을 겁니다. 그리고 마침내 문화는 문명의 늪에 빠져버릴 겁니다. 국민은 그 국민 스스로 자신을 위해 완전히 싸운 만큼, 그 특권을 누리는 사람들이 그 국민을 훈련시킬 의도로 필요하다고 여기는 만큼의, 그 만큼만의 문화를 소유하게 됩니다. 더구나, 자본주의 모럴이 인간의 설득력을 지배하는 때까지, 문화는 마취당할 겁니다. 그게 내 의견입니다!"

기질적으로 말해진 그 문장들은 그녀 얼굴에서 핏기마저 멀어지게 했다. 그 문장마다 열성이 살아있었다. 그녀 표정은 투쟁적이지만, 닿을 수 없는 뭔가를 염원하는 영혼의 면을 받고 있었다. 영혼의 갈증은, 그동안 요한이 그녀를 보아온 것과는 전혀 다르게, 그녀에게서 놀랄 만큼의 아름다움을 발견했다. 그는 그런 그녀 모습에 반가웠다. 적어도 순간이나마 모든 동양인의 특징적인 철학적 생각은, 장례 속에 그녀를 붙잡고 있는 그런 생각들을 잊게 만드는데 성공했다.

요한은 탁자에서 일어나, 그녀 무릎 위에 그동안 놓여 있던 그의 옷을 가지러 그녀에게 다가갔다. 그의 눈길에서 그녀에 대한 순간적 호기심을 갖게 하는 뭔가가 있었다.

"도와줘서 고맙군요... 난 이렇게 정교하게 수선할 순

없답니다." -그는 그렇게 말하고 바느질한 자국이 보이지 않은 그녀의 박음질에 대해 놀라운 듯 바라보고 있었다. "좀 떨어져 보면, 이게 수선한 것인지도 모를 정도이군요."

"당신에겐 그게 중요한가요?"

"그래요. 하지만 이 소매가 아니라... 이 박음질이 아니라...이 봐요, 알렉산드로브나, 소매에 난 상처 같은 틈은 이렇게 아물어집니다. '나'만이 이 소매가 한때 찢어진 채 있었다는 걸 알게 되지만, 이게 더는 내 눈엔 거슬리지 않겠군요. 당신의 능숙한 손이 이를 치료해 놓았답니다."

"그게 무슨 암시인가요?"

"'삶'의 가시들은, 당신이 이 틈새를 박음질해주었듯이, 한때, 이 '시간'이라는 것이 상처들을 찢어 만들어놓고는, 그 상처들을 언젠가 기꺼이 아물게 해주는, 그런 사람의 마음을 말하고 있습니다. 사람은 그 상처의 아문 자리에 대해 스스로 자각하지만, 그게 더는 아픔을 가져다주진 않습니다. 내 말을 알겠지요?"

"그래요, 하지만, 난 당신 의도를 명확하게 추측할 수는 없군요. 당신은 저에게서 바라는 것이 뭐지요?"

"뭘 바랄까요? 저어, 어떻게 말할까? 난 당신이 그 '삶'에 대한 당신의 믿음을, 당신의 신뢰를 다시 회복하도록 노력한다면, 그게 바로 내가 바라는 일입니다."

"그게 당신에게 소중한 건가요?"

"그렇답니다!"

놀라움이 폴리에나 알렉산드로브나의 눈길에 다시 반영되었다.

"난 정말 솔직할 것입니다." 요한은 계속 말했다. "난 꿈을 짜 가는 사람입니다. 꿈이 나를 피하면, 난 나 자신이 죽은 것으로 느낍니다. 그런 사람들도 정말 존재해야 합니다. 그런 사람들은 인간 공동체를 웃기는 익살꾼이거나, 가르치는 사람들입니다. 난 넓은 땅에서 관객을 즐겁게 해 주는 광대가 됩니다. 내가 무엇을 하고 있나요? 난 매번 나의 볼을 때리지만, 그러고는, 나는 나의 고정된 관념에 더욱 매달리게 됩니다. 대다수 사람은 웃으면서 나를 바보라고 부른답니다. 하지만 나의 고집스런 관용에서 꿈을 짜 가는 사람을 발견해 내는 관객들의 대열에서도 그러한 것들은 존재합니다. 그리고 그들은 나의 꿈을 위해 자기 자신의 마음을 열게 됩니다... 그리고 지금, 내가 강조하는 말엔 비웃지 마십시오: 당신도 꿈을 짜 가는, 꿈꾸는 사람이에요, 폴리에나 알렉산드로브나."

"제가요? 제가?! 당신은 틀렸군요. 난 바로 지금보다 더 땅에 그렇게 얽매여 있은 적은 전혀 없었어요."

"나는 알고 있습니다. 그렇기에 그 인생길에서 돌들에 잘 저항할 수 없습니다. 당신은 꿈을 잃고 있어서, 그 때문에 당신은 이제 그 성지순례 길에서 당신이 더는 지쳐 혼절해지지 않으려면 새로운 꿈이 필요합니다. 만일 당신 믿음이 돌아올 때, 그 잊음은 그 믿음을 동반할 것이고, 그 잊음 속에서 새 삶이, 새 목표가 당신을 이끌고 갈 겁니다."

왜 당신은 그것을 나에게 말하나요?"

"왜냐구요? 그 때문에... 그건 우리가 같은 방으로 함께 쫓겨 났기 때문이었지요... 나를 오해하진 마세요! 나도 내 개인적으로 장례를 두 차례나 치르고 있어요. 돌아가신 분을 위해 한 번, 또 살아있는 한 사람을 위해 한 번. 내 마음의 상처들은 똑같이 당신의 마음에 가진 그 상처들과 마찬가지로 아직도 아물지 않았어요. 나는 같은 방에 함께 거주하며 살아가야 하는 여섯 사람의 상황에 대해 넌지시 말하고 싶어요... 그래서, 어떻게 하면 당신이 오해하지 않게 표현할 수 있을까요? ... 우리 사이에서 당신이 고립되어 있음을 보는 게 나는 아픔입니다. ...우리 모두에게요. 우리는 정말 당신의 아픔을 이해하고 있어요. 왜냐하면, 우리에게도 충분히 큰 아픔이 주어져 있으니까요. 하지만 우리는 그 영혼의 유연성을 회복하기 위해 싸우고 있어요. 루시아 파블로프나는 잊으려고 또 삶의 목표를 찾으려고 아이들에게 피난을 가서 있어요. 이반 푸칼로프는 다시 자신의 무기력함을 다시 떨쳐내고는, 공통의 관심사를 위해 봉사하기로 애쓰고 있어요. 또 시몬 트카체프조차도 더욱 활발해지고, 이제는 그가 그렇게 혼절할 정도로 피곤해 있지도 않아요. 내 경우도 이 자발적으로 받아들여진 새로운 포로 생활 속에서 나는 그 잃어버린 균형을 되찾기 위해 애쓰고 있어요. 왜 당신 혼자서 당신을 고립시키려고 하나요? 왜 당신은, 내가... 우리 모두가... 그래요, 당신은 우리가 당신의 젊은 삶을 위한 그 싸움에서 당신을 돕고 싶다는 것을 왜 보지 못하나요? 왜 당신은 ...당신에게 쉽게 다가가기를 진심으로 바라는 우리를... 나를, ... 그래요... 그 억압받는 상황을 더욱 누그러뜨릴 수 있게 도와주지 않나요?"

　요한은 그의 눈길에 침묵하는 질문 속에서도 고정되어 있는 그녀 시선 때문에 이미 당황해했다. 그 예상된 질문에 답하려고 그 자신이 그 열차의 어두운 한 모퉁이에서 죽어가는 이반 파블로비치를 다정하고 헌신적으로 돌보고 있는 그녀를 본 첫 순간부터 가지고 이던 그 동정심을, 그 공감을 분석해 나가야만 했을 터이다. 이제 그는 그 동정의 분석을 두려워했고, 정말로 그는 그녀의 눈길이 그에게서 미끄러져 나갔을 때, 더 쉽게 숨을 내쉬었다.

"당신은 이 웃옷을 입어요. 요한 유로비치... 날씨가 좀 차갑습니다..."

그녀 목소리는 온화한 소리를 내고 있었다. 그것은, 요한의 마음에서 그녀가 이미 자신의 옷의 박음질에 자신이 관심을 기울이려고 몸을 돌린 그때에도 여전히 메아리가 되었다.

　그 재봉틀 기계 소리가 요란했다. 그 박음질 기계는 그녀의 두 손이 언제나 그 재단선의 굴곡을 따라 언제나 앞으로 내밀었던 그 천을 자기 밑으로 달리게 했다. 요한 바르디는 좀 감동이 되어 그 가는 줄이 보이는 앙상해진 그녀의 두 손을 쳐다보고 있었다. 그 혈관들이 하얀 살갗 아래로 다양한 선을, 굽은 선들을 연푸르게 그리고 있었다. 폴리에나 알렉산드로프나는 자신의 일에 깊이 빠져들어 있는 듯했으나, 생각은 다시 그 구름 사이에서 헛되이 다시 방황하고 있었다.

갑자기 그들은 누군가 그 방에 서 있음을 느꼈다.

스트리치코프 중위, 그 '혀가 없는 사람'은, 탁자 옆에 서 있었다. 그의 시선엔 이전보다 더욱 온화함이 있었다. 재봉틀 기계는 소리를 멈추었다. 폴리에나 알렉산드로프나는 일어서려 하였으나, 스트리치코프는 몸짓으로 그녀 일을 방해하지 않는다는 것을 표시했다.

요한은 서둘러 그 웃옷을 자신이 챙겨 입고는, 그 방에 지금 자리에 없는, 같은 방 인원 보고하러 발걸음을 옮겼다.

요한이 보고하는 동안, 스트리치코프의 눈길은 잘 정돈된 방의 여기저기로 향하고 있었다. 아마도 그는 만족한 것 같다. 그 방황하는 눈길이 그 탁자에 멈추자, 그의 눈앞에 바로 놓여 있는 사진을 오랫동안 쳐다보았다. 더 자세히 보려고 스트리치코프는 그 사진 위로 몸을 숙였고, 잠시 뒤, 요한은 그 자신 앞에서 밀랍 같은 얼굴을 보게 되었다. 스트리치코프의 표정은 놀람뿐만 아니라, 갑작스런 아픔까지도 나타내고 있었다. 그 '혀가 없는 사람'은 말을 시작하고, 그의 목소리는 좀 쉰 듯했다.

"이 사진은 어디서 이곳에 오게 되었나요?"

"제가 '베르흐녜 우딘스크'에서 이곳으로 가져 왔습니다...그 사진은 저 종이들과 함께 제 호주머니에 남아 있었습니다."

"이 사진 속의 인물을 알고 있어요?"

"예, 그들은 **<뉘렌베르그의 인형들>**이라는 발레에서 함께 춤추던 무용수입니다. 중위님이 보시다시피, 제가 그 중앙에 앉아 있습니다."

"저 사람들 차례대로 이름을 대 봐요..."

"이름으로는, 제 기억엔 제가 자주 관계하던, 두 사람만 기억하고 있습니다. 하지만 나는 중위님께 그날 밤 행사에 대한 포스터도 보여드릴 수 있습니다." 요한은 자신이 가지고 있던, 접힌 푸른 포스터를 펼치고, 그것을 스티리치코프에게 건네주었다.

"여기에요! "

스티리치코프의 눈길은, 마치 한순간 이 모든 내용을 집어 삼킬 듯하였다. 그의 창백함을 뒤따른 것은, 열이 난 얼굴의 홍조였다. 요한은 그의 손에 들려 있는 종이가 떨고 있는 것을 보았다.

"이게 '나로드니 돔'[17] 에서의 7월 15일이네요... 지금은 11월이니... 그러니 넉 달이..." 그 말들을 스티리치코프는 입에서 빠져나왔다. 갑자기 그에게는 이 포로와의 첫

---

17) 저자 주: 인민회관

만남에 대한 기억이 떠올랐다. 그 아픔의 추측은 그의 마음속으로 질투를 불러일으켰고, 동시에 그의 숨을 멈추게 했다. 온전히 잔인하게도 그에게서 질문이 터져 나왔다. "저 여자는 누구요?" -그리고 그는 그 세 여인 중 한 여인을 가리켰다.

요한을 놀라게 한 것은 그의 목소리의 난폭성이었다. 요한은 그가 지적한 여성 이름을 기억하지 못했다. 그래서 그는 그 포스타에서 그녀 이름을 찾고 있었다... 그러고서 잠시 뒤 요한은 이미 완전히 그 중위의 이상한 행동을 이해할 수 있었다. 그 이름은 그 앞에서 모든 것을 폭로했다. "지나이다 페투키나 스트리치코바". 요한은 이미 완전히 그 순간의 중요성을 알아 차렸다.

"세 번만 저는 그분을 보았습니다. 처음에는 그 발레에서 그 장군이자 의사의 딸이 출연할 예정이었으나, 그녀가 갑자기 병을 얻어, 그 때문에 이 부인이 그녀 대신으로 나왔습니다. 그분은 세 번의 공연에만 참여했습니다." 스트리치코프는 자신의 주의를 기울여 요한의 어투에서 더 잘 추측해 보려고 애썼다. 이자는 진실을 말하는가, 아니면 그의 질문에 대한 의미를 추측하고서, 지금 이자가 거짓말을 하고 있는가? 스트리치코프는 그들의 첫 대화에서 뭔가 아주 중요한 것에 대해 회상하고는, 그리고 그것은 그의 입가에서 새로운 질문을 억지로 나왔다.

"그럼 그 여자는... 그 여성은" - 그는 그 말들을 강조하고는, "당신이 한때 말했던... 그녀는 이 그림에 있나요?"

요한은 그의 숨겨진 생각들조차도 이미 이해하고는, 말 없이 그는 자신의 오른편에 앉은 그 여인을 가리켰다. 스트리치코프는 갑자기 부끄러움을 느꼈고, 그는 스스로 그 이유에 대해선 알지 못했다. 마침내 그는 이 포로에 게 고마워해야할 터이다.

왜냐하면, 이 포로가 그의 아내가 살아있음에 대한 첫 신호와 소식을 전하였기 때문이었다. 넉 달 전에 그는 그의 아내와 함께 있었다. 그들은 함께 '붉은 군대'의... 이익을 위하여 공연의 밤에서 함께 역할을 맡았다... 실 은, 그 군대 병원을 위해서만 그리고 그럼에도... 지금 은... 모든 상세한 것에 대해 이 남자를 직접 심문하는 것이 어찌 좋은가! 그리고 왜 아닌가? 지금 이 방에서는 아니다. 하지만, 네 개의 눈이 있는 곳에서, 낯선 눈길들 이 두 사람의 만남을 엿듣지 않는 그 순간에, 친밀한 그 두 사람만 있을 때. 잠시 주저한 뒤에 그는 결심했다. "당신이 이 종이를 당신 호주머니에 넣어요" 그는 요한 에게 말했다. "그리고 그것들을 잘 지녀요."

요한은 먼저 사진과 포스터를 집어 들었다. 그리고 좀 생각해 본 뒤, 그는 그것들을 스트리치코프에게 내밀었다. "중위님, 제가 보기론, 이 두 점은 중위님이 관심을 갖 고 있으니... 이것들을 가지세요!... 특히 이 포스타는 제 겐 필요하지 않습니다."

요한은 그 마지막 말을 좀 태연자약하게 말했다. 선물

로 주는 동작, 그의 표정과 그 말의 진심어린 어투로 인해 스트리치코프 중위는 깜짝 놀랐다. 마지못한 듯이 그는 자신의 손을 내밀어 그 제안된 두 점을 집었다.

"저는 이것들이 필요하지 않습니다. 중위님." 요한은 다시 추측할 수 있다는 듯이 되풀이해 말했다.

스트리치코프는 말없이 그 사진과 포스터를 건네받고는, 그것들을 호주머니에 넣고, 잠시 뒤 그 방을 나갔다. 폴리에나와 요한은 그렇게 나가는 그 중위를 오랫동안 쳐다 보았다.

"당신은 그분에게 무엇을 주었나요?" 그녀가 일분 뒤 물었다.

요한은 그가 낯선 비밀을 발설할 권리를 가지고 있지 않음을 느끼고는, 그는 그 질문에 피하듯 대답했다.

"내가 그분에게 그 우유 한 병과 빵을 받은 보답을 했어요."

그녀는 그 암시를 이해하지 못했으나, 요한은 그 점을 설명해 주고 싶지 않았다. 첫 순간부터 그는 이 사람은 아주 깊숙이 솔직한 사람이고, 마음이 선한 것을 느꼈고, 그 민간인 포로들이 그의 지휘 아래 놓이게 된 그때부터 요한은 그의 선의가 그의 보호 아래 놓인 사람들의 이해를 위해 싸울 용기를 갖고 있었음을 알고 있었다. 지금부터 요한은 그에 대한 자신의 동정심을 더 확인하게 됨도 느꼈다. 스트리치코프는 정말 그 자신처럼 비슷한 고통을 당하고 있구나. 자기 아내로부터 멀리 떨어져 있는 남편. 잔인한 고통의 생각들로 괴로워하는 남자. 인생이 그를 함께 묶어주었던 그 사람을 진심으로 충실하게 사랑하는 남자. 요한은 자신의 기억 속에서 스트리치코프 아내 얼굴을 떠올려 보려고 애썼다. 요한이 그녀를 알게 된 순간을. 하지만 그 모습이 배신하지 않는다면, 그녀는 잘 교육 받았고, 우아하게 행동하고 고상하게 생각하는 사람이었을 터이다. 그래, 그런 인상들을 그는 그녀에 대한 자신의 기억 속에 갖고 있었다. 만일 스트리치코프가 그에게 심문하다면, 그가 적어도 거짓말은 하지 않을 것이다.

그리고 요한은 그 중위가 그와 둘이서 말할 기회를 찾으리라고 추측했다. 같은 날 오후, 요한은 스트리치코프 중위의 숙소로 사무실의 책 2권을 가져다 달라는 명령을 받았다. 그는 그 명령이 핑계일 뿐이라고 추측하였다... 그리고 그렇게 되었다.

스트리치코프는 페트로프프가 사는 집에 같이 거주해 있었다. 요한이 도착했을 때, 바로 그 순간에 미카엘로 미혹이 그 두 중위를 위한 사모바르를 준비하고 있었다. 그 작은 키의 미혹은 자신의 동포가 온 것을 보고는 깜짝 놀라면서도 기뻤다. 그는 곧 그에게 자신이 아주 곤란한 상황에 빠져 있음을, 즉, 자신이 이해하지 못하는 언어를 이 사람들에게 봉사해야 하는 상황에 대해 낮은 소리로 알려 주었다.

"아주... 아주 어려운 일은, 아주 존경하는 자원봉사원

바르디 선생심, 저는 이렇게 말할 수 있겠어요. 특히 제 일을 어렵게 하는 것은 안주인입니다. 여러 번 그녀는 괴상한 생각들을 갖고 있어요. 예를 들어, 어제는 안주인이 나더러 우리 집의 암소를 이웃집 여자의 집에 키우는 숫소에게 끌고 가라고 말했어요. 그럼 어떡하지요? 아주 조심해서 저는 그 숫소에게 그 걸어다니는 우유통을 끌고 갔지요. 하지만 그렇게 내가 걸어가면서 느낀 것을, 다 표현할 수는 없지요...나는 곧 추측하길, 불행한 일이 벌어지겠구나 하고 추측했어요. 그 빌어먹을 수컷인 소가 내가 데려온 암소, 아가씨인 암소와 친해 볼 생각도 하지 않았어요. 공포의 상황이었어요. 그럼, 제가 어떡해야 하나요? 저는 그 불쌍한 짐승을 다시 끌고 왔지요. 나의 안주인은 곧 그 결과에 대해 관심을 가지더라고요. 그래 제가 어떻게 보고한다? 저는 아무것도 일어나지 않은 것을 잘 되었다고 간단히 말해 주었습니다. 지금 그녀는 맘에 들 정도로 그만큼 오랫동안 송아지를 기다릴 겁니다. 그러나, 그 상황은, 존경하는 자원봉사원 선생님, 내겐 머리카락을 곧추서게 만드는 것이었어요. 그런데 그 안주인은, 동시에 몇 명의 부인들과 아가씨들이 차를 마시고 있는 그 살롱에서 내게 그 질문을 했기 때문이에요. 보세요, 그들은 우리를 남자로 보지도 않는다구요. 말도 안돼요! 마치 우리가 거세된 수탉처럼 보이는가 봐요."

요한은 억지로 웃었다. 그는 스트리치코프에게 관심이

있었다. 미혹은 그의 불확실한 의견에 대해 더 구체적으로 말하고 싶은 표정을 지었다.

"간혹 저는 그분을 봅니다. 주방에서 선생님은 정말 스스로 잘 알고 있어요. 그분이 말이 없는 분이라는 걸요. 가정에서는 그분은 책을 읽으면서, 자기 방에서 시간을 보내고 있어요. 한 번도 그분은 불평하지 않아요. 페트로프 중위처럼 한 번도 큰 소리로 말하지도 않아요. 더구나 그분은 오후에 살롱에서 차 마시는 기회가 생겨도, 대화에는 참여하는 경우가 흔치 않아요... 하지만 저는 그분이 나쁜 사람은 아니라고 생각합니다. 왜냐하면, 이틀 전에 그분은 제게 아무 대가를 바라지 않고 10루블을 주더라고요."

"그래, 그리고 자네의 다른 중위님은? 그분은 좋은 사람인가?"

"에흐흐흐! 사자, 호랑이에요! 그분은 내게서 가당치 않은 것을 요구해요! 그분은 야심이 큰 언어학자입니다. 안타깝게도 그분에게 제가 영어를 모른다고 아무리 설명해도, 그분은 제게서 그 언어를 자기에게 가르쳐주도록 요구하기만 해요. 그렇게 두렵게도 그분은 그걸 요구하니, 제 온 신경이 정말 날카로워 있어요. 어떡하지요? 그분은 나에게서 영국 말을 반드시 배우고 싶어한다구요."

요한은 살짝 웃으면서 베레조브카에서 그에게 에스페란토에 대해 가르친 적이 있는, 자신의 한때 학생을 쳐다보았다. 미혹은 언제나 겁이 많은 선한 사람이었고, 그 평화의 이상에 대해 아주 열성적으로 공감하는 사람이었다. 정말로 그는 임무들을, 그에겐 이해가 되지 않거나, 증오스런 임무를 자주 억지로 강요하는 그 군대 봉사 때문에 정말 고충이 많았다.

"하지만, 제가 말하는 그 중위님은 이상한 남자입니다." 미혹은 하소연조로 말을 이어갔다. "왜냐하면... 저기, 어떻게 이야기 한다?.. 예... 보세요, 존경하는 자원봉사원 바르디 선생님, 저 화로 곁 광주리 안에 있는 저 개를 보세요! 저 개를 어떤 중국인이 데려왔어요. 헌데, 저 개는 착한 짐승같아 보입니다. 그렇지 않나요? 나는 저 개를 좋아합니다. 그러나 그 점을 내가 말하고자 하는 것이 아닙니다. 2주일 전에 저의 중위님은 매일 저 개의 부러진 다리를 아주 유심히, 의사들조차도 병원에서 그렇게 유심히 간호해 주지 않는 것을 요. 그 개를 그렇게 간호해 주었어요. 저 개를 그분이 '볼쉬'라고 이름을 붙여 주었어요. 그게 아마 '볼셰비키'라는 낱말의 줄임인 것 같습니다. 제가 저 개를 산책시켜야만 하는 상황이 있었는데, 그 때 그 개가 그만 좀 내빼려고 했어요. 제 머리카락이 서게 만든 상황을 생각해 보세요. 저는 그 개를 다시 부르려고 온 목소리를 다해 큰 소리로 불러야 했는데, 그로서 나는 많은 위험을 감수해야 해요. 안 그래요? 어느 비밀 볼셰비키가 보기엔, 제가 러시아의 내부 정치 속에 섞었다고 생각할 수 있어요. 그럼 어떡해요? 제가 그 개에 다른 이름을 붙여 줄까요? 그래, 좋아요! 저는 그렇게 한 번 시도해 보았어요. 그 녀석이, 그 포르고니 하사 말로는, 제가 저 개 이름을 '맨쉬'라고 이름을 부르도록 제안하더군요. 며칠이 지난 뒤, 저 개는 자기 이름이 둘이라는 것을 이해했어요. 아주 조심해 나는 그 이름들을 사용하고 있어요. 이 집 안에서는 저 개는 '볼쉬'이고, 집 바깥에서는 '멘쉬'로요."

요한은 크게 웃음을 터뜨렸다.

"선생님은 웃는군요? 웃기지 않는 일입니다. 왜냐하면, 지금 비극이 뒤따라 오고 있어요. 한번은 페트로프프 중위는 내가 그 개를 '멘시'라고 부르는 걸 듣고는, 그분은 사자 같은 목소리로 나를 질책했어요. 그 이름이 페트로프프 중위가 속한 그 당 이름을 놀린다고 줄여 부르는 걸 제가 알았던가요? 멘세비키! 그렇게 나는 저 개 때문에 또 개같은 녀석인 포르고니 중사 덕분에 러시아 정치 속으로 섞이게 되었어요. 다행히도 페트로프프는 선의의 마음씨를 갖고 있기 망정이지요. 저 순간적인 두려움과 소름끼침을 제외하고는 아무 일이 일어나지 않아요. 그래서 지금은, 저 개가 수캐임을 조심스런 알게 된 뒤로는 더는 불필요한 일이 생기는 것을 피하기 위해, '로르도'라는 이름을 지어 주었어요. 그것으로 저는 그 주인의 영어에 대한 동감을 표현할 의도도 있었어요. 그런 일도 있었어요! 머리카락이 서는 일이 아닌가요?!... 오, 내가 이 나라에서 언제 달아 날 수 있을까요?!... 그런데, 선생님은 왜 왔어요?"

"나는 스트리치코프 중위님에게 사무실 책 2권을 드리려고 갖고 왔어요."

"좋아요, 그것들을 제가 갖다 드리지요."

"내가 직접 그 일을 하고 싶어요. 미혹, 민간인 포로들이 사용하는 막사에 관련해 내게 뭔가 필시 명령을 내릴 것 같아서요."

"그분은 세째 방에 계세요."

"그분 혼자 계시는가요?"

"필시요! 부인들은 이웃집 소령의 부인 댁에서 열리는 차모임에 참석하러 갔어요. 페트로프프 중위는 잠자고 있어요. 밤에 그분은 무절제하게 먹고 마셨고, 아침엔 근무가 있었어요."

요한은, 미혹의 안내를 받아, 스트리치코프의 방으로 들어갔다. 그 살롱의 벽에는 테두리가 잘 장식된 대형 초상화가 걸려 있었다. 그 초상화는 매력적인 여성 모자를 보여주고 있었다. 만일 어느 화가가 그린 그림에 아첨하지 않았다면, 그 화가는 특별히 아름다운 모델을 갖고 있었다. 특히나 두 눈은 생기 있고 표현이 넘치는 것이었다. 미혹은 그 그림을 가리키면서, 그 그림의 모델이 이 집 안주인의 자매였다고 알려 주었다.

"물론, 저 여성은 생활에서도 백배로 더 아름답고, 천사 같은 마음을 지녔어요." 미혹은 대단한 열성으로 덧붙였고, 그 뒤 그는 분별력있게 페트로프프의 방에 눈짓하면서, "그리고 제 생각엔 저 여성은 제가 모시는 사자 목소리를 가진 곰에 마음이 들었어요... 하지만 그녀는 무관심을 가장하거나, 아니면 그 점에 대해 아무것도 모른 채 하는 것 같아요." 하지만 미혹은 여러 번 좋은 보는 눈을 갖고 있다.

요한은 다시 한번 그 초상화에 눈길을 주고는, 저 초상화 주인공이 그에게는 그의 지인 중 한 사람을 생각나게 했다. 그런데 누구일까? 그는 헛되이도 자신의 기억 속에서 지금은 찾아낼 수 없었다.

스트리치코프는 문을 열어, 요한을 자신의 방으로 들어오라고 불러들였다. 미혹은 바깥에 남아, 자신의 주방으로 돌아갔다.

그가 자신의 동포가 떠나는 모습을 본 때는, 한 시간이 더 지난 때였다. 그는 요한에게 말을 걸 수 없었다. 스트리치코프가 그와 함께 있었기 때문이었다.

그 막사의 옆방에서는 눈길들이 요한에게로 흥미롭게 고정되었다. 모두는 그 **'혀가 없는 사람'**이 요한을 불렀다는 정말 알고 있었다. 그런데 그 이유를 그들은 추측할 수 없었지만, 요한은 그들을 곧 만족시켜 주었다.

"스트리치코프 중위는 같이 생활할, 장교를 위한 봉사원을 필요로 한대요. 그분이 저를 선택했어요. 그게 전부입니다."

그 사람들의 표정은 환상이 깨짐을 배신하고 있었다. 모든 사람은 뭔가 다른 것을 기대하고 있었다. 무엇일까? 그들 스스로는 그것을 추측해 볼 수는 없을 것이다. 그러나 폴리에나 알렉산드로프나만 그 소식을 듣자, 마음이 떨려 오기 시작했다. 그녀는 자신의 이웃 중에서 또 누군가를 다시 잃게 될 것이다.

"그럼, 당신은 우리를 떠난다는 말인가요?" 나이든 푸칼로프가 말했다. "당신에겐 더 많은 자유가 있겠군요."

"푸칼로프 삼촌, 당신은 틀렸어요. 우리는 같은 방 사람으로 남을 겁니다. 아침에만 나는 그분의 구두를 닦고, 그분 방을 청소하는 일을 할 겁니다. 이른 아침에 나는 불을 지필 것이고, 시내로 나가 구입할 것이 있을 때, 그 집 안주인을 도울 것입니다. 왜냐하면, 제 동포인 미혹이, 그 때는 이 병영 안에 근무해야 하기 때문입니다. 낮에 여기서 우리는 점심을 함께 먹게 됩니다."

폴리에나 알렉산드로프나, 그녀 자신은 이유를 몰랐지만, 그 운명에 고마움을 느꼈다. 그래서 그녀조차도 그녀의 눈길이 요한의 눈길과 만났을 때는 좀 붉혀졌다. 그의 눈길에서는 새로운 의복에 대해, 물론 아주 간단한 의복임에도 불구하고, 처음으로 그녀가 만들어 입은 의복 때문에 깜짝 놀랐다. 그 눈길은 그녀의 능숙한 솜씨를 칭찬하고 있었다.

"내가 보기론, 폴리에나 알렉산드로프나, 당신이 오늘 입은 옷은 아주 잘 만들어졌어요. 그게 정말 아름답군요. 그 옷이 당신에게 꼭 잘 어울려요."

"바로 칭찬이란 말씀! 그리고 아주 그 칭찬은 맞네요." 루시아 파블로프나가 주목해 말했다.

"사람들이 내일 아침이면 저 재봉틀을 가져갈거예요." 폴리에나는 자신의 관심을 딴 곳으로 돌리기 위해 그런 말을 했다.

"아니, 아니오!" 로시아 파블로프나가 반대했다. "아침 나절에는 제가 유로치카의 따뜻한 모자를 하나 재봉해야 겠어요. 우리가 매서운 겨울을 맞을 수도 있어요. 나는 그렇게 보이네요."

그 난로 곁의 모퉁이 침상에는 시몬 트카체브가 앉아 있었다. 그는 그 천장의 들보를 뚫어지게 쳐다보고 있었다. 여느 때처럼, 지금도 갑자기 그는 그들의 대화에 이상한 문장을 던졌다.

"...그리고 그의 바이올린을 그가 저 들보에서 튀어 나와 있는 저 못에 걸게 해 주어요... 그리고 바이올린은 스스로 음악을 연주할 겁니다..."

아무도 그의 말에 관심을 주지는 않았다. 모두는 정말 그의 이상한 말에 대해 이미 익숙해 있지만, 그의 말 뒤에는 긴 침묵이 따른다. 푸칼로프 삼촌은 자신의 이 사이로 중얼거린다. "내일이면 나는 저 못을 뽑아 버릴테다! 저 악마가 결코 잠도 안 자네."

중국인 보초병 중 누군가가 문을 열고, 소리쳤다. "주방 식사 가지러 온다!"

폴리에나는 자신의 탁자에서 일어났다. 오늘 저녁식사를 가져오는 일은 그녀 차례였다. 요한은 그녀를 제지했다. "놔 두어요! 내가 당신을 대신해 가겠어요. 수프를 당신이 입은 새 옷에 쏟을 수도 있어요. 그러면 안 되지요!"

요한이 벽에 걸려있는 수프를 담는 통을 빼내 방을 나섰다. 폴리에나 알렉산드로프나는 자신의 접시와 그의 접시를 식탁에 올려놓았다. 그리고 다른 식기들도 식탁에 올려놓았다. 루시아 파브로프나는 자신을 위해서 또 자신의 아이 유로치카에 관심을 기울였다. 이반 푸칼로프는 자신의 접시를 탁자에 놓고, 식탁에서 먹는 것을 한사코 거부하는 시몬 크카체프의 접시도 놓았다. 가져온 빵을 푸칼로프 삼촌이 가르고, 루시아는 수프를 나누고, 언제나 그렇게 했다! 주방에서부터 음식을 날아오는 일은 순번에 따라 했지만, 요한은 폴리에나의 차례가 되었을 때는, 그녀가 한번도 그 일을 하도록 내버려 두지 않았다. 그 주방까지 향하는 길이 길다는 것을 핑계로, 또는 아직은 그녀가 몸이 성치 않다는 이유로. 그 새 옷 또한 똑같이 지금 핑계가 되었고, 그녀는 그 점을 잘 알고 있다.

같은 방 사람들에겐 그들이 그렇게 함께함은 자연스러워 보였다.

그들과 함께 같은 열차를 타고 이곳으로 온 루시아 파블로프나만 오직 폴리에나 알렉산드로프나가 자기 남편상을 치르고 있음을 알고 있었기에, 그녀도 그들 서로의 관계를 -바로 그 예외적인 상황들 때문에-마치 천행으로 여겨 주었다. 폴리에나는 이 모든 것을 추측하고는 안으로 자신을 훔쳐보는 그 느낌에 자신은 깜짝 놀랐다.

폴리에나에게도 이 함께함은 스스로 이해가 될 것 같아 보였다. 그들은 정말 연인도 아니고, 부부도 아닌데도, 그는 자신이 한 말로 인해 오늘 아침에 당황해했고, 또 그 생각이 그의 궁극적인 작별명령으로 인해 그녀 마음을 괴롭혔다는 것을 안, 바로 몇 분 전에도 그는 당황해했다. 폴리에나는 어떤 식으론든지, 그들 두 사람이 서로에게 속해 있음을 분명히 인식했다. 이게 '삶'의 위로라고 그녀는 생각하였는데, 그것이 벌써 나타나자, 마음이 아팠다.

순간의 감동이 그녀의 눈길에서 다시 반짝거렸다. 그러나 '그녀는' 그에 대해, 그의 삶에 대해 무엇을 아는가? 거의 아무것도 모른다. 그리고 '그는' 그녀에 대해 무엇을 아는가? 마찬가지로 아는 것이 별로 없다. 그들은 함께 내쫓긴 인간들의 삶이다. 같은 방을 쓰고, 같은 처지에 있음은 상호의 익숙함을 받아들이게 했다. 만일 내일 그가 떠난다며, 모레엔 그들 마음속에 이미 잊음이 자리할 터.

"저 걸려 있는 바이올린은 제 스스로 이 방에서 음악을 연주하고 있을 겁니다." 시몬 트카체프의 옅은 목소리의 환상은 소리쳤다.

폴리에나는 자신의 마음이 떨려 옴을 느꼈다. 그녀는 탁자에서 빵 한 조각을 집어 들어, 시몬에게 건네주었다. "저기요, 네 몫의 빵이니. 그리고 좀 조용히 해요...좀 먹어 둬. 무의미한 말들을 하지 않으면 더 좋겠어!"

시몬 트카치프는 비난 없이 살짝 웃고는, 손가락으로 그녀를 가리켰다.

"당신을 위해서도 저 바이올린은 음악을 연주해 줄 겁니다... 난 알아요. 왜냐하면 그 음악가를 내가 만난 적이 있어요,....그분이 곧 문턱을 넘어올 겁니다... 오, 고마운 빵, 하지만 이 빵은 아주 아주 아주 작아요... 시몬은 배고파요."

폴리에나는 자신이 가진 빵을 칼로 조금 잘라내, 그것을 그에게 건네주었다. 시몬은 식탐의 표정으로 그것을 받아서는, 그것을 자신의 밀짚포대 밑으로 숨겼다.

"그 음악가를 위해서... 저 멀리서 그분은 방랑하고 있고 모든 방랑자는 배고파해요."

초록 곰팡이가 이미 보이는 여러 덩어리의 마른 빵 조각들이 그의 포대 밑에 숨겨져 있었다. 그는 그것들을 자신의 환상 속의 그 음악가를 위해 모아 둔다.

저녁 식사 뒤, 푸칼로프는 중앙의 큰방으로 가, 저녁 점호를 위해 사람들을 정렬시켰다. 시몬 크카체프는 유심히 그 빵조각들을 세보고는, 옷을 완전히 입은 채 누워서는, 자신의 외투로 자신을 덮었다. 루시아는 어머니처럼 자신의 아이인 유로치카에게 사랑을 보였고, 함께 놀아 주고는, 나중에 그녀는 잠자고 있는 아이를 두고 그 위에서 길게 기도를 올렸다. 어머니로서의 경건한 모습은 매번 요한을 감동시켰다. 지금 그로 인해 그는 자신의 눈가에 눈물조차도 맺히게 했다.

오늘이라는 날은 그에겐 감동의 날처럼 보였다. 그 '혀가 없는 사람'은 자신의 마음을 원튼 원치 않든 자신의 앞에 열어 보였다. 그는 요한처럼, 폴리에나처럼, 이 막사에 있는 거의 모든 사람처럼 애쓰고 있는 사람이다. 입으로 그는 말을 많이 하진 않지만, 표정으로만 많은 말을 한다. 요한은 사람들의 태도가 가져다주는 언어를 아주 잘 알고 있었다. 스트리치코프의 질문에 그는 주저없이 답해 주었고, 그 질문들로 인해 두 사람은 짧은 시간 동안에 거의 친밀해졌다. '그 한시간 동안에?' 요한에게는 그런 더욱 다가섬이, 그가 그 수용소 대문에서 한때 던져진 채 놓여 있던 그 빵들이 있던 그 울타리로 갈 때까지의, 그와의 보행 속에 시작된 것 같았다. 내일부터 그는 그분의 봉사원이 될 것이다. 이상하게도! 한때는 예술가이고, 한때는 봉사원이다. 그런 것이 그의 운명이다. 그는 1916년엔 석탄 광산의 광부였고, 또 그해에 그는 농민이었고, 그는 1915년 그 가장 추운 겨울에 벌목해야 했다. 그는 1917년에는 자신과 같은 처지에 있는 사람들의 교사이자, 즐겁게 해주는 사람이 되었다. 지금 그 운명은 그를, 그에겐 전혀 흥미가 없는 정치의 사슬 아래 신음하고 있는 사람들에게 그를 내몰았다. 1919년에는 그에게 무엇을 가져다 줄 것인가? 꿈에도 그리는 고국으로 귀환할 수 있을까, 아니면, 어느 길옆의 움푹 파인 곳에서의 묘지인가? 누가 아는가?

폴리에나 알렉산로프나는 그의 표정의 변화를 몰래 훔쳐보았다. 그녀는 그의 그런 눈물어린 눈 때문에 그가 부러웠다. 그녀 눈물의 원천은 이미 거의 말라 있는 것 같았다. 불같은 아픔만이 그녀의 내부에서 불타고 있다. 그 눈물이 그 고통의 뜨거움을 꺼줄 수 있을 그 날이 언젠가 올까?' 그녀는 루시아가 믿음을 갖고 있기 때문에 루시아도 부러웠다. 그녀 스스로 어떻게든 어느 정처 없이 방황하고 있다. 왜냐하면, 그 '삶'이 그녀 안의 하나님을 죽여 버렸기 때문이었다. 그녀도 의식적으로 더 살기 위해 새 길을 찾아야만 하는가?... 그는 무슨 생각을 하고 있는가?'

처음으로 그녀는 그의 생각들을 알아보려고, 궁금해 알아내려고 하는 승리할 수 없는 염원을 느꼈다. 작은 소리로 그녀는 그에게 말을 걸었다.

"당신은 무슨 생각을 하고 있나요?"

요한을 놀라게 한 것은 그녀의 목소리, 그녀의 온전한 표정이었다. 그 잠깐의, 한 순간의 감동이 그의 환상을 채찍질했다. 그는 진심으로 또 형제적으로 기뻐했다. 왜냐하면, 그녀의 흥미로움 속에서 그는 그 영혼의 건강회복으로의 첫걸음을 추측하고 있었기 때문이었다. 궁금해하는 이라면 그는 이 땅에 연결되어 있는 사람이다. 그 기쁨으로 인해 그의 양 입술에 온화한 웃음이 생겼다.

"무슨 생각이냐고요? ... 자, 봐요, 나는 모든 것을 잊어 버렸어요,.... 당신 질문에 내 생각들이 다 달아났어요.”

“그랬다면...제가 미안한데요.”

“미안해할 필요 없습니다! 정말로 그것들은 내 머리 안에 남아 있기엔 너무나 익숙하지 않은 것들입니다...그리고...지금은 나는 기억하고 있어요. 나는 우리의 ‘혀가 없는 사람’에 대해 생각하고 있었어요,.... 하지만 당신에겐 그것이 중요하지 않아요... 그렇지요?”

폴리에나는 자리에서 일어나, 자신의 침대로 가서 옷을 벗고 누우려고 자신의 침대 쪽으로 걸어갔다. 그곳에서 그녀는 그에게 한마디 말을 던졌다.

“그럼, 당신에겐 그분이 중요한가요?”

“예, 왜냐하면,.... 지금 난 그 점에 대해 말할 수 없어요! 그분은 선한 사람, 고군분투하는 사람이고 그분은 나의 것들과 비슷한 꿈들도 갖고 있어요.....그게 다요!”

폴리에나는 지금을 잊어버리게 만드는, 자신의 생각 속으로 깊게 들어갔다. 오랫동안 그녀는 그 탁자에 서서는, 그녀 자신의 앞을 바라보았다. 뭔가를 그녀는 쳐다보았으나, 그녀는 그 보이는 물체에 대해 인식을 잘 하지 못하였다. 요한의 목소리가 그녀를 자신의 그런 상태에서 깨웠다.

“폴리에나 알렉산드로프나, 잠자리에 들 시간입니다... 나는 보고를 하러, 또 우리 방의 내일 일과를 알아보러 이 방을 떠나려고 합니다.”

요한이 돌아온 한 시간 뒤, 그 방에는 그 잠자는 사람들의 침묵이 그를 받아 주었다. 그는 민간인 포로들의 거주자들 사이에서 걸러지지 않은, 떠돌고 있는 소문들을 들어보려고 좀 오랫동안 그곳에 남아 있었다.

일본군대가 숨어 있는 붉은 군대 대원들을 섬멸하기 위해 토벌대를 보내기로 결정했다고 했다. 콜차크-정부가 체코 군단들이 여전히 배에 오르는 것을 거부하고 있다고 하고, 미국군대는 몇 군데 포로수용소들에 대한 지휘권을 전달받았다고 하고, 트로츠키는 붉은 군대를 다시 조직해, 온 시베리아에 있는 낯선 요소들을 청소해 버릴 것이라고 하고. 말쑥하게 면도하고, 멋지게 차려 입은 영국 군인들은 오케안스카야[18)에 상륙했다고 하고, 포덴코 대령은 소시지를 몇 파운드 선사할 것이라고 했고, 그 "혀가 없는 사람'은 다시 '적십자사' 위원회를 방문했다고도 하고, 러시아 정부는 이제는 보통의 포로들에는 더는 관심을 가지지 않을 것이며, 그 때문에 그 포로들은 정말 할 수 있을 만큼 그렇게 일하기 위한, 또 자신을 먹여 살리기 위한 일을 찾을 자유를 가질 것이라고 하였다.

그 소문들은 그 포로들의 환상을 자극했고, 아무도 그런 소문 중 얼마가 진실인지는 알지 못했다. 마찬가지다! 그런 소문들은 더 나아짐에 대한 꿈들을 엮을 수 있도록 하거나 탈출에 대한 계획을 짜는데 충분한 정치적 상황을 스케치할 수 있도록 해 주었다. 이미 3년간 이상을

---

18) 역주: 러시아 블라디보스토크의 한 거리. 이 지역은 1931년에 한인교사 양성을 위해 설립한 고려사범대학이 있는 곳이기도 하다.

그는 포로로 생활했고, 그의 새로운 같은 처지의 사람들은, 아무래도 이전의 사람들 -강제로 갇힌 채 있는 사람들, 어둠 속에서 눈먼 사람으로서 더듬고 있는 사람들, 활력을 가져다주는 희망에 목마른 사람들- 과도 전혀 구분이 되지 않았다.

요한은 그 방에서 주변을 둘러보았다. 이불이 유로치카에게서 미끄러져 있었다. 그는 그 이불을 제대로 덮어주기 위해 그곳으로 갔다. 루시아가 자신의 아들을 껴안은 채 있었다. 그 일백 군데나 더 기운 이불은 정말 충분한 온기를 주진 못했다. 몸이 몸을 덥히도록 해 주었다. 누빈 중국산 이불 몇 점을 가져다주는 것이 더 낫겠다. 그 포로들이 1년 전에 받은 그런 것들. 늙은 포칼로프 삼촌은 심하게 코를 골고 있었다. 아마 그는 정말 피곤한가 보다.

요한은 발끝으로 자신의 침대로 가서, 옷을 벗기 시작했다. 그의 눈길은 인근 침대 안에 누워 있는 폴리에나에게 몇 번 향했다. 그렇게, 두 눈을 감은 그녀는 평온한 아이 같다. 거의 만족한 듯 자는 아이. 절제된 아픔은 낮의 고통인양 그녀에게서 이미 다 달아난 것 같았다. 잠잘 때는 그녀의 젊음은 승리했다. 만일 그녀가 더 힘이 있게 되면, 청춘은 그녀 안에서 꽃피리라. 이미 지금 요한에게는 그녀가 누더기 속에 쌀과 같은 공주같아 보였다.

시몬 트카체프는 자면서도, 또 낮은 목소리로 자신의 꿈의 영웅에게 인사를 했다.

"하지만, 당신은 도착하셨군요, 착한 악사님... 그래요. 저 못 위로!"

폴리에나의 새 옷은 그녀의 이불 위에 놓여 있었다. 요한은 그것을 내려다보고는, 더욱 그녀의 능숙함에 대해 놀라워하기조차 했다. 갑자기 폴리에나의 두 눈이 떠졌다. 그녀 눈길이 요한의 눈길과 마주쳤다.

"시몬이 꿈꾸는 소리에요." 그녀가 속삭이며 말했다.

"당신이 이미 잠들어 있을 줄로 생각했어요."

"아뇨...난 당신을 기다리고 있었어요."

"나를요?"

"예...나는 내가 자주 원하던 걸 물어 보고 싶었는데, 매번 다른 식으로 내 머리에서 날아가 버렸으니."

"물어봐요, 폴리에나!"

"솔직히 답해 주어야 해요! 이반 파블로피치가 죽기 전에 당신에게 나에 대해 뭐라고 하던가요? 나는 두 사람이 그 열차에서 또 나중에 그 막사에서 그이의 죽음이 있기 전, 며칠 동안에도 나에 대해 말하더군요. 그이가 당신에게 뭐라 했나요?

그녀의 눈길은 진실을 바라고 있었다. 요한은 그녀가 하는 암시를 잘 몰랐다.

"그분은 당신이 가장 충실한 헌신적인 아내라고 늘 말했어요. 그분은 당신의 운명에 대해 자책하고 있었어요."

"그리고요. 그이가 말한 다른 것도요. 왜냐하면, 그이는 길게 나에 대해 말했기 때문이에요. 몇 마디로 나는 분명히 이해할 수 없어요?!"

"정말로 나는 뭔가 다른 것은 기억할 수 없습니다. 그분은 그 삶에서 이미 작별했고, 닥칠 당신과의 이별 때문에 그분의 마음은 아팠습니다. 나는 뭔가 중요한 것에 대해, 뭔가 특별한 것에 대해선 기억이 없습니다. 혹시 그분은 나에게 당신에 대해 뭔가를 말했을 수 있고, 그렇게 꼭 해야 하는 뭔가가 있었는지요?"

폴리에나의 눈길은 한결 맑아졌다. 그 눈길은 그의 모습을 따뜻하게 해 주고, 나중에 닫힌 눈꺼풀 아래로 사라졌다.

"나는 당신을 이해하겠어요... 당신은 기억하고 싶지 않는군요. 그리고 그렇게 하는 것이 나아요, 그게 당신을 특징적으로 내보이는 것이네요... 잘 자세요!"

"잘 자요, 폴리에나 알렉산드로프나." 요한은 거의 기계적으로 그렇게 낮게 말했다. 왜냐하면, 그의 생각들이 지금 그녀 남편과 그 사이에서의 암시되는 장면을 다시 구성해 놓고 있기 때문이었다. 헛된 시도.

이반 파브로비치는 자신의 아내를 정말 사랑했다. 그리고 그는 자신의 나날이 쉽게 계산될 만큼 며칠 남지 않았음을 알고 있었다. 그는 잔인한 현재보다도 추측하기 어려운 미래 때문에 더 고통을 입었다. 자신의 생각에서는, 그는 이미 자기 아내의 삶이 출산의 고통과 열병으로 끝을 맞을 것이라며 자기 아내도 함께 저 땅 아래 묻고 있었다. 그는 자신의 남아 있는 사람들에게 동지적

도움을 요청하지 않았지만, 요한은 그의 눈길에서 침묵 속의 강한 요청을 분명히 보았다. 그리고 더는 아무것도 일어나지 않았다... 정말 더는 아무 일이 일어나지 않았는가?...아니다! 아니다! 그 임종의 순간까지는 아무 일도 일어나지 않았지만, 그럼에도 그때... 그때조차도 아무 일도 없었다. 왜냐하면, 임종을 맞은 사람이 더는 말할 수 없었기 때문이었고, 하지만... 지금 요한은 작별을 위해 자기 아내에게, 또 그에게 내밀었던 그의 몸짓에 대해 기억하고 있었다...그는 숨막히게, 죽어 사그라지는 에너지의 마지막 온 힘으로, 그렇게 잡은 그 두 사람의 두 손을 자기 가슴으로 가져다 놓고서는... 그의 눈길은 마지막 순간까지 요한의 얼굴에 고정되어 있었다... 하지만 그들은 아무것도 정말 말하지 않았다.

요한도 잠자리에 들어, 긴 밤의 시간들을 보냈지만, 잠은 그를 이미 피해서 있었다. 그 잠은 그랬지만, 그 활달해 하는 사람의 꿈들은 아니다. 그의 생각들은 언제나 그 환상을 채찍질하고, 여기저기로 방향을 틀었다. 그는 자신의 감정을 분석해 보고는, 그는 베개의 헝겊으로 분출하는 큰 울음을 삼켰다. 그의 머리에는 유일한 질문이 대답하고 있었다. "무엇 때문에?... 무엇 때문에?... 무엇 때문에?"

갑자기 시몬이 자신의 침대에 앉아, 양 입술에 크게 웃으면서 그는 주변을 둘러보고는, 창가로 다가가, 창문을 열었다. 그 훅-하고 들이치는 공기바람이 잠자는 이들을 깨웠다.

"미친 사람이네, 창문 닫아욧!...어서 자욧!...무슨 엉뚱한 생각하고 있어요! 유로치카가 감기 들기를 원해? ...이해 못하겠어, 어서 그 창문 닫으란 말이야!"

시몬 크카체프는 살짝 웃기만 할 뿐, 그 창틀에 올라가, 저 멀리 어두운 밤으로 자신의 팔을 이리저리로 뻗어 보았다.

"그 악사가 와요... 나는 그분의 바이올린을 듣고 있어요... 당신은 듣지 않나요?"

이반 푸칼로프는 자신의 침대에서 뛸 듯이 일어나, 그를 그 창문에서 떼어내, 그를 침대로 다시 눕혔다. 요한은 그 창문을 닫으러 창문으로 갔다. 그리고 바로 그 순간 멈추었다. 다른 사람들도 주목했다. 바람은 저 멀리서 바이올린 소리를 날려 주었고, 그의 눈길은 창문 앞에서 좀 멀리 떨어진 채, 서 있는 사람과 마주쳤다. 그 반쯤 밝음 속에서 그 사람이 자신의 턱 아래 긴 바이올린을 올려 놓은 듯했다.

그 수용소 마당에 선 사람이 말을 하자, 그 속임의 물체는 아닌 것으로 판명이 났다.

"창문 닫는다! 창문 열지 않는다. 리오푸펭 총 쏜다. 리오푸펭 맞히고 싶지 않다.... 이해 된다 해?"

"이미 내가 그 창문을 닫았어요." 요한이 답하자, 그 바이올린 같은 모습의 물체는, 평온을 찾은 채로 철사 울타리로 걸어가기 시작하는 그 중국 군인의 어깨로 자리를 바꾸었다. "그 경비병 중 한 사람일 뿐이네요."

"하지만, 그 바이올린 소리는?!... 나는 분명히 들었어요." 폴리에나가 말했고, 다른 사람들도 고개를 끄덕여 그녀가 하는 말을 확인해 주었다.

"필시, 그 장교들의 오락장에서 나왔을 거예요. 그들 자신들은 매일 밤마다 즐겨요. 그리고 지금 어느 예술가가 그들을 위해 연주를 했나 봐요."

"그 방랑하는 악사... 나를 그에게 가도록 좀 해 줘요... 나는 그를 만나보고 싶어요." 시몬은 푸칼로프 삼촌이 억지로 막는 품안에서 고함을 질렀다.

"그만 누워 자게, 시몬! 그 악사가 자네 악사라면, 그는 꼭 자네에게 찾아올 거야. 안 그런가? 그는 자네에게, 또 우리 모두에게 올 거야. 자네가 말했듯이. 필시 이 악사는 자네가 고대하던 그분은 아닌가 봐."

잠시 뒤, 시몬은 다시 평정을 찾고는, 작은 소리로 말하는 푸칼로프에게 안긴 채 자신을 내버려 두었다.

"저 신비의 악사에 대해 내가 거의 믿게 되었구나!"

제12장. 카레세프와 루시아, 피자

 달은 회색 구름과 구름 사이로 숨바꼭질을 하고 있었다. 겨울바람은 한때에는 평온한 모습을 보이다가 어느 순간, 길에 따갑게 하는 모래바람과 함께 첫눈을 섞고는 난폭하게 변해 버렸다. 바람은 그 눈보라를 내달리는 기둥들로 만들어, 자신 앞에 그 기둥들을 내몰았다. 눈이 담겨 있는 모래 기둥들은 그 변덕스런 바람이 장난스레 새로운 모래 기둥들을 만들려고 이미 만들어진 모래 기둥들을 파괴할 때까지 거만하게 올라갔다. 달빛에 비친 그 기둥들은 저 땅 밑에서부터 생겨나, 처음에는 춤추는 환영처럼 보였다가, 다시 보이지 않는 무덤 속으로 자신을 숨겼다. 그 바람은 휘파람 소리를 내고, 곡하는 소리도 냈다. 그 바람의 음악이 내는 끔찍한 불협화음은 길게 "타이가"의 나무들 사이에서 불평의 멜로디를 길게 끌며 자신의 모습을 형성하고 있었다. 시베리아 원시림의 나뭇잎 하나 없는 가지들은 마치 사람의 뼈만 남은 앙상한 팔처럼, 위협하며 자신을 흔들고, 화가 난 채, 회색 창공으로 뻗어 올라만 가 있었다. 그 가지들은 마치 자신에게 봄옷을 어서 입혀달라고 다시 요구하는 듯하다. 그 간청하는 가지들은 여전히 하늘의 호의를 오랫동안 기다려야만 했다. 왜냐하면, 겨울이 자연 속에서 자신의 전쟁을 겨우 시작했기 때문이었다.
그 원시림 가까이에는 제대로 정돈되지 않은 차도가 하

나가 있다. 그 차도는 이곳저곳에서 숲으로 들어가 있거나, 아니면 이 산 저 산들 사이의 작은 계곡들에서 지그재그로 뱀처럼 굽은 채 있다. 그 차도의 응달진 구석마다 이미 그 바람에 밀려온 눈이 덮여 있다. 동물적인 본능을 가진 사람만이 그 차도를 찾아낼 수 있었다. 인간은 현명하게도, 만일 그 길이 없어졌다면, 그 길을 찾아내는 데 그리 어렵지 않다. 그러나 안내자 없는 밤길을 누가 위험을 무릅쓰며 갈 것인가? 정말로 미친 사람만이 그 길을 나선다. 아니면, 맹목적으로 그 규율이라는 멍에에 따른 명령을 맹목적으로 따른 자만이 그 길을 나선다.

코사크 중사인 니콜라이 카레세프는 자신이 타고 다니는 말이 능력 있다고 믿고, 자신의 경험들을 믿는, 그런 규율의 맹신자였다. 전쟁 중 전선에서 그는 길을 찾는 일에 있어 자신의 탁월한 능력으로 명성을 얻었다. 그가 출구를 찾지 못하는, 그런 천연의 미로는 존재하지 않았다. 바로 그 점 때문에 코사크부대 대장 칼무코프는 지금 그에게 일주일 전에 파르티잔 대원들을 색출하러 왔던 일본군 연대를 기습 공격한 볼셰비키 일당의 은신처를 찾아내라는 명령을 하달했다. 그들은 그 문자 그대로의 진정한 의미에서 그 일본군 연대의 마지막 한 명의 병사까지 섬멸했다. 칼무코프는 일본군이 패한 사실을 그리 아주 안타깝게 생각하지 않았지만, 그럼에도 그는 그 볼셰비키들의 은신처를 불태우려는 계획에 착수할 결심을 했다. 니콜라이 카레세프가 자원해 그 척후병 임무를 맡았다. 부분적으로는 그가 필시 한때의 붉은 군대 위원의 애인이었다던 자기 아내 때문에, 자신을 자주 말로 굵어대는 자기 대장의 신임을 확실히 다시 얻기 위해서, 또 부분적으로는 칼무코프가 확실한 발자취를 남겨 마침내 나중에 이곳을 안내해줄 사람으로 그에게 약속해 미국 달러 보따리도 챙길 의도도 있었다.

카레세프는 변장하고는, '포그라니츠나야'에서 출발해 멀리로 말을 달려갔다. 그는 자신의 계급, 즉 자신이 코사크 소속임을 알리는 서류의 모든 흔적을 자신에게서 지우고, 대신, 마치 피난 중인, 길 잃은 파르티잔 대원처럼 보이도록 했다. 그의 외투 아래에는 오각형의 붉은 별이 달려 있었다. 그의 호주머니에는 그는 얼마 전에 칼무코프의 코사크 병사들이 체포해 도중에 감금해 놓았다가 나중에 그 대장 명령으로 총살한 어떤 인물의, 즉, 어느 중요한 붉은 군대에 소속된 것임을 입증하는 합법 증명서들을 갖고 있었다. 그런 서류들을 통해 사람들은 쉽게 그 증명서 보유자가 피해서 내빼는 붉은 군대 대원일 뿐만 아니라, '이르쿠츠크' 공산당의 특별파견 인물이라는 것을 쉽게 결론 내릴 수 있었다. 그 총살당한 사람의 모습은 신비감을 갖게 했다. 왜냐하면, 키나 얼굴로 보아 그가 니콜라이 카레세프와 비슷했기 때문이었다. 그렇기에, 칼무코프는 그 증명서 사진을 바꿀 필요도 없었다. 더구나 그것은 이미 그 증명서 자체가 어느 정도 시간이 흐른 자취를 갖고 있었다. 카레세프는 칼무코프의 편지가 든, 자신의 진짜 서류들을 자기 외투의 안감 천 안에 숨겨놓았다.

이미 이틀째, 그는 그 숲으로 이리로 저리로 침투해 가다가, 다시 그 길의 제자리로 돌아오는 바람에 길을 잃었다. 추위를 이기기 위해 그는 따뜻한 양가죽으로 자신을 보호했고, 자기 자신과 자신의 말에게 배고픔을 없애줄 충분한 식량은 준비해 두고 있었다. 그럼에도 이틀간의 헛된 수색에 대해서는 그는 아쉬움이 많았다. 자주, 이 순간에도 마찬가지로, 그는 자신이 크게 한 바퀴 원을 그리며 수색한 것 같았다. 그 숲의 이 부분, 그 길의 굽은 곳은 그에겐 처음이 아닌 것처럼 보였다. 그는 이제 욕이 나오기 시작하고는, 난폭하게 말을 때려, 곧장 나무들 사이로 나 있는 길을 따라 질주했다.

그런데 갑자기 그의 앞에서 휘몰아치는 눈기둥 바람을 만났다. 이미 달은 구름 뒤로 모습을 감추었다. 어둠 속에서 그 눈 기둥 바람을 피하려고 그는 자신의 말을 나무들 사이로 달리게 했다. 그의 억센 채찍질에 그 말은 길옆의 움푹 파진 곳을 뛰어넘었다. 그러나 불행하게도, 그 말은 자신의 온전한 무게 때문에 나무에 그만 부딪혔다. 그 바람에 그가 탄 말이 뒤집어졌다. 니콜라이 카레세프는 말 등에서 떨어졌다. 그때 그의 머리가 돌출된 나무그루터기에 부딪혀, 그는 그만 의식을 잃었다.

그 말은 신음하며, 울었다. 그 짐승의 울음소리는 저 멀리서까지 들렸다. 그렇게 긴 몇 분이 흘렀다. 그 말의 힝힝-거리며 우는 소리가 여러 번 되풀이 되고, 이제 더욱 그 소리가 약해지더니, 마침내 그 말은 그만 죽게 되었다. 카레세프는 아무 움직임 없이, 삶의 아무 신호 없이 쓰러져 있었다. 저 멀리서 바람은 노래 부르는 사람의 목소리를 싣고 왔다. 단조로운 멜로디와 행진곡풍의 리듬은, 모든 행진하는 사람이라면 자신에게서 그 발걸음을 더욱 쉽게 하려고 하는 것임을 아는, 그런 것들과 유사하였다. 나무들 사이에서 확실히 그 방향으로 완전 무장한 남자들이 다가왔다. 첫 사람이 노래하면, 둘째 사람이 불평하면서도 자신의 동료를 뒤따랐다. 아마 백번도 그 똑같은 노래가 반복되었다. 그 노래는 단조로운 한 소절로 구성되어 있었다.

동무여,
바퀴가 돌아가고 있으니,
우리는 의심 없이 일으켜 세우리라;
우리는 저 아래에 남아 있지 않으리...

다른 한 사람은 언제나 되풀이되는 노랫소리에 이미 지루해져, 마침내 그 가사를 한 번 바꿔 볼까 하는, 자신의 관심을 나타내었다.
"자네가 이제 그 멍청한 노래를 즉시 바꾸지 못하면, 저 악마가 자네 목을 쉬게 만들어 버릴 거야."
"아무러케도 나는 거러케는 하알수 없어" 그 다른 사람은 같은 동포만이 알아들을 수 있는 사투리로 대답했다.
"그으게 내가 머으리에 넣어둘 스 업는 유일한 러어샤 노오래라구."

"그럼 좋아, 요쬬 , 그 목이 터져버릴 때까지 불러!"

"그어러믄 나아가 아님녀 니이가 모기 터어져버릴때까지 마라나?" 그리고 그 요초는 자신의 재치 있는 답변으로 큰 웃음을 튀어나오게 했다.

"마찬가지야!"

요쬬는 다시 버럭소리지르며 노래를 부르기 시작했다. "동무여, 바퀴가 돌아가고 있으니..." 하지만 갑자기 그는 조용히 하고는, 두 손을 자신의 입 주위에 모으고는, 마치 땅 속에 못이 박힌 것처럼 멈추어 섰다.

"무슨 일이야?" 그의 동무가 관심을 가지고 말했다.

"자알 몰르겠어, 하지만 내가 새앵각 해보기로는, 누군가가 그저으기서 누워잇네." 그리고 그는 그 말의 사체가 그 하얀 눈 위에 까맣게 자리하고 있는 그 곳을 가리켰다. "그럼, 우리가 가보자!"

"니가 가바라! 나는 아니가안다. ...누우가 알아, 그게아마도 악마 그 자체일지도 모르니. 왜냐하면 내애가 보기에는저으게 말알굽가튼 거슬, 네시나 갖고 이는 것도 보이기 때문이야."

그 다른 사람은 주의해서 다가가서는, 그 주검을 보고는, 갑자기 웃었다.

"요쬬, 이 토끼같은 겁쟁이야, 이건 죽은 말이네...좀 따뜻하기조차 하네. 사고가 난지 그리 오래되지 않은 것 같아. 그러니, 와 봐! 내일이면 우리는 구은 말고기를 먹을 수 있을 것 같아."

"내에게는 노라운소시기 아니네.' 그리고 요쵸는 몇 걸음 앞으로 다가갔다. 그는 갑자기 비틀했다. " 이고스로와바! 자네는 구우운 사람개기도 머극을 수 있겠어. 내가 생각캐보기엔."

요쵸는 그 누워 있는 카레세프 위로 자신의 몸을 숙여 보고는, 유심히 그의 몸을 수색해 보았다.

"자네가 뭐라 했나?"

"사아라미라고! 사라인는사람이라고오...그는 조오금 다쳐서."

다른 사람은 그 쓰러져 있는 사람에게 다가가서는, 지금 그들은 그 부상자 옆에 쪼그리고 앉았다.

"이제, 나는 그가 삶을 위해서 구멍난 코펙 동전까지도 내놓지 않을 거야. ..자 봐, 요쵸, 저 사람 머리에 난 저 많은 피를! 우리가 뭘 어찌해야 한다?"

"지배 데리고가는 것이 가장낫겠어."

"말을 집에 끌고 가는 것이 더 낫겠어... 하지만 자네가 고집하니..... 마침내 그는 사람이니까."

"그으래사아람, 그런데 어던사아람?" 그리고 요쵸는 카레세프가 다른 곳에도 상처를 입었는지 보려고, 그의 외투 단추를 풀어 보는 걸 감수했다. 붉은 오각형 별에 달빛이 반짝거렸다. "야, 우리의사아람이네."

다른 사람은 그 사람의 얼굴을 유심히 살펴보고는 아니라며 고개를 저었다.

"나는 이 사람을 몰라. 우리 부대에 이 사람은 속해 있지 않아...저 멀리서 그는 이 길로 온 것 같아. 마찬가지야. 그를 우리 부대로 데리고 가자."

"그럼, 저 말 한 필은 어쩌구?"

" 우리가 다시 오면 돼. 만일 추린이 우리와 함께 있다면, 그가 혼자서도 그걸 우리 집으로 끌고 올 수 있어... 저기, 요쵸, 자네는 한 손으로 저 동무의 두 발을 잡고, 다른 손으로 두 다리를 잡아... 그래, 그렇지! 내가 그의 머리와 어깨를 잡을깨."

그렇게 니콜라이 카레세프는 붉은 파르티잔의 지하 막사에 도착할 수 있었다. 사람들은 밀짚이 수북한 곳에 그를 누이고는 그의 옷을 벗기고, 보기론 그리 생명에 지장을 줄 만큼은 아닌, 그의 머리 상처를 씻어 냈다. 그의 외투 속 안주머니에서 발견된 그의 서류들을 검토해본 뒤, 사람들을 그를 존경과 동정심을 갖고 대해 주었다. 다른 막사들에서도 이르쿠츠크 공산당에서 파견한 이 사람, 그 무의식 상태에 있는 부상자를 걱정해 방문하러 남녀 동무들이 왔다.

한 시간 뒤 그 막사의 대장은 덩치 큰 추린과, 남자 옷으로 입은 젊은 여인과 함께 그가 누워 있는 곳으로 왔다.

"저 사람은 누구요?" 추린이 막사 대장에게 물었다.

"이르쿠츠크에서 파견한 분이네. 일랴 니키포로프 동무."

젊은 여인의 얼굴에 순간 놀라움이 보였다. 그녀의 양 입술은 이미 그 말은 틀렸음을 알려 주려고 이미 벌어지려 하였으나, 그녀는 한번 심사숙고하고는, 그 부상자에게 더 가까이 걸어가서, 오랫동안 그의 얼굴을 내려다보고, 다른 사람들이 알지 못할 정도로, 그의 가슴에 덮여 있는 셔츠를 걷어 냈다. 굽은 미소가 그녀 입가에 보였다.

"여성 동무, 당신은 저 사람 알아보겠는가?" 그 막사 대장이 그녀에게 몸을 돌려 말했다.

그 여자는 잠시 머뭇거리다가 고개를 끄덕이고는 잠시 뒤에야, 그녀는 자신의 의견을 말로 표현했다.

" 예...일랴 니키포로프입니다. '베레조브카'에서부터 '치타'까지 우리는 함께 방황하며, 여행했어요. 불쌍한 일랴." 그렇게 말하고는 그녀 눈가에 눈물이 보였다. "저이는 더 위험한 길을 선택했어요. 왜냐하면, 그는 '치치카르트'Cicikart와 하얼빈에 있는 동무들을 위한 임무를 수행하고 있었어요...일랴, 불쌍한 일랴!"

"며칠 지나면 그는 건강을 회복할 거야." 그 막사의 대장은 위로하며 말해 주었다.

그 여자는 대답하지 않은 채, 눈물들 사이에서 굽어진 웃음이 다만 살짝 보였다. 추린은 뭔가 이해하지 못하겠다고 불평하고는, 그 순간조차도 그는 그 부상자에게서 자신의 눈길을 떼려 하지 않았다.

"추린, 당신은 뭘 중얼거려요?" 그녀가 물었다.

"내가 언젠가 이 사람을 본 적이 있는 것 같아서요."

"어디서요?"

"그 장소가 생각나면, 난 이 자가 누군지 알 수 있겠는데."

"이르쿠츠크에 언제 가 본 적 있나요?"

"한 번도 가 본 적 없습니다요... 그렇지만... 나는 어디선가 내가 저 얼굴을 본 적이 있다는 데는 내기도 할 수 있어요."

"저런 턱수염을 가진 남자들은 자주 서로 모습이 비슷해 구분이 잘 되어요." 그녀는 자신의 목소리에서 뭔가 떨림이 있는 것을 알아차렸다. 갑자기 그녀는 그 막사대장에게 몸을 돌렸다. "동무, 나는 이 사람 곁에 지금 남아 있었으면 합니다...나는 저이가 의식이 돌아올 때까지 잠시도 저이를 떠날 수 없어요. 그렇게 해도 되겠지요?"

"왜 아닌가, 여성 동무? 당신은 여기에 남을 수 있어요. 추린과 나는 일랴 니키포로프가 몰고 온 말을 다시 찾으러 갔다 오겠소."

추린은 지금 그 여자를 한 번 쳐다보았다. 그녀의 눈물에 비친 두 눈은 그의 머릿속에서는 의심과 의구심의 역할을 하였다. 그는 생각했고, 그들이 함께 여행했다고도, 또 함께 살았다고 생각해 보았다. 그러면 그녀가 필시 그 파견된 이를 알아야만 한다.

"나도 생각해 보면, 여성 동무, 당신이 맞다고 생각해요. 턱수염을 가진 남자들은 자주 서로가 비슷해요." 그는 출입문 입구에서 말했다.

추린과 그 막사 대장은 떠났다. 그 여자는 그 부상자

옆에 혼자 남았다. 그녀는 바닥에 앉아, 그를 쳐다보았다. 자신이 이제 혼자 남아 있음을 알아 차리자, 그녀는 눈물을 흘리기 시작했고, 통곡의 울음소리는 그녀의 온몸을 흔들어 놓았다.

"일랴 니키포로프... 일랴, 착한 동무, 이제는 당신이 하는 위로의 말을 들을 수 없네요...그리고 언제나 그렇게...언제나, 언제나 그렇게...불행한 일랴..."

그때 그 부상자는 갑자기 자신의 눈을 크게 뜨고서, 그곳 막사의 천장을 놀라 쳐다보았다. 잠시 그 대들보들 사이에서 그의 눈길은 이리저리로 향하고 있었다. 그것은 휴식할 곳을 찾고 있었다. 왜냐하면, 그에겐 그 천정이 시소처럼 오르락내리락하고 있는 것 같고, 대들보가 뱀처럼 기어가는 것 같고, 뭔가 신비한 목수가 그의 머리에 망치질하는 것 같았기 때문이었다. 카레세프는 신음하기 시작했다. 1분 뒤 그의 시선은, 낯선 얼굴의 눈길과 마주쳤다. 그것은 날카롭게, 그의 시선과 울먹이며 걸려 있고. 카레세프는 그 눈길을 보지 않으려고 눈꺼풀을 닫아 버렸다. 고집스럽게 그는 그 눈을 감은 채 있었다.

갑자기 그에겐 자신의 목소리를, "물!"이라는 목소리를 듣는 것만 같았다. 그 말은 끝없이 되풀이되었고, 그 목소리만 나중에 사그라졌다. 그의 혀는 입천장을 누르고 있었고, 그의 목소리의 길을 방해하고 있었다. 하지만 그 목소리는 되풀이했다. "물, 물, 물을.."

카레세프는 자신의 입에서 정신을 차리게 하는 흐름을

느끼고, 눈을 떴다. 옅은 안개 사이로 그는 자신을 위에서 내려다보는 낯선 여자의 머리와 만나고 있는 것 같았다. 열로 고통당하는 상상력은 점점 알지 못하는 특색으로 바뀌고는, 루시아의 얼굴이 그의 기억의 그림들 속에 불쑥 나타났다... 그는 어떤 기적이 그들을 다시 함께 데려왔는지를 이해하지 못했다?! 그 기억해야 하는 밤이 지난 뒤 그는 자기 생각 속에서 그녀를 지워내려고 무진 애를 썼다. 그는 그 여자가 그의 명성에 흠집을 냈으며, 그녀가 어느 붉은 인민위원의 첩이 되었다고 믿고 '싶었기' 때문이었다. 그는 자신에게 진실을 고백하기 싫었다. 왜냐하면, 그것은 아픔이요, 그에게 침을 찌르는 것 같다. 루시아는 추한 모습이었고, 바싹 말랐고, 텅 빈 가죽 가방 같았다... 그리고 지금, 그래, 지금은 옛 루시아가 그를 위에서 내려다보고 있는 듯했고, 그녀의 비난 하는 눈길이 그의 영혼의 저 아래까지 파고 들어가는 것 같았다... 의심 없이 루시아가 그를 찾아 왔구나... 의심 없이!

카레세프는 자신에게 죄가 없다는 듯 신음을 하고는, 그의 입가에 억지로 만들어낸 말들을 뱉어 냈다.

"루시아 … 나는 아냐… 나는 원하지 않았어… 나는 몰랐어… 아니… 아니… 그렇게 나를 보지마! 나는 원하지 않아… 나는 허락하지 않아… 루시아… 당신은… 당신은…원하고… 원하고… 당신은 원하고 있는지…."

그는 헛되이도 그 생각을 완성하기 위해 적당한 낱말을 찾으려고 무진 애를 썼다. 오랫동안 여전히 그는 같은 말만 되풀이하고는, 마침내 그 여자 머리가 움직이자, 그는 말을 멈추었다. 그 머리는 멀어지고, 자신에게서 그의 시선을 끌었고, 카레세프는 출입문에서 사라지는 그 모습을 보았다. 온 힘을 다해 그리고 절망적으로 그는 외쳤다. "루시아... 어디로 가?"

아무 대답이 없다. 몇 분이 지났다. 그의 눈길은 그 문의 손잡이를 향해 기다리며 있었다... 그 여자는 다시 나타났으니, 카레세프는 그녀를 알아보지 못했다. 그는 남자옷을 입은 모습을 보았다. 그녀가 그때야 수건에 싸서 가져온 눈덩이를 그의 머리 아래에 둘 때, 그는 놀라기 시작했다... 이제 다시 한때의 루시아 얼굴이 다시 보였다... 루시아가 돌아왔구나... 그가 부르니 그녀가 나타났다. 그 차가운 얼음이 효과가 있었다. 그 열로 인해 싸우던 사람은 누군가 그의 그림자들을 쓸어 가버린 것처럼 느꼈다. 카레세프는 두 눈을 감고는 피곤해 숨을 내쉬었다. "루시아... 루시아..."

생각에 갇힌 체하거나, 공포의 그림에 갇힌 채 있는 것 같은 그 여인은 그를 갑자기 흔들어 깨우곤, 그에게 자신의 얼굴을 쳐다보도록 했다.

"들어 봐요! 나는 루시아가 아니에요... 피자라구요 나는. 피자, 당신의 여성 동무, 피자... 피자, 한 번 말해 봐요!...나는 원해요! 피자! 피자!...그렇게 말해 봐요!... 피자!..."

"피자... 피자... 피자..." 그는 잠에서 깬 듯이 되풀이했다.

제13장. 러시아의 크리스마스

폴란드 교회 종소리가 신자들을 한밤의 미사로 초대했다. 1918년 크리스마스의 밤이다. 인적이 별로 없던 거리에도 사람들로 활발해졌다. 목재로 된 인도에서 서두르는 발걸음 소리의 삐거덕거림이 한밤의 정적을 밀어냈다. 폴란드 사람들은 청동의 종소리가 내는 소집 신호에 복종했다. 그러나 폴란드 사람들만 그런 것은 아니다.

다양한 연대들의 병영들에서부터 장교의 봉사원들이 긴 줄을 만들어 출발했고, 또 포로수용소의 막사들에서도 보초들에 이끌려 포로들이 그 같은 목표를 향해 다가가고 있었다. 그 무리들은 그 병영들을 도시와 구분 짓는, 그 눈 내린 밭을 지나 걸어가고 있었다. 호기심 때문으로 인한 숫자가 종교적인 신심으로 인한 숫자보단 좀 많긴 해도, 그들은 긴 행군에도 무릅쓰고, 겨울 추위도 무릅쓰고 가고 있었다. 그런 대단한 축제들이 열리는 경우, 그 막사들의 전쟁포로들은 적어도 직접 눈으로라도 그 도시의 예쁜 사람들 옆을 기웃할 기회가 되었다. 그런 관점에서 보면, 러시아의 부활절은 전반적으로 더 애호를 받았다. 왜냐하면 그때에는 어느 한 사람이 "예수님이 부활하셨어요!"라고 하면 그 말을 들은 이가 "정말 그분이 부활하셨어요!"고 말하기만 하면 되었다. 그러면서 만일 그 대화의 당사자들이 청춘 남녀라면, 남자가 하는 말에 여성은 키스와 함께 대답해야 하기 때문이었다. 이 경우는 특히 서로 사랑하는 사이이지만, 아직 주변에 알려지지 않았다면, 이 기회를 더 많이 이용하게 된다. 만일 덧붙여 말하고 싶은 것은, 그런 의식에 따른 서로의 키스는 축복받은 음식으로 된 선물과 함께 뒤따르는 것이 관습이니, 전쟁포로들도 그런 미사에 참석해 보려고 기를 쓰는 것은, 어떻게 보면, 당연하다. 그 장엄한 느낌, 저 먼 고국의 집에 대한 기억, 이산가족과 약혼녀, 아내에 대한 그리움은 여전히 그들에게 살아있었지만, 그 영혼들에 있어서는 아직도 자신에 대한 포기와 피곤함에 대한 생각도 점점 자신 속에서 자리 잡게 되기도 하였다. 놀랄 일인가? 대다수에게 있어 올해의 크리스마스는 이미 고향에서 멀어진 지 올해가 4번째가 되었다.

공병연대 장교의 봉사원들은 유쾌하게 이야기를 나누면서 자신의 군화로 두꺼운 눈덩이를 다지며 걸어갔다. 스트리치코프 중위는 특별 허가를 통해 천주교를 믿는 민간인 포로들에게도 참석기회를 주었다. 그런 방식으로 그 무리의 맨 뒤에는 수용소 사람들 중 수십 명의 사람이 포함되었다. 2명의 중국인 병사가 그들을 따라나섰다. 절반은 러시아 병사로 여겨지는, 장교의 봉사원들에겐 호위병이 붙지 않았다.

바르디와 폴리에나 알렉산드로프나는 나란히 걷고 있었다. 바르디의 생각은 저 먼 고향의 크리스마스를 향해 달려가고 있었다. 그는 장식된 어린 전나무 옆에 서 있는 두 살된 아이와, 자기 자신도 보게 되었다. 평화 시절에 대한 추억은 현실과 혼재되어 버렸고, 그를 고통스럽게 했다. 그의 어린 딸은 이젠 학교에 다닐 것이고, 그 아이의 엄마는... 옆에서 걷고 있는 여자의 목소리가 그 환상에서 질주하고 있는 그를 멈추게 했다.

"아름다운 겨울밤이다. 그렇지 않나요?"

"그래요, 아름다워요..."

"요한 유로비치, 사색은 그만 하세요! 우리 대화해요!"

"무엇에 대해?"

"아무거나요!... 나는 이런 축제들이 싫어요. 한때 나도 이런 축제들이 좋았어요... 정말로 나는 나 자신을 이해할 수 없어요. 내가 왜 지금 이렇게 교회로 가고 있는지를 요. 나를 저곳으로 이끄는 것은 아무 것도 없어요."

"당신은 틀렸어요, 폴리에나 알렉산드로프나, 뭔가가 당신을 그곳으로 이끌고 있어요. 나는 알아요, 그게 뭔지. 자기 고통을 향한 그리움이지요. 나도 그 때문에 지금 가고 있어요. 당신은 고통 속에 있는 당신의 영혼을 씻으러 가고 있어요... 당신 말이 맞아요. 우린 뭔가 이야기를 해 봅시다. 우린 생각은 그만 해요! 저런 축제에 우리가 합류했다는 것이 어리석기도 하네요."

"당신은 아니지요, 왜냐하면 당신은 믿는 사람이지만, 나는 ..." 그녀는 잠시 조용히 있다가, 자신의 어조를 바꾸어 이렇게 말했다. "정말로, 이 장화가 정말 따뜻해요. 당신의 마음처럼 그렇게 따뜻해요, 요한 유로비치. 이제야 알았네요. 내가 왜 이 야간 산책에 참여하게 되었는지를 요. 당신이 준 크리스마스 선물의 선함을 확인하기 위해서이네요."

"이 행사를 마련한 이는 내가 아니구요. 나는 다만 연결자일 뿐입니다. 올가 양, 그분이, 내가 일하는 곳의 안주인의 자매인 올가 양이 그 장화를 당신에게 주었어요. 그녀는 페트로프프 중위에게서 새 장화를, 아주 우아한 장화를 받았습니다."

"좋아요. 하지만 당신은 그 선물들을 다른 여성에게 줄 수도 있었지요. 그렇지 않나요? 그 여성은 정말 나를 모르는데요. 또 그리고 ..."

"그녀는 당신을 압니다. 내가 당신과 루시아, 유로치카에 대해 이야기를 해 주었어요. 러시아 크리스마스를 계기로 그녀가 그들에게도 뭔가 선물을 줄 것으로 생각하고 있어요."

"그녀는 착한 사람인가요?"

"느낌으로는 착해요."

"그녀는 예쁜가요?"

"그래요, 젊음처럼 예쁘지요."

폴리에나는 이유를 몰랐지만, 그녀는 올가에 대해 더 이상 물어보고 싶지 않았다. 어떤 식으로든 그녀는 요한의 대답으로 자극을 받았다. 물론 그 어투에 있어선 생기있게 관심이 없다 하여도. 그것은 간단한 확인에 가까웠지만, 그리고 그럼에도... 그럼에도 그 낯선 여성이 그녀에 대해 들었다고, 요한의 이야기들 속의 주인공으로서 그녀의 존재에 대해 알고 있다니. 그러나 그게 무슨 의미가 있는가? 아무것도. 폴리에나 알렉산드로프나는 약간 질투심을 느꼈다. '웃기는 일이다! 왜 질투하지?' 운명을 제외하고는 아무것도 그 여성을 그 남자와 연결하는 것이 없다. 그는 수용소의 다른 남자들처럼 같은 처지의 남자이고, 그럼에도... 그래, 그럼에도, 왜냐하면, 처음의 순간부터 이 남자는 그녀 편에 있고, 나중에는, 그녀가 오로지 홀로 남게 되었을 때, 그는 절대로 그녀 곁을 떠나지 않았던 유일한 사람이고, 그녀에게 조금이라도 삶이 원하는 것을 전해 주려고 애썼던 유일한 사람이었다. 그러나 그 선함은 이미 다른 생각들에 대해서 그녀를 정당화할 수 있을까? 그리고 폴리에나 알렉산드로프나는 좀 씁쓸하게 웃음 지었다.

"정말, 나는 멍청해요." 그녀는 작은 소리로 말했다.

"무슨 생각을 하고 있나요? 폴리에나 알렉산드로프나?"

"무슨 생각이냐고요?...무슨 생각이냐고요?... 나는 나를 생각하고 또 생각했어요. 그래요. 나에 대해, 오로지 나에 대해서요."

요한은 비난하듯 그녀를 쳐다보았다.

"다시 당신은 당신이 원하는 것과는 전혀 관련이 없는 뭔가 때문에 당신을 죄인으로 생각하는군요."

"아주 맞는 말씀이네요..." 좀 생각한 뒤 그녀는 다시 말했다. "아주 맞네요...하지만 이 장화는 따뜻한 난로 같아요. 나는 당신에게 꼭 청하고 싶어요. 올가 양에게 내 이름으로 이 장화에 대해 고마운 인사를 좀 전해 주세요."

요한은 살짝 웃었지만, 그의 시선은 잠시 그녀의 눈길에 따뜻하게 합쳐졌다.

"당신은 곧 스스로 그렇게 고마움을 표시할 기회가 있을 겁니다."

"그런데 어떻게요? 내가 그 아가씨를 모르는데도요. 나는 당신처럼 호위병 없이 이 막사를 떠날 수도 없거든요."

"들어 봐요, 폴리에나 알렉산드로프나, 곧 실현될 수 있는 계획을 내가 알려 줄테니, 잘 들어 봐요. 스트리치코프 중위는 이미 동의도 했어요... 저 장교의 봉사원 중에 걸어가는 저 뚱뚱한 사람을 봐요. 그래요, 저 사람을요!... 그래요. 저 사람은 내 친한 친구입니다. 단순한 재봉사이기도 하구요. 그의 이름은 미카엘로 미혹입니다. 아마 그가 좀 익살꾼 같은 인물이지만, 그의 인간성은 진심으로, 다른 사람을 도우려는 선함으로 잘 마련되어 있어요. 그 계획은 저 사람의 머리에서 나왔어요. 내가 저 사람에게, 내가 장화라는 구두에 광을 내는 일을 할 때, 당신에 대해 말하면서, 나는 그에게 당신이 재봉질에 소질이 있다고 했어요. 어느 날 그가 내게 알려 주길, 우리 안주인이 어느 여성 재봉사에게 화를 엄청 냈는데, 그 여자가 그 안주인의 새 옷을 망쳐 놓았다고 해요. 그녀는 새 바느질꾼을 찾고 있어요. 미혹은 당신이 생각났고, 하지만, 자기가 러시아말을 못하기에, 그는 내게 통역해달라고 했어요. 그 안주인이 당신의 소질을 한 번

테스트해보기로 약속했어요."

"좋아요, 하지만, 나는 바느질꾼도 아니고 재봉사도 아니에요. 또..."

"내가 언제 장교의 봉사원이었나요? 내가 언제 도로를 포장하는 기술자인가요? 내가 언제 유리 지붕을 씌우는 기술을 배운 적이 있었나요? 아닙니다. 하지만 나는 그런 일들을 내가 포로수용소 생활을 하면서 해내야 했어요. 더구나 당신은 절망할 필요도 없어요. 왜냐하면 ,내 친구가 당신을 도와 줄 수 있어요. 그는 아주 능숙한 재봉사입니다. 페트로프프 중위의 새 군복을 만들어 주었고, 그런 식으로 우리 계획은 이미 성숙되어 있어요. 이미 수용소 안팎에서 수공업 공장을 조성할 계획을 가진 스트리치코프도 거의 동의를 했어요. 그 공장들 안에서 손재주가 있는 사람들이라면 일을 하면, 좀 그 일로 수입도 좀 생길 수 있을 것입니다. 물론 모든 일이 첫날이나 다음날에 다 실현되지 않지만요."

폴리에나는 즉답하지 않았다. 뭔가 기쁨이 그녀 혀 안에 갇혀 있었다. 그 기쁨은 그녀 마음을 떨게 하였다. 이 사람은 그녀에 대해 얼마나 자상한가. 그녀는 더는 떠나지 않고 싶다. 그녀는 아마도 언젠가 그에게 그런 선의를 보답할 수 있을 것이리라. 그 일에 대한 가능성은, 마치 마술처럼, 그녀 안에서 더 많은 삶의 염원을 불러일으켰다. 잠시 뒤, 그럼에도 그녀는 그 성공에 대한 의심이 생겼다.

"그리고 제가 능숙하지 않다고 판단한다면, 어떻게 돼요? 제가 일을 잘못해 망치게 되면 당신의 선의도 위험에 빠뜨릴 수 있지 않을까요?"

"지금 그 점에 대해선 생각하지 말아요. 당신은 자신감뿐만 아니라, 내 친구 미혹에 대한 믿음도 가져야만 합니다. 러시아 크리스마스 뒤에, 당신 일이 시작됨은 분명합니다. 올가 양은 몇 가지 가정복을 만들 준비를 하고 싶어 합니다."

그 부대는 그 도시의 첫 집들이 있는 민가에 도착했다. 2명의 중국 보초가 그 행렬을 2명씩 열을 세웠다. 그렇게 해서 그들은 폴란드 교회에 도착했다. 그 교회 안에는 이미 미사가 시작되고 있었다. 오르간 연주와 노랫소리가 장중함 속에 합쳐졌다.

요한과 폴리에나는 교회 안의 측면 제단 앞에 나란히 섰다. 기도도 않고 크리스마스에 대한 생각도 없이 긴 순간들을 보내면서 그들은 눈으로만 이 장식물에서 저 장식물로 둘러보고 있었다. 그들 두 사람은 회색화 되어가는 나날에서 사람들을 일으켜 세우는 그 경건함 때문에 이곳 사람들이 부러웠다. 요한은 자신에게서 유년 시절의 추억들을 되살려 보려고 애썼다. 폴리에나는 자신의 눈길로 휴식할 곳을 찾고 잇었다. 그들은 헛되이도 애쓰고 있었다.

요한의 마음속에는 씁쓸한 기분이 자리 잡고 있고, 그를 고통스럽게 하는 것은 매년 크리스마스를 시점으로

해서 '그리스도의 사상'의 수난이 다시 시작된다는 생각 때문이다. 매년 이 날은 온 세상에 '평화'를 약속하고, 온 인류에 구원을 약속하지만, 매년 그 약속은 십자가에 못박이게 된다.

폴리에나는 두 남자에 대해 생각하고 있었다. 이미 세상을 떠난 남자, 또, 살아있는 사람. 나중의 사람이 지금 그녀 옆에 서 있고, 그는 하나님을 믿는 사람이다. 그녀는 스스로 모든 것에서 의식만을 보거나 아니면, 가장 좋은 경우에 상징을 보고 있다. 이 생각은 지금 그녀를 부끄럽게 만들었다. '도대체 그녀는 이 교회에 왜 왔는가, 그녀는 그의 첫 요청에 따라, 왜 그를 따라 왔는가?' 그녀는 정말 자신을 잘 안다고 할 수 있다. ....오르간 연주와 그 크리스마스 노래들은 승리한 듯 교회 안에서 소리를 내고, 향의 연기가 둥근 천정을 향해 위로 날아가고 있었다....폴리에나의 시선은 이 얼굴에서 저 얼굴로 유랑하고 있었다. 사람들의 눈에서는 양초의 창백한 빛이 반사되어 빛나고 있었다. 그들의 얼굴 윤곽들은 온화해지고, 형태가 없어지기도 했다. 공통의 느낌은 얼굴마다 유사성을, 그 얼굴들 안에서 특징적 윤곽선이 사라진 유사성을 가져다주었다. 갑자기 그녀는 옆에 선 사람에 대해 기억하고는, 요한을 한 번 쳐다보았다. 그의 얼굴에서 폴리에나는 그런 다른 사람들에게서 그렇게 그녀 눈길을 그만큼 갖게 만드는, 그 평등하게 하는 장중함을 찾아볼 수 없었다. 그의 얼굴은 아픔이 가득한 모습인 것 같았고, 눈에서는 양초 불빛이 눈물 베일 위에서 멈추어 있었다. 연민 이상의 뭔가 공통성이 그 감정들에서 느껴져, 그녀는 그의 손을 찾아, 그 손을 살짝 잡았다.

그녀 손길 때문에 요한은 자신의 얼굴을 그녀에게 향했다. 그 두 시선의 오랜, 1분간의 만남 동안 두 사람의 손은 서로 꼭 잡은 채, 이웃 같은 감정, 유사한 생각들이 깨어났다. 지금까지 헛되이 그들의 영혼을 괴롭히던 그 종교적 장엄함은, 이젠 갑자기 그들의 마음속에서 지배하기 시작했다. 약속의 생각들, 스스로 원하는 맹세들이 도움을 요청하는 기도의 말들을 찾고 있었다. 그리고 그들은 그 낱말들을 찾았다. 그 사람들만이, '사랑'의 자선적 목표를 설정하였기에 감동받는 그런 사람들만이 그렇게 기도할 수 있다. 감정으로서, 낱말들로서가 아니라, 기도하는 사람들만이 그렇게 그 경건함 속으로 합쳐질 수 있다.

손에 손을 잡은 채, 그들은 나란히 서서, 그들의 눈길은 장식된 둥근 천정을 넘어 채색하고 있었다. 그것은 인간의 영혼이 올라가기를 소망하는, 저 도달할 수 없는 높은 곳으로 방황하고 있었다.... 그리고 그렇게 그들은 온통 장엄함 속에 서 있었다. 그 눈길들은 저 멀리서 방황하고 있다 하더라도, 그래도, 그 눈길들 속에서 모두는 각자 자신의 앞에 상대방 얼굴을 분명하게 보았다. 말없이도 그들은 대화하고 있고, 의논 없이도 그들은 결정하고 있었다.

미사를 마치고 수용소로 되돌아가는 길에서, 바르디는 미혹이 자신이 그날 오후에 겪었던 에피소드를 이야기하는 것을 편안한 마음으로 들을 수 있었다. 언제나 그렇듯이, 미혹은 지금도 우스꽝스러운 생동감으로 말했다. 그것은 이전의 기분을 사라지게 해 버렸다.

폴리에나는 요한 옆에 걷고 있고, 약간의 흥미를 갖고 그 재봉사가 풀어가는 이야기 방식을 즐겼다. 그녀는 그가 하는 말을 이해하지 못했으나, 그럼에도 그녀는 요한이 암시해준 궁극적인 도움을 받을 그 남자에게 더 가까이 가, 친교하고 싶기도 했다.

"... 그래서 아주 존경하는 자원자 선생님인 당신에게 나는 공포스런 상황을 설명해 볼께요! 저 빌어먹을 멍청한 개가 난폭해졌어요. 그 개는 자기 뒤에 매어 있는 줄로 나를 끌고 가니, 마치 말이 달리듯 했어요. 매 순간 나는 떨었어요. 그 매어놓은 줄이 끊어지면 어쩌나, 페트로프프 중위의 점심을 든 나의 다른 손에서 떨어지지나 않을까 하면서요. 공포스럽기는 마찬가지였어요. 그 개 때문에 언젠가 한 번, 난 어느 러시아 장교에 의해 거의 죽임에 처할 상황을 맞을지 몰라요."

"그러나, 결국 무슨 일이 일어났는지, 또 무엇 때문에 그 개가 그렇게 난폭하게 변했는가요?"

"내가 아나요? 내 편에서 보기엔, 온전히 평화롭게 그 개는 다니고 있었어요. 그런데, 갑자기 그 개가 어떤 장교를 보더니, 필시 고위급 장교였어요. 왜냐하면, 그 장교는 우아한, 니스 칠한 군화를 신고 있고, 필시 잔혹하고도 엄격한 군인이었어요. 왜냐하면, 그는 송진 같은 콧수염을 하고 있었으니까요. 그래, 그 개가 나를 끌어가니, 나도 그 개를 끌어야지요. 그렇게 동시에 해야 나는 오른손에 항아리를 들고서도 균형을 잡을 수 있었어요. 그 난폭해진 짐승을 잘 붙잡아 두려는 나의 노력은 소용이 없는 듯 보였어요. 그 개는 계속 짖었고, 위협적으로 자신의 이빨을 드러냈어요. 그 개의 등에 붙은 털은 바짝 섰고, 내 머리카락도 공포 때문에 마찬가지로 섰지요... 볼쉬가 이미 위험하게도 그의 우아한 니스 칠한 구두에 다가갔을 때인, 그 마지막 순간에 다행히도 올가 양을 만났어요. 그녀는 곧장 상황을 파악하고는, 그 개를 조종하는 끈을 넘겨받았어요. 그러나 그건 그리 간단한 것이 아니었어요. 하지만 그녀는 어떻게 성공했고, 반면에 그 장교는 우리에게로 몸을 돌렸어요. 오랫동안 그는 올가 양을 주시하더니, 나중엔 거만하게 그녀를 향해 살짝 웃더라고요. 그런 태도를 본 우리 아가씨는 자신의 눈길을 그에게서 피해 버렸어요. 장교는 큰 소리로 웃기 시작하더니, 떠나버렸습니다.

하지만, 몇 번 그가 올가 양의 두 발에만 대단한 관심을 갖고 돌아다 보았어요. 다행인 것은 페트로프프가 그의 시선을 보지 않았다는 거예요. ... 만일 그랬다면, 이제 필시 피가 흘렀겠죠. ... 그의 사자같은 목소리에도 불구하고, 만일 불행이 그에게 도착했다면, 나는 애석해할 거에요. 마침내 그는 우리 동지나 마찬가지에요, 물론 그가 그 점을 모른다해도[19]그렇게 난폭하게 요구하는 영어 대신에 내가 그에게 에스페란토를 가르치고 있었어요... 그래요, 이 일은 머리카락을 쭈뼛 서게 만드는 일이었어요. 안 그런가요?"

바르디는 살짝 웃고는, 폴리에나 알렉산드로프나에게 그 이야기의 내용을 간략하게 통역해 주었다. 미혹은 그동안 그녀를 자세히 관찰하고 있었다. 그는 요한에게 속삭이듯 자신의 상황을 말해 주었다.

"자원봉사자 선생님은 아세요, 저 여성이 매번 더 예뻐진다는 점을요."

"누구?"

"누구, 누구, 누구라니요? 저기, 저분요, ...선생님 옆에 서 있는 여성분요...절대로 제 말 맞다구요!"

바르디가 그의 옆구리를 놀리듯이 팔꿈치로 쳤다.

"미혹, 당신은 당나귀군요!"

"아마, 자원봉사자자 선생님말이 맞아요, 하지만 나는 좋은 눈을 갖고 있어요. 선생님이 한 달 전, 내게 그녀를 만나게 해주었을 때, 내가 한 가지 사실만은 기억하고 있어요: 저 여성은 마음으로나, 신체적으로 아픈 사람이구 하구요... 그러나, 지금...지금은... 선생님은, 저분이 지금 올가 양처럼 그렇게 아름다운 것을 직접 알아차리지 못했나요?...물론 저분은 여자이고, 많은 고통을 당하고

---

19)역주: 그는 당시 에스페란토를 영어인 줄 알고 배우고 있었다.

있었지만, 우리 올가 양은 아직도 피어나는 장미이지요."

"미혹, 자네 열성은 자신을 시적 영역으로 이젠 질주하기도 하는 군요." 바르디는 웃었지만, 의도와는 달리, 그는 매사에, 미혹이 하는 말에 동의했다.

"저기 저 여성의 머리 묶음을 봐요, 저 이마를요, 저 눈을요, 특히 저 두 눈의 표현력을요. 그리고 선생님은 뭔가 유사함을 알아차리지 못했나요?"

바르디는 이젠 웃지 않았다. 갑자기 그가 처음 그 집을 방문했을 때, 그가 깜짝 놀란 것은 그 초상화 모습이 자신이 알고 있는 누군가와 유사하다고 생각한, 그 올가의 초상화가 생각났다.

그랬다. 미혹이 맞다. 그 두 눈의 표현력은 똑같고, 그 머리카락은 비슷하고, 그리고... 그 순간 폴리에나는 좀 추위를 느껴 자신의 팔을 그의 팔에 살짝 팔짱을 꼈다. 그리고 그녀는 그에게 좀 기댔다.

"당신은 추운가요?" 요한은 그녀에게 물었다. "곧 우린 도착합니다."

"추워서가 아니라, 하지만,.... 이렇게 걷는 게 더 쉬워요."

"피곤해요?"

"좀... 많이는 아니구요.. 아니에요, 하지만, 이렇게 걷는 게 더 좋아요." 그리고 그녀는 자신의 온화한 미소를 한 채, 두 눈으로 요한을 쳐다보았다.

"이제, 저기 보세요, 자원봉사자 선생님! 만일 그 두 여성의 눈길이 서로 닮지 않았다면, 난 목동의 개가 될 거예요." 미혹이 생동감있게 다시 알려 주었다.

바르디는 대답하지 않았다. 처음으로 그는 그녀를 그런 모습으로 보았다. 갑자기 기쁨은 그의 눈 속으로 유사한 웃음을 가져다주었으나, 그것은 그리 오래 가지 않았다. 그 반짝거림도 그의 눈에서는 꺼져버렸다. 그 과거의 환상적 추억은 그 반짝거림에 그림자를 만들어 버렸다. 그 죽은 사람의 그림자와, 이 살아있는 사람의 그림자.

폴리에나는 자신의 온 몸을 떨었다. 요한은 거의 보호하듯 그녀를 자신에게로 더욱 끌어당겼다.

"이젠, 우리 막사까지는 수백 걸음이면 돼요... 푸칼로프 삼촌이 우리를 위해 차를 따로 챙겨 두기로 약속했어요..."

"그건 중요하지 않아요, 요한 유로비치! 바깥 추위 때문에 제가 떠는 것이 아니에요... 중요하지 않아요! 크리스마스의 밤은 그럼에도 아름다웠어요... 왜 사람들은 그 순간을 위해 노예가 될 수 없을까요?"

바르디는 대답하지 않았다. 미혹의 계속되는 대화는 그의 귀에서 이해 없이 웅웅거렸다. 그렇게 그들은 그 수용소에 도착했다. 이제 장교의 봉사원들은 민간인 포로들과 헤어졌다. 공식적으로는 바르디는 민간인 포로 소속이었다.

소리없이 그들은 자신들이 거주하는 방으로 들어섰다. 말없이 그들은 외투를 벗었다. 요한은 난로에서 차주전자를 집어, 차 글라스 두 개를 탁자에 올려놓고는 약간의 설탕도 함께 올려놓았다. 폴리에나는 자기 침대 곁에

가 섰고, 그녀 눈길은 잠자고 있는 루시아와 그녀의 아들에 멈추었다. 어머니와 아들이 서로 포옹한 채 자는 모습이 아름답고 평화로운 한 장면처럼 감동을 주었다. 폴리에나는 그 외양이 숨겨 놓은 고통들과, 겪은 상처들, 환상에서 깨어남과 전쟁에 대해 생각했다. 그녀는 자신에게 위로하는 차원에서 말해 준 그녀가 살아온 이야기를 들었기에, 루시아의 삶을 잘 알고 있었다. 부럽지 않은 운명이다. 그녀 운명보다 더 아름답진 않아도, 더 쉽지도 않았지만, 지금 그녀는 자신에게서 약간의 부러움을 느꼈다.

"폴리에나 알렉산드로프나, 여기 차 준비되었어요." 요한의 목소리가 그녀를 다시 의식으로 오게 했다.

"고마워요! 난 그 생각을 잊고 있었거든요." 그리고 그녀는 탁자로 왔다.

긴 몇 분이 흘렀다. 때때로 그들의 시선은 서로 만났지만, 지금 그들의 눈은 현재에서 벗어나 있음을 보여 주고 있었다. 특히 폴리에나 알렉산드로프나는 자신 안에서 그런 기억들과, 되돌릴 수 없는 아름다운 시절과 싸우고 있었다. 나중에 우정의 제스처가, 그녀에게 펴진 손길이 그것들을 떨쳐 버릴 때까지는. 지금 그녀의 눈길은 앉아서 서로를 쳐다보는 요한에게 더 오래, 멈추어 있다. 말없이 그녀는 자신의 손을 그의 펴진 손을 잡고는, 우울한 미소가 그녀의 얼굴을 한결 맑게 해 주었다.

"폴리에나 알렉산드로프나, 당신은 나를 아주 조금 알

고 있어요." 그는 그녀에게 속삭였다.

"당신도 나를 조금 알고 있어요.... 그게 중요한가요? 아니에요!" 그리고 그녀 손은 온화하게 그의 손을 눌렀다. "다른 사람에 대해 아무것도 알지 못하는 것이 가장 나을지도 모릅니다. 누구나 고유의 십자가가 있어요. 인간은 어떤 경우에는 어리석어요. 어떤 사람은 다른 사람의 십자가를 넘겨받으려고도 해요... 바로 당신도요. 그렇게 하여 사람들은 행복에 도달할 수 있다고 생각하세요?"

"그래요, 그렇게만 사람들은 '삶'의 의미를 찾을 수 있어요...당신 자신은 그 점을, 당신이 부정한다고 해도, 아주 잘 알고 있어요. 우리가 살아 있다는 것이 중요한 게 아니라, 우리가 무언가를 위해 싸우고 있느냐 하는 것이 중요해요. 스스로 위로하고자 하는 그 사람만이 위로를 발견할 수 있어요; 다른 사람을 행복하게 하려고 스스로 애쓰는 사람만이 행복을 가질 수 있어요."

"부러운 낙관주의군요." 그리고 폴리에나는 무시하듯 얼굴을 살짝 찡그렸다. "우리 다른 이야기해요, 어때요?"

그 순간에도 요한은 그녀 시선을 피하려 하지 않았다. 지금 그는 자신의 두 손으로 그녀의 한 손을 꼭 쥐었다. 폴리에나는 그가 자신의 감정에 반대해서 자신과 싸우고 있음을 분명히 보고 있었다. 그녀는 이미 자신에게 죄를 씌웠다. 요한이 말을 시작했을 때, 그리고 그의 첫 말이 있은 뒤, 아픔이 그녀의 온 몸을 쥐어짰을 때.

"내일 난 이 방에서 떠나요. 스트리치코프 중위가 나를 장교들의 봉사원 리스트에 올려놓았어요. 나는 내 동포들과 함께 지내게 될 거에요."

폴리에나는 창백해졌다. 갑자기 온전히 혼자 남겨짐에 대한 생각이 들었다. 그녀는 이제 혼자 남게 될 것이다. 그녀의 편에서 몇 번인가 그녀에 관심을 가지러 애를 써 온 이 남자를 사람들이 그녀에게서 떼어 놓을 것이다. 그녀 영혼에 균형을 되돌려 주기 위해 애써온 이 남자를 데려갈 것이다. 그 공포가 그녀의 마음속에서 북을 치기 시작했다.

"물론, 당신은 기쁘겠군요... 당신은 더 나은 자유를 누리겠군요. 그리고... 우리 중 한사람이 이 새장을 나갈 수 있다니 저도 기뻐해야만 해야지요. ... 하지만, 왜 당신은 그것을 전에는 말해 주지 않았나요? 당신은 그 명령을 더 일찍 필시 알았을테니."

"오늘 저녁, 그분이 내일 아침의 근무 일정을 내게 알려주면서 내가 다른 곳에 배정되었다고 알려 주었어요. 나는 그 장교들의 봉사원이 사용하는 방에서 열린 작은 축하 모임에서 그 사실을 당신에게 말하려고 했지만, 나중에 뭔가의 내 생각이 내가 알릴 결정을 늦추어버렸어요. 어떻게 어리석게도 나는 그런 통지로 인해 당신이 기분 나빠할지 모른다고 생각하고 있었어요... 그리고, 그리고 그 교회에서 나는 내가 그렇게 한 게 정당했음을 생각했어요... 폴리에나 알렉산드로프나, 나의 감정을 용서해 줘요. 친구들의 헤어짐을 나는 그렇지 않은 것으로 생각했어요."

그 대답은 이미 그녀의 입술에 서 떨렸지만, 뭔가 그녀의 목을 누르고는, 그녀는 한 마디조차도 말할 수 없었다. 바르디는 그녀를 이젠 쳐다보지도 못했다. 그의 눈길은 이 방을 넘어 저 멀리로 향해 있었다.

"나는 몰랐어요," 그는 계속 말을 이어갔다. "우리 중에 누가 장례의 감정을 적게 지니고 있는지를요. 당신은 죽어간 귀중한 분을 위해 울었지만, 나는 떠나가 버린 살아있는 사람 때문에 울었어요. 당신을 이곳에 오게 한 것은 저 억압이고, 그 정치적 당의 승리 때문이지만, 나는 내 스스로 몸의 고통으로 영혼의 고통을 잊기 위해서 이 지옥으로 왔어요. 그래서, 나는 당신에게서 나에 대한 오해를 일으키지 않으려면 내가 어떻게 설명하면 될까요? 그렇습니다! 당신은 그럼에도 이 지옥에서 내가 위로의 감정을 찾았음을 알아야만 해요. 나를 당신에게, 당신 남편에게 밀어준 그 연민이, 이미 첫 나날에서는 나에게 삶의 바람을 되돌려 주었어요. 나중에, 그분이 돌아가시고, 당신 아이도 죽게 되자, 그 당신의 아픔 안에 나도 의도적으로 참여해, 나는 나 자신의 십자가를 잊으려고 당신 어깨로는 혼자 지기 버거운 그 십자가를 지는 일의 일부분을 담당해 보려고 했어요... 그리고 나로선 당신이 더 강해지고, 신체로나 마음으로 건강을 되찾아 가는 당신을 보는 것이 나에겐 진정한 보답이었어요... 그리고 내가 '삶'에는 우연이란 존재하지 않음을, 우리

만남은 뭔가 인연이 있음을 생각했던 순간들이 있었어요... 나중에 나는 내 노력들이 헛되었음을, 우리 사고방식이 다르다는 것을, 또 외양으로만, 진실이 아닌 채로, 서로 연결되어 있음을 확인해야 했어요. 그래서 스트리치코프의 선의의 제안에 반대할 수 없었음을 확인해야 했어요. 그의 선의가 나를 나의 위치에 다시 자리 잡게 했어요. 그의 인간적 이해심은 내가 직접 찾아다닌 지옥을 떠날 수 있게 해주었어요. 하지만 난 당신에 대해 잊었다거나, 내가, 다른 사람들보다 나 자신에게 어떤 방식으로 더 가깝게 서 있는 그 사람들을 잊을 거라고는 생각하지 마세요. 당신은 알 겁니다. 정말로, 러시아 크리스마스 뒤로 당신은 일을 할 수 있음을 알고 있어요, 그것은 당신에게 부분적인 자유를 줄 겁니다. 왜냐하면, 당신은 수용소 바깥에서의 당신 일을 여러 번 완수해 낼 수 있기 때문입니다. 나도 당신을 위해 내가 지금까지 해온 방식대로 그런 친구로 남을 겁니다..... 나는 정말 매일 오후에 이 막사 사무실에 해야 하는 임무가 있어요... 그래요, 그런 생각들이 나를 저 떠남에 대한 생각과 함께 친구가 되었어요... 단 한 번 나는... 오늘 교회에서, 우리가 서로 손에 손을 잡고 섰을 때, 그때 단 한 번 의심했어요... 그러나, 지금, ... 지금은..."

"지금도 마찬가지로 당신은 내 손을 당신 손안에 꼭 쥐고 있네요, 요한 유로비치"

폴리에나의 목소리는 간단히 온화하게 소리 났고, 그녀

의 두 눈에는 감동이 빛났다. 돌아온, 고대하던 눈물이 저 깊은, 마침내 의식이 되어, 심연의 감정에서 원천이 되었다. 폴리에나는 그에게 진심으로 감사했다. 요한은 그 목소리를 이해했다, 그 눈물을 이해하고는 말이 없었다. 말없이 그들은 서로를 바라보고 있고, 그 시간이 그렇게 빨리 흘러감을 모르고 있었다. 시몬 트카체프는 기쁘게도 자신의 잠 속에서 고함을 질렀다.

"좋은 음악가니, 당신은 정말 유쾌하군요!"

"시몬이 다시 꿈꾸고 있네요." 그녀가 살짝 웃으며 말했다. "여느 때처럼," 요한은 대답했다. "저런 이미 늦었네요...이젠 어서 잠자리로 가요!" 그리고 갑자기 그는 램프불을 껐다.

몇 분 뒤, 모두는 자신의 침상에서 눈을 뜬 채 꿈꾸고 있었다.

"요한," 폴리에나의 속삭이는 목소리가 좀 뒤 이어졌다. "몇 번은 당신 말이 맞아요... 그래요, 거의 전부요!"

"그래요! 예를 들어..."

"예를 들어, 머리로 보물을 모으는 은행가가 아니라, 마지막 한 개의 코페크

자기 마음 때문에 잃게 되는 은행 봉사원인 당신은 부러울 정도로 부자네요."

"난 한 번도 그 이야기를 한 적이 없는데요."

"중요하지 않아요!... 하지만 당신은 부러워할 만한 은행 봉사원이에요... 잘 주무세요!"

제14장. 니콜라이 카레세프를 심문하다

3일간 무의식과 싸운 뒤, 니콜라이 카레세프는 자신의 두 눈을 떴다. 처음 눈을 떠 보니, 그는 알지 못하는 여성의 얼굴을 보게 되었다. 그가 고통스런 열병의 꿈속에서 여러 번 보아 온 얼굴인 것 같았다. 그 여성은 자주 그에게 누군가의 이름을 반복해서 말해 주었다. 그는 지금 그가 그 점을 기억하려고 했으나, 성공하지 못했다. 그의 눈길은 그 여성 머리를 지나, 좀 멀리, 목에까지 무장해 있는, 큰 키의 남자 얼굴을 보았다. 그 눈길은 천장으로, 사방의 벽으로 방황하다가, 갑자기 그 현실에 대하여 정신을 차리게 되었다. 이곳은 분명히 볼셰비키 파르티잔 대원들의 은신처임이 분명하다. 그러나 그가 어찌해서 또 무슨 이유로 이곳으로 왔는가? '이유'에 대해선 그는 그리 오랫동안 고심하지 않았다. 그는 칼무코프의 명령과 자신의 야망이 이 원시림의 밀림으로 오게 했다. 그리고 '그 방법'에 대해 그는 만족할만한 설명을 찾지 못했다. 그는 자기 머리가 아주 무겁고, 잠자는 편이 낫겠다고만 느껴질 뿐이었다. 그는 눈꺼풀을 다시 닫았지만, 잠은 오지 않았고, 어떤 남자의 단조로운 목소리만 듣게 된 그런 반쯤 혼절의 상태에 있었을 뿐이다. 그는 무슨 화제로 이야기를 하는지 이해가 되지 않았지만, 그래도, 그는 그 문장들을 듣고 있었다.

"그리고 웃기는 일이 아닌지요? 나는, 덩치가 크고 곰이고, 나와 여자... 그래, 나는 전체 일을 아주 우습게 찾았지만, 그렇게 내가 당신에게 말한 대로 벌어졌어요, 그 아이를 때린 뒤로는, 그 아이 엄마의 눈길을 받은 뒤로는, 어떤 식으로든지 나는 잠을 편히 잘 수가 없었어요. 나는 여자들 경우엔 어떻게 그렇게 되는지 잘 모르지만, 나에게는 그렇게 일이 벌어졌지..."

"자주 마찬가지로 우리 여자들에겐 그렇게 되어요. 난, 모든 사람의 연인이 되어, 때로는 편안한 잠도 못 자고, 거리에서 흠집난 나 자신 때문에 울기도 했어요... 하지만 아무것도 영원히 지속되지 않았어요... 그 감정들도 곧 죽어 버렸어요..."

"당신의 감정은 이미 죽어 버렸다고, 여성 동무?"

"저는 모르겠어요... 아마... 나에겐 마찬가지예요! 이제는 결코 그이를 내 인생에서 만날 수 없을 거에요, 그리고 만일 내가 그이를 다시 만난다 해도, 그 때문에 내 일이 이뤄질까요? 전혀 아니에요!...정말로 나는 그이를 다시 언젠가 만나보고 싶다는 희망으로 내 맡은 소임을 완수하는 일에 가담했어요. 하지만 나중에 내가 유랑하면서, 그런 순진한 생각들은 날아가 버렸어요. 현실이 나를 냉소적으로 만들어 버렸어요."

추린은 생각 속에서 자신의 큰 머리를 갸우뚱하게 하였고, 그의 표정은 어린아이 같아 보였고, 그 자신이 이름 지을 수 없는, 말로는 표현할 수 없는 뭔가에 대해 크게 놀라는 중이다. 잠시 시간이 흐른 뒤, 웃음조차도 그의 특색을 밝게 만들어 주었다.

"그럼, 들어 봐요, 여성 동무. 나는 내 일에 대해 다른 식으로 의견을 갖고 있어요... 언젠가 이 늑대 같은 삶이 끝나야만 하고, 그때 모든 것은 우리를 위해 더 나아질 거라고 봐요... 나는 우리가 더는 추적이나 받는, 사냥감이 되는 동물로서가 아니라, 인간들의 거주지에서 신사로서 살아가게 될 그때를 생각해 보고 있어요. 그럼, 그때 나는 그 여성과 그녀 아들을 꼭 찾을 거요. 그러고... 그러고 나중에 내 스스로가 그 일이 이뤄지도록 할 거요. 당신은 그런 생각을 해보지 않아요?"

추린의 그 태도, 그 어투, 그 표정은 좀 익살스러웠으나, 그럼에도, 피자는 감동이었다. 그런 감정들은 목에까지 무장한 거인에겐 어울리지 않는 것이었다. 그녀는 추린의 주먹을 쥔 두 손을 순간 보았다. 두 무거운 큰 망치가 무릎 위에서 어떻게 쉬고 있는가. 그런 큰 손으로 사람들이 사랑스럽게 쓰다듬을 수 있을까?

"동무, 당신은 마치 모든 것이 당신의 염원에 의존한다고 하는 것처럼 말하고 있네요. 만일 그 여성이 당신을 받아주지 않는다면, 당신은 어떻게 할 거에요?"

"왜 그녀가 나를 받아주지 않아요?"

"그녀가 당신을 사랑해요?"

"그건, 그 점을 나는 단언할 용기가 없지만, 그녀는 나를 용서해 주었고, 그녀는 온화하게 나의 두 눈을 바라보았고, 그리고 만일 그녀가 나를 용서한다면, 그것은 그녀가 나를 증오하지 않는다는 것을 보여주는 것이지요. 내가 착한 사람이라고 그녀조차도 말하기까지 했어요. 그걸로 충분하지 않나요?"

"아마, 그러나, 분명하지 않네요... 그녀는 그 때림에 대해선 용서했지만, 그게 그녀가 당신을 사랑까지도 할 수 있다는 점을 의미하진 않아요. 더구나 그녀는 남편이 있어요. 안 그런가요? 그녀는 아이도 있다구요. 아니면, 그녀가 과부인가요?"

"난 모르겠어요... 정말로 나는 한 번도 그 점을 생각해 보지 않았어요. 그녀는 그 수용소 막사에서는 남편이 없었어요. 그리고...그럼, 마찬가지요! 그 다시 찾은 유리구슬을, 그럼에도, 나는 그녀의 아이에게 선물로 주고 싶어요."

"어떤 다시 찾은 유리구슬을 말하는가요?"

추린은 자세히 그 이야기를 해 주었고, 그가 잃어버렸다고 생각했다가 마침내 그의 외투의 안감 한 모퉁이로 들어간 그 작은 유리구슬에 대한 줄거리를 생기있게 말했다. 피자는 매일 아니, 매시간 자신을 방어하기 위해 또 복수하기 위해 사람들을 죽일 태세가 되어있고, 또 한편으로는 자신의 마음속에 센티멘탈한 생각을 키우고 있는 그 거인의 꿈에 대해 용서하듯이 웃었다. 피자는 살짝 웃었지만, 그녀 생각은 그 착한 마음씨의 사람들을 쫓아 늑대인간으로 만드는 그 비극에, 또 여수도사들로 교육받은 이들이 나중에 거리의 여자가 되어 가는 그 비극에 연결되어 있었다.

"그럼, 동무, 당신과 당신의 그 여성이 서로 맞기보다는 우리가 서로에게 더 맞는 것 같다는 생각이 들어요."
추린은 이해가 되지 않은 듯이 두 눈을 긴장했다. 그리고 나중에 큰 웃음이 그의 입가에 보였다.
"당신이 나를 사랑하고 싶다고?"
피자는 크게 웃었다. 추린은 실제로 아주 우스웠다. 그는 스스로 그 점을 느끼고는, 1분 뒤, 좀 슬픈 표정으로 그는 침대에 누워있는 사람을 가리켰다.
"난 이해가 되네," 그는 말했다. "당신이 저 동무를 사랑한다는 것이...저 '이르쿠츠크'에서 온 저 동무를."
"저 사람을요?" 그녀의 얼굴은 흐려졌지만, 곧 그녀의 대답은 다른 생각을 뒤따랐다. "그래요. 저 사람을요."
"자, 곧 저 사람은 건강을 회복할 거요. 이젠 오늘, 그는 잠꼬대같은 소리는 이젠 하지 않았어... 정말 그의 말은..."
"그가 하는 말들은 아무 의미가 없는 것으로 판명되었어요." 그녀는 서둘러 추린이 첫 순간부터 가졌던, 그의 의심을 잠재우려 했다. "당신은 직접 듣지 않았나요? 몇 번인가 그는 나를 피자라고 부르고, 우리 관계를 말하지 않았나요?"
추린은 자신의 정수리를 한 번 쓸고는, 그 환자를 쳐다보았다.
"그래,.... 그래,.... 하지만 그는 다른 여성의 이름도 이야기 했어요. 무슨 루시아라고, ... 당신 혼자만 저 사람 마음속에 있는 건 아닌 것 같아요."

"나는 어느 누구의 마음 속에도 없어요... 그리고 당신
도 아니고요, 동무.... 이제 우리가 서로에게 더 잘 맞다
고 그렇게 말한 이유가 되었지요...우린 각자가 자신이
하는 말을 앞세우고 우리의 삶을 헌신해 왔어요. 나는
사랑이라는 말로, 당신은 정치적 좌우명이라는 말로. 그
것으로 끝!"

추린은 좀 놀라 그녀를 쳐다보았다.

"당신은 화가 난 것 같군, 여성 동무."

"화는 안났지만, ... 나는 좀 쉬고 싶어요.... 이 침대에
서 3일간 앉아 있다 보니, 잠도 전혀 못잤어요."

추린은 자리에서 일어나, 그 침대로 다가가, 카레세프
의 손을 쥐어보고서 그의 이마를 건드려 보았다.

"이 동무는 이제 열도 없어요. 그는 자고 있어요. 당신
도 이젠 기회를 누릴 때가 되었어요. 당신 말이 맞아요. 나
는 부엌에 가서 필요한 뭔가 사냥감을 찾아보아야겠어요.
날마다 죽은 말고기나 먹을 순 없으니... 자. 푹 쉬어요!"

추린은 그 방을 나섰다. 피자는 자는 체하던 카레세프
와 남았다. 그 둘의 대화를 통해 그는 자신을 잘 속여
서 여기까지 왔음을 알았고, 이 여성을 사람들은 피자라
고 부르구나 하는 점만 이해했다. 이상한 이름과 이상한
여성. 만일 그가 잘 이해했다면, 그는 그녀에게 그 자상
한 간호에 대해 감사를 표해야 할 것이다. 여성들은 센
티멘탈하고, 카레세프는 지금 자신의 계획이 이 불안정
한 감수성에 놓여 있었다. 그것은 그에겐 물에 빠진 자

신이 지니고 있는 한 개의 지푸라기처럼 보였다. 만일 그가 능숙하게 조종하고 자신의 무기력함을 잃지 않는다면, 아마 그는 자신을 이 위험천만한 상황에서 벗어날 수도 있겠구나 하고 생각했다.

카레세프는 반쯤 잠 속에서 피자의 이름을 한 번 속삭이고는, 나중에 좀 더 열성적으로 피자를 그 침대로 부르기 위해 그 이름을 되풀이했다.

"피자... 피자... 피자!"

발걸음이 다가 와, 멈추었다. 카레세프는 그녀가 그를 보기 위해 자신을 숙이고 있음을 느꼈다. 그는 좀 온화함을, 뭔가 쓰다듬기를 기다렸으나, 그의 눈길은 위협적 불꽃이 활활 타고 있는 두 눈과 마주치게 되었다.

"피자," 그는 동정을 얻기 위해, 또 감사를 표하기 위해 자신의 목소리를 온화하게 했다.

"저기요, 마침내 당신은 정신을 차렸어요... 원하는 게 뭐에요?"

"물을요, 물 한 모금만... 목이 말라요. "

피자는 차주전자를 가져와, 통조림통으로 만든 작은 통에 좀 부었다.

"이젠, 마셔 봐요! 이건 차요, 하지만 아주 차지는 않아요."

그녀 말투는 언제나 이 싸움이 쉽지는 않다는 것을 늘 느끼게 해주는 그를 확신하게 되었다. 그는 기다렸던 것과는 다른 뭔가를 느꼈다. 차를 마시는 동안, 그는 무슨 말을 먼저 해야 할지 생각을 해 보았다. 그는 주변을 둘러보고는, 더 온화함을 나타나게 해야만 하는 뭔가로 인해 한숨을 내쉬었다.

"마침내, 그럼에도 나는 동무들 사이로 오게 되었어요... 공포스런 것은 칼무코프의 권력에서 빠져나옴이었어요. 그 경로와 시간도 나는 바꿔가야만 했어요.... 누가 내가 가진 서류를 한 번 점검해 보았나요?"

피자는 고개를 끄덕였다. 카레세프는 더욱 용기가 생겼다.

"그 이동 경로 전체가 모든 게 제대로 되었지만, '포그라니츠나야'에서만,... 그러나 나는 그 사냥개들을 능숙하게 피해 달아 날 수 있었어요..."

"그 사냥개들이 그를 죽였어... 당신이 그를 죽였어."

피자의 목소리는 둔탁했다. 참고 있는 위협은 그 안에 살아 있었다. 카레세프는 아직도 이해하지 못했다. 그 점을. 일랴 니키포로프의 서류를 이 사람들이 정말 그에게서 찾아냈다면, 그것은 동일성에 대한 중대한 입증이다. 사람들은 그를 죽이지 않았다. 그조차도 간호를 받고 있었다. 그래서 왜 그녀는 의심하는가.

"어떻게요? 나는 당신을 이해할 수 없어요.... 당신은 나를 첩자로 의심하는 겁니까? '나에 관한 서류들이 우리 손 안에 있다'고 당신이 정말 말했다구요. 그런데 왜 나를 의심하는지."

씁쓸한 아이러니한 미소가 피자의 온화한 표정을 바꿨다. 그녀는 자신의 얼굴을 그에게 더욱 다가가, 그렇게 그 완전한 고소를, 진실을 속삭였다.

"한 순간도 나는 당신을 의심하지 않았어요. 왜냐하면 나는 당신이 일랴 니키포로프가 아님을 알고 있었기에. 나의 선한 동무는 정말 어딘가, 길옆의 구덩이에 흙 속에 묻힌 채 누워 있으니까요."

"아니오, 아니오, 아니오!" 카레세프는 겁에 질려 저항해다. "내가 일랴 니키포로프요."

"아냐! 일리아 니키포로프는 죽었어, 그리고 그의 서류들과 함께, 칼무코프의 그 두려워하는 중사, 니콜라이 카레세프가 첩자질하러, 또 참모부에 이곳 상황을 탐색하러 우리 은신처로 몰래 잠입했지.... 그런 서류들을 내가 찾아냈어요. 나는 저 외투의 칼라의 비밀을 풀기 위해 당신 침대에서 정말 시간을 보냈어요. 왜냐하면, 나는 당신이 누구인지 알고 싶었으니까요."

  카레세프는 비겁자는 아니었다. 자주 그는 '죽음'의 두 눈을 쳐다보고는, 그러나 그때 그는 두 손에 무기를 가지고 있고, 야만의 감정들은 그의 인간성을 망쳐놓았지만, 그럼에도 지금 그는 자신의 온몸이 떨렸고, 이 인생 희극의 끝이 다가옴을 느꼈다. 만일 그가 이 여성을 질식시키고 이곳에서 자신을 구하기 위해 탈출하기 위해 달아날 수 있다면, 그러는 편이 가장 나았다. 그러나 불가능하다! 무력감이 이 침대에 그를 묶어 두었다. 그는 저 문까지도 어떤 외부 도움 없이는 갈 수 없구나 하고 느꼈다. 삶의 본능은 헛되이 그의 안에서 싸우고 있고, 근육들은 기운이 빠져 있었다.

"당신이 그이를 죽였어!" 그녀의 둔탁한 고소하는 소리가 났다. "아니오! 나는 카잔의 성모님을 두고 맹세합니다!"

"당신이 아니면, 당신 사람들이 했거나 다 마찬가지야! 당신, 인간을 사냥하는 당신들, 당신들은 형제를 죽이는 사람들이야!"

그 화남은 번개처럼 그녀의 두 눈에서 번쩍했고, 그녀의 목소리는 그 격정으로 목이 쉴 정도였다. 카레세프는 그 목소리를 통해 자신이 죽음의 판결을 받을 것으로 추측했다. 그러나 싸움 없이 무릎 꿇는다는 것은? 저 연약한 여자의 손에 죽는다니? 갑작스런 생각이, 희망의 불꽃처럼, 그의 머릿속에서 빛나고 있었다. 저 여자는 그에 대해 모든 것을 알고 있지만, 그는 아직 살아있고, 며칠 동안 그녀가 그를 헌신적으로 간호해 주었다. 왜? 그는 그 대답에 그의 삶이 달려 있음을 느꼈다. 질문해 볼 필요성을 느꼈다. 그는 시도했다.

"좋아요, 나는 더는 부정하지 않아요. 나는 일랴 니키포로프가 아닙니다... 나는 니콜라이 카레세프이고, 칼무코프의 중사입니다... 당신이 원하는대로 하시오! ...하지만 왜 당신은 지금까지 나를 용서해 주었는지를 말해 주시오. 당신은 왜 내가 길을 잃고 헤매던 저 밀림 속에서 나를 죽지 않게 했나요? 왜 당신은 밤낮으로 내 침대에서 잠도 자지 않은 채, 왜 -지금 내가 분명히 기억하건데, -당신은 '당신의' 이름을 되풀이하도록 제안했는지요? 그 이유가 도대체 뭡니까?"

피자는 답하지 않았다. 그 질문들의 홍수는 갑자기 그녀에게 배신에 대한 고소들로 보였다. 실제로 그녀는 정말 첫 순간부터 그가 그녀의 동무가 아니라는 것을 알고 있었지만, 하지만,.... 나중에 그녀는 그의 진짜 정체를 아는 서류들을 발견했지만, 그녀는 침묵했고, 백번이나 더 저 사경을 헤매는 자에게 자기 이름을 기억하도록 했다. 왜인가? ...그리고 이제 지금 그 구출된 자가 고소를 한다... 그럼, 실제로 왜인가? ...카레세프는 헛되이도 대답을 기다리고 있고, 그 침묵은 희망의 불꽃을 태우기 시작했다.

"당신은 첫 순간부터 내가 일랴 니키포로프가 아님을 알고 있었다. 맞지요?"

"난 알고 있었어. 그이와 함께 나는 '치타'까지 여행을 했지. 우리는 '포그라니츠나야'에서 서로 만나기로 되어 있었으니. 사람들이 당신을 이곳으로 데리고 왔을 때, 나는 일랴가 죽었음을 알았어. 당신은 상처를 입었고, 당신은 고통을 당하는 사람이니..그래서...그래서 그 때문에... 만일 당신이 생생한 용감한 사람으로 이곳에 왔더라면, 나는 모든 사람에게 진실을 외쳤을거야. 하지만 그렇게...그렇게 나는 할 수 없었어. 그리고 그 때문에... 그 때문이 아니야! 나는 일랴 니키포로프의 마지막 순간들을 자세히 알고 싶었다고!"

"당신이 그의 연인이요?"

"그건 당신이 알 바 아니고... 이제 건강도 회복했으니...난 내 의무를 해야겠어."

　그 온화함은 그녀의 두 눈에서 다시 꺼졌다. 카레세프는 그녀가 한 말에서 추측해내었던, 그 선의의 기회에 이미 온전히 매달려 있었다. 그가 누군지 아무도 모른다. 더 정확히 말한다면, 모두가 그를 이르쿠츠크 공산당에서 보낸 인물로 생각하고 있다. 지금 그는 이 여자로부터 자유로워질 기회를 써야만 한다. 마찬가지로 그 방법이 있다. 그녀가 살아있음은 그의 죽음을 의미한다. 그는 그녀를 죽여야만 한다, 자기방어를 위해 그녀의 숨을 막히게 해 죽여야 한다... 그리고 그 다음엔... 그리고 나중엔 뭐지? 마찬가지야! 삶을 위해 적어도 투쟁해 보는 것은 니콜라이 카레세프 중사에겐 어울린다. 만일 그가 그렇게 그 위험 앞에서 자신이 무릎을 꿇는다면, 그에 대해 그의 동무들이 뭐라 말할까? 위험없이는 아무것도 얻지 못한다.

　카레세프의 두 손이 이불 안에서 불끈 주먹을 쥐었다. 그는 근육들을 뻗어 보고는 힘을 주어 손가락들을 움직여 보았지만, 그는 자신이 자신의 이런 힘으론 위험을 무릅쓰기엔 너무나 힘이 약함을 느꼈다. 그의 눈길은 조심스레 주변에서 무기를 찾고 있었다. 총이 출입구 쪽의 벽에 걸려 있었다. 저걸 가지는 게 좋겠다. 그는 불행한 우연에 대해서도 말하는 편이 났다. 그런데, 저 총에 어떻게 다가가지?

　피자는 그의 눈길을 따라갔고, 그것이 오랫동안 걸려있

는 총에서 멈추는 것을 보자, 그녀는 가까이서 그의 생각들의 추측에 가까이 가 있었다. 그가 저 무기를 가지기를 소원하는 것에 가까이 가자, 그 목표의 추측에는 멀어져 있다.

"그래서, 저것도 한 방법이겠군요." 그녀가 말했다.

"뭐요?" 당황한 듯 카레세프가 물엇다.

"저 무기...저 못에 걸려 있는 무기가..."

카레세프는 눈을 긴장한 채 그녀를 쳐다보았다. 순간, 그의 숨겨진 생각들의 추측이 그를 마비시켰다. '이 여자는 그의 생각을 읽을 수 있는가? 에이, 내가 제대로 대응하지 못했어. 필시 그녀는 내가 보고 있는 것을 따라갔어 그리고... 그리고 그게 끝이네. 적을 놀라게 하는 것은 이젠 불가능해.'

"나는 당신을 이해하지 못하겠어요." 그는 자신의 당황함을 말로 숨기려고 했다. "왜 당신은 저 무기를 암시하는가요?"

"저, 그게 당신이... 당신이 혼자 남아 있고 싶다고 생각했어요... 좋아. 한 시간 뒤 내가 돌아오지."

그 순간, 카레세프는 그녀가 하는 말을 온전히 이해했다. 공포감이, 그는 그녀가 떠나가는 것을 보자, 그의 심장에서 쿵쾅거렸다. 그는 도움을 위해, 용서를 위해 소리쳐야 하는 편이 나아 보였지만, 뭔가 그의 혀를 마비시켰다. 목소리는 소리 없이 그의 목에서 싸우고 있었다. 그의 두 눈은 뭐에 걸린 듯, 지금 저 걸려 있는 총 앞에 멈추어, 그 못에 걸린 것을 떼어내, 그 총의 장전 상태를 확인하고, 나중에 그것을 탁자 위에 갖다 놓는 피자의 모든 동작에 가 있었다. 그녀의 짐짓 침착함은 내부와의 싸움을 숨기고 있었다. 그 여성의 관용과 파르티잔 대원으로서의 규율이 그녀 안에서 싸우고 있었다. 각자가 자신의 논쟁거리들을 세워 두었다. 그녀 얼굴의 창백함만이, 그녀를 고통스럽게 하고 있음만이 뭔가를 대변하고 있었다.

"저게 당신이 가져온 총인 것 같아... 장전도 되어 있어...자, 이 총을 이 탁자에 두겠어..." 갑자기 온 에너지가 그녀에게서 빠져버렸다. 그리고 거의 절망적으로 그녀는 그 피고 같은 그에게 외쳤다. "그래, 당신이 죄 없다고 하는데, 당신의 가증스런 행동에 대해 한마디조차 변명거리를 당신은 갖고 있지 않아요. 말해 봐, 인간이라면, 말해!"

카레세프는 위기의 순간이 온 것을 감지했다. 그 영원의 여인이 깨어났구나. 그녀가 힘이 빠져 있음은 그에겐 구원의 길을 찾게 해준다. 그런데 뭐라고 말하지? 무슨 말을 하지? 대답을 오랫동안 늦춘다는 것은 불가능하다. 왜냐하면, 저런 침묵은 다른 사람의 도전을 깨울 수도 있어. 그리고 첫 결정을 확실하게 하는 것일 수도 있고. 무슨 말로 거짓말을 한다? 뭘 이야기한다? 그의 생각들이 그 순간에도 급히 오락가락하고는, 갑자기 그 공포스런 기억에서 멈추었다.

"무슨 말을 하라고요? 당신은 나를 심문하지 않고 나를 고소하는군요. 당신은 나를 첩자로 고발하고 있어요. 지금까지 한번도 당신은 묻지 않았어요, 그렇게 짐짓 인체하는 것이 전부였지요?" 그는 아주 진지하게 자신이 할 낱말들을 고르고, 어투도 고려해, 말을 꺼내고, 한편으로 그는 다시 한번 자기 생각의 가치를 재어 보았다. 그것은 마치 받아들여질 것만 같았다. 그것이 그 의심을 없애버리진 않아도, 적어도 그것은 늦춰질 수도 있을 것이다. "그래, 당신은 당신이 알고 있는 바에 따라 간단히 판단했어요. 만일 그 사건이 일어나지 않았다면, 지금 당신은 나에 대해 똑같은 것을 알 수 있을 거요. 왜냐하면, 그것을 내가 당신뿐만 아니라, 모든 대중 집회에서도 모두에게 말할 수 있으니까요. 정말입니다! 그 사건이 나를 지금의 나보다 더 죄가 있음을 나에게 보여주는, 이러한 상황으로 만들었어요."

피자는 긴장한 두 눈으로 그녀를 놀라게 하는 그의 말에 대해 귀를 기울였다. 그리고 이전의 의심을 더욱 확고하게 했다. 하지만 그의 평온함은 그녀에게 약간의 효과를 갖게 했다.

"더 자세히 말해 봐!"

카레세프의 입가에 순간의 미소조차도 이미 보였다. 그는 부정하며 고개를 내저었다.

"당신이 이 부대 여성 대장이오? 당신은 단순한 대원이지요, 볼세비키의 파르티잔 대원인가요?"

"그런 질문을 왜 해?" 그녀는 진지하게 놀랐다.

"나는 당신의 헌신적 간호에 대해 정말 큰 감사를 느끼고 있어요. 하지만 내 보고는 전체 당에 관한 거요. 나는 스스로 이 모든 것을 부대장들에게, 그 동무들에게 알려야 하겠어요." "당신의 동무들이 아냐!"

"그러나 맞아요... 내 동무들은 그들이지요... 지금 나는 당신의 상황을 이해했어요. 나는 왜 당신이 저 총을 제안하는지도 지금 알 수 있어요. 나의 고백이 일랴 니키포로프와 개인 친분이 있음에도 불구하고 진실을 잠재우려고 하는 당신에 대항하는 동시에 고발이 될 겁니다. 그러나 난 당신을 위해 변호를 하겠어요."

카레세프가 자신이 선택한 길에 더욱 확신을 가지면 가질수록, 피자는 판단력을 더욱 잃어 갔다. 그 마지막 문장에서 그녀에게서 분노를 일으켰다.

"나는 당신이 암시하는 말이 무슨 말인지 모르겠으나, 나는 당신이 니콜라이 카레세프, 칼무쿠프의 중사라는 것은 알고 있어요. 당신에 관한 서류는 내 손 안에 있어요. 이곳에서는 사람들이 나를 믿고 있어요. 당신은 배신에 대해 나를 고발할 수 없어요... 좋아요. 당신이 잠입한 목적을 동무들 앞에서 고백한다고 하니. 내가 그분들을 모셔오겠어요."

피자는 문으로 걸어갔고, 카레세프는 두려움 속에서 자신이 나쁜 쪽으로 선택했음을 보았다. 지금 그 대중 앞에 나타나는 것은 너무 이르다. 그 대중은 한 사람보다는 더 어렵게 제어할 수 있다.

"잠깐만! 아직은 아니오!" 그는 외쳤다. "나는 당신이 내가 한 말을 오해하게 되어 안타깝습니다. 당신 태도가, 내가 보기엔 당신 앞에 모든 것을 고백하는 편이 필요함을 보여 주는 것 같아요. 나는 온전히 진실을 말하리다. 모든 나의 주의사항에 대해서 당신이 확신을 갖게 해 주겠어요. 당신이 가진 선의는 진실을 말할 가치가 있군요."

"지금 당신은 나를 교활하게 속이려고 하는 거지?"

"진실을 말하겠다고 신성한 나의 십자가에 대고 나는 맹세해요. 들어주시오! 일랴 니키포로프는 내가 출발하기 3주 전에 총살당했어요. 그의 서류들과 필기도구는 남아 있었고, 내가 그 사람과 비슷한 체격이라 칼무코프는 그가 남긴 서류들을 생각해 보고, 내게 이것들이 맞겠구나 하고 생각하고는, 나를 파르티잔들의 은신처를 찾으라는 임무를 받아들이게 했어요. 전 연대의 생명으로 치러낸 일본군대의 그 마지막 실패가 그 사령부로 하여금 새로운 출정을 하게 했어요... 그 서류를 내 서류와 함께, 나는 내 외투 칼라의 안감 속에 숨겨두었어요. 칼무코프 코사크 대장의 완전한 신임을 받아, 나는 말을 달려서 - 그에겐 결코 되돌아가지 않고 또 파르티잔들에게 모든 것을 전해 주기 위해, 또 나를 파르티잔들의 처분에 맡기도록 나를 소개하려고 말을 타고 달렸던겁니다."

"앞은 진실인데, 끝은 거짓이네." 피자가 주목해 말했다. "당신은 첩자질하러 이곳으로 왔어요. 군인이라면 그 군인에 걸맞게 적어도 용감하기라도 해요."

"내가 당신에게 한 마디만 말했어요. 당신은 내가 말한 동기를 이해할 것이고 또 당신은 내 말을 믿을 겁니다."

피자는 궁금해 카레세프를 쳐다보았다. 그 사람의 표정은 지금 점점 화가 나 있었다.

"그럼 내 아내와 아이가 '니콜스크-우수리스크'의 붉은 군대 전쟁포로수용소에서 발가벗긴 채 있던 사람들 중에 있었음은 알아주시오"

정말로 그 문장은 확신을 갖게 하는 효과가 있었다. 파르티잔들의 모든 지하에 은신해 살아가는 막사 사람들은, 칼무코프의 잔인무도한 놀이에 대해 알고 있었다. 그 당시 상황을 피해 이곳으로 온 추린이 이 모든 것에 대해 아주 상세히 이야기해 주었다. 카레세프는 그녀 표정에서 효과가 있음을 알고, 자신의 사랑하는 사람들에 대해, 칼무코프에게 헛되이도 간청하게 된 것에 대해, 그의 내부에서 생긴 복수심에 대해, 여타 증오스런 일들에 대해, 이 모든 것이 마침내는 현재의 권력과 관련된 모든 것에 혐오감을 갖게 되었다고 생동감있게 말하기 시작했다.

카레세프가 말하고 있고, 피자는 그가 하는 말에 대해 거의 주의를 기울이는 것 같았다. 그녀 의심은 이젠 이미 사그라들었지만, 그녀는 진실에 대한 입증을 찾고 있었다. 갑자기 그녀는 추린을 생각해 냈다. 그래, 추린, 처음에 사람들이 그녀에게 일랴 니키포로프의 얼굴과 동질성에 대해 피자에게 물었을 때, 그를 한 번 본 적이 있다고 말하는 추린. 이제 모든 것은 추린에 달려 있을 것이다. 만일 그가 그를 알아차린다면, 그것은 그의 생명을 구하게 될 터이다.

"그럼, 지금 당신 아내와 아들은 어디에 있나?"

카레세프는 아픈 표정을 짓고는 한숨을 내쉬었다.

"니콜스크에 있는 공병연대의 지휘 아래 있는 민간인 포로수용소에요."

"당신은 그 사람들을 다시 만났어?"

"아니오!...불가능했어요!" 그리고 카레세프는 그 가장된 아픔을 이미 느끼기조차 했다. "공식 명령 없이 그들에게 접근은 이미 지배자들의 눈에 의심을 받게 된다는 것을 당신은 알아야 하오... 나는 그들에게 마침내 가게 될, 다른 길을 선택해야만 했어요... 그들 때문에 나는 이 파르티잔에 이렇게 접근하게 되는 위험을 감수했어요."

카레세프는 여전히 오랫동안 자신의 감정에 대해 말했고, 여러 번 자신이 하는 말의 진실성에 대해 맹세하였지만, 피자는 이미 뭔가 다른 것을 생각하고 있었다; 임무 완성에 대해. 니키포로프의 죽음은 지금 그녀에게 완전한 임무를 암시했다. 그녀는 이제 혼자서 위대한 계획을 실현시키기 위해 모든 위험에 뛰어들어야만 할 것이다. 그녀 혼자 니콜스크, 블라디보스토크와 하바로프스키에 있는 비밀 센터들을 방문해야만 할 것이다. 갑자기 그녀는 자신을 카레세프에게 돌렸다.

"당신은 말했으나, 나는 당신 운명에 대해 결정권이 없어. 당신의 비밀을, 내가 없는 동안, 임시로 당신을 보호할 사람이 될 한 남자에게만 나는 알려 주겠어. 며칠 뒤, 나는 니콜스크 도시로 갈 것이고, 나는 당신이 한 말의 진실을 확인하러 그 수용소로 몰래 들어가 살펴볼 생각이다."

그 아이디어는 카레세프에겐 아주 썩 좋지 않았지만, 그는 불만을 표시하진 않고, 고개를 끄덕이며 동의했다. 적어도 그는 며칠은 벌었다. 그동안 그는 완전히 회복되고, 그러면 기회를 봐서 달아날 수 있을 것이다.'

피자는 한동안 그를 유심히 살펴보느라 그의 침대에 완전히 가까이 몇 걸음 더 다가섰다.

"그럼, 내 말 들어, 니콜라이 카레세프, 나는 이제 당신을 떠날 거요. 당신의 호위병인 한 남자를 제외하고는, 아무도 당신이 누구인지 알지 못할 거요... 만일 당신이 진실을 말했다면, 며칠 뒤 당신은 이 집을 떠날 수 있고, 우리의 쓸쓸한 삶에 참여할 수도 있어요; 그런데 만일 당신이 거짓을 말했다면, 그땐 당신은 이미 당신의 완전한 판결문을 확정하게 될거요." 피자는 자신의 책임감의 무게감을 느꼈다. 그녀는 정말 아무 생각 없이 자신을 다른 사람들을 위해 희생하기로 했다. 그러나 아무 무장이 안 된 사람의 목숨을 앗는다는 것은, 비록 단순 첩자라 해도, 그녀는 용기가 생기지 않았다. 잠시 뒤, 그녀 목소리에서 다시 간청하는 울렸다. "이봐요, 선생, 내 말 들어, 당신은 진실을 말했지요? 만일 당신이 거짓을 말했다면, 지금 고백해요. 그러면 나는 당신을 구하려고 애쓰겠어! 진실을 말했나?"

피자의 눈길을 받은 카레세프는 온몸이 떨리는 것을 느꼈으나, 그럼에도, 고개를 끄덕였다.

"나는 진실을 말했습니다."

피자는 탁자에 둔 총을 집으러 탁자로 갔다.

"당신 때문이 아니라, 다른 사람들 때문에 나는 이 방에서 이 총을 갖고 가겠어...한 시간 뒤에 돌아오겠어, 나는 당신이 당신 아내에게 써 보낼 종이를 가져 오겠어요."

피자는 그 방을 나갔다. 카레세프는 자물통이 철컥하는 소리를 들었다. 그녀가 문을 잠근 것이다. 비웃는 미소가, 자신이 삶의 위험에서 자신을 구했을 때마다 언제나 생기는 미소가 그의 입가에 나타났다. 지금의 성공은 그에겐 쉬운 승리 같아 보였다. 며칠 뒤면, 온 연대가 그를 지켜보고, 한 사람만이 그를 지켜보고 있다 해도, 그는 도망칠 수 있을 것이다. 니콜라이 카레세프 중사에게 있어 한 사람이라는 것이 무슨 뜻인가? 연필 한 자루 정도가 부러지는 이상의 의미는 없다... 그래, 하지만, 그는 그 한 사람이 추린, 그 거인인 줄은 몰랐다. 이제 그를 즐겁게 한 것은, 그럼에도 어느 인민위원의 침대에 누워 있던 그런 아내가 있는 게 이렇게 유용하구나 하는 생각이 들었다....그 생각에 이어, 그의 남자로서의 감정을 자극하는 다른 감정이 나타났다.

"이 야생의 암고양이도 그런 악한들의 맛을 칭찬하겠구나!"

제15장. 피자가 다시 본 바르디

　겨울은 유리창에 이국적인 풍경을 그려놓았다. 루시아 파블로프나의 눈길은 그 얼어붙은 밀림에서 방황하고 있었다. 추위가 만들어 놓은 종려나무들, 길이 보이지 않은 밀림은 그녀의 환상마저 어지럽게 해, 러시아에 크리스마스가 온 것도, 불이 대형 난로에서 타고 있는 것도, 그리고 바깥에 행인들이 걸어가자 그 발에 밟힌 눈이 뽀드득거리는 소리도 거의 잊고 있다.

　시몬 트카체프는 바닥에서 웅크리고는, 그 대형 난로의 열린 문에서 비치는 붉은 화염을 고정한 채 보고 있었다. 그의 무표정한 얼굴은 몇 번인가 잠시 웃음이 일다가 사라졌다. 그의 입술은 조용히 낱말들을 만들고 있었다. 그는 저 화염이라는 악마를 향해 말하고 있었다.

　그런 저 멀리 가 있는 마음들의 침묵이 그 방을 지배하고 있었다. 그러니 루시아도 시몬도 그 방으로 소리 없이 몰래 들어선 낯선 여성을 알아차리지 못한 것은, 그리 놀랄 일은 아니었다.

　"난, 루시아 파블로프나 카레세바 여성 동무를 찾고 있어요." 그녀는 잠시 주변을 살핀 뒤 말했다.

　그 목소리에 루시아는 현실을 생각하는 의식으로 돌아왔다. 그녀는 낯선 풍경으로 인해 당황해하는 그 여성방문자에게 몸을 돌렸다. 루시아 앞에 선 그 아가씨는 간단히 차려입었으나, 그녀의 양 볼에 또 그녀의 두 눈에 부자유스런 창백함은 보이지 않았다. 필시 이 사람은 이 막사에서 사는 사람이 아님은 분명하구나 하고 루시아는 생각했다. 그리고 그녀는 그런 낯선 사람들이 방문하면 보통 그들을 지켜보는 보초가 함께 들어오는 걸 원치 않아도 기다리고 있었다. 그러나, 보초는 모습을 보이지 않았다. 그 여성 방문자는 루시아에게 두 걸음 다가와, 인사허러 자신의 손을 내밀었다.

"여성 동무, 이 방에 가면 내가 루시아 파블로프나 카레세바 라는 여성 동무를 찾을 거라고 사람들이 알려 주었어요. 당신이 내가 찾고 있는 사람이지요, 여성 동무?"

루시아는 고개를 끄덕였고, 잠시 쉰 뒤, 그녀는 말로서 그것을 확인해 주었다.

"그래요, 사람들이 나를 그렇게 불러요... 그런데 내게 무슨 용무가?"

"나는 당신 남편에게서 왔어요."

루시아 표정은 순간 흐려졌다. 그녀는 스스로 불쾌할 정도로 자신이 깜짝 놀란 것을 느꼈다. 그 참혹한 밤이 지난 뒤론, 그녀는 이젠 자신을 카레세프의 아내라고는 더는 생각하지 않았다. 행복한 시절에 대한 기억을 그녀는 이미 땅에 묻었고, 아름다운 미래에 대해서도 포기했다. 처음에 그녀는 여전히 희망하길, 그녀 남편인 칼무코프의 중사가, 그 자유인이 자신의 죄없는 아내를 자유롭게 해줄 길을 찾으리라고 희망했지만, 나중에 그녀는 모든 것을 이해했다. 그녀 남편은 그녀를 위해 죽었다고.

지금, 생생한 얼굴의 아가씨를 보자, 그녀 머릿속에 이런 생각이 들었다. 아마 그이가 그녀에게 자기 애인을 보냈구나...그러나 아니다! 불가능해! 이 방문 여성은 그녀를 "여성 동무"라 불렀다. 그리고 칼무코프의 중사는 볼셰비키 여성과 그런 관계를 유지할 만큼 위험을 무릅쓰지는 않았을 터인데. 에흐, 남자란 연애에 늘 관심이 있겠지!

"당신은 그이의 연인인가요?" 그녀가 아무 씁쓸함도 없이 물었지만, 방문 여성이 대답으로 살짝 웃음을 짓자, 그녀는 그런가 보다 하고 생각했다. 그녀는 자신이 사려 깊지 않은 질문을 한 걸 후회했다. 정말 그녀는 그와 그의 운명이 이젠 더 이상의 관심 대상이 아니었기 때문이었다.

"무슨 이유로 나를?"

그 방문 여성은 자신의 웃옷 아래에서 편지를 꺼내 그녀에게 내밀었다.

"이게 그 사람 편지입니다."

루시아는 그 편지를 펼쳐 보았다. 그런데 뭔가가 그 편지지 안에서 떨어져 나와, 요란한 소리와 함께 바닥에 굴러갔다. 그녀 눈길은 의도하지도 않게 그것을 따라갔다. 이런, 이건, 이건 결혼반지인데! 그 죽음에 이를 때까지의 사랑의 상징이 굴러가고 있는 걸 보니, 가슴이 좀 아팠다. '이 편지를 읽는 것이 필요한가? 저 돌아온 반지 스스로 열변으로 충분히 말하지 않는가?' 루시아는 난로를 향해 걸어가, 그 편지를 태우려 했으나, 그녀 의도를 추측한 그 방문 여성이 이를 말렸다.

"읽어 봐요, 여성 동무! 지금 그렇게 하려고 하는 것은 당신을 속이고 있어요."

루시아는 그제야 그 몇 줄의 통지문을 읽어 보았다.

"사랑하는 아내에게, 이 반지를 보면, 내가 이 편지를 보낸 것임을 입증할거요. 이 편지를 가지고 가는 이가 자세히 설명해 줄 거요. 당신을 사랑하며 생각하고 있어요. 당신의 N.으로부터."

루시아는 그 글을 읽고, 그 씁쓸한 몇 줄을 또 읽었다. 모든 것이 그녀로서는 이해가 되지 않았다. 그녀는 자기 남편이 그 글을 쓴 것을 의심하지 않았지만, 그렇게 쓴 이유를 이해하지 못했다. 그들이 서로 만났던 때인, 그녀 남편이 자기 가족의 공포스런 상황에 대해 알았을 때인, 그 비운의 밤으로부터 벌써 길게도 몇 달이 지났는데, 그이는 한 번도 자신의 소식을 알려주지 않았고, 한 번도 그이는 그녀와 그녀 아들에 대해 궁금해하지 않았다. 그런데 왜 갑자기 지금인가? 그리고 왜 그이는 지금까지 그들을 찾아보러 한 번도 오지 않았는가? 더구나 그 편지 어투는 그가 어떤 방식으로 그녀 도움을 필요하다는 것이 분명하다. 그러나 어떤 방식으로 그녀가, 민간인 포로인 그녀가, 칼무코프의 중사에게, 그 자유인에게 도울 수 있단 말인가? 마침내 그녀는 의문이 생긴 듯이 그 낯선 여인을 쳐다보았다.

대답 대신에 그 낯선 여자는 그녀에게 다시 반지를 주

워 주면서 물었다.

"이게 당신 남편의 반지인가요?"

루시아는 쳐다보았고, 그 반지에 새겨진 날짜와 이름을 읽었다.

"그래요!"

"그럼, 니콜라이 카레세프는 거짓말을 한 건 아니네. 당신 아들도 당신과 함께 있나요?"

"그래요. 나와 함께요. 지금 그 아이는 교실에서 놀고 있어요."

그 낯선 여자는 아무 말 없이 고개를 숙인 채 그 소식을 얻었다. 그녀 시선은 좀 궁금한 듯 그 방의 여기저기로 향하고 있었다. 나중에 그녀는 난로 앞에 웅크리고 앉아 있는 시몬 트카체브에게로 향했다.

"내버려 둬요." 루시아가 말했다. "당신은, 저 소년에 대해선 걱정하지 않고 말해도 돼요."

그 방문 여성은 질문할 준비가 되어 있었다. 루시아는 자기 자신에 대해 놀랐다. 그녀 자신에게 무슨 일이 생겼지? 왜 그녀 자신이 질문하지 않고, 왜 그녀 자신은 이 편지를 갖고 온 저 여성의 말에 궁금하지 않는가?

"그럼, 당신이 스미르노프의 막사에 한때 있던 여성 동무 카레세프이군요."

좀 쉰 뒤 그 방문 여성은 말했다.

"그래요."

"여성 동무, 말해 봐요, 당신 남편은 당신을 사랑하는

가요?"

"그이가 정말 그렇게 썼네요." 루시아는 씁쓸하게 웃고는 그 편지를 그녀에게 내밀었다.

"나는 그 편지 알아요. 내가 그 사람에게 그렇게 쓰도록 시켰어요. 그 사람이 쓴 첫 편지는 내겐 많은 위험을 가지고 있었으니까요."

"난 당신을 이해할 수 없어요. 그이의 첫 편지가 당신에게 위험하다구요?"

"그래요! 만일 어떤 사람이 내게서 이 편지를 찾아내기라도 한다면, 필시 나는 달갑지 않은 상황을 맞을 겁니다. 나의 행운이 나에게 충실하게 남아 있어 다행이지요."

"당신은 누구예요?"

"피자라고 불러 주세요. 나는 당신의 여성 동무입니다."

"그래요, 여성 동무." 루시아는 작은 소리로 되풀이했다. 그리고 그녀는 그녀 남편이 적대적인 당에 속한 어떤 사람에게 위험을 감수하는 그런 관계라니 조금 놀랐다.

"그런데, 당신은... 당신, 여성 동무, 당신은 남편을 사랑하나요?"

그 질문은 루시아를 현실로 불러들였다. 갑자기 그녀는 무슨 대답을 해야 할지 알지 못했다.

"그럼, 당신은 그를 사랑하지 않네요."

그녀 판단은 고소하듯이 소리를 냈다.

"난 내가 남편이 있는지 모르겠어요. 내 말을 오해하지 말아요." 루시아는 자신을 변명하기 시작했다. "나는 법

적으로 남편인 남자가 어딘가에 살고 있다는 걸 알지만,
그이 영혼은 나에게서 빠져나가, 이 전쟁, 군인으로서의
규율과 그이의 만족하지 못하는 야망이에요...내 남편은
내 과거의 기억 속에만 존재하고 있어요."

"당신은 그를 증오하나요?"

"사람들이 죽은 이를 증오할 수 있나요? 하나님이 주셨
고, 하나님이 그이를 데려갔어요. 왜냐하면 '그분은' 그
이를 데려갔으니까요. 이 편지는 환상일 뿐입니다. 왜 그
이 스스로 오지 못하나요? 그이는 오늘의 정부에 속한
남자라구요. 그이 앞에는 모든 문이 열려 있어요. 벌써
오래전부터 그이는 나와 내 아들이 이곳에서 이런 처지
로 살고 있는 걸 알고 있지만, 그이는 우리에겐 관심도
없어요. 왜일까요?"

"아마 그는 용기가 없는 사람이겠지요."

루시아는 날카롭게 웃기 시작했다.

"니콜라이 카레세프와 용기없음이라!? 이봐요, 당신은
그이를 아직 모릅니다."

"그가 직접 말했어요."

"그는 거짓말했어요...그래요. 그이는 거짓말했어요. 왜
냐구요? 나는 모르겠어요. 카레세프와 비정함, 잔혹함,
부사관으로서의 복종심, 그래요, 그런 것들이 서로 맞지
만, 카레세프와 용기없음이란 절대로 서로 만날 수 없는
말입니다. 칼무코프가 좋아하는 그 중사가 여성 같은 마
음을 가질 수 있다고 상상할 수 있겠어요? 그이가 어느

시각이든지 이곳으로 오지 못할 것이라고 당신은 생각하나요? 왜 그는 이곳에 못 오는지 당신은 아나요? 그는 원하지 않기 때문입니다. 왜냐하면, 여러 해 지난 뒤 다시 만난 자기 아내가, 그의 상관 명령에 따라, 발가벗긴 채 있어야 하는 자기 아내가 그에게는 더는 남자로서 관심을 갖지 못하기 때문이지요. 그가 결혼식 제단에서 한 맹세는 침대에서만 한정되었어요. 그 침대는 부서졌어요. 사랑은 날아가 버렸어요. 왜 그이가 지금 편지를 써요? 나는 모르겠어요. 그이가 내게서 뭘 원하는가요? 나는 잘 모르겠으나, 나는 이 글 내용으로 봐선 모든 글자가 간교함과 거짓이라고 느껴져요.... 왜 그이가 직접 오지 못 하나요? 그이는 내게서, 우리에게서, 아무 능력 없는 갇혀 있는 사람들에게서 뭘 원하는가요? 그이는 자신의 반지를 다시 가지고 싶은가요? 그이가, 내 손에서 그것을 뺏은, 그이의 도둑질하는 동무에게 요청하라 하세요. 그이는 자신의 남자로서의 자유를 되돌리기를 원하나요? 그이는 정말 그걸 갖고 있어요. 나는 이젠 절대로 내가 그이의 아내였다고 앞으론 말하지 않을 거요. 저 환영이 날뛰던 밤을 생각해 보면, 나는 이제 스스로 그이의 동반자로 더는 생각하고 싶지도 않아요. 나는 내 아들이 자기 아버지에 대해 언젠가 부끄러워하는 걸 원치 않아요."

그 아프고도 삶이 만들어 놓은 감정들의 열정적 분출은 피자의 마음에게서 연민을 불러일으켰다. 그녀도 그 중사를 그런 사람으로 생각하고 있지만, 지금 그녀는 직접 자신의 눈으로 카레세프가 거짓말은 하지 않았음을 확인했다. 아마 후회가 그의 마음에 생겼나 보다... 후회라?! 그녀는 루시아의 좀 전에 했던 말들을 되새기고 있었다. 카레세프에겐 후회라는 말이 서로 연결될까? 잔혹한 야망은 자신의 희생자를 위로하는가? 이제, 그의 아내는 의도와는 반대로, 검사와 같은 고소를 했다. 더 정당하지 않은가,-피자는 생각했다. -저 반지를 되돌려 주는 것이, 추린이 자기 임무를 다해 주기를. 아니다! 그녀는 할 수 없다....그녀는 할 수 없다.

루시아의 눈물 마른 두 눈은 그 방문 여성을 뚫어지게 보았지만, 그녀 생각은 맹목적 증오의 늪에 자신이 서 있음을 보고 있다. 이제, 처음으로 그녀는 자신의 감정과 생각들을 낯선 사람의 귀에 말로 표현했으며, 그 분출은 그녀 안에 갇혀 있던 그 -복수심을, 증오심을, 밑바닥을 알 수 없는 혐오감을 자유롭게 해버렸다. 왜냐하면, 루시아는 자기 남편이 알지 못하는 이유로 인해 자기를 다시 모욕당하게 만들었구나 하고 느껴졌다.

"여성 동무," 피자가 말했다. "당신 남편이 지금 우리 파르티잔의 막사에서 부상 입어 누워 있음을 알아주세요."

그 "부상당했다"는 말은 곧장 루시아의 심장으로 달려갔다. 먼저 그녀는 이해조차 하지 못했으나, 나중에 그 밀쳐진, 아내의 그 싸우는 사랑은 그녀 안에서 한탄을 불러냈다.

"그이가 부상으로 누워 있다고요?... 그리고... 그리고 그이가 우리를 생각했다고요... 그런가요?"

"그는 이미 위험한 상황은 벗어났어요."

"그이가 어디에 있다고요?"

"이미 말했어요. 우리 파르티잔 막사에서 원시림의 은신처에 있다고 이미 말했어요. 여성 동무."

그 "여성 동무"라는 호칭은, 또 그 원시림의 은신처에 대한 언급은 마침내 루시아에게 상황을 분명하게 해 주었다.

"전투가 있었나요? 그는 전쟁포로가 되었다. 그 말인가요?"

"아니오! 전투에서 그가 상처를 입은 것이 아니라,...." 그리고 피자는 상세히 카레세프의 사건에 대해, 그의 병세에 대해, 모든 것을 설명해 주었지만, 카레세프가 첩자 역할을 했다는 증거는 발설하지 않았다. 피자는 그 원인에 대해서만, 그 중사가 자신을 구하기 위해 사용한 그런 논점에 대해서만, 또 그의 가장 중요한 입증은 민간인 포로 막사에 있는 그의 아내와 자식이 해줄 거라는 것만 말했다. 의심이 가는 발설은 잔인한 행동이라 여겼다.

그러나, 헛되이 피자가 그 의심에 대해 말을 하지 않고 침묵하자, 루시아는 무의식적으로 진실을 느꼈다. 루시아는 자신의 앞에서 온전히 분명하게 자신과 또 자기 아들과도 관련이 없는, 피자의 목적을 보았다. 그녀는 다른 사람 이름을 사용하지 않고도 적대적인 당에 과감하게 침투해 갈 수 있었던 카레세프의 만용에 감탄만 할 뿐이다.

그의 가족의 상황은, 그 붉은 군대 대원들에게 복수심이 그를 이끌었다고 믿도록 하는 변명이자 적절한 동기로 작용했다. 루시아는 남편 마음이 그녀에게 향해서가 아니라, 군인의 교활함으로 아내인 자신을 적절히 활용했음을 이미 파악했다. 그 만족할 수 없는, 지치지 않는 야망이라니! 그녀는 기꺼이 이렇게 고함쳐 주고 싶었다. "어리석은 자들이여, 그대들은 그를 믿는가?" 고발의 공포감이 그녀 입가에서 경고하는 낱말을 저 멀리로 밀쳐 버렸다. 그렇게 하면 그녀는 정말 자기 남편을 죽이는 살인자가 될터인데! 아니다, 그녀는 그렇게 할 수가 없다! 그러나 그녀가 침묵함으로 얼마나 많은 생명이 사그라질 것인가?! 그녀는 그를 잘 안다. 오, 카레세프는 지금, 자기 생명을 구해 준 사람들에게 정말 감사해야 함에도 불구하고, 쉽게 그들을 배신할 것이다. 얼마나 많은 새로운 희생자들이, 얼마나 많은 미쳐 가는 여인들이, 얼마나 많은 아이들이 그가 한 첩자 행위로 인해 피로 속에, 고통 속에 장례로 지불할 것인가. 그 증오심이 루시아의 목을 쥐어짰다. 그녀는 "그이를 믿지 말아요!"라고 외치지 않으려고 자신의 입술을 꽉 다물었다.

피자는 자기 이야기를 끝내고, 그 많은 몇 분 동안, 자기 안에서의 싸움을 반영하고 있는 표정을 하는 루시아가 말을 하기를 기다리고 있었다. 그녀는 그 방문 여성의 머리 위 어딘가로 시선을 둔 채, 마침내 침묵을 깼다. "내가 그이에게 뭐라 말할까요?"

그녀는 절망적인 의문의 표정으로 조언을 구했다.

"내가 그이에게 무슨 말을 할 수 있나요? 내가 무슨 말을 해야만 하나요?"

"당신의 마음이 지시하는 말을요."

"내 마음이?... 오, 하나님, 내가 내 마음속에 있는 말을 할 수 있나요! 아니에요! 나는 지금 의무를 수행해야 해요. 나는 내가 제단에 맹서로 약속한 그것만, "좋을 때나 나쁠 때나 나는 그이를 내 곁에 두고 있다고..." 말할 수 있어요." 그녀는 갑자기 그 반지를 피자에게 내밀었다. "가져가요, 그걸 그이에게 되돌려 줘요! 그리고 이렇게 말해 주세요, 나는 그이 아내라고."

피자는 다른 제스처를 취해 그녀가 내민 반지를 받지 않았다.

"안돼요! 당신은 그렇게 하면 안 됩니다! 당신은 그렇게 할 권리가 없어요!"

"그럼, 지금 내가 뭘 할까요?"

"무엇을 이라고요? 당신은 정말 그의 아내이고, 그의 아이 어머니이니... 당신은 당신 곁에 그 반지를 보관해야 합니다."

"나는 이해할 수 없어요. 내가 남편의 충실성의 상징물을, 함께 속해 있음을 볼 수 있는 상징물을 내가 가지고 있어라고요?"

"그래요! 그걸 당신이 가지고 있어요!'

"그러나 왜요? 난 당신은 이해할 수 없어요."

"그것으로 당신은 그이 생명을 구할 거니까요." 피자는 조금 생각을 정리한 뒤 말했다.

"난 이해할 수 없어요."

"만일 그 반지가 당신에게 남아 있으면, 그건 카레세프가 진실을 말한 것이고, 그의 가족이 하얀 정치가 만들어 놓은 포로수용소에서 고생하고 있음을 보여주는 것이고, 만일 당신이 그 반지를 되돌려 준다면, 그 순간에 모두는 그가 우리 막사로 잠입하러 동무의 서류를 사용했음이 알려질 것이고, 그가 칼무코프의 증오하는 중사임이 밝혀질 것이니까요... 지금, 나를 제외하고는 또 그의 보초를 제외하고는 모두가 그를 일랴 니키포로프로 알고 있어요. ... 우리, 여자들은, 우리 여성 자신을 부정하기 위해 태어나지는 않았어요. 아내라면 자기 아들의 아버지를 죽음으로 선고할 수 없고, 그런 권리도 없어요... 나는 분명히 말할 수 있어요... 지금 당신은 이미 모든 것을 알고 있어요."

루시아는 긴장된 눈으로 자신을 방문한 여인을 보고 있었다. 루시아 가슴 안에서 공포가 천둥치고 있었다. 이제, 그 방문 여성의 의심과 추측을 루시아는 지금 입증된 것으로 보았다. 이 여자 말이 맞다. 아내라면 지기 아이의 아버지에게 죽음을 내몰 권한이 없다. 아내는 그렇게 해서는 안된다! 그러나 어느 다른 사람은... 아마 그곳에서 온 이 여자는, 그 발가벗겨 버린 진실을 아는 이 여자는 스스로 그 남자의 위선적인 놀음을 밝혀낼 것이다! 그러나 아니다.... 그녀는 정말 공모하여 그이를 방어하고 있다! 왜? 그녀는 정말 그이 연인이 아니다. 그럼, 그녀도 첩자이고, 배신은 그녀 행동 안에 자리하고 있는가? 아니면, 그 방문 여성은 오로지 루시아에게서만 영원한 고소를 하지 않으려는 것인가? 루시아는 억지로 나오는 질문들에 대한 적절한 낱말을 찾아보았으나, 그녀는 그 낱말을 목소리로 만들 용기가 나지 않았다... 그녀는 그런 질문들을 두려워했고, 대답들을 듣는 것도 두려워했다.

긴 고통의 침묵을 갑자기 깬 것은, 불에 고정한 채 입을 헤- 벌리고 앉아 있는 시몬 트카체프의 기쁜 웃음소리였다.

"그리고, 그가 올 때, 불꽃들이 저 들판에서 빛날 것이고,.... 그리고 그가 오면, 모든 사람이 노래부를 것이다... 오랫동안 당신은 우리를, 오는 당신을 우리가 기다리기를 원했어요... 언제까지요?"

피자는 깜짝 놀라며, 그 유쾌하게 웃고 있는 소년의 문장 조각들에 대해 주목했다.

"그가 무슨 말을 하나요? 그가 한 말이 무슨 말이지요?" 그녀가 물었다.

"아무것도 아니에요.... 말도 안 되는 말을 하고 있지요." 루시아는 그 소년에게 다가갔다. '시몬, 들어봐요! 저기 학교 교실로 가서 유로치카를 좀 불러다 줘요."

시몬은 자리에서 일어났다. 그의 눈길은 이상한 여성의

얼굴에 멈추었다. 그는 그 순간에서야 자신이 그 낯선 사람이 있다는 것을 알아차린 것처럼 깜짝 놀랐다. 그는 자신의 입에 넓다란 웃음을 펼쳤다.

"당신도 그를 기다리나요? ... 필시 그는 옵니다. 그 스스로 내게 말했어요."

"그가 말하는 사람이 누구예요?"

"아무도 몰라요." 루시아가 설명해 주었다. "시몬은 그 환상의 인물을 두고서 대화를 해요... 의미 없는 말들을 요... 시몬은 아주 착하고, 조용한 소년이에요... 그리고...그리고 아주 아픕니다. 필시 사람들이 저 소년을 심하게 고문했나 봐요.... 바보가 되어버릴 때까지."

"너는 누구와 대화해?" 피자는 지금 시몬에게 몸을 돌려 말했다.

그 소년은 주의 깊게 주변을 살펴보더니, 자신의 집게 손가락을 입에 가져가, 그것은 비밀이라고 표시하는 듯 같았다. 그리곤 그 암시된 분별력에 대해선 잊어버리고는, 크게 웃기 시작하고는, 큰 목소리로 호의적으로 대답했다.

"음악가요...그는 손에 바이올린을 들고 있어요... 저 멀리서 오고 있어요...그를 위해 빵을 주십시오! 당신이 가진 것의 일부만이라도! 저 멀리서 그는 방랑하고... 방랑하고 있어요."

"너는 그 사람에 대해 누구에게서 그 이야기를 들었니?" 온화한 목소리로 피자가 관심을 표시했다.

"시몬은 그를 보았어요... 시몬은 그와 대화했어요... 그는 말했어요: 내가 저 고통 지옥에 있는 불쌍한 사람들을 구하러 올테다...시몬은 그를 기다리고 있어요."

"시몬, 저기 어서 가 유로치카를 불러 와. 그 아이는 교실에 있을거에요." 루시아가 재촉했다.

그 소년은 문으로 출발하면서 더 혼자말을 했다. "시몬은 간다. 유로치카를 부르러 간다... 그리고 불꽃은 저 들판에서 빛나고... 그리고 사람들은 노래할 것이다...나는 유로치카를 부르러 간다... 저 멀리서 그는 온다..."

그가 밖으로 나가자, 문이 닫혔다. 피자는 오랫동안 또 말없이 그 소년 뒤를 쳐다보았고, 그녀 생각들은 어느 곳에선가 방황하고 있었다.

"이상하네... 이상하네." 그녀는 여러 번 되풀이 말했다.

그 순간, 밖에서 중국보초병의 질질 끄는 듯한 노래가 들려왔다. 피자는 정신을 바짝 차리고는 신경질적으로 몸을 떨었다.

"애석하게도, 나는 당신 아들을 볼 수 없겠어요." 그녀는 자신을 루시아를 향해 돌리면서 작별인사를 했다. "나는 이만 가야만 합니다. 저 보초병이 신호를 보냈어요. 나는 여기 더 머무를 시간이 없어요."

"당신은 허락없이 들어 왔어요?"

"아뇨! 나는 저 보초병을 매수했어요. 나를 당신 친척이라고 속였어요. 그의 노랫소리는 이젠 떠날 때가 되었음을, 또는 뭔가 위험이 왔음을 알려 주고 있어요. 나는 이젠 몰래 빠져나가야 해요."

"당신은 지금 파르티잔의 막사로 돌아가나요?"

"아뇨!... 이 반지를 보관하세요, 그리고 걱정말아요!" 문턱에서 그녀는 몸을 돌렸다. "거의 나는 저 어린아이 같은 마음을 가진 그 거인이 원하던 걸 잊을 뻔했네요." 그리고 그녀는 살짝 웃으면서 자신의 웃옷 안에 뭔가를 찾기 위해 손을 집어넣었다. "나는 당신에게 이 일을 도와 줄 걸 청합니다. 나는 이젠 시간이 없어요. 나 대신 이걸 해 주세요!"

"말해 봐요! 내가 할 수 있는 일이라면..."

"사소한 웃음거리라고 할 수 있지요...거의 쓸데 없는 이야기일지 모르지만, 나는 이미 약속했거든요. 내가...저기요, 그렇습니다. 이걸 받으세요."- 그리고 그녀는 루시아에게 잡지 종이에 싸인 작은 물건을 전해 주었다. "이걸 추린, 그 거인이 전해 달랬어요..."

"나도 그 사람 알아요. 칼무코프가 "프랑스 카드리유 무용 행사"라며 그 난리를 쳤던 그날 밤, 추린은 스미르노프의 지옥에서 탈출했지요. 사람들 말로는 그가 영웅적으로 행동했다고 했어요."

"그럼, 여성 동무, 그 사람을 찾아 이걸 전해 줘요!"

"누구에게?"

"난 몰라요. 추린은 스스로 그 이름을 언급하지 않았어요. 그 작은 선물은 그가 아무 생각 없이 때려버린 그 아이에게 주는 거예요, 그리고 추린은 그 가족에 대해,

특히 그 여성에 대해 자주 생각하고 있다고 그 아이 어
머니에게 말해 주세요... 어린 마음을 가진 그 거인은 정
말 감동적으로 사랑에 빠져 있어요.... 당신은 그걸 전해
주기로 약속할 수 있지요?"

루시아는 감동해, 깜짝 놀라 고개를 끄덕였다.

"그리고, 이젠,.... 추린은..." 마침내 그녀가 말했다. "그
가 뭘 보냈어요?"

"아이 놀이용인 색깔이 있는 유리구슬을요... 그래요.
그는 이게 굽은 거울보다 더 재미있다고 말했어요."

"예... 추린, 그 후회심 많은 거인이... 오, 그 깨진 유
리 때문에 그의 손에 피가 어찌나 흘렀던지... 이상하네,
그 추린이..."

중국 보초병의 노래 소리는 다시 그 복도에서 소리났
다. "건강히 잘 있어요!"라는 일상적인 인사말을 한 뒤,
피자는 그 방을 나와, 황급히 그 막사의 출입구로 다가
갔다. 출입문이 활짝 열리고 스트리치코프 중위가 그 문
턱에 모습을 보인 때에는 그녀에겐 겨우 두 걸음이 부족
한 순간이었다.

오늘은, 평소와 달리, 일찍 스트리치코프는 그 수용소
로 왔다. 러시아 크리스마스의 밤을 준비하는 일 때문인
듯하다. 그의 눈길은, 바깥 햇살이 비쳐, 깜짝 놀라하는
피자의 표정과 마주쳤다. 그녀 얼굴은, 이곳의 모든 사람
들을 이미 아주 잘 파악해 있는 스트리치코프에겐 곧 낯
선 인물이었다. 피자는 그를 지나쳐 가려고 애썼다. 그리

고 바로 그것이 그 중위의 의심을 받게 되었다.

"잠깐 서 봐요!"

피자는 걸음을 멈추고, 잠시 뒤 스트리치코프는 이미 자신 앞에 깜짝 놀란 채 있는 낯선 여성을 보고 있었다.

"누가 당신을 이곳에 들어오게 했어요?"

"나는, 몰래 들어 왔어요." 그녀는 주저하며 대답했다.

"그럼 저 보초병은요?"

"바로 그때 저 사람은 저 정문에서 다른 곳을 보고 있었어요."

"누가 보냈어요? 아니면 첩자?" 그리고 스트리치코프는 탐색하며 그녀의 두 눈에 시선을 고정했다.

"단순히 방문했어요." 그녀는 눈썹도 까닥하지 않고 대답했다.

"거짓말! ... 누구에게 당신은 볼일이 있었소?"

"내 여자 친척에게요."

"어디서 왔소?"

피자는 진실을 말하는 것과 거짓말의 기회들을 번개처럼 평가해 보았다. 그녀는 약간 진실의 길을 선택했다. 그 방식으로 그녀는 위험한 상황에서 벗어날 수 있으리라는 더 많은 희망을 가질 수 있겠다고 생각했다.

"'포그라니츠나야'에서 나는 왔어요."

"뭘 가져 왔어요?"

"내 여자 친척의 남편이 전하는 소식을요."

"그 남편이 누구요?"

"니콜라이 파블로피치 카레세프, 칼무코프의 중사이에요." 그녀는 모든 낱말을 분명하게 말했다.

그 대답은 깜짝 놀랄 정도로 효과가 있었다. 스트리치코프는 그녀 표정을 유심히 살피면서, 그 표정에서 거짓말하는 사람의 떨림을 감지하려고 오랫동안 쳐다보았다. 그녀의 얼굴 모습은 편안한 상태였다.

"그 중사 아내가 여기에 있나요? 당신은 미쳤소? 더 능숙하게 당신은 이 곤경에서 빠져나갈 수도 있었는데도."

"나는 진실을 말했어요. 루시아 파블로프나 카레세바, 저 방에 사는 여자요." 그리고 피자는 그녀가 사는 방을 가리켰다. "저곳에 그녀는 자기 아들과 함께 살고 있어요...만일 믿지 못한다면, 나를 그 여자 앞에다 세우세요!"
"그럼, 앞장서요!"

스트리치코프는 자기 앞으로 그녀를 당겨, 그 가리킨 방의 문을 열었다. 그들이 나타나자, 루시아는 창백해지고는 그녀 심장은 그 낯선 여성 때문에 떨기 시작했다.

"이 여성이 당신에게 왔소?"

스트리치코프의 질문은 빠르고, 즉답을 요구했다. 루시아는 낮은 소리로 그렇다고 했다.

"남편의 이름이 뭐요?"

"니콜라이 파블로피치 카레세프."

"칼무코프의 중사?"

"네... 그이는... 단순한 중사이에요..."

"당신은 지금까지 남편이 없다고 하지 않았소?"

"그래요. 나는 그리 말했어요. 그때도 지금도 거짓말을 나는 하지 않았어요."

"그 사령관의 중사 아내와 아들이 이 민간인 포로들 사이에 있다니 어찌 그럴 수 있나요?"

"사람들이 우리 가정의 화로에서 나를 끌고 가, 우리를 기차에 태웠을 때도 아무 이유를 설명해 주지 않았어요."

"남편은 그걸 아나요?"

"아뇨!... 몇 달이 지나서야, 우리는 만났어요...몇 달이 지나서야, 저 스미르노프의 수용소 마당에서 벌인 그 잔혹한 밤에요... 그이는 나를 옷 벗겼고, 그이는 나를 치욕스럽게 했고, 심문도 해 보지 않았어요. 그이는 판단했어요. 그 중사가 남편을 죽였어요... 이제 모든 걸 전부 말했어요...나는 간청합니다. 더는 아무것도 묻지 마세요!"

그날 밤에 있었던 일로 그녀의 아픈 표정과 회상은 스트리치코프에게서 인간적 연민을 불러 일으켰다. 그는 여인의 영혼의 비극을 이해했다. 더구나 그는 언제나 지성적이고 또 열심히 일하는 루시아에게 뭔가 일말의 동정심을 갖고 있었다.

"그럼 그때부터... 그때부터 그는 자주 그렇게 소식을 알려 주었나요... 지금처럼?" 그리고 그의 질문 어투는 탐색이라기보다는, 이미 온화했고, 더욱 관심을 가지게 되었다.

"오늘 처음... 그래요, 처음으로 나는 그이 소식을 들었어요..." 루시아는 탁자에 놓여 있는, 남편 반지를 가리키며 말했다. "이게 그이가 보낸 거예요."

그 두 여인은 쉽게 그의 표정에서 모든 인간이 비슷한 상황에서 갖게 될 수 있는 그런 결론을 읽을 수 있었다. 희망이 다시 생기고, 곧 이 상황에서 벗어나게 될 기회가 더 많음을 나타내는 미소가 피자의 입가에 살짝 스쳐 갔다. 그의 의심은 사그라졌고, 그는 자신의 일상적 업무를 잘 수행했음을 비밀스런 조언을 덧붙여, 표현했다. "잠입하는 것은 어리석은 일이요. 진실의 일은 굽은 길을 뒤따르지 않아요. 저 보초병에게 당신이 온 목적을 알렸으면 되어요. 예외적인 경우엔, 사무소가 방문허가증을 만들어 줄거요... 이젠 작별인사를 하세요. 하지만 나와 함께 출입 허가증을 가지러 갑시다."

스트리치코프는 그 출입문으로 향했고, 그 두 여인은 손을 한 번 잡고는 작별했다. 두 사람의 눈길은 이젠 더 쉬워졌음을, 서로 감사를 표현했다.

그 사무소로 향하는 길은 그 막사의 중앙의 큰 방을 지나 연결되어 있었다. 스트리치코프가 모습을 보이자, 말하는 사람들의 둔탁한 소음은 조용해졌다. 피자는 주변을 둘러보았다. 어디에나 질서와 청결함이 보였다. 그 통로의 중앙에는 머리카락이 하얀 포로 한 사람 서 있었는데, 이미 그의 명령을 기다리고 있었다. 그는 몇 걸음을 걸어 그 중위에게 일상적인 보고를 하기 위해 다가섰다.

"좀 있다가요, 푸칼로프. 저기 사무소에서 하는 게 좋겠어요. 더구나 오늘 점심식사 뒤에는 바깥에 일하러 보

낼 사람도 없어요. 3일의 축제기간에 당신은 주방 일에
만 쓸 사람들을 보내면 됩니다. 알겠어요?"

"예, 알았습니다."

그 중위는 이미 그 자리를 떨려고 했으나, 그 노인의
표정은 분명히 아직도 할 말이 있는 듯 보였다.

"저기, 아직 뭐가 남았나요?"

"예고로프가...예고로프, 그 목수가..."

"그에게 무슨 일이 있나요?"

"이른 아침에 그는 한 세숫대야 정도의 피를 토해 냈어
요... 지금 그는 임종의 고통을 당하고 있어요."

"의사는요?"

"그도 있었어요. 도움은 별로 없었어요. 한 시간 정도
지나면 이젠 임종할 것 같아요."

"그가 뭐 원하는 것이라도요?"

"예고로프는 중위님께 하고 꼭 싶은 말이 있나 봅니다."

스트리치코프는 고개를 끄덕이고, 그 막사의 창가 한편
에 놓인, 안내받은 침대로 갔다. 푸카로프와 피자가 그를
뒤따랐다. 그녀는 스트리치코프의 아무 표정 없는 얼굴
을 쳐다보았다. 목석같은 표정의, 기계같은 인간이구나
하고 그녀는 생각했다.

예고로프, 그 목수는 밀랍같이 창백한 얼굴로 자신의
단순한 침상에 누워있었다. 그의 피곤한 시선은 한 줄로
놓인, 윗칸 침상들의 밑면을 고정해 보고 있었다. 저곳에
서부터, 저 틈새를 통해, 그의 이불 위로 찻물이 한 방울

씩 떨어지고 있었다. 필시 위에 거주하는 이웃 사람이 자기 항아리에서 차를 쏟았나 보다. 지금 그는 자신의 마음을 정리하려고, 옆에 있는 아이의 우는 소리를 듣지 않으려고, 그 떨어지는 물방울들을 세고 있었다. 예고르프의 앙상한 손들 중 하나가 그 아이의 금발 머리에서 쉬고 있고, 다른 한 손은 힘이 없어서인지 이불 위에 놓여 있고, 그것의 집게 손가락만 저 떨어지는 방울들의 또닥또닥하는 소리에 따라 움직이고 있었다.

스트리치코프는 그 죽어가는 사람의 침대로 와, 멈춰섰다. 말없이 그리고 인내심을 갖고서, 그는 예고로프의 임종 직전의 헐떡거리는 숨소리를 기다리며 듣고 있었다. 이웃 사람들은 조용히 좀더 다가섰다.

"예고로프... 예고로프." 푸칼로프의 경고가 작은 소리로 들렸다.

그 환자의 고통스런 얼굴은 스트리치코프에게 향했다. 그의 눈길은 그 중위의 눈길과 마주쳤고, 그렇게 알아본 뒤, 피곤하고도 아이러니한 미소가 그의 양 입술에 나타났다.

"중위님, 수줍게도 제가 보고합니다...." 그는 거의 들릴 듯 말 듯 말했다. "전장에서 내가 입은 총상이 다시 찢겼음을 보고합니다... 내 폐가 이미 신호를 알려 주고 있어요.... 저 '위대한 사단'으로 들어가는 신호를요."

스트리치코프의 양 입술은 신경질적으로 다물어졌고, 그의 표정은 굳어졌다. 저 죽어가는 이는 오랫동안 그를 보고 있고, 나중에 다시 그는 작은 소리로, 마치 그 말을 하기 위해 온 힘을 다하려고 절약하듯이, 낮은 소리로 말하기 시작했다.

"고맙습니다...고맙습니다." 그의 창백한 얼굴엔 일순간의 온화한 미소가 나타나고, 그 피곤한 두 눈에서는 순간의 따뜻한 어루만짐이 빛나기 시작했다. "나는 압니다...우리 모두는 이미 알고 있어요... 당신, "혀가 없는 사람"인 당신은 마음이 있다는 것을요... 바로 그 마음이 그의 입을 닫게 했어요. 그리고..."

"에고로프."

푸칼로프의 목소리가 다시 경고하고 또 비난하듯 소리났다.

목수는 저항하는 몸짓을 표시했다.

"놔 두세요, 푸칼로프... 내겐 말하도록 이미 허락을 받았어요.... 맞지요, 당신, 금빛 마음을 가진 혀 없는 사람?'"

"예." 마른 어조로 스트리치코프의 목소리가 들려왔다. 그는 이 모든 시선이 그의 얼굴에 고정되어 있음을 느꼈다. 자신을 잘 제어하면서 그는 자신의 감정을 억눌렀다.

"중위님,...." 예고로프의 간청하는 목소리가 조금 커졌다. "여기 이 소년이... 이 불쌍한 고아가 내 뒤에 남게 됩니다. 제가 죽으면 이 아이는 자유롭게 될 겁니다. 그가 가고 싶은 곳으로 갈 수 있을 겁니다... 그는 자유로이 갈 수 있지요."

"하고 싶은 말씀이 뭔가요?"

"그를 다른 곳으로 보내지 말라고요. 그가 어디로 가겠어요? 저 굶주린 아이들에게로... 그런가요? 저기 한 접시의 수프를 아깝다 하지 말아 주세요, 중위님... 저 아이를 여기에 좀 있도록 해 주세요... 이젠 저 아이는 감자를 혼자서도 껍질을 능숙하게 벗길 줄 압니다... 지난 몇 주간엔 제 대신 그 일을 했어요.... 언젠가 인생의 바퀴가 방향을 바뀔 때가 오면... 그때 그를 가게 해 주세요...그 때..."

"예!"

"고맙습니다." 에고로프는 속삭이고는, 자신의 두 눈꺼풀을 감았다.

스트리치코프는 그 자리에서 떠나갔으나, 에고로프의 한숨과 비슷한 목소리로 다시 그를 불렀다.

"중위님....만일 '위대한 사단'의 대장이 계신다면, ...만일 그곳의 천사들인 부하들이 나를 그분께 데려 가면,... 나는 당신에 대해 잘 말씀드리겠습니다... 혀없는 중위님..."

스트리치코프는 에고로프가 하는 말에 더는 주의를 기울이지 않았다. 말없이 또 빠른 걸음으로 그는 출입문으로 다가갔다. 그곳에서 그는 늙은 푸칼로프에게 지시했다.

"5분 뒤, 나는 사무소에서 당신을 기다리겠어요." 스트리치코프는 옆에서 서 있는 피자에게 눈길을 한 번 주고는, 다시 쳐다보았다. "오, 예, 당신 일도!"

피자는 생각을 하며, 그를 뒤따랐다. 그녀는 스트리치코프에 대해 자신의 파르티잔 막사에서 이미 들은 적이 있었다. 의견들과 소문들은 그의 사람됨에 대해 다양한 평가가 있었다. 몇 사람은 그가 비밀스럽게 당에 소속되어 있다고 믿게 하려고 했고, 다른 사람들은 그를 위험한 규율을 지키는 노예라 하면서, 적의 동정심에 잠입하려고 임시로 자신의 잔혹함을 숨기고 있다고 생각하기도 했다. 이전에 들은 이런저런 이야기의 영향 아래서, 또 그를 그렇게 가까이서 보니, 지금은 그녀가 그런 추측 모두가 맞지 않다고 생각했다. 그의 성격을 규정짓는 일은 그녀가 할 수 없지만, 거의 본능적으로 그녀는 이 남자가 저 군복 때문에, 저 군복의 무거움이 그의 진짜 개성을 누르고 있어, 고통 속에 있구나 하고 느꼈다.

그 출입문 앞에서 푸칼로프가 피자를 자기 쪽으로 당겼을 때, 스트리치코프는 이미 그 방에서 나가고 없다.

"어디로 갈려고요?" 그의 목소리는 그녀를 멈추게 했다.

"사무소로요."

"당신을 부를 겁니다. 여기서 기다려요!"

푸칼로프는 궁금해 그 낯선 여자를 쳐다 보았다. 새로 수용소에 입소한 여자이거니 하고 그는 생각했다. 필시 그녀는 그의 방에 머물겠구나. 왜냐하면, 바르디가 벌써 자신의 거처를 장교의 봉사원들을 위한 막사로 이전했으니까. 아니면 그녀는 예고로프의 침대를 물려받을까? 누가 아는가?

"어디서 당신은 붙잡혀 왔나요?" 그는 관심을 표현했다.

"나는 자유로운 사람이에요... 잠입한 방문 여성이라구요."

"흠, 그래요, 그리고 지금 왜 당신은 저 사무소로 들어가야만 하나요?"

"출입허가증을 받기 위해서요."

"그분이 당신을 보고 놀랐나요?"

"예... 그는 내게 물었고, 나에게 나가도 좋다는 허가를 약속했어요."

"그럼, 당신은 그걸 받을 겁니다... 누구에게 볼일이 있었소?"

"루시아 파플로프나 카레세바에게요."

"루시아에게요?" 푸칼로프 목소리는 놀라움과 의심을 표현했다. "그녀에겐 친척이 없다고 하던데요."

"그녀에겐 남편이 있어요."

"루시아가요? 그녀 이야기론, 남편이 죽었다던데...당신은 어디에서 왔나요?"

"어디에서라고요? ... '포그라니츠나야'에서요...." 피자는 좀 생각한 뒤 속삭이듯 덧붙였다. "동무, 나는 꼭 이곳에서 자유로이 나가야 해요. 무슨 말인지 알겠어요?"

푸칼로프는 깜짝 놀라 그녀 얼굴을 쳐다보곤, 잠시 침묵하고는 고개를 끄덕였다.

"당신은 정말 그분이 출입 허가증을 주기로 약속했다고 말했지요?"

"그렇습니다. 하지만, 누가 알아요, 아마 그의 의심이

다시 생기면, 그때는 … 그리고…달아나는 편이 더 나은
가요?"

"잘 모르겠소.…어떤 방식으로 당신은 들어 왔나요?"

"나는 저 중국 보초병을 매수했어요… 필시 그는 나를
도와줄 겁니다."

"아마도, 하지만 확실하지 않아요… 기다려 봐요! 내가
당신이 직접 사무실에 나타나지 않아도 당신의 출입서류
를 마련해 보는데 노력하리다."

"동무, 중요 사항은 내가 자유롭게 움직일 수 있어야
함에 있다는 것이에요… 나는 지금 '임무 중에' 있어요…
내 말 이해가 되어요?"

푸칼로프는 고개를 끄덕였다.

"다시 새벽은 옵니까?" 그가 물었다.

"새벽은 아직 먼 곳에 있지만, 한밤중은 이미 지났어요."

그녀 대답을 통해, 푸칼로프는 인민 정부가 다시 들어
서는 희망을 끌어냈다.

"빛은 어디에서 옵니까?"

"서쪽에서는 심지가 너울대고 있어요."

잠시 침묵한 뒤, 푸칼로프는 생각에 잠긴 채 고개를 끄
덕였다.

"그리고 동쪽에서는 무슨 일이 있나요?"

"동쪽 태양을 별무리가 멍에를 채워 놓았어요."

그 말을 통해 푸카로프는 일본군들을 미국 연대가 제어
하고 있음을 이해했다.

"그럼, 좋아요!...지금 기다려요! 내가 일상의 보고를 하러 갔다가, 가능하면, 내가 당신에게 필요한 서류를 갖다 주겠어요."

몇 분 뒤, 그 출입허가증이 이미 피자의 손에 들어있었다.

"쉽네요! 그 "혀가 없는 사람"이 스스로 나에게 그 서류를 전해 주라고 위임했어요."

피자는 그 막사를 떠나, 서둘러 그 수용소 정문으로 달려 갔다. 푸칼로프는 그의 선의의 도움이 실제로 치명적일 수 있는 상황에서 그녀를 구했다고는 결코 알지 못했다. 하지만 피자 스스로는 곧 그 피하게 된 위험에 대해 인식했다.

스트리치코프가 업무 장부를 들고 있는 어떤 남자를 대동하고 그 사무실을 떠날 때에도, 피자는 마치 그 서류를 검토하는 듯한 그 중국인 보초병 앞에 계속 남아 있었다. 그 매수된 중국인은 자신의 입안의 이 사이로 노래를 불렀음에도 그녀가 주의를 기울이지 않았음에 대해, 즉각 달아나는 걸 늦춘 것에 대해 그녀에게 질책했다.

피자는 걱정을 불러오게 한 그 군인의 화를 진정시켜 보려고, 그의 손에 루블 지폐를 몇 장을 찔러 넣었다. 그러자 그의 어린아이같은 얼굴엔 큰 웃음이 보였다. 그러나 잠시 뒤, 그는 긴장된 포즈를 취하고서, 자신의 모자에 손을 올려 경례를 했다. 그렇게 그는 막사 대장이 가까이 오는 동안, 그 대장을 따라가는 사람이 그 옆을 지나면서 놀리듯이 그 보초병에게 소리치는 동안에도, 그 자세로 있었다.

"왜 너는 그 서류 검토하나? 읽을 줄을 모르잖아. 말해봐: "스템프 있다. 질서 있다.""

"리오푸펭 스템프 쳐다본다. 리오푸펭 용감한 보초병이다." 그는 자신의 걱정거리를 흔들어 보았다.

그 두 남자가 이미 그 정문에서 밖으로 나갔다. 그때도 피자는 아직 움직임 없이 또 밀랍 같은 창백한 모습으로 그 떠나가는 사람들을 쳐다보고 있었다. 그 장부를 든 사람의 목소리와 말투가 그녀 심장을 떨게 했다. 그녀는 자신의 두 눈을 믿지 않으려 했다. 이런 우연이 있을 수 있단 말인가?

"스템프 정상이다. 여성은 가도 된다!"

피자가 출발할 찰라였다. 그녀의 온 힘을 반쯤 마비시킨 것은 그 놀라움, 감정, 아픔 속의 기쁨이었다. 그녀는 자신의 목에서 심장이 뛰는 소리를 느낄 수 있었고, 뭔가 공포스럽게 그녀 가슴을 짓누르게 되었다.

"바르디... 요한 바르디구나...." 한숨 쉬며 그 이름이 그녀 입술에서 빠져나왔다. 갑자기 기쁨은 그녀 안에서 외침으로 나왔다.

"그이가 살아있구나... 그이가 살아있어... 그이가 살아있어!"

여전히 오랫동안 그녀는 감동에, 웃음에, 울음에 잠겨 있었다. 마침내 그녀가 자신의 일을 자각했고, 스트리치코프의 사무소에서 서로 만나지 못했던 걸, 좋은 기회를 이해했다. 그 이야기는 체포를 불러올 수도 있고, 그녀에 겐 치명적인 끝을 불러올 수도 있었다. 피자는 그 도시 로 출발했으나, 자신의 마음속 떨림을 이기기엔 여전히 긴 시간이 필요했다.

그렇다. 그러한 것이 여성들이다. 그들의 마음이 자신 의 발걸음을 움직이게 하고, 그들의 행동을 결정지어주 는 것은 로맨틱한 감수성이다. 바로 이것 때문에만 그들 은 자주 이해하기가 쉽지 않게 보인다.

유로치카도 똑같은 것을 경험했다. 어린아이가 놀이용 유리구슬을 자기 어머니로부터 받고서, 그는 탁자에 놓 인 반짝이는 금반지를 발견하고는 이 금반지의 가치에 대해 궁금해 했다.

"자, 봐요, 유로치카," 루시아는 자기 아들의 헝클어진 곱슬 머리카락들을 다정하게 쓰다듬어 주면서 대답했다. "이게 그런 경우야. 금반지가 이 유리구슬보다 더 가치 없는 때도 있구나."

유로치카는 아무래도 이해가 되지 않았다. 그런 가르침 에도 만족할 수가 없었다.

제16장. 1919년 봄

1919년, 봄은 이상하게도 다른 해보다 일찍 왔다. 일주일만에 봄은 하얀 시베리아를 초록색 옷으로 갈아입혔다. 구름 한 점 없는 창공에서 태양은 황금빛으로 빛나고, 자연은 생명의 약속들로 풍성했지만, 이 땅은 죽음이 죽음을 낳고, 흘러나온 피, 한탄과 저주의 삶이 메아리로 돌고 있다. 희망의 색에 대조되는 그 공포에 맞서지 못하는 자포자기의 심정이 그들 영혼을 지배하고 있었다. 올해는 파괴와 전투의 징조 아래 잉태되고 있었다.

러시아 소비에트를 에워싸고 있는 것은 스무 개 이상의 반혁명 전선이었다. 볼셰비키 정부는 질식당하는 것 같고, 하얀 정부는, 특히 시베리아에서, 확정적이고 결정적인 것 같았다. 나중의 사실들은 그 정반대를 입증해 주었다. 붉은 군대가 1918년 가을이 끝날 즈음에도 여전히 '사마라'에서 의미 있는 승리를 얻었고, 그때부터 겨울에는 두 번 우랄산맥의 전선을 돌파하더니, 그 전선은 끊이지 않았다. 콜차크[20] 장군 휘하의 독립부대들이 그 두

---

20) 역주:Aleksandr Vasilyevich Kolchak(1874 세인트피터즈버그 출생~1920. 2. 7 시베리아 이르쿠츠크에서 사망). 러시아의 북극 탐험가이며 해군 장교. 1919~20년 백군(反볼셰비키군)으로부터 러시아 최고통치자로 인정받았으나, 그의 정권이 전복된 뒤 볼셰비키에게 처형당했다. 제1차 세계대전이 터졌을 때 발틱 함대의 함장이었다. 1916년 8월경 부제독으로 흑해의 함대를 지휘했다. 2월 혁명 뒤인 1917년 6월 압력을 받아 사임한 뒤 미국으로 갔다. 그뒤 만주에 있는 백군을 통합해보려 했으나 실패했다. 1918

번의 전투에서 붉은 군대를 퇴각시키고, 그 붉은 군대의 진격을 막았으나, 대단한 공세의 시간이 다가왔음을 모두 느꼈다.

하얀 정부의 장군들이 서로 대립하게 되니, 이를 빌미로 체코 군단의 장군 가이다가 동쪽으로 후퇴를 결정했다. 그러자 콜차크 정부의 자원입대자 부대의 저지력은 더욱 약해졌다. 그래서 마침내 가장 어린 세대의 사람들을 강제 징병하기로 마침내 결정했다. 시베리아 철도소유권을 확보하려고, 또, 한때 정치적인 이유로 유배를 당한 사람들이 건설했고, 그 때문에 '눈물의 국도'라고 이름을 지었던, 그 당사자들에겐 고통과 피에 대한 기억으로 연결된 대시베리아 국도(볼쇼이 시비르스키 트락트)을 손에 넣기 위해서 대규모 전투가 시작되었다. 체코군단들이 물러나면서 볼셰비키의 공격을 어렵게 하였지만, 그럼에도, 그것은 체코 군단에 속한 병사들 수천 명의 생명을 내주어야 했다. 왜냐하면, 파르티잔 부대가 기습

년 10월 옴스크로 가서 반볼셰비키 정부의 장관이 되었다. 1918년 11월 18일 옴스크에서 일어난 군부 쿠데타로 그는 절대 권력을 쥐게 되었다. 그의 군대는 처음에는 승리를 거두었으나 결국에는 완패했다. 1919년 11월 14일 옴스크가 적군(赤軍)의 손에 들어가자, 사령부를 이르쿠츠크로 옮겼다. 그러나 곧바로(1920. 1. 4) 사회주의 혁명군인 멘셰비키가 도시를 장악하여 물러나지 않으면 안 되었다. 그는 연합군의 보호를 자청했지만 체크군은 그를 이르쿠츠크 당국에 넘겼다. 거기서 그는 다시 볼셰비키에게 인도되었다. 즉결심판을 받고 처형되었으며, 그의 시체는 앙가라 강에 던져졌다.(출처: "콜차크
":<http://timeline.britannica.co.kr/bol/topic.asp?mtt_id=91556>)

공격으로 그 군단의 퇴로를 방해했기 때문이었다. 이런 공격의 주요 목표는 탄약 열차의 탈취에 있었다.

계속되는 전투, 인적 또 물적 전반적 불안, 물자조달의 부족은 전체적으로 비참한 상황을 만들었다. 가장 필수적인, 온전히 기초 물자의 부족으로 사람들은 산업을 일으켜야 했고, 산업을 일으켜야만 했다.

그래서 그 산업을 일으키는 일은 전쟁포로 수용소에갇힌 사람들이다. 콜차크 장군이 이끄는 정부가 볼셰비키들을 동정하는 사람들에게 혐의를 씌워, 그 사람들을 체포해 전쟁포로수용소에 수용시킨 사람들이다.

그래서 하얀 정부는 볼셰비키 정부의 통치 아래서 그 포로들이 누리던, 상대적 자유조차도 빼앗았다. 그리고 그들의 영양 상태에 대해 하얀 정부가 걱정해 줄 수도 없었다.

그래서 이상하게 진전된 산업이 포로들에게 생기를 불어넣었다. 또 그런 식으로 그들이 아주 자주 그 도시 주민들의 산업 물자를 지원하는, 그런 필요 요소가 되었다. 그 전쟁 포로 중에서 전문노동자를, 러시아 공장들과 수공업 공장들을 움직일 노동지도자를, 문화노동의 전문가들을 모집했다. 그런데, 그 '전문노동자들과 전문가들'은 가장 자주 전문지식이라고는 없었다는 점이 가장 놀랄 일이다. 사회에서 판사였던 포로가 신발을 만들고, 사회에서 교사였던 포로가 담배통을 만들고, 군사령부 대령이었던 포로가 목재 가공하고, 이발사이던 포로가 치과

의사의 일을 하고, 간단한 탈곡기를 다루던 포로가 기술 엔지니어로 승진하였고, 기자였던 포로가 자신의 테두리 있는 쌍안경 덕분에 기계공장 대표가 되고, 목재를 팔던 포로가 여러 학교에 가서 발레를 가르치는 자리를 갖게 되었다. 그럼에도 그 사람 모두가, 자신이 전문적 지식이 없어도, 자신의 일을 가장 성공적으로 해냈다고 평할 수 있겠다.

붉은 포로들의 수용환경과, 민간인 포로수용소에 수용된 사람들의 환경은 아주 많이 느슨해졌다. 그건 부분적으로는 영혼들이 서로 평화롭게 되기를 목표로 하는 포고령 때문이기도 했고, 또 부분적으로는 동정심을 보인 신병들의 행동 때문이기도 했다.

가장 인간적인, 조금 호화스런 생활도 그 포로수용소안의 사람들은 체험할 수 있었다.

그것은 그곳 수용소들을 영국, 미국 또는 일본 군대가 감독하였기에 가능했다.

그럼에도, 그 전쟁포로들이 자신의 고향으로 귀환하고자 하는 희망에는, 또 수용소 자체를 결정적으로 없애는 일엔 전혀 영양분이 되지 못했다.

소비에트가 바로 그 시점에 -1919년 5월 1일- 시베리아의 하얀 군대 정부를 공격하기 시작한 것도 그리 놀랄 일이 아니다.

니콜스크-우수리스크에 스트리치코프가 관할하는 그 수용소는 규모가 더 커졌다. 그 수용소는 여전히 2개 동의 막사를 더 배정받았다. 그 막사 건물들은 새 포로들을 수용할 곳이 아니라, 그 활동적인 스트리치코프 중위가 세운 수공업 공장으로 쓸 공간이었다.

중국 보초병들은 이제 그 정문에 더는 보이지 않았다. 그들이 해고되었다. 중국인 보초병이었던 리오푸펭은 그 수용소에 러시아군대 군복을 입고 나타난 것이 아니라, 이젠 단순히 빵을 파는 상인으로 나타났다. 보초병들은 신병 중에서 차출되어 다양했다. 그들 태도는 호의적이고, 거의 놀이하는 친구 같았다. 그들을 관리하는 장교들이 관심을 가질 때만, 그 보초병들은 군인으로서 규율을 지키는 것 같았다.

장교들도 이제 그들을 아주 조심조심 대했다. 왜냐하면, 파르티잔 대원들과 전장에서 싸우는 동안, 장교 몇 명이 자기 휘하의 사병이 쏜 총에 맞아 목숨을 잃는 경우가 생겼기 때문이다. 젊은 사병들은 자기 부모가 콜차크-정부의 초기 몇 달 동안에 당한 고통과 공포를 기억하고 있기에, 젊은 사병들의 마음속에는 잘라 낼 수 없을 정도로 복수심이 자리 잡고 있었다.

7월의 어느 날 아침에서 우리 이야기는 계속된다.

재봉틀 기계들의 작동이 수공업자 막사의 재봉소에서 멈추었다. 여인들은 빈손으로 그 재봉틀 앞에 앉아 있고, 남자들은 서로 이야기를 나누면서 긴 작업대에서 할 일을 기다리고 있었다. 그곳 사람들 모두는 자신들에게 일감을 나눠주는 수공업 책임자가 와서, 그들에게 오늘 작업할 물량이 나눠 주길 기다리고 있었다. 이곳 수공업의 책임자는 그 장교 봉사원의 옆 막사에서 거주하는 미카엘로 미혹이었다.

그러나, 그들이 기다리고 있는 사람은 그 책임자만이 아니다. 그들 시선은 사람들이 어제 시내에서 수군대며 이야기하던 소문을 푸칼로프의 표정을 통해 곧장 추측해 볼 수 있을 그 출입문을 향해 있었다. 그 소문은 칼무코프 대장이 자신의 악명에 맞게 다시 모습을 보였다는 것이다. 민간인 포로들이 진짜 그런 일을 저질렀는지 의심할 정도로 그렇게 참혹한 것이었다.

루시아와 폴리에나는 창가에 가까이 놓여 있는 재봉틀 앞에서 작은 소리로 이야기를 나누고 있었다. 루시아의 표정은 지난 몇 달 동안 그리 많이 변하지 않았지만, 그녀 얼굴은 더욱 평온해 보이고, 휴식을 취하고 있는 것처럼 보였다. 그녀는 정말 이 재봉소 소속이 아니지만, 이곳에는 폴리에나와 잠시 대화를 나누러 학교에서의 자기 일을 시작하기 전에 잠시 왔다. 반면에 폴리에나의 아름다움은 더욱 놀랍게 꽃피었다. 마치 그녀가 자신의 여성으로서의 신선함을 되찾은 듯 보였다. 그녀 시선에서는 우울함은 더는 보이지 않고, 그녀 양 볼에는 건강을 나타내는 장밋빛이 뽐내고 있었다. 늘 온화한 웃음이 그녀의 입가에서 날아다니고 있었다.

"자, 봐요, 루시아, 그날부터 내 느낌은 언제나 더욱 확고해졌어요." 폴리에나는 자신의 이야기를 끝냈다.

"난 당신을 이해하겠어요. 그렇게 정확하게! 그렇게 되는 것이 좋아요!"

"하지만, 그 놀라운 사건은 처음으로 내가 몇 점의 유행하는 의복을 바느질하기 위해 올가의 집을 방문한 그날이 출발점이에요. 반 시간을 대화해 보니, 나는 그녀가 나와 사촌임을, 돌아가신 내 아버지 형제의 딸인 걸 이미 알았어요. 내가 추억하는 아버지는 당신의 형제에 대해 자주 이야기해 주셨거든요. 그 삼촌은 젊었을 때 '아스트라칸'으로 이주하고, 나중에 '짜리찐Caricin'에 사는 상인의 젊은 과부와 결혼했다고 했어요. 그 숙모에게는 이미 10살의 딸이 하나 있었어요. 여러 해가 지나면서 아버지는 형제 소식을 듣는 기회가 더욱 줄어들었어요. 마침내, 그런 소식도 결정적으로는 더는 없었어요. 지금에야 비로소 나는 알았어요, 내 삼촌, 올가의 아버지가 7년 전에 별세했다는 것을 알게 되었고, 곧 그녀 어머니도 세상을 떠났다는 사실을 알게 되었어요. 그때 올가는 자신의 의붓 자매 집으로 이사했대요. 그 자매가 바로 사령부의 그레고레프 대위의 아내였대요. 그 자매는 지금은 과부로 살고 있어요... 그녀는 좀 변덕이 심하지만, 마음씨는 착한 여인입니다. 그녀 성격은 올가의 성격과 아주 대조적이었어요. 더구나 그들 사이에는 가족으로서의 유사성은 거의 찾아볼 수 없었어요."

"그만큼 더욱 눈에 띄는 것은, 올가와 당신이 서로 많이 닮았다는 것이네요. 적어도 사람들은 그렇게 말하지요. 안 그런가요?"

폴리에나는 사람들의 주목을 입증시키기 위해 진심으로 웃었다. 나중에 편안한 한숨이 그녀 입가에서 나왔다.

"하지만 올가는 아직 그 점을 모르거나, 우리가 서로 친척으로 연결되어 있는 걸 추측 못하고 있어요."

"왜 당신이 알려 주지 않구요?"

"왜냐구요? 내가 침묵하는 것엔 이유가 있다고 말하면 조금 거짓말하는 것으로 보일 거예요. 왜냐하면 그걸 알려 주면 지금 우리 상황에서 그들에겐 필시 괴로움이 될 것이기 때문이에요. 그건 불쾌감을 가져오고, 아마도 그들에 대항하는 뭔가 의심이 생기게 될지도 모르구요. 루시아, 나는 거짓말 하고 싶지 않아요. 바로 그 때문에 나는 이 모든 걸 당신에게 말하고 있는 겁니다."

"그분을 위해서인가요? 나는 당신을 이해할 수 없어요."

"바르디는, 그들 의견으로는, 단순한 전쟁포로입니다. 그럼에도 그는 스트리치코프의 호의를 받고, 또 페트로프프의 동정을, 또 그 두 여인의 동정을 받고 있다 해도, 그들이 내가 그 가족에 속해 있음을 안다면, 그 상황은 다르게 변할 겁니다. 특히 올가의 자매는 너무 전통적이고 구태의연함의 노예랍니다. 그들은 러시아 여인과 전쟁포로 사이의 우정을 선의로 관찰하고 있어요, 아마 그들은 우리 사이가 실제 있는 것 이상인 것임을 상상할 수조차 있어요. 하지만 그 러시아 여인은 그들에겐 낯선 사람을, 볼셰비키의 여성을 의미합니다. 그러니 지금처럼 있는 게 좋아요!"

"그럼, 바르디는요?"

"그이도 이 사실에 대해 아무것도 모릅니다. 정말로, 나는 그이가 우리가 서로 친척이자 닮음을 암시하는 때가 온다면, 나는 그냥 웃을 거예요."

"그런데, 왜 그 진실을 그분에게 말하지 않나요?"

"왜냐하면, 내가 그이를 잘 알기 때문이에요. 왜냐하면 그이에게는 내 건강을 회복하는데 빚을 지고 있어요. 왜냐하면, 그이는 나를 필요로 하고... 내 영혼은 다정하게 그의 영혼과 연결되어 있기 때문이에요. 나는 정말 당신에게 말합니다. 그 날이 그 사건들의 눈사태를 가져 왔다는 점을요. 이젠 그 첫날 밤에, 우리가 함께 그 수용소로 돌아오던 때, 어떤 여자가 우리 뒤를 따라오는 것을 알게 되었어요. 처음엔 나는 그 점에 대해 많이 걱정하지 않았으나, 계속 우리를 목표로 하고 있음이 분명하게 드러났을 때, 나는 그이에게 그 여인에 대해 말해 주었어요. 그랬더니, 바르디는 곧 자신을 돌아보았어요. 그와 그녀 사이엔 몇 걸음의 간격이 있었어요. 그 여인이 걸음을 멈추었어요. 그 긴 1분간의 서로 쳐다 봄. 바르디는 그녀에게 '피자'라는 이름만 외치면서 그녀를 향해 달려가더라고요. 그 순간 질투심의 뱀이 내 마음을 물었어요. 사랑하는 사람들처럼 그들은 서로를 향해 달려왔어요. 그이가 하는 말들은 다정하게 소리 났고, 그 여자가 기뻐 웃는 모습엔 감동이, 또 울음이 진동하고 있었어요.
 그때 나는 내가 그이를 사랑하고 있단 것을 알게 되었
어요, 나에게서 잔인한 생각들이 깨어났어요. 나는 내 열
손가락으로 그 여인을 공격하는 편이 낫겠다고 생각했어
요. 그들이 내게 걸어오자, 나는 집으로 냅다 달아났어
요. 그 순간에 나는 나 자신을 제어할 수 없었어요... 호,
나는 로맨틱한 김나지움의 여고생처럼 그렇게 어리석었
어요. 정말 정말 나는 어리석게 행동했어요!"
 폴리에나의 살짝 웃는 표정은 자신의 지금의 행복에 대
한 기쁨으로 빛나고 있었다. 루시아는 질투심을 느끼지
않았다. 그녀는 그 날을 잘 기억하고 있었다. 왜냐하면,
그날이 그녀가 자기 남편 소식을 들은 날이기도 했기에.
그녀는 폴리에나가 자신의 숙소로 돌아와, 자신의 침대
로 몸을 던지고는, 억지로 참고 있는 울음 때문에 자신
의 온 몸이 떨고 있던 것을 기억했다. 그때 루시아의 위
로도 소용이 없었다.
반 시간 뒤 바르디도 들어섰고, 그녀는 곧 그 두 사람사
이에 무슨 일이 있었구나 하고 짐작했다. 다시 화해를
위한 시간을 주려고 루시아는 그때 그 방을 나가 주었
다. 그러나 그녀가 다시 돌아왔을 때도, 그녀는 폴리에나
가 울적한 기분으로 혼자 남아 있음을 발견했다.
 그때 바르디는 이미 그 수용소에 없고, 그 뒤 일주일
동안 그는 그 방을 찾아오지도 않았다. 그 두 남녀 친구
가 이젠 확정적으로 갈라섰나 보다.

그런데 그 일에 있어 한 가지 현상만이 루시아에게 수수께끼로 남아 있었다.

가까운 어느 날 저녁에 폴리에나는 살짝 웃으며 바르디에 대해 말해 주면서, 그녀 표정은 비밀스런 행복을 표현하고 있었다. 그렇게 루시아는 그날들을 기억했다.

"그리고 어떻게 마침내 화해했나요? 그걸 아직 내게 말해 주지 않았어요." 루시아가 계속해 줄 것을 주문했다.

"그걸 말해줄 차례를 기다려 줘요! 먼저 그날 저녁, 나는 그이의 설명을 듣고 싶지 않았고, 우리는 마치 진짜 원수가 된 듯이 진지하게 싸웠어요. 그이는 마음이 상해 떠나갔지요. 그날 밤, 나는 눈물과 싸우느라 무진 애를 쓰고 있었어요. 그로부터 가까운 날에는 우리는 서로를 향해 두고보자는 듯이, 도전적인 아이들처럼 서로를 피해 다녔어요. 저녁에, 그레고리예바의 집을 나서면서 나는 혼자 숙소로 돌아왔어요. 어느 골목에서 나를 멈추게 한 것은, 바로 그 여자였어요. 나는 그 여자와의 쓸데없는 대화를 하지 않으려고 했으나, 그녀 두 손이 나를 잡더군요. 한 번도 내 인생에서 나는 그런 이상한 대화를 해 본 적이 없었어요. 그녀가 말하는 동안, 나의 심장은 다시 평온해지고, 감정과 연민이 나를 지배하게 되었고, 나는 그 여자에게 기꺼이 내가 지킬 약속을 했어요. 오, 루시아, 인생이란 정말 잔인해요! 그녀 이야기를 통해 나는 정말 그이의 최근의 몇 년을 알게 되었고, 그 여성은 그이의 정신적 초상화의 모습을 나에게 보여주었어요.

불행한 피자는, 언제나 너무 늦었어요..."

루시아는 그 이름을 강조해 말하고는 그 이름을 자신의 기억 속에 넣을 장소를 찾기 위해 되풀이해서 말했다. 갑자기 한 문장이 생각났다: "나를 여성 동무 피자로 불러 주세요!" 그랬다. 루시아도 이미 그 여성의 방문을 기억하고 있었다. 아마 그녀가 바로 그 여자임이 틀림없다. 피자라는 이름은 정말 흔치 않다.

"내 생각엔 나도 그 여자를 아는 것 같아요."

"어디서요?"

"내게 어떤 사람의...내 아이의 아버지 소식을 알려준 그 사람이 정말 맞는 것 같아요... 하지만 더 이야기해 봐요! 나중에 무슨 일이 있었나요? 어떻게 바르디와 화해했나요?"

짓궂은 표현이 폴리에나의 눈길에서 놀고 있었다.

"자, 봐요, 우리 여자들이란 얼마나 로맨틱한가를 요... 당신도 마찬가지에요. 진지함 자체는... 그럼, 들어 봐요! 어느 날, 바르디는 몇 가지 공식적인 일을 끝내기 위해 스트리치코의 방에 앉아 있던 어느 날, 나는 미혹에게 내 재봉틀 기계를 잠시 맡겨 두고, 내가 올가 양을 찾는다는 핑계로, 내가 그이가 일하는 방에 들어가 보았어요. 깜짝 놀란 그이는 나를 쳐다보더니, 나는 당황함을 가장해서, 몇 가지 문장을 그이에게 말했어요. 그리고..."

폴리에나는 자신의 이야기를 여기서 중단해야 했다. 푸칼로프 삼촌이 들어섰기 때문이었다.

그가 나타나자, 민간인 포로들의 활발한 질문이 그를 기다리고 있었다.

"당신은 뭔가 확실한 소식 있나요? 새로운 혼란이 실제로 일어났나요? 그 소문 사실 아니지요?"

푸칼로프는 고개를 끄덕이며 그 소문이 맞다고 했고, 나중에 가서야 자기 동료들을 통해 들은 소식들을 전해 주기 시작했다.

"애석하게도 그 소문은 거짓말이 아니더군요. 그리고 과장되지도 않았어요. 칼무코프가 새 군인들 사이에서 정말 피의 만행을 저질렀어요. 그래서, 하바로브스크도 그 야만인을 알아야만 했대요. 미국과 영국 군인들이 개입해서, 그들이 보호하던 그 전쟁포로들의 막사들로 가서, 거의 1,000명에 달하는 청년들을 구해냈답니다."

"피의 여름이군요." 누군가 말했다.

"그 낱말의 진짜 의미에 있어, 칼무코프의 코자크 사람들은 대학살 만행을 저질러 놓고도, 지금 자신들이 사형집행인으로 복수하러, 또 그 일을 끝내기 위해 그리 잘 보호되지 않는 전쟁포로 수용소를 공격하려고 한답니다."

"잔인해! 언제까지 그 대장들의 무책임한 난폭함이 계속될 건가요?"

"누가 알겠어요?" 푸칼로프는 유심히 주변을 둘러 보고는, 좀 더 낮은 소리로 말을 계속했다. "소비에트의 전반적 공세가 잘 진행되고 있어요. 붉은 군대가 이미 '옴스크'21) 앞에 와 있어요. 그리고 소문엔 일본군대도 '*트란 스바이칼*' 구역에서 빠져나가 후퇴할 거라네요. 나는 가까운 몇 달 내에, 아마도 아주 곧, 정치의 바퀴는 굴러갈 것이고, 여기서도 사람들이 자유의 깃발을 펼칠 거라는 믿을 만한 소식이 있어요. 혁명은 성공할 겁니다. '첼랴빈스크'는 이미 소비에트의 수중에 들어갔어요. 또 트로츠키가 승리해, 하얀 군대를 뒤쫓고 있어요. '무르만'에서도 언제나 붉은 군대가 더 강해지고 있다고 해요."

그 수용소에 갇힌 사람들은 아주 궁금한 듯이 듣고 있었고, 그 소문을 제각각 평가하고 있었다. 표정들은 한번은 희망을, 한번은 포기를 나타내고 있었다. 나이 많은 푸칼로프 삼촌만 끈질기게 자신의 앞서서 한 말만 되풀이하고 있었다.

"동무들, 이 가을은 우리가 승리할 차례가 올 거요. 내가 진실을 말했음을 곧 알게 될 거요."

"그 동안 칼무코프가 우리를 다시 찾진 않겠구나 하는 것은 추측해 볼 수 있겠군요." 누군가가 자신의 의심을

---

21)역주: 옴스크(러시아어: Омск)는 러시아 중남부의 도시이다. 시베리아 연방관구에 위치한다. 인구는 1,140,200명(2003년)이다. 시베리아에서는 노보시비르스크에 뒤를 잇는 두 번째로 큰 도시이다. 모스크바로부터는 2,555km 떨어져 있다. 이르티시 강, 서시베리아의 삼림 스텝대를 중심으로 위치하며, 건조한 기후로 인해 자주 격렬한 사풍, 눈보라가 불어온다. 1월의 평균 기온은 −19 °C, 7월의 평균 기온은 20 °C이다. 시베리아 철도의 분기점이다. 제유와 석유 화학(고무·카본·타이어), 기계제품(농기), 경공업, 식료품 공업이 있다.

표현했다.

 그 동무 중에서 누군가 그 방으로 들어 와, 스트리치코 프가 도착했다는 것을 알려 주러 왔다. 모두는 각자의 일터에서 제 자리를 지키고 있었다.

 그 수공업 일터로 들어오는 스트리치코프를 반긴 침묵 은 조금 가장된 것이다. 그는 곧 그 원인을 추측해 낼 수 있었다. 정말 이 사람들은 이 모든 것을 알고 있구나! 딱딱한 표정으로 그는 푸칼로프의 보고를 듣고, 아무 말 도 하지 않은 채, 자리를 뜨려고 몸을 돌렸다. 그의 그런 행동에서 모든 것은 습관적이다. 그 '혀가 없는 사람'은 정말 그 자신에게 충실한 채 남아 있었다. 하지만, 그 문 턱에서 자신을 놀라게 하는 사소한 뭔가가 있었다.

 루시아 키레세바가 그를 자기 교실로 안내하기 위해, 또 그 아이들에 대해 자신의 업무를 보고하기 위해 그 출입문에서 기다리고 있었다. 그녀가 있음을 알아보고는, 스트리치코프는 자신의 발걸음을 멈추어, 잠시 그의 시 선은 아픔 속에서도 온화해졌다.

 "예, 그 아이들요...러시아 나무 같은 아이들...이반, 바 실리, 니콜라이, 유로치카와 더 많은 수백만 명의 아이 가..."

그의 어투에서 엿보인 우울한 어조는 갑자기 모두를 놀 라게 했다. 그 안에서는 영혼의 아픔이 메아리처럼 들려 왔다.

 "그래요, 중위님, 그 아이들이 이미 모여 있어요. 여덟 살의 디미트리를 제외하고는, 모두가 건강합니다. 오늘 저는 수학과 지리에 대해 가르칠 겁니다...그리고..."

"왜 당신은 러시아 어머니들의 아픔에 대해선 가르치지 않나요? 그게 좀 더 분별력 있는 것 같아서요!" 그의 예상치 않은 질문은 그녀의 보고를 중단시켰다.

그 순간의 괴로운 침묵은 그를 다시 인식하게 했고, 갑자기 그는 그 방을 나갔다. 그곳에 남아 있는 사람들은 놀라, 서로를 쳐다보았다. 루시아는 그 떠나가는 중위를 뒤따라갔으나, 스트리치코프는 자신의 발걸음을 교실로 향하지 않고, 사무소로 향했다. 그녀는 그를 따라잡기 위해 몇 걸음을 달려야 했다.

"중위님, 죄송한데요...저기요..."

스티리치코프는 그녀를 향해 몸을 돌렸다. 그의 표정은 다시 그 규율이 잡힌 군인 모습을 반영하고 있었다. 루시아는 당황해, 질문할 용기가 생기지 않았다. 그녀는 그가 어머니들의 아픔에 대해 가르치는 걸 진지하게 원하는지 물어보려고 했지만, 그의 굳은 표정은 무의미한 질문만을 허락하게 되었다.

"중위님은 그 아이들을 방문해 보고 싶지 않으세요?"

"지금은 아니오. 아마 1시간 뒤면...모르겠어요..그리고...그리고..." 잠시 머뭇거린 뒤, 그는 덧붙였다. "그 아이들에게 수학과 지리를 가르쳐요."

"알겠습니다." 그녀의 대답은 그 말에 복종하는 듯이 또 반쯤 낮은 목소리로 대답했다.

스트리치코프는 그 수용소의 자신의 사무소 안으로 들어갔다. 고개를 약간 숙여 그는 자신의 책상에서 일하고 있는 바르디의 인사를 받고, 그 방의 청소 일을 방금 끝낸 시몬 트카체프의 인사를 받았다. 그는 자기 자리에 가서, 좀 건성으로 몇 가지 공식 서류들을 넘겨 보더니, 시몬에겐 손짓으로 이젠 가도 좋다는 허락을 했고, 긴 침묵 뒤에, 그는 요한 바르디에게 말을 걸었다.

"시몬 트카체프는 여전히 그 음악가에 대해 꿈꾸고 있나요?"

"정말 그렇습니다. 그게 그의 고정된 아이디어입니다."

"그래요, 고정된 아이디어라. 그런가요? 이상하게도, 내가 그 점을 의심하기 시작하네요."

"무슨 일이 있나요?"

"아뇨, 아무것도. 적어도 우리에게선 아무것도 일어나지 않았어요... 하지만... 온전히 확실하게 시몬 트카체프는 멍청하긴 해도, 그의 고정된 생각이 어느 때인가의 대화에서의 기억이라는 불가사의한 것이지요?... 에이, 중요치 않아요!"

스트리치코프는 다시 업무를 시작했으나, 그는 자신의 일에 집중할 수가 없었다. 그의 눈길은 그 서류에서 벗어나 방황하고 있고, 그 방의 창문을 몰래 빠져나가, 그는 자신 앞에 있는 이 모든 것 너머 어딘가 멀리, 저 철사 울타리를 넘어서, 그 막사들의 구역을 넘어서, 눈으로 인지할 수 있는 모든 것을 넘어, 어딘가 멀리 쳐다보고 있었다. 그의 눈동자는 넓게 긴장되어 있으나, 그의 영혼에 고통을 주는 그림의 내부가 육체적 시력을 넘어 서있었다.

바르디는 이 사람이 스스로 고통을 당하고 있음을, 이 사람 생각이 이 사람의 '삶'의 샘을 오염시킨 그곳에 지금 머물고 있음을 보았다. 바르디는 그에게 연민이 갔다. 기꺼이 그를 도와주고 싶다. 아마도 스트리치코프는 지금 저 방대한 러시아의 사막에서 자기 여인의 발자취를 찾고 있는가 보다. 그 사건들의 건조한 모래바람이 이젠 영원히 아주 정말 쓸어가 버린, 그 작은 발자취들을.

그는 그의 장교 봉사원들보다 아주 잘 이 '혀가 없는 사람'에 대해 알고 있었다. 그들 앞에서는 그 자신은 영혼을 닫고 있다. 그러나 이 포로 앞에는, 이 포로의 인생을 보면서 그는 운명이 비슷함을 인식하고는, 자기 내부 세계의 커튼을 좀 옆으로 밀쳐 볼 용기가 생겼다. 그리고 무엇을? 사랑하는 남자가, 그 화를 치밀게 하는 운명이 이곳저곳으로 변덕스럽게 던져 버린 그 여인에 대해, 무엇을 생각할 수 있는가? 그의 생각들이 어떠한 것이든, 그 생각 안에서 그 남자는 자신의 믿음과 삶의 희망이 늘 억눌려 있다.

다행히도, 바르디는 이미 그런 마음을 깨부수는 시기를 이미 경험했다. 그는 살아남았고, 그것을 이겨냈다. 그의 흉터가 되어가는 상처는 몇 번 아프기 시작하지만, 시간이...시간이 흐르면...시간 만이 아니다. 왜 거짓말하는가?

폴리에나 알렉산드로프나.

그랬다. 폴리에나, 삶이 선사한 위로다...때로는 스트리치코의 영혼도 잊음의 안개로 자욱하게 될 것이고, 그것은 환영으로 되어버리는 추억을 저 멀리 숨도록 할 것이다.

한숨, 멀리서의 눈물과도 유사한 한숨이 스트리치코프의 입가에서 나왔다.

"피, 피, 언제나 피만 있네!"

바르디는 주목했다. 이제, 그는 자신의 아내에 대해서 기억하는 것이 아니다. 마찬가지다! 한숨이 상처를 근원으로 해서 나왔다. 그의 관심을 저 멀리 가져갈 수 있으면, 업무의 마약으로 그 아픔을 잊게 만든다면 좋을텐데.

"중위님, 미국적십자사에 보낼 통계는 이미 준비되어 있습니다. 중위님은 그걸 확인해 보겠어요? 제가 큰 소리로 읽겠습니다. 이게 중위님을 위한 원본이고, 일기장의 날짜들입니다."

스트리치코프는 기계적으로 그의 말을 따라 갔다. 붉은 연필을 손안에 쥐고서, 그는 그것으로 날짜를 확인해 가면서 붉은 연필로 표시했다.

"그 사람들이 이미 알고 있어... 나는 그들의 눈길에서 이미 읽었어." 갑자기 그가 혼자 말을 했다.

바르디는 그가 무엇을 암시하는지 이해되지 못했다.

"누구들이지요? 또 무엇을요?"

스트리치코프는 그 일은 별 것 아니다고 자신의 몸짓으로 표현했다.

"중요하지 않아요... 똑같아요!" 그리고 다시 그는 붉은 줄들을 열심히 그었다. 이미 넷째 페이지의 아래쪽을 검토하면서, 그는 이미 말을 다시 꺼냈다. "다음에는 내게 붉은 연필은 주지 마요. 푸른색도 그 목적에 맞아요."

그런 요청은 온화한 톤이었으나, 그 문장에 숨겨 있지 않은 뭔가 아픔이 있었다. 바르디는 봉사할 준비를 하면서 그에게 자신이 쓰던 푸른 색연필을 내밀었다.

"자, 이걸 사용해 보십시오! 지금부터 제가 붉은색을 사용하겠어요. 아니면 중위님이 원하는 색깔을 사용하든 지요."

스트리치코프의 제스처는 지금 자기 자신에게 관련되어 있었다.

"의미없는 일이에요!... 어린아이 같은 감수성이군요!... 혁명 시대의 군인은 자기 자신에게 그런 사치를 허락하면 안 됩니다. 이제 사람들은 '어떡하지?"라는 짧은 문장으로 자신의 불쾌한 모든 것을 날려 버리는 포덴코 대령이 보이는 그런 태도를 취해야 합니다, 포덴코 대령은 군인-철학자의 모델입니다... 그는 소화하는데 불편한 것들을 가지고 있지 않아요. 그래서 그에겐 심장병은 생기지 않을 겁니다. 그렇지요? 모방할만한 모델입니다, 그분이. 그렇지요?"

바르디는 대답하지 않았다. 그가 무엇을 대답할 수 있는가? 스트리치코프가 그의 관심을 기다리는 것같아 보였다. 그는 대화의 실마리를 더 풀어가고 싶어, 동감하는

"예"나, 반대하는 "아니오"를 듣고 싶어했다. 그는 자신을 억누르는 모든 것을 말하고, 정말 발설하고 싶었다. 그 강요되는 불평을 늘 침묵 속에 있게 하고, 땅속에 묻어버리는 것보다 그게 더 나을 수도 있을 것이다. 여전히 언제나 그의 생각은 자기 앞으로 그 대령의 이미지를 그렸다. 갑자기 스트리치코프는 웃기 시작했다.

"포덴코 대령은, 극장에서는 얼마나 프롬프터 역할을 잘 하시든지. 하 하 하! 그분이 속한 극단의 단장은 단순히 하사 라구요. 웃기지 않나요?"

바르디도, 자신의 의지와는 반대로 포덴코 대령이 프롬프터가 된 걸 기억해 내고는, 살짝 웃었다. 그 대령은, 연극에서 아름다운 여주인공인 마랴 라드첸코바의 아름다운 눈 때문임이 분명하였지만, '페트로그라드, 모스크바, 아스트라한'에서 피난해 온 탁월한 남녀 배우들로 구성된 그 연극단에서의 아무 영광이라고는 없는 자리를 받아들였다. 그러나, 그녀의 매력적인 눈때문만이라고? 언급해야 하는 비밀스런 이유가 필시 있다.

정치적 상황의 혼돈이 마찬가지로 예술가들에겐 호의적이 되었다. 포덴코 스스로가 정말 이 극단 창설의 주창자였다. 그는 그 당시 주요한 주거와 식량 문제를 해결할 목적으로 배우들을 모집했다. 그 비어 있는 막사들이 정말 많았으니, 그 군대 극단을 먹여 살리는 데는 특별한 비용이 들지 않았다. 그 배우들도 한 번도 군사 연습장을 본 적이 없었고, 유일하게도 그 군인들의 외투와

모자만이 그들이 자유로운 시민이 아님을 보여주고 있었다. 물론, 여성 배우들은 시내에 분산해 거주하게 되고, 그들은 그 자유의 모든 이점을 누렸다.

"...예술에는 군인 계급이 존재하지 않아요." 바르디는 포덴코의 일을 변명하려고 시도했다.

"바로 그 점입니다! 예술은 군복을 허용하지 않아요. 그리고 만일 그 예술에 군복을 강요한다면, 곧 그 예술 자체가 우스운 모방에 지나지 않게 될 겁니다... 오늘날 모든 것은 그렇게 괴상해, 그렇게 머리가 땅에 거꾸로 박혀 서 있는 것처럼, 이 극단의 대령이 프롬프터가 되고, 또 하사가 감독이 되었어요."

"빈코프는 위대한 예술가입니다. 나는 그가 공연하는 것을 본 적이 있습니다."

"그래 맞아요, 바로 그 때문에, 그 상징은 두렵게도 특징지을 수 있습니다. 그의 머리는 비록 하사 복장이지만, 그 발은 대령 계급에서 행진하고 있어요. 이제 러시아라는 대극장을 봅시다. 그 안에서 하사들은 알지만, 그 발에 해당되는 계급은 모든 것을 짓밟고, 몇 번이나 그 머리 없는 거대한 몸을 춤추게 합니다. 언제나 그랬어요. 지금뿐만 아니라!"

씁쓸하고도, 스스로 아이러니한 미소가 그의 입가에서 굳어졌다. 좀 신경질적으로 그는 담배 한 갑을 호주머니에서 꺼내, 담배를 피우고는, 나중에 그 담뱃갑을 바르디에게도 권했다.

"미국산 담배요. 신맛이지만 달아요. 단맛이지만 신맛도 있어요. 미국사람 입맛이지만, 우리 러시아 사람들에겐 이건 아주 좋아요. 왜냐하면, 이게 외국 것이라는 것...외국 것이라는... 때문이지요. 이 '외국'이라는 매니아가 지금 우리를 죽게 만들고 있어요. 우리 내부엔 너무나 많은 외국의 독이 들어 와, 그 때문에 지금 우리는 피를 내뱉고 있어요... 순진하고도 어리석은 국민은 우리, 러시아 사람입니다. 아시아 본바탕의 힘으로 가득찬, 우리의 건강한 정신을 우리는 유럽 독풀로 달인 즙으로 독을 마신 겁니다. 만일 아무도 우리를 채찍질하지 않았다면, 우리가 스스로를 채찍질했을 겁니다. 우리에겐 그 채찍질의 휘두름이라는 음악이 필요합니다. 우리 삶의 요소는 고통이요, 고충이지요. 그 아픔에 깊이 들어감이요, 제 고유의 피의 늪에 빠지는 겁니다. 우리는 이 사디즘으로 가득한 이 늪을 '*인생의 깊음*'이라고 부르고 있습니다. 누가 우리 러시아 사람을 이해할 수 있나요? 우리 모든 것은 소용돌이 속에서 뒤섞여 버렸어요. 전제군주에게는 농민의 신비주의가 경건하게 만들었고, 러시아 농민에게는 전제군주의 절대주의가 난폭해졌어요. 누가 우리 러시아 사람을 이해할 수 있겠어요?"

그리고 스트리치코프는 말했다. 그에게서 그동안 쌓인 씁쓸함의 용암은 분출되었다. 그의 말은 지금 바르디를 이미 향하는 것이 아니었다. 그는 혼자 말하고 있었다. 그는 목소리가 들려주는, 또 낱말이 들어있는 불평을 듣고 싶어했다. 그의 양 볼은 뜨거웠고 그의 시선에서는 절망이 번개처럼 번쩍였다. 그는 자신의 영혼을 자유케 하려는 듯, 언제나 더 아프게 자신을 옥죄고, 가두고 있는 그 쇠로 된 환을 흔들어 떨쳐버리고 싶은 듯 했다.

"멘셰비키 주의...볼셰비키 주의...그것들이 도대체 뭐란 말인가? 공포의 채찍질일 뿐이라구요! 멘셰비키 이념에는 차르 시대의 농민 영혼의, 선의의 순진성을 알 수 있고, 볼셰비키 이념에서는 전체 내용이 농민-차르 주의의 어리석은 전횡이 있어요. ...그래서 사람들은, 이 둘을 뭉떵거려, 이렇게 불러요.-혁명이라고 해요. 하지만 이것은 혁명이 아니오. 언제나 피를 부르는 반란일 뿐이라 구요, '수백만 명 속에 하나의 영혼'의 고투와 자체 고통일 뿐이라구요. 아니지, 이것은 혁명이 아니라, 유럽의 독풀에 취한, 아시아 영혼의 단순한 죽음의 춤에 지나지 않아요. 언제까지 이것은 계속될 것인가? 언제까지? 5년, 10년, 20년간 아니면 백 년간일까요? 언제 이 불행한 국민은 다시 정신 차릴까요?"

누군가 사무실의 문을 두드렸다. 스트리치코프는 말을 멈추었다. 그의 눈길이 바르디의 것과 만났다. 두 사람의 눈에서는 똑같은 질문이 보이는 것 같았다. '밖에 서 있는 사람이 이 모든 말을 몰래 들었을까?' 스트리치코프는, 가벼운 마음으로 어깨를 한 번 으쓱해, 이제 다가올 일에 대해선 그리 걱정하지 않음을 보여주었다. 그리고 두드림은 계속되었다.

"들어 와요." 스트리치코프는 마침내 들어오라는 허락을 했다.

그 열린 문의 입구에는 리오푸펭이 넓게 웃는 표정을 한 채 서 있었다. 그의 어깨에는 신선한 빵을 담은 광주리가 놓여 있었다. 여러 번 고개를 숙여 그는 스트리치코프 중위에게 인사하고는 열성적으로 자기 신발을 발깔개에 비비면서 신발을 깨끗하게 했다.

"리오푸펭 신선한 빵 가져온다, 좋은 대위에겐 아주 좋은 신선한 빵이다." 중국인이 가진 말광에서는 모든 장교가 똑같은 계급을 갖고 있었다. 중위이거나 장성이거나 간에 그는 민주적으로 대위라고 이름 불렀다.

"그래, 우리 중국인" 스트리치코프가 그의 말에 주목했다. "자, 이 사람아, 보게, 빵을 파는 상인 광주리가 자네에겐 군대 총보다 더 어울리네. 자넨 자네의 빵을 팔려고 왔지?"

"신선한 빵, 좋은 빵, 좋은 대위는 리오푸펭의 빵 많이 산다, 좋은 대위 리오푸렝에게 빵파는 허가 준다, 이 막사들에는 더욱 신선한 빵이다."

"그래, 그래, 내가 이미 자네에게 허락했지. 그 보초병이 자네를 들어가지 못하게 했나?"

"...좋은 군인 들어가게 한다, 언제나 들어가게 한다...리오푸펭 좋은 대위에게 오고 싶다...리오푸펭은 빵 팔고 싶다. 또 좋은 대위에게 대화하고 싶다..."

리오푸펭의 태도와 자주 눈을 껌벅거림은, 그가 뭔가

말하고 싶어하지만, 바르디가 있어, 그는 말하는 것을 주저하는 듯한 인상을 주었다. 스트리치코프 자신은 자기 책상에 다시 눈길을 두는 바람에 그 점을 알아차리지 못했다.

"그럼, 좋아, 자네가 그렇게 친절하게 나를 기억해 주니, 내가 좀...좀, 사주지..." 그는 호주머니에서 지폐를 꺼냈다. "자, 가져가게!"

리오푸펭은 그 지폐를 받고는, 그 지폐를 자기 손가락 사이에서 돌려 보더니, 눈길을 한 번은 그 지폐에, 한 번은 그 중위에게 주었다.

"큰, 큰 돈이다...리오푸펭 작은 돈만 가진다...."

"그럼, 좋아" 웃으면서 스트리치코프가 말했다. "그것에 해당하는 만큼의 빵을 줘."

리오푸펭은 이젠 더욱 당황하고는, 그런 놀라움은 그에게서 의심을 갖게 했다.

"좋은 대위 큰-큰 돈 준다. 리오푸펭은 아주 신선한 빵 세 광주리, 네 광주리 준다."

스트리치코프는 그 중국인의 당황함에 대해 웃었다. 갑자기 그에겐 이런 생각이 들었다.

"그래 좋네, 중국인! 내가 그 빵을 네 광주리 사지. 한 광주리에 몇 개야?"

"많다, 많다!"

"그럼, 들어 봐, 중국인아, 우리 막사엔 아이가 22명 있어. 매일 아침 자네가 22개의 빵을 배달해 주고, 그것들을 카레세바 교사에게 전해 주게. 이해가 되나? 내가 지금 준 돈이면 22개의 빵은 되겠지. 나중에 다시 자네가 나를 찾아와. 지금 자넨 가도 좋아."

그러나 피오푸펭은 떠날 채비도 하지 않고 서 있었다. 그는 바르디에게 좀 신경이 쓰이는 듯 눈짓을 했다. 그러자 바르디가 상황을 파악하고는 그 중위에게 강조해 말했다.

"중위님, 리오푸펭은 필시 중위님과 대화를 하고 싶은가 봅니다. 그 22개 빵은 제가 그 교사에게 전해 주겠습니다."

감사의 눈길은 그 중국인의 편에서는 그가 말해 준 것에 대한 보답이었지만, 스트리치코프는 깜짝 놀라 그들에게 눈길을 돌렸다.

"자네가 나에게 무슨 할 말이 있는가?"

"리오푸펭 말하고 싶지 않다. 리오푸펭 좋은 대위에게 주고 싶다."

"준다고? 무엇을?"

"종이, 작은 종이."

"종이라고? 그래 그걸 줘!"

리오푸펭은 다시 바르디에게 불신하는 눈길을 다시 보내고는, 나중에 그는 자기 셔츠 안에서 접은 종이를 꺼내 스트리치코프에게 전해 주었다.

"좋은 대위 화내지 않는다, 리오푸펭 착한 일 하고 싶다. 여자 말했다, 착한 대위 많이 웃는다고."

"어떤 여자가 자네에게 이 종이를 주었다고? 그리고 그녀가 나더러 많이 웃을 거라고? 그래, 그걸 줘봐!"

"좋은 대위 화내지 않는다, 리오푸펭은 좋은 대위 사랑한다, 리오푸펭 착한 일하고 싶다."

스트리치코프는 신경질적인 제스처로 그에게서 그 쪽지를 낚아 채, 그것을 펼쳐 보았다. 첫 순간에 그는 연필로 써진 몇 줄만 보았을 뿐인데, 그걸 읽으면서 그는 이젠 창백해지더니, 이젠 얼굴색이 붉게 변했다.

그의 표정은 이젠 놀라움을, 이젠 거의 통제될 수 없을 정도의 감정을 드러냈다. 갑자기 그는 펄쩍 자리에서 일어나더니, 리오푸펭의 양어깨를 잡고는, 그 중국인의 눈물어린 눈길에 눈길을 맞추었다.

"오, 좋은 대위 리오푸펭에게 화내지 않는다. 좋은 대위 화내지 않는다, 화내지 않기."

"화내다니? 자넨, 중국인, 자넨 사람이라구, 자넨 리오푸펭이지!" 그 낱말은 스트리치코프에게서 고함의 톤으로 소리쳐 나왔다. 그의 말에서는 뭔가 말로 표현할 수 없는, 뭔가 마음 깊은 곳의 뭔가가 떨고 환호하고 있었다.

리오푸펭과 바르디는 깜짝 놀라 그 중위를 쳐다보았다. 그에게 그 편지를 전해 준 그 여인은, 그 중위가 그에게 기쁨으로 보상할 크게 할 것이라고 강조하였다 하더라도, 리오푸펭이 자신의 행동에 대해 이미 후회하고 있었다.

이상한 기쁨이란 정말 이런 것이구나 -리오푸펭은 그럴

게 생각했다. -그 즐겁게 만들어 준 사람에게서 영혼을 흔들기를 원하는 것이구나라고. 바르디는 그 중위의 표정을 통해, 스트리치코프의 전체 태도를 통해, 물론 바르디 자신도 그 진짜 이유를 추측하진 못해도 아주 많이 읽을 수 있었다.

스트리치코프는 다시 또 다시 그 몇 줄의 글을 읽고는, 이 모든 그의 행동거지를 지켜보는 눈길들엔 아랑곳하지 않는 것 같았다. 온화한 웃음이 그의 양 입가에 펄럭이고 있고, 그의 떨리고 있는 손만 그가 자신의 감정을 주체하지 못할 정도로 감동했음을 보여주고 있었다.

마침내 그는 자신을 리오푸펭에게 향했다.

"누가 이 편지를 자네에게 주던가?"

"여자."

"여자라고?! 그녀가 어디 있어" 그리고 그는 이미 그 낯선 여성을 뒤따라가, 붙잡을 태세였다.

"어젯밤에 그 여자 리우푸펭에게 온다. 종이 준다 그리고 떠난다. 리오푸펭 아무것도 모른다."

스트리치코프는 생각에 잠긴 채 앞을 처다 보았다.

"그랬구나, 그랬어, 그 여자가 갔다고....나는 이해하겠어..." 스트리치코프는 자신을 리오푸펭에게 향했다. "말해 봐, 정직한 중국인아, 내가 자네에게 뭘 줄까? 무엇으로 내가 자네에게 이 고마움을 표현할 수 있을지?"

"좋은 대위 빵 사준다, 많은 빵." 그리고 리오푸펭의 얼굴엔 넓게 희망 가득한 웃음이 나타났다.

스트리치코프는 큰소리로 또 진심으로 웃었다. 나중에 자신의 지갑에 있는 돈 전부를 꺼내 놓았다.

"자, 좋아! 그런데 이것으로 자네가 여분으로 받아 주었으면 하는데..., 그리고 자네 입을 다물라고...아무에게도 이 서류에 대해선 말하면 안 되네. 자네, 내 말 알겠나?"

리오푸펭은 활발하게 고개를 끄덕이고는, 말로서도 자신의 약속을 확인시켜 주었다.

"리오푸쳉 물고기다...물고기 말하지 않는다, 리오푸펭 말하지 않는다."

그 빵을 파는 상인은 자리를 떴다.

바르디는 이미 자기 탁자에 앉아, 마치 무관심한 듯 공무를 보느라 고개를 숙였다. 스트리치코프는 그 받은 편지쪽지를 그의 앞으로 내밀었다.

"읽어봐요! 당신은 정말 읽어 볼 권리가 있어요. 당신은 정말 그녀를 아니."

바르디는 깜짝 놀라 그 전신부호 형태의 통지서를 읽어 보았다.

"지나이다 페투키나 스트리치코바는 자기 아이와 함께 베레조브카의 메드베듀크 미망인댁에 살고 있습니다. 그녀는 포로들을 위한 수비대 병원에서 일하고 있습니다. 절망하진 말아요! 그녀는 미국 군대가 철수한 뒤에도 보호될 겁니다. 이 종이를 태워 버려요!"

바르디는 그 편지를 되돌려 주었다. 그리고 그는 그 편지를 통해 스트리치코프보다 더 많은 것을 이해했다. 몇 달 전, 누가 그에게 "만일 가능성이 있다면" "혀없는 사람"의 아내에 대한 소식을 얻어 주겠다고 약속한 적이 있었다. 이게 그 약속이 이뤄진 것이다.

"중위님, 나는 정말 정말 기쁩니다. 나는 메드베듀크 부인도 알고 있습니다. 그분은 착합니다. 아주 고통을 겪은 분입니다. 중위님은 이제 걱정을 하지 않아도 될 겁니다."

스트리치코프는 길게 말이 없었다.

그의 생각은 현재에서 벗어나 있었다.

그 감사의 마음이 그의 생각을 다시 지배하게 되었을 때만, 그는 다시 자신의 놀라움을 말로 표현할 수 있었다.

"그런데, 내 일을 기억하고 있던 그 미스터리의 여인이 누구란 것을 알 수 있을까요?..."

"나는 압니다. 중위님."

"그럼, 누구요?"

"천사같은 마음을 가진 창녀입니다. 그녀 안에서 그 당의 규율이 그 여인을 완전히는 억누르지 못했어요. 그 규율에도 불구하고, 중위님도 사람을 죽이지 못해요."

"나는 이해가 되지 않아요."

"중위님, 당신은 이해하지 못하는군요? 중위님이 말씀을 아니해도, 군인으로서 경직성임에도 불구하고, 중위님은 당신의 지휘 아래 생활하는 사람들이 중위님을 존경하고 사랑하고 있다는 것을 눈치채기 어려울 정도로 중

위님은 장님인가요? 중위님은 그 사람들이 자신에게 가
장 어려운 순간에도 중위님의 행동을 잊지 않게 하도록
하는 것을 보지 않으렵니까?"

"이 비참하게 살아가는 사람 중 한 사람인가요?"

"아닙니다. 그러나 이 원시림의 깊숙한 속으로 자신을
후퇴시킨 그 추적의 대상이 된 사람 중 한 사람입니다.
자, 보세요, 중위님, 인생에는 뭔가 있습니다. 이 모든
정치, 인종, 사회의 벽을 뚫고 나가려는 뭔가가 삶에는
있습니다: 그건 사람으로서 고마움이지요."

스트리치코프는 답하지 않았다. 그의 생각은 다시 저
멀리서 방황하고 있었다. 때로는 그의 눈가에도 웃음이,
행복한 웃음이 보였다: "아들일까, 딸일까, 아내가 키우
는 아이가....우리가 함께 기원했던... 언젠가 내가 그 아
이를 ,....우리 아이를 볼 수 있을까?"

제17장. 칼무코프의 배신과 죽음

니콜스크-우수리스크 북쪽의 여러 산 사이로 나 있는 길에 걸어가는 간편복을 입은 농민 둘이, 겨울에는 눈이 켜켜이 쌓이고, 여름에는 우거진 숲으로 인해 궁금해하는 낯선 사람들의 눈길로부터 쉽게 숨을 수 있는 통로를 찾기 위해 떠났을 때는, 거의 아침이었다.

몇 분간 그들은 말없이 대형 돌무더기로 가까이 갔다. 두 사람 중 나이 어린 한 농민이 갑자기 멈춰 서서, 정확한 장소와 방향을 확인하려고 주변을 둘러보고는 나중엔 그 돌무더기로 몇 걸음 계속해 갔다. 나중에 그 농민은 그 돌무더기 꼭대기 위로 올라가, 자신을 똑바로 세운 채, 저 숲의 방향으로 탐색하듯 쳐다보았다.

"그곳에서 누가 보이나요?" 다른 농민이 말했다.

"아무도." 대답이 들려 왔다. 그리고 그 목소리는, 그의 남자 복장의 사람이 젊은 여성의 몸을 숨기고 있음을 배신해 알려 주고 있었다. "우리가 너무 일찍 도착한 것 같아요."

"아마...그 은신처가 이곳에서 먼가요?"

"저 숲을 지나 첫 번째 지하 막사까지 한 시간이 거의 걸렸어요. 적어도 나는 그렇게 기억하고 있어요."

"우리가 길을 잘못 든 것은 아니고요?"

"그건 아닌 것 같이 생각되어요. 만일 당신이 그 돌무더기들의 숫자를 잘 계산했다면, 우리는 길을 잘못 가지 않았고, 바로 정확한 곳에 서 있습니다. 당신이 계산한 게 몇 개였나요?"

"이것이 77번째에요..." 그 여인이 고개를 끄덕이며 획인하길, 그녀도 바로 그만큼 계산했다고 하자, 그는 계속 말을 이어갔다. "나는 그 처형된 자들의 묘지에서 숫자 세기를 시작했어요."

"나도요... 그럼, 그들이 좀 늦는군요... 중요하지 않아요! 이미 지난 2달 전부터 사냥이 중단되었어요. 하얀 정부는 신병 모집 때문에 그런 모험을 지금 감행할 용기가 없지요."

"그래요... 물론, 하지만 내가 임무를 마치면 여기서 내가 내 길을 계속 가야 한다는 걸 당신은 알아야 해요. 동무들이 나를 '스파스코예22)'와 '이만23)'에서 나를 기다리고 있어요. 정확한 시점에 나는 '하바롭스크24)'에 도

---

22) 역주: 나중엔 '스파스크달니'(러시아어: Спасск-Дальний)는 프리모르스키 주 스파스키 군의 중심지이다. 인구는 5만1,500명(2003년)이다. 한카호에서 20km 떨어져 있고, 블라디보스토크에서는 243km 지점에 위치해 있다. 도시는 1885년 스파스코예(Спасское)라는 이름으로 지어졌고 1906년 예브겐옙카 역(станция Евгеньевка)이 건설되었다. 1917년 스파스크(Спасск)라는 새로운 마을이 건설되었고, 1926년 예브겐옙카 면적을 넘어서면서, 1929년에 두 개의 지역이 스파스크달니라는 새로운 도시로 통합했다.
23) 역주:이만(Iman)은 프리모르스키 주(연해주) 달네레첸스크의 옛 지명.
24) 역주: 하바롭스크(러시아어: Хабаровск)는 러시아의 최동단 지역의 중심지이자 도시이다. 동시에 하바롭스크 주의 중심지이기도 하다. 차가운 시베리아라는 이미지를 씻어버릴 만큼 고풍스런 건물들이 아무르 강을 바라보며 줄지어 있다.

착해서는 내가, '치타[25]'부터 '블라고베셴스크[26]'까지 아무르강 길이를 따라 방향으로 잡은 그 우편배달부 동무를 만나야 합니다. 하바롭스크부터 우리는 함께 '니콜라옙스크[27]'까지 함께 가야 합니다."

---

25) 역주: 치타(러시아어: Чита, 부랴트어: Шэтэ)는 러시아 시베리아 남동부의 도시이자 예전엔 치타 주의 주도였다. 현재는 자바이칼스키 지방의 중심지이다. 인구는 31만6,643명(2002년)이다. 17세기 중반 인고진스코예 월동지로 건설되었다. 19세기 전반에는 데카브리스트들의 유형지가 되었다. 1851년에 시로 승격되었다. 1900년에는 시베리아 철도가 개통되고 1905년 12월에는 치타를 중심으로 치타 공화국이 수립되었지만, 1906년 1월에 러시아 정부에 의해서 해체되었다. 러시아 혁명 뒤, 시베리아 출병에 의해서 파견된 일본군이 1918년 9월에 치타를 점령했지만, 1920년 10월 22일에는 다시 적군이 점령하면서 극동 공화국에 포함되었다. 그 뒤 극동 공화국의 수도는 베르흐네우진스크(현재의 울란우데)에서 치타로 옮겨졌다. 극동 공화국은 1922년 11월 15일에 러시아에 병합되었다.

26) 역주:블라고베셴스크(러시아어: Благовещенск)는 러시아 아무르 주의 주도이다. 중국의 국경 근처에 위치한 도시로, 중국어로는 海蘭泡(하이란파오)/布市(부스)로 부른다. 인구는 21만1,200명(2004년)이다. 모스크바로부터는 동쪽으로 7,985km 떨어져 있다. 중국과의 국경선을 형성하는 아무르강의 동쪽에 위치해 있다. 이곳은 원래 청나라에 속했지만, 1858년의 아이훈 조약, 1860년의 베이징 조약에 의해서 러시아령이 되었다. 1856년에 러시아의 요새도시로 건설되었다. 20세기 초반에 금이 발견되자 급속히 성장했다. 의화단 사건 당시, 1900년 7월에 의화단이 블라고베시첸스크에 2주간 틀어박혔는데, 이를 기화로 러시아군이 블라고베시첸스크와 인근의 청나라 관할인 강동육십사둔에 살고 있는 모든 중국인을 아무르 강의 서쪽으로 밀어내면서 약 3,000명의 중국인을 학살했다. 현재 블라고베셴스크와 가까운 중국의 도시인 헤이허 시는 자유경제지역으로 국경 교역이 활발히 행해지고 있다.

27) 역주:니콜라옙스크나아무레 (러시아어: Никола́евск-на-Аму́ре) (2002년의 인구—2만8,492명)의 옛 이름. 하바롭스크 지방 니콜라옙스키 군

"저기, 동무, 당신은 거의 안전한 이동 경로를 갖고 있네요. 내가 몇 달 전에 똑같은 길을 갈 때만 해도, 그 길은 엄청 위험했어요. 하지만 조심하지 않으면 안 돼요. 특히 '하바롭스크'에서는요. 칼무코프의 코사크 병들은 야만의 짐승입니다."

"그들의 대장도 똑같아요. 하지만, 이 차르 정부 개들의 정권은 곧 쓰러질 거예요. 이제 몇 달만 지나면...."

"우리가 승리할까요? 온 세상이 우리에게 반대하고 있는 이 때에 우리는 승리할 수 있나요? 우리 편엔 비참함 뿐인고, 다른 편에서는 일본, 영국, 체코, 미국의 잘 무장된 군대가 있는데도요."

"우리는 승리할거요, 여성 동무. 믿어요! 하얀 군대의 정부를 전부 이미 물어뜯기 시작한 것이 분리라는 벌레들이라구요. 다른 전쟁터 전선에서 우리 승리에 대한 소문은 그들이 가진 에너지를 잘 깨부숴 놓고, 그들 마음에 두려움을 심어 놓았어요. 카란다쉬빌리와 쉬쩨틴킨. 그 파르티잔 대장 두 분이, 교묘하게도 저 하얀 군대의 후방 부분을 요란하게 만들어 놓고 있어요.

트란스바이칼 구역의 베레조브카에서, 미그라이라는 헝가리 파르티잔 대장은 자신의 아나키스트들과 함께, 하얀 군대의 전쟁 계획을 방해하고 있어요.

의 중심지이다. 중국어로는 먀오저(廟街, Miàojiē)라고 부르기도 했다. 1858년 청나라와 러시아 제국 사이에 체결된 아르군 조약과 1860년 베이징 조약에 따라 러시아의 영토가 되었다. 니콜라옙스키 항구는 1850년 8월 13일에 지어졌다.

무르만28)에서는 붉은 군대의 전체 연대 병력이 전적으로 장비와 무기들을 구하려고 하얀 군대에 가담했어요. 그리고 영국 사령부는 우리 전쟁의 교활함에 대해 믿을 만큼 충분히 근시적이었어요. 유데니치29) 군대에서는 개인적 야심이 발동해, 사람들은 우리 호의로 촉발된 배신이 현대 무기들을 갖춘 군대를 곧 없애 버릴 것이라는 것에도 주목하지 않아요.

데니킨 30)장군은, 처음에는 성공을 이어 갔지만, 지금은 의지와는 반대로, 페틀유라의 명령 하에 소집해, 후방에서 자기 군대를 공격할 우크라이나 사람들을 억압해 자신의 패망을 준비하고 있어요. 그것은 전체 반혁명적 악당에게는 운명을 결정하게 될 타격이 될 겁니다. 여성 동무, 믿어요, 몇 달 뒤엔 온 러시아 제국이 우리 정부 아래 놓이게 될거라구요. 우리는 차르 정부를 뒤흔들어, 자유와 평등이 어디서나 지배하도록 할 겁니다."

그 여성 동무는 오랫동안 대답이 없었다. 그녀 생각은,

---

28) 역주:콜라 반도에 위치해 있고, 다른 4개 국가들과 접해 있다. 무르만스크 주는 카렐리야 공화국, 노르웨이, 핀란드에 접해 있다. 스웨덴의 노르보텐에서 가깝다.

29) 역주: 러시아 내전 중 10월 혁명의 반혁명 세력은 제국주의 외세와 반혁명 소수민족 정부들의 지원을 받고 러시아 제국군 장군 출신인 라브르 코르닐로프, 안톤 데니킨, 알렉산드르 콜차크, 니콜라이 유데니치, 표트르 브랑겔, 레오니드 유스포프 등이 지휘하는 하얀 군대(혹은 백군 白軍)이라고 불리는 군사력을 가지게 되었다. 이들은 내전기간 내내 옛 러시아 제국의 상당 부분을 점유하게 된다.

30) 역주: 앞의 역주21 참조.

그 말하는 사람의 열성적 어투와는 의견일치가 되지 않았다. 그녀가 그 희망 가득한 미래에 가담하는 걸 방해하는 것은 의심 때문이 아니었다. 그녀 마음을 아프게 하는 것은 그 마지막 승리까지의 피의 길이라는 환상으로 자신을 억지로 끌고 가는 그림이다.

칼무코프에 의해 자행된 그 마지막 대학살의 만행 소식을 처음으로 전한 사람이 바로 그녀였고, 그녀는 자신이 직접 목격한 광경들에 대한 생생한 기억이 질식할 정도로 자신을 누르고 있었다.

하지만 그 여성 파르티잔의 고삐 풀린 복수심을 누그러뜨린 것은, 태생적으로 온화한 그녀 성격이었다. 그녀가 지금 자기 앞에서 보고 있는 것은 그 마지막 승리가 아니라, 수천의, 아마 수십만 사람들의 몸부림이었다.
하지만 그녀는 자기 생각을 말로 담지는 않았다. 더구나 그녀의 동무가 알려주는 것들은 온전히 믿을 만한 것이고, 그의 예언은 대체로 나중에, 몇 달의 시간이 지나는 동안 실현되었다.

그녀는 이젠 두 사람이, 지금 집도 없이 방황하고 있고 추적당하고 있는데, 그런 정치 상황이 어떤 중요한 역할을 할 수 있을지, 그 점을 생각하고 있었다.

그녀는 자신의 길에서의 뒤따름을 두려워해도, 자신의 임무 완성에서 달아날 용기는 없었다.

희망적으로, 언젠가 일랴 니키포로프의 삶을 마감하게 한 그 치명적 끝남이 그녀에게도 필시 닥칠 것이다. 마찬가지야! 어떤 식으로든지 사람은 누구나 자신의 삶을 마감해야만 한다.

"지금 내 머릿속으로 이런 생각이 납니다. 동무." 그녀는 긴 침묵 뒤에 말을 이었다. "프리모르스카야 주에서 온 우리 우편배달부가 일랴 니키포로프 동무의 여동생을 방문했을까요?"

"그렇습니다. 일랴는 용감한 동무입니다."

"나로선 그가 엄청 더 용감했거든요."

"나는 알아요... 아마 내일 그의 운명이 우리를 통과할 거요. 누가 알아요?"

"그럴 수 있습니다."

"그의 서류로 우리 속으로 숨어들어온 사람이 누굴까요?"

"나는 이미 그걸 센터에 보고했어요. 니콜라이 파블로비치 카레세프요."

"칼무코프의 그 악명 높은 중사?"

"예... 사람들이 그의 발자취에 주목하고 있어요. 우리는 그의 가족 때문에 그를 너그럽게 봐 주고 있어요. 그의 아내와 아들은 스미르노프의 지옥에서 고통을 당했어요... 복수심이 그의 안에서 끓고 있어요."

"저기, 늑대는 어린 양의 털을 하고도 늑대라구요."

"추린, 그 거인이 보초병으로서 그자를 감시하고 있어요. 더구나 그는 정말 거짓말하지 않고, 우리도 군인들이 필요하구요. 그렇지 않나요? 그리고... 용서하는 것이 그럼에도 좋아요.”

“어리석게도! 유행이 지난 센티멘탈이군요. 어리석어요.
여성 동무!”

“그래요. 이렇게, 당신도 내가 요청한 스트리치코프에
대한 소식을 갖다 주었어요. 안 그런가요?”

“스트리치코프와 카레세프는 대단한 차이점이 있어요.
스트리치코프는 우리 편에 속해 있어요, 적어도 그의 행
동은 그 점을 예측할 수 있어요.”

“당신은 틀렸어요. 스트리치코프는 자기 자신에게만 속
해 있어요. 우리 군복을 입고도, 그는 똑같은 방식으로
행동할 거예요. 그 수용소 안에 있는 남녀 동무들은 이
구동성으로 그를 그렇게 평해요. 사람들은 그를 존경하
고, 사랑하기조차한다구요.”

“가난한 사람들이 군사 병원에 있는 그의 아내를 그렇
게 존경하듯이, 바로 그렇게... 이상한 부부네요. ... 감수
성 많은 사람들. 그들의 연약함이 핵심의식을 둔하게 만
들고, 적에게 자비심을 불러일으켜요.”

여성 동무는 그 말을 한 동료를 조금 놀라, 쳐다보았다.
“동무, 그 자비심, 인간의 비참함에 대한 이해심이 비도
덕적인가요?”

“아뇨, 하지만 전장에서 그들은 잔혹한 균형추입니다.
그들은 정상적 상황에서는 사치품입니다. 승리를 위한
전장에서는 우리는 광신자적인 파르티잔 대원이 필요해
요. 우리 원칙은 이렇다는 점만 알아 두세요: “우리와 함

께 하지 않는 사람은 우리의 적이다." 마침내, 그 노예들은 정말 전장에는 그런 감수성이란 적당하지 않음을 자각해야 하고, 이해심도 부적절하고, 속박을 뒤흔듦을 불가능하게 만드는, 그런 부르주아의 도덕들이 전혀 쓸모가 없다는 점을 자각해야만 합니다. 전장의 도덕이란 이 말 하나로 가능할 수 있어요: 마지막 승리를 늦추는 모든 것들은 싹 쓸어버리는 것이다. 그러니, 자비심을 불러일으키는 그런 균형추까지도요."

여성 동무는 오랫동안 대답도 하지 않았다.

그녀를 공포로 몰아넣은 것은 그의 말이었다.

그녀는 자신에게 그것을 혁명적 계급의식이라 사람들이 말하는 것인가 하고 물어보았다. 그 다가가게 될 목표가 그 짐승들 무리에서 사람을 구분하게 만드는 고상한 요소들의 희생과 등가의 가치가 될 수 있는 것인가? 필시 그녀는 그의 말을 잘못 이해하고 있었다.

"남성 동무, 사람들이 전장에서 모든 것을 싹 없애버린다면, 미래를 위해 남는 것이 무엇인가요? 만일 굶주린 늑대의 도덕만 지배한다면, 인류는 어디로 내려가게 될까요? 우리는 정말 저 높은 계단 위에 인간을 똑바로 세우기 위해, 또 그렇게 두기 위해 정말 싸우고 있다구요."

"나는 전장에 대한 도덕에 대해 말했어요. 승리가 있은 뒤, 그런 사치품이 올 수 있지만, 지금은... 새로운 세계를 건설하려면 반드시 필수적으로 그 옛것들을 근본적으로 파괴해야 해요. 왜냐하면, 바로 그 근본이 썩었으니까요. 여성 동무, 승리한 자만이 정당하다는 것을 잊지 마시오. 만일, 우리가, 노예의 자손인 우리가 패배한다면, 이 온 세상은 우리의 진실 위로 침을 뱉을 것이고, 우리에게 죄가 있다고 판결하고, 우리에게 모든 가능한 죄를 뒤집어씌울 겁니다. 우리가 하는 일이 정당한 것인지 입증하려면 우리가 반드시 승리해야 합니다."

"이 세상은 불타고 있고, 화염이 모든 것을 집어삼킬 겁니다." 그런 주목할 만한 말이 그녀의 입가에서 흘러나왔다.

"그렇소, 이 세상은 불타고 있고, 이 점을 안타깝게 여기면 안 돼요! 이 세상을 불태우는 이는 우리 같이 아무 가진 것이 없는 사람이 아닙니다. 이 만족을 모르는 자본주의가 세상 지붕에 타오르는 불길을 던졌고, 지금 그 어리석은 주인은 고통 속에 고함지르고 있어요. 왜냐하면, 그 수줍던 불 끄는 소방대가 파업을 하고 반란을 하고 있어요. 세상은 불타고 있고, 이 세상 불타버려라! 때로는 일상적 질서가 바뀌었어요: 다른 사람들이 씨를 뿌리고, 우리는 거둘 겁니다."

"'거대한 낮을 가진 분'이 거둘거예요... 에이, 마찬가지네요! 모두가 자신의 임무를 완수하자구요. 그리고 내일 일은 우리가 생각하지 말아요."

그 동무는 그 말에 동의하며, 고개를 끄덕였다.

그들은 이제 조용히 있으면서, 그 숲의 목소리에 귀를 귀울이는 듯하였다. 새들이 지저귀는 소리와 바람이 부는 소리. 마침내 남자가 인내심을 잃고는, 여성 동무가 파르티잔 대원들의 은신막사로 향하는 길을 찾는데 옳다고 생각한 그 방향으로 출발했다.

여자는 그 뒤를 따랐다.

더 크거나 더욱 짙은, 모든 관목마다 그들은 멈추어 서서, 주변을 둘러보고는, 발걸음의 자취들을 찾아보거나, 어떤 다른 사람이 놓고 간 신호을 찾아보았다.

그들과 그 돌무더기 사이의 거리를 더 넓혀 찾아봐도 아무 소득이 없었다.

"내가 보기엔 그 동무들이 자신의 오늘 임무를 잊어버린 것 같군요." 그는 중얼거렸다. "아니면 우리가 길을 벗어났을까요?"

"불가능해요. 우리는 우리의 목적지, 바로 그 돌무더기에 와 있어요. 곧 그들은 도착할 수 있어요. 내가 이 방향에 대해 틀리지 않음은 정말 확신할 수 있어요."

그리고 그녀 눈길은 다시 인근의 관목들 사이에서 두리번거렸다. "어딘가, 이 길이 시작되는 지점에 번개맞은 너도밤나무가 있었어요."

"번개 맞은 너도밤나무라고? 왜 그걸 더 일찍 말하지 않았나요? 우리가 그 나무 지나쳐 왔어요. 그걸 본 기억이 나요. 그럼, 우린 되돌아 가보지요?"

그들은 수십 걸음을 가서 그곳 돌무더기로 갔을 때, 그렇게 말한 동무가 그들에게서 가깝지 않은 곳에 서 있는 죽은 나무를 가리켰다.

"저기 저 나무요! 저 나무를 말하는 것 맞지요?"

그 여성 동무는 오랫동안 그 나무 위치를 확인하더니, 눈으로 그 나무와 돌무더기와의 거리를 재어 보고는 고개를 끄덕였다.

"내가 틀리지 않았다고 생각했어요. 저 나무가 그 길에서 아주 가까이에 이미 보이네요. 우리가 그쪽으로 가 봅시다!"

그들이 그곳에 거의 도착할 시점에, 그들은 둔탁하고, 힘들게 숨쉬는 목소리가, 힘없이 도움을 요청하는 고함과 비슷한 소리가 들리자, 그들은 자신들의 발걸음을 멈추었다.

"들었어요, 여성 동무? 누군가 고함을 지르고 있어요." 그녀는 숨을 참으며 고개를 끄덕이고는, 주의해서 자신이 들은 고함이라고 생각하는 그 방향으로 걸어갔다. 그녀가 열 걸음째 옮기는 순간, 갑자기 그녀는 마치 땅에 못이 박힌 듯한 모습으로 멈추어 서고는, 피를 흘리며 고투하는 거구의 남자를 발견했다. 그는 목에 난 상처 위에 자신의 손을 누르고 있었고, 그 피는 그의 손가락 사이에서 흘러내렸다.

"추린!... 추린, 거인이군요!... 헤이, 남성 동무, 어서 와요! 도와 주세요! 뭔가 이해 안 되는 일이 생겼어요." 그녀 목소리를 듣자, 반쯤 실신해 있던 추린이 자신의 눈꺼풀을 잠시 열었다. 그는 의식이 거의 없었다. 뒤에 온 동무가 지체 없이 자신이 가진 술병을 호주머니에서 꺼내, 상처입은 사람의 웃옷과 내의를 찢어, 그 술로 그 상처를 닦기 시작했다.

상처를 닦자 날카롭게 느껴지는 통증으로 그 불행을 당한 사람은 다시 의식을 찾았다.

그때 그 동무는 그의 입으로 술 한 모금을 마시게 하려고 애썼다. 그 여성 동무는 임시 붕대를 준비했다.

"다행히도 총알은 이 사람에게 남아 있지 않아요," 그가 주목하고는 나중에 생각해 본 뒤 말했다. "아니면 누가 알까? 한 개가 아니라 상처가 둘이네요. 구멍이 2개네요. 상처 하나에도 생명을 앗아갈 정도인데. 이 사람은 도살된 소처럼 피를 흘렸네. 이제 연필 두께의 쇠조각이 이 육중한 근육 무더기를 땅에 쓰러지게 했다니, 악마스럽지 않은가요?"

"이 사람 죽을까요?"

"우리가 어떤 식으로 이 구멍 막는데 성공하지 못한다면, 그는 피를 계속 흘리게 될거요."

그렇게 긴 반 시간이 지나자, 그 남여 동무는 마침내 그 상처 입은 사람이 의식을 차리게 했으며, 그 사람을 좀 더 적당한 곳으로 옮겼다. 그 부상자의 시선은 그 여성의 얼굴에서 잠시 쉬었다. 그는 온 힘을 다해 말을 해 보려고 애썼다.

"내가 가진 총으로 그자가 나를 쐈어요." 마치 그는 그 낱말을 내뱉듯이 말했다. "위선적인 작자요."

"그자와 무슨 안 좋은 말이라도 했나요?"

추린은 고개를 내젓고는, 그의 온 힘을 소진하게 만드는 그런 욕설을 하고는, 다시 의식을 잃었다.

그 우편 배달부 동무는 조바심이 났다.

"그럼, 이 사람을 우리에게 마중하러 보냈다면, 우리는 사람들이 이 사람의 실종 사실을 알 때까지는 그렇게 오랫동안 우린 몰랐을 뻔했네요. 우리는 어떡하지? 이 불쌍한 사람을 여기 이대로 두면 안 되는데. 당신이 저 길을 찾아보기라도 하면 더 좋은데."

그 여성 동무는 대답이 없엇다.

감정은 그녀 눈길을 흐릿하게 만들었고, 복수심은 그녀의 두 손을 불끈 쥐게 만들었다.

그녀는 자신에게 있어서 이 위해에 대해 책임감을 느꼈다. 그리고 그런 전율이 뭔가 후속 조치 때문에 그녀의 영혼 속으로 자리 잡기 시작했다.

추린을 보고 나서 그녀는 그 전말을 추측할 수 있었다: 니콜라이 파블로비치 카레세프가 자신이 쓰던 어린 양가죽 탈을 내던지고는, 지금 자신의 만행자인 주인에게 달려가, 나중엔... 그 "나중엔"이라는 이젠 오지 않을거야! 오지 않게 할거야! 카레세프는 영원히 '하바롭브스크'엔 도착하지 못하게 할거야. 그녀가 뒤쫓을 것이고, 그를 방해할 것이다. 그녀가 그를 만나는 그곳에서 그녀는 미치광이의 개가 된 그를 총으로 쏴 죽여 버릴 것이다. 그래, 그녀의 남성 동무 말이 맞다. 이 전장에서는 용서란 존재권리가 없다. 이해심, 용서란 패배를 의미한다. 자신

앞에 이 피어린 사람의 모습을 보니, 그녀는 자신의 결심을 더욱 확실하게 하는 것을 느꼈다.

"남성 동무," 그녀가 결심한 듯 말했다. "여기서 기다려 주세요. 더욱 급하고 중요한 일은 이 부상자 옆에 앉아 있는 것보다는 내 임무이에요. 나는 그 배신자를 가만히 두면 안되어요. 확실히, 두 세 시간 뒤에 우리 사람이 추린이 오랫동안 자리를 비운 것을 알게 됩니다."

"알았어요. 여성 동무... 하지만 어떤 식으로 당신은 그자를 찾아낼 거요? 당신은 그자를 알아 볼 수 잇나요?"

"당연히! 나는 그가 가진 고유의 가죽에서 그 늑대의 성질을 꼭 발겨 낼 거예요. 나는 일랴 니키포로프의 죽음에 대한 복수도 꼭 할 것입니다."

*

카레세프는 달아났다. 추린에게 총을 쏜 뒤, 그는 저 짙은 관목들의 보호 아래 거의 달리면서 첫 '베르스트'의 거리를 나아갔다. 그는 길 위에 걸을 용기가 나지 않았다. 그는 자신들을 만나러 우편배달부나 아니면 배달요원들이 올 것임을 잘 알고 있었다.

추린과 그가 그들을 마중하라는 임무를 받았다. 그들이 함께 걸어가고 있을 때, 카레세프는 자신이 한 시간 뒤 그런 잔혹한 행위를 통해 자유를 되찾으리라고는, 또 그 자신에게 강요된 역할에서 벗어나리라고는, 또 그 가련한 파르티잔 대원으로서의 삶에서 뛰쳐나오리라고는, 또 자신의 잘 완수된 임무에 대해 알리려고 그는 자신의 대장에게 되돌아 가리라고는 아직 몰랐다.

그는 니콜스크-우수리스크로 향하는 길에 들어섰을 때, 이미 결심이 섰다. 몇 달 뒤, 처음으로 그의 앞에 자유에 대한 희망을 빛나게 한 그 길.

그 수용소에 피자가 방문한 뒤로, 그의 상황은 나아졌다 해도, 그럼에도, 그가 한때 칼무코프의 무서운 중사였던 사실은 파르티잔 사람들의 주목을 받았다. 그래서 그는 걸음마다 자신이 관심의 대상이 된 것을 느끼게 되었다. 자신에게 단 한 번 달아날 기회가 생겼지만, 그것은 곧 아무 소용없는 것으로 판명되어 졌다.

그 파르티잔 대원들이 일본군대의 파견대를 공격했다. 그때 그는 달아나 그 일본군에 합류하려 했으나, 처음의 그 무수한 총 쏜 뒤, 나중에 파르티잔들의 절대적 승리로 인해 그의 계획은 실현이 불가능해졌다.

그때 그는 스스로 이 전장에 참여할 결심을 했고, 자신의 군인으로서의 본능에 충실히 따랐다. 그는 그 한 시간의 힘겨운 싸움 동안, 추린을 통해 신체적 힘이 무기보다 더 중요함을 보았고, 그 순간, 카레세프는 그 거인을 무섭게 느꼈다.

전설 속의 영웅이 추린에게 화신처럼 들어선 듯했다. 기습 공격을 통해서만 그는 자신의 보호자를 무너뜨릴 수 있었다. 그러나, 기회가 오지 않았다. 그 자신은 추린이 의심하고 있음을 여전히 느꼈다. 카레세프는 이 의심을 완전히 잠재울 때까지 기다리기로 결심했고, 나중에 그렇게 행동하기조차 했다.

그들은 그 번개 맞은 너도밤나무에 서서, 길을 향해 보고 있었다. 추린은 그에게 우편배달-동무와 그의 동반자 또는 여성 동반자가 이 나무에서 잘 보이는 저쪽 돌무더기에서 멈추어 설 것이라고 설명해 주었다. 그들은 지난 몇 주간 일어났던 사건들에 대해 말했고, 그 도시들을 상대로 전반적 공세 이야기도 했고, 다양한 관점에서 '프리모르스카야' 주에서 독자 행정권을 가진 독립국가의 창설을 바라는 일본 정부의 계획을 진지하게 생각해 보았다. 추린은 자신의 총에 기댄 채 서 있었다. 카레세프는 정말로 아무 무장이 되어 있지 않은 채 있었다. 그 자신은 칼만 한 자루 갖고 있었다. 더구나 그는 전장에 대해서는 그때 생각하지 않았다. 근육의 힘은 정말 그들에게서 균형을 갖고 있지 않았다.

그 시점에 카레세프는 그 균형을 다시 얻기 위한 길의 비밀 신호에만 생각하고 있었다.

갑작스런 소란과 동시에 돌이 떨어지는 것과 비슷한 소리에, 이 소리에 이어 절망적인 지저귀는 새소리가 추린의 관심을 끌었다.

그에게서 몇 걸음 떨어진 곳에서 그는 불쌍한, 거의 날개가 없는 어린 새가 파다닥거리는 것을 보았다. 연민의 미소가 추린의 입가에 보였다.

"아무것도 할 수 없는 어린 새구나. 저 새가 둥지에서 떨어졌네...저기 보게, 동무, 저 새 새끼의 엄마가 저 위에서 이미 배회하고 있네, 저게 우리를 보고 겁을 먹은 듯...불쌍한 어린 새야, 조금만 기다려. 우리가 도와줄게"

추린은, 자신의 소총을 그 번개 맞은 너도밤나무에 기대놓고는, 그 파닥거리는 새끼에게 걸어갔고, 그때 카레세프가 그의 소총에 눈길을 주는 그 이상한 순간을 눈치채지 못했다.

추린은 조심스레 그 어린 새를 집어 올려서는, 귀여운 듯 자신의 두 손바닥 사이에 그 새를 따뜻하게 해 주면서, 유심히 그 새끼가 떨어진 나뭇가지를 유심히 살펴보았다.

"그래, 녀석의 둥지가 그리 높지는 않네... 조금 기다려 봐, 이 떨고 있는 숲의 휘파람 부는 녀석아, 우리가 너를 제 자리에 데려다줄께... 이젠, 걱정하지 마. 멍청한 녀석아, 내가 이 어린 녀석을 먹어치우진 않을테니!"

그리고 추린은 저 위에서 추린을 향해 연신 날아와, 자신의 부리로 그의 손을 쪼아대는 그 어미새를 책망하였다.

"쉬쉬쉬이이이, 이 어리석은 어미새야, 쪼지 말아, 왜냐하면 너의 점액같은 새끼를 네게 돌려주고 있거든." 그리고 추린은 짓궂은 소년처럼 큰 소리로 웃음을 터뜨리고는, 한손으로 그 나무의 이 가지 저 가지를 잡으면서 그 나무로 올라가기 시작했다.

그가 이미 그 새의 둥지에 거의 다다랐을 때, 카레세프가 그에게 외치는 소리를 들었다.

"헤이, 동무, 저 길을 봐요! 그들이 보이나요?"

"아니! 나는 아무도 보이지 않아요."

추린이 다시 소리쳤고, 잠시 뒤 그는 총성을 들었고, 목에 강한 타격을 느끼고는, 뭔가 따뜻한 것이 그의 속옷 아래로 흘러내렸다. 어린 새 새끼는 그의 손에서 땅으로 떨어졌고, 그는 스스로 이 사건에 대해 자각하고는, 거의 떨어질 듯 이 가지에서 저 가지로 추락했다.

그가 땅에 닿았을 때, 주변을 둘러보니, 카레세프는 이미 그에게서 수십 걸음 떨어진 채 있음을 알게 되엇다. 추린은 화가 치밀어, 그를 향해 달려가기 시작했다. 그 순간 그는 두 번째 총성을 들었다. 그 총알이 쉿- 소리를 내며 그를 스쳐 지나갔다. 추린은, 다른 생각은 하지 못한 채 수시로 총을 쏘러 자신의 몸을 돌려 보지만, 거리상 이미 두 사람 사이에 충분한 거리가 생겨 버린 카레세프를 추적하러 뒤따랐다. 추린은 이상한 무력감을 느끼고는, 마침내 쓰러졌다. 아픔과 출혈이 그를 넘어뜨린 것이다.

카레세프는 그렇게 그 자리에서 피신할 수 있었다.

그리고 한시간 동안 힘을 다해 달려가는 바람에, 그는 길에서 자신을 마중 오는 두 사람을 발견했다. 그래서 그는 얼른 나무 뒤에 숨었다. 그곳에서 그는 그들을 염탐했다. 그는 자신의 실패에 대해 감사할 수 있었던, 더욱 젊게 보이는 그 여인을 알 수 있었다.

그가 자신의 삶에 대해 그녀에게 감사할 수 있다는 것은, 그것은 그의 머리에 들어오지 않았다. 그에겐 복수심만 자리하고 있고, 표적을 세밀히 조준한 뒤, 그는 방아쇠를 당겼다. 귀를 멎게 철컥 소리가 났다. 장전된 총알이 없었다. 추린을 목표로 그렇게 많은 총알을 낭비한 걸 애석해했다.

카레세프는 그 두 사람이 그 길이 갈라지는 곳에서 사라지는 모습을 볼 때까지 기다렸다가, 그는 자신의 목적지를 향해 니콜스크-우수리스크로 더 서둘러 가기 위한 그 길로 선택해 걸어 갔다. 그는 그 길이 얼마나 먼지 추측해 볼 수 없었다. 쉼 없이 그는 한 시간 두 시간을 계속 걸었다. 배고픔도 그는 느끼지 않았고, 다만 목마름만 그를 괴롭히기 시작했다. 자신의 침을 삼켜 그는 목의 타오르는 듯한 목마름을 완화하려고 애썼다. 천 번이나 저 뜨거운 여름날의 해를 모독하듯 저주했다. 모든 길이 갈라진 곳 앞에서 그는 이곳을 지나면 어딘가에 고립된 집이 한 채 있거나, 길옆에 샘이 나오기를 고대했으나, 매번 그의 희망은 헛된 결과를 나았다. 그는 걷고 또 걸었다...

그가 길이 갈라지는 지점에 도착했을 때, 저녁이 되었다. 어쩔 수 없이 그는 멈추었다. 이젠 어디로 가지? 어느 방향으로? 이 두 길 중 어느 길이 니콜스크로 가는 길인가?

그 두 길 사이에 민둥산이 높이 보였다.

여러 관목만이 단색의 녹색을 보여주고 있었다. 저 평평한 고원에서 위로는 가난하게도 헐벗은 오두막집이 한 채 보였다. 카레세프는 그 두 길의 방향에 대해 알아보고, 또 필요하다면, 밤 동안의 은신처를 찾을 의도로 올라가 볼 결심을 했다. 이 산을 파르티잔 대원들은 "처형당한 자들의 묘"라고 이름을 불러 왔다. 왜냐하면, 그들은 칼무프의 코사크들과 스미르노프의 기마 포수병들이 1918년 가을 인근 마을에서 만행을 저질러, 목매 희생된 자기 동료들의 시신을 묻어 둔 곳이다.

마을 자체가 사라지고, 대형 화재의 희생자가 되었다. 그때의 화마가 닿지 않았던 이 집 한 채만 남아 있었지만, 그곳에 살던 사람들이 어디로 갔는지는 하나님만 아실 것이다. 파르티잔의 우편배달부들이 이 집을 한 밤 자는 곳으로 또는 만남의 장소로 이용했다. 그 집까지 농민들은, 파르티잔 대원에게 동정적이던 농민들은 그곳으로 피신한 사람들을 마차로 위험을 무릅쓰고 데려다주거나, 감자나 밀가루와 같은 양식을 제공해 주기도 했다.

그 산 정상에 올라 보니, 카레세프는 주변을 둘러 보고는, 해가 지고 있는 쪽에 저 멀리 작은 마을을 보게되었다. 그는 그 마을까지 다다르려고 한다면, 두 시간 정도 더 걸어야 할 것 같았다. 그는 밤새 걷는 위험을 무릅쓸까, 말까? 저곳에 가면 말이 있으면, 그 말을 구할 수 있으면 더 좋을텐데. 밤에는 마을 사람들이 더 쉽게 양보한다고 그는 생각하고 웃었다. 나중에 그는 조심해 그 오두막집으로 가까이 가면서 창문이 나 있는 곳은 피해 다가갔다.

갑자기 그는 그 문 앞에 서서, 문을 소총의 개머리판으로 두들겼다. 침묵. 잠시 뒤 그는 외부에서 그것이 단단한 쇠로 빗장이 걸려 있음을 알았다. 그는 그 원시적 빗장을 옆으로 미끄러지게 밀었다. 그리고는 그 오두막집 안으로 들어갔다. 문을 열어 둔 채. 침묵과 완전한 어둠이 그를 반기고 있었다. 창문들도 목재 덮개들로 덮여 있었다. 이윽고 그의 두 눈은 열린 문을 통해 들어오는 반쯤 어둠에 익숙해져, 그가 간단한 가구는 식별할 수 있었다. 탁자 하나, 등받이가 없는 두 개의 긴 의자, 넓은 침상. 탁자 위에서 그는 양초 남은 것과 성냥을 발견했다.

카레세프는 열린 문을 닫고서 양초를 밝혀 주변을 살펴보았다. 그는 돼지 비곗살, 마른 소시지, 빵조각, 먹다 남은 반병의 브랜디를 발견했다. 빵은 그리 온전히 마른 상태는 아니었다. 필시 얼마 전에 누군가 여기에 두고 간 것 같았다. 침상에서 그는 천 이불과 군용모포를 발견했다. 침상 아래에는 약간의 담배가 든 양철통과 태운 호박씨들이 있었다. 카레세프는 이 모든 먹음직한 것들을 맛있게 먹기 위해 만족한 듯이 자리에 앉아, 두세 모금으로 그 브랜디를 다 비웠다. 그 알코올은 그의 시야를 좀 흐릿하게 하였고, 귀를 먹게 만들었다.

"이제, 좀 쉬고 밤에 저 마을로 가야지." 그 자신은 혼자 말하고, 피곤하고 반쯤 취해, 침상에 누웠다. 몇 분 동안 그의 시선은 저 천정의 잿빛의 들보들로 고정되었다. 그의 생각은 가장 가까운 미래로 방황하고 있었다. 칼무코프를 한번 생각해 보고는, 잠이 고픈 듯한 미소가 그의 양 입가에서 보였다. 대장은 자기 중사에 대해 만족할 것이고, 자랑스러워할 것이다.

카레세프의 눈꺼풀이 감기더니, 카레세프는 더는 이 세계에 대해 의식하지 못했다.

양초가 불을 밝히고, 너울대고, 소진되어 갔다. 양초의 마지막 불꽃들이 언젠가 비계와 소시지를 쌌던 기름기가 있는 종이로 옮겨 갔다. 불길은 타오르기 시작하고, 그 불은 자신의 다른 가장자리로 가, 그 종이 위의 카레세프의 코사크 가죽모자로 옮겨갔다. 질식하듯, 무거운 연기가 그 모자를 통과해 위로 올라갔다. 양초는 이미 꺼졌지만, 종이 재는 탁자에 놓여 있고, 유일하게 가죽으로 된 코사크 모자는 불의 붉음 속에서 화염 없이 길게 타고, … 연기만이 더욱 진해졌다.

카레세프는 잠을 자면서 기침을 시작했으나, 신경질적으로 자기 어깨를 이리저리 뒤척거렸다. 이불이 그에게서 미끄러져 갔다. 여러 번 그는 그 이불을 다시 집어 올리려고 했으나, 그 이불은 긴 의자에 걸려 버렸다. 카레세프는 욕을 하며 그걸 세게 당겼다. 이불은 찢어지고는 양보했고, 그 긴 의자가 넘어지고, 탁자에 부딪혔다. 그런 흔들림 속에서 그 불로 달궈진 코사크 모자는 바닥으로 떨어져 버렸다...

끝내 카레세프는 매캐한 연기내음을 맡지 않으려고 자신의 머리까지 이불을 뒤집어쓰는 데 성공했다... 무거운 악몽과 반쯤 취한 술이 그를 그 침상에 가둬 놓고 있었다... 그의 꿈은 무겁고, 질식한 상태가 되었다....

*

몇 주간이 지난 뒤, 칼무코프 대장은 자기 책상에서 공문서 위에 자기 중사에 대한 한 줄짜리 -"당신의 사냥개는 더는 필요로 하지 않는다"- 글이 담긴 다른 서류를 발견했다.

칼무코프는 의미를 잘못 파악하고는, 경멸하듯 그 서류에 침을 뱉었다.

"뱀이 내 가슴 위에서 따뜻하게 해 놓았구나... 나쁜 놈의 볼셰비키 개!"

제18장. 헝가리로 간 리스벳과 충직한 개

　나뭇잎들이 이미 여러 색깔로 갈아입고 만주에서 불어 오는 따뜻한 바람이 자신의 앞에 낙엽들을 날려 보냈음 에도 불구하고, 여름을 아직도 속이는 어느 이른 가을날 오후였다. 자기 일과를 마친 장교의 봉사원들이 주방이 있는 막사 앞에 앉아 있었다. 그들은 담배 피우고, 잡담 하고 있었다.

　다혈질의, 헝가리인 하사 페트로 푸르고니와, 백색 찰 흙으로 만든 담뱃대를 문 오스트리아인 노인 벤셀 롭마 에르가 나란히 앉았다. 그렇게 늘 앉았다. '*오스트리아 인*'이라면 미워하던 페트로는 자신의 민족 역사를 이야 기할 때는 이 늙은 동무와 이 노인의 가족은 배제했다. 하지만 그에겐 롭마에르가 예외였다.

　이 태도로 보면, 페트로 푸르고니는 목소리 큰 유대인 배척자들과 유사했다. 그 사람들 모두는 유대인을 책망 했는데, 유대인에 관해서라면 어떻게 해서라도 최소한의 선의도 찾을 수 없었다. 그럼에도 그들 모두에게는 "크 리스천보다 더 착한", 자신이 알고 있는 예외적 유대인 이 있었다. 그런 식으로 "내가 당신의 유대인을 때릴 수 있고, 당신도 나의 유대인을 때릴 수 있지만, 아무도 자 신의 유대인을 때리지 못한다"라는 원칙을 가진 유대인 배척주의가 생기게 된다. 페트로도 자신의 오스트리아인 동무에겐 그런 사람이었다. 그는 기꺼이 자신의 정치적 낱말들의 홍수 속으로 오스트리아인들과 합스부르크 왕정을 섞었지만, 이 늙은 롭마에르를 진심으로 사랑했다. "이분은 헝가리 사람보다 더 착하거나, 적어도 헝가리 사람만큼 착해"라고 그는, 오스트리아인들과 자신이 불협화음의 관계가 된 걸 자주 놀리는 스테판에게 자기 의견이 옳다고 했다. 페트로는, 다만 애석하게도, 롭마에르가 헝가리말을 모른다는 것이다. 그럼에도 그들은 다정한 동무처럼 서로 대화를 나눈다. -독일말로. 그렇다. 독일말로!

페트로는 자신이 군 복무 때 배운 명령의 표현들로 된 용어집을 사용했다. 그러나, 그는 대화의 끝에 가서는, 자신의 혀를 거의 따로 놀게 하는(관절을 분리시키는) "오스트리아" 말을 늘 저주했다. 페트로는 자리에 앉아, 좀 전에 롭마에르가 준 엽서 한 장을 내려다보고 있었다. 독일어로 된 내용이지만 헝가리에서 보낸 엽서였다. 그는 이해할 수 없었다. 롭마에르의 손가락은 그 엽서를 쓴 사람의 이름인 '리스벳'을 가리켰다. 넓은 웃음이 페트로 얼굴에 나타났다.

"Ja, ja!31) 나는 이제 알겠어요, 형님! '리스벳 인 부다페스트 Lisbet in Budapest'!32) 피이, 빌어먹을, 그게 뭐에요, 형님!" 페트로는 온전히 열중했다. "그리고 말해 봐요, 같은 처지의 형님, 왜 리스벳이 부다페스트에 있어

---

31) 주: 독일말로 "예, 예"라는 긍정의 말.
32) 주: 독일말로 "부다페스트에 사는 리스벳"

요?"

롭마에르는 이해 안 된다는 것을 표현했다.

"그래, Warum Lisbet in Budapest? Warum dort Lisbet? 33) 그래, 말해 주세요!"

롭마에르는 설명하기 시작했지만 물론 헛일이다. 왜냐하면, 문장 하나조차도 페트로는 정확히 이해되지 않았다. 그럼에도 그는 열성적으로 롭마에르의 표정에 따라 예라고 하거나, 아니라고 답했다. 그가 "nein"34)이라고 말해야 되는 곳에서 "ja"라고 답할 때나, 그 반대로 말할 때는 코믹한 장면이었다. 롭마에르의 설명에 따르면, 리스벳이 어느 헝가리 사람인 공장소유주 가족과 함께 부다페스트로 여행을 가, 그곳에서 일하고 있고, 헝가리 수도가 그녀 마음에 든다고 했고, 아버지의 편지에 나온 그 헝가리인 하사에게도 안부를 묻는다고 했다. 또 아버지가 허락하고, 이 하사가 딸의 선의의 마음을 가치 있는 일로 여기면, 또 그 하사가 그녀에게 편지를 쓰면, 그녀 자신도 그 하사에게 편지를 보내겠다고 했다. 이 모든 것을 늙은 롭마에르는 길게 설명해 주었고, 모든 것이 그렇게 이루어진 것에는 그만한 이유가 있었다.

말인즉, 왜냐하면 오스트리아에서는, 특히 티롤35)에서

---

33) 역주: "왜 부다페스트에 리스벳이 있습니까? 왜 거기에 리스벳이?"
34) 역주: "아니오"라는 부정의 뜻에 해당하는 독일어.
35) 역주: 오스트리아 서부의 주. 북쪽은 독일, 동쪽은 잘츠부르크·케른텐주, 서쪽은 포어아를베르크, 남쪽은 이탈리아와 각각 접해 있다. 티롤은 사실상 모든 지역이 알프스 산맥지대로 이루어져 있다.

는 양식이 부족하고, 그의 식구가 많으니, 만일 자기 마을을 떠나 다른 세상을 보는 것도 유용하기 때문이었다. 페트로는 리스벳이, 매력적인 뾰쪽한 오스트리아 아가씨가 지금 부다페스트에 산다는 그 한 문장만 이해가 되었다. 페트로 푸르고니의 눈 안으로 마음을 어루만지는 생각이 들어와, 웃음조차 보이기도 했다. 갑자기 그는 롭마에르에게 몸을 돌려 말했다.

"Herr Lobmayer, bitte Fotografie!"[36]

같은 처지의 늙은 롭마에르는 온화하게 웃으며, 가족 사진을 호주머니에서 꺼내 보였다. 그는 푸르고니가 언제나 지난 몇 달간 그 사진을 보여달라고 자주 또 자주 요청하였기에 그 말을 이해하고, 지금도 그는 이미 그다음 그가 무슨 말을 할지도 정확히 알고 있었다. 푸르고니는 오랫동안 그 사진을 보며 자신의 손가락으로 그 가족 구성원들을 차례대로 가리켰다.

"Hier, Mutter...Ja herr Lobmayer? Hier Annie, hier Marie, hier Sepl, hier Lisbet. Ja,ja hier Lisbet!! Lisbet in Budapest?"[37]

"Ja"

푸르고니는 자신의 열정을 헝가리말로 해버렸다.

"그래요, 형님, 이 뾰쪽한 코의 천사를 위해 나는 3년

---

36) 역주: "롭마에르씨, 사진 좀!"
37) 역주: "여긴, 어머니... 그렇지요, 롭마에르씨? 여긴 안니, 여긴 마리, 여긴 세플, 여긴 리스벳. 그래, 그래요 여기가 리스벳!!리스벳은 부다페스트에 있구요?"라는 독일말

간 목동의 개처럼 봉사할 수 있어요.! 안타까운 것은, 이 천사가 오스트리아말만 할 줄 안다는 것이네요...빌어먹을...하지만 지금 그녀가 부다페스트에 있으니, 그것이 뭔가 되겠지요. 에이, 형님, 그녀는 나를 위해 헝가리 요리 중에 굴라쇼[38]를 한 번쯤 해 줄 수 있겠죠, 만일,....한센병이 어서 이 전쟁을 먹어 치울 수 있다면!"

"Was?"[39]

푸르고니는 갑자기 자신이 롭마에르에게 헛되이 말했음을 기억했다. 헝가리말로는 한마디도 그 노인은 이해하지 못했다.

"Niks was! Lisbet tn Budapest! 모든 것이 in ordnung이라구요!" 그리고 푸르고니는 놀리듯 살짝 웃었지만, 갑자기 깜짝 놀란 롭마에르를 껴안고는, 그에게 키스했다.

"In ordnung! Verstehen Sie, 같은 처지의 형님?"

옆의 벤치에 앉아 있던 스테파노는 놀리듯이 주목해 말했다.

"페트로, 자넨 독일말 연습했지? 어느 뾰쪽한 코를 가진 천사의 아름다운 눈을 위해서라면 뭘 할 수 있어! 자네조차도 독일말을 배우다니!"

"그리스도를 싫어하는 형님이나 배워요." 페트로의 기질이 분출되었다.

---

38) 역주: 우리나라 돼지국밥, 쇠고기 국밥. 야채 수프를 덮은 쇠고기 요리.
39) "뭐라고?"라는 독일말.

"그래, 그래, 페트로! 사랑이 모든 것을 이겨내지. 조금 전엔 자네는 그녀를 위해 목동의 개로서 기꺼이 봉사한다고 했지."

"목동의 개 맞아요, 하지만 독일말을 배우는 것은, -아니거든요! 더구나 그것은 정치니, 나는 그 정치에는 침을 뱉을 거요."

모두 웃었다. 사람들은 사랑에 대해, 포로들의 다양한 사랑 관계에 대해, 궁극적인 결혼에 대하여 놀리는 암시들을 했지만, 페트로 푸르고니는 그 잡담에 주목하지 않았다. 모든 가능한 방법을 동원해 그는 롭마에르에게 설명하길, 그는 리스벳에게 편지를 하고 싶다고 했다. 그리고 "곧장"이라고. 롭마에르는 설명하길, 리스벳 자신은 그로부터 몇 줄의 글을 받아도 화내지 않을 것이라고. 완벽한 오해보다도 더 자연스런 결과란 없는 법이다. 페트로는 장차 자신의 장인을 코르크 마개같은 사람으로 이름지었고, 롭마에르는 백번이나, "천둥 번개를, 예수 십자가상을, 성례를" 언급하면서, 참외 같은 헝가리인에 대한 자기 의견을 그리 아첨하는 것은 아닌 듯이 표현했다. 다른 사람들은 크게 웃었지만, 마침내 누군가 그 비극적 결말을 막기 위해 통역을 해 주었고, 몇 분 뒤, 페트로 롭마에르는 행복하게 웃으면서 그 막사 안으로 들어가, "부다페스트에 사는 리스벳'에게 편지 쓰러 들어갔다.

장교의 봉사원들은, 민간인 포로들의 수용소에서 나와 그들에게로 방금 다가오는 스트리치코프 중위를 향해,

갑자기 일어나 군대식으로 경례를 했다.

요한 바르디가 그와 함께 왔다.

스트리치코프는 주방의 청결 상태를 점검하고 또 그 봉사원들의 궁극적 의견을 들으려고 또 내일 업무를 주러 왔다. 바르디는 유심히 자신의 장부 책에 기록하고 있었다. 그 뒤, 그 두 사람은 함께 그 도시의 방향으로 출발했다.

"그래요, 저 두 사람은 서로를 잘 찾았네요," 스테파노가 주목했다. "눈 먼 사람조차도 저분들이 친구임을 볼 수 있겠어요."

"저 '혀가 없는 사람'이 내가 살아오면서 만났던, 가장 정당한 장교입니다." 다른 사람이 말했다.

"저분이 바르디 자원봉사자 선생님을 좋아한다는 점에 놀라지 않아요. 나는 차르 정부 시절에도 '베레조브카'에서 자원봉사자 선생님이 러시아 사령관의 호의를 받았고, 그분이 러시아의 이 가정 저 가정으로 손님으로 초청받아 간 것을 기억하고 있지요. 저분은 예술가입니다. 우리 모두 저분을 정말 사랑했어요. 곧 저분은 '상부 진영(야영지)'에서 포로들을 위한 극단을 다시 창설할거예요." 또 다른 사람이 말했다.

"지금 그는 '나로드니 돔'(인민회관)으로 여러 민족 사이의 평화를 만드는 것이 목적인 그 언어를 가르치러 갑니다. 도시 사령관과 루크야노프 대령이 그분을 돕고 있어요."

"러시아 남녀 배우들이 그분 연극을 공연할 거라는 이야기는 들었나요? 사람들 말로는, 스트리치코프 중위가 그것을 번역했다고 하지만, 미혹에게 들었는데, 그것은 속임일 뿐이라고 했어요. 한때 수용소에서 함께 생활한 여인이 그의 연극을 번역했다고 해요. 그 이쁜 여인이."

"이쁘기만 한가요! 내가 그 두 사람이 함께 있는 걸 보면, 내 의지와는 반대로, 질투심이 내게서 생길 정도라구요. 그런 연인을 난 한 번도 가져본 적 없었으니!"

"그리고 앞으로도 없을 거야. 왜냐하면, 자넨 그럴 만한 인물이 못되거든요," 누군가 자극적으로 말을 꺼냈다. "자네에겐 하룻밤에 오십 명의 남자를 상대하는 마루사 같은 여자가 적당하다구." 그렇게 말하고는 역겨움으로 침을 뱉었다. "무슨 인생이 이런고! 불쌍한 여인들!"

"히야, 전쟁은 전쟁이야... 사람이 그 전쟁 안에서 동물이 되어 버린다네... 하지만 그 막사 대장은 이익을 챙기고 있어. 그 막사 대장이 바로 갈보 대장이 되었어. 그리고 마루사와 계약을 체결했지."

"여자 하나를 둔 갈보! 피이! 위장이 뒤틀리네. 러시아에서만 그런 일이 벌어질 수 있어."

"또, 또 있어! 나는 우리 전선 뒤쪽에서도 그런 것 봤어. 사단 전체에 여자 넷. 그리고 그게 우리에게 있었어...전쟁터에서 몸 파는 여자들. 불쌍한 여성 동물들...."

"그만해, 잔인한 나쁜 일에 대해선 이젠 더는 말을 말게" 스테파노가 끼어 들었다. "남자들도 인간의 이름으로는 더 가치 있다고도 할 수 없지..."

그들은 모두 동의하며 침묵했으나, 그들 안에서는 청순한 여인에 대한, 지옥 같은 이 땅의 고통을 마침내 끝내는데 가치가 있는 그런 사랑을 가진 그런 동반자 여성에 대한 진흙 묻은 염원이 한숨을 내쉬었다. 여성의 영혼에서 여성성을 없애버리고 단순한 필요물로 만들어버린 빌어먹을 세월이여! 전쟁... 전쟁이다!... 오, 그들은, 거꾸로 뒤집힌 도덕이, 술취한 의식이 그들을 던져버린 곳인, 그 늪에서 얼마나 일어나 보려고 염원하고 있었던가.

유일하게도, 순수 여인의 헌신적 사랑만이 그들을 구원할 수 있고, 짐승이 되어 버린 이 시대를 잊게 만들어줄 수 있다....

스테파노는, 페트로 푸르고니가 자신이 만난 적이 없는 리스벳에 대해 꿈을 엮고 있을 때, 그가 정당하다고 생각했다.

장교의 봉사원들은 길게, 길게 말없이 그 자리에 앉아 있다가, 그 중 한 사람이 노래를 부르기 시작했다. 익숙한 멜로디, 민속적 가사는 저 먼 고국에 대하여, 저 침묵하는 한여름 저녁들에 대하여, 전쟁의 트럼펫 소리가 우단처럼 고운 아가씨를, 전쟁이 연인을 데려가 버린 그 아가씨를 다시 생각이 나게 만들었다. 그들 중 누가 또 언제 자신의 사랑하는 사람을 만날 수 있을까?

한사람씩 차례로 그 노래에 참여했다.

그 사람들의 마음이 둔탁하게 아파 왔지만, 어떤 식으

로든지 그 영혼들은 일상의 회색에서부터 일어섰다. 태양이 저 먼 산의 꼭대기에 다다랐을 때, 그들 모두는 합창으로 노래하고 있었다.

눈물에 절인 빵을 포로는 먹고,
그가 쓰는 차가운 침대엔 돌베개가 있네...
숲과 초원을 지나니 운명이 그를 내몰고
아무것도 그를 하얀 죽음에서 구하지 못하네.

착한 어머니여, 사랑하는 연인이여,
시베리아는 헝가리 사람의 무덤일뿐...
그이를 당신은 기다리지 마오, 당신은 그를 다시 가질 수 없어요.
그 사람 위로 검은 까마귀들이 울며 자장가 소리를 들려주네....

갑자기, 이에 답하듯, 인근 수용소에서 유쾌한 리듬의 합창 소리가 들려 왔다. 민간인 포로들은 낯선 생동감으로 노래하고, 그들의 보초들도 온 힘을 다해 참가했다.

이반은 숲으로 갔네...
헤이, 그는 슬픈 표정으로 갔네!
당나귀 한 마리가 그의 마차를 끌고 있네...
느린 걸음, 비틀걸음으로 당나귀는 끌고 있네!

이반은 욕하고, 자기 머리 긁고,
경고 조로 말하네.
"이놈, 당나귀야, 내 말 안 들으면, 때릴테다!"
"그래서 당나귀가 죽으면?!"
"헤이, 마찬가지야! 때릴테다!"

이반은 끌채를 집었네...
헤이, 그는 화를 내며 집었네!
당나귀 머리에서 소리가 나네...
헤이, 탁-하는 소리가 당나귀에서 나네!
이반은 혼자서 마차를 끄네,
헤이, 아주 유쾌하게 숲으로 가네.
"당나귀가 말 들렸네. 내가 때렸어!"
"그런데 당나귀 그만 죽어 버렸네!"
"헤이, 마찬가지야! 당나귀를 때렸어!
헤이, 마찬가지, 끝내 그럼에도 나는 때렸어!"

그렇게 반발심으로, 그렇게 혁명적으로 사람들은 그 가사의 상징적 의미가 쉽게 느껴지는, 마지막 구절을 노래했다. 나중에 여전히 다른 멜로디가 뒤따라 나오고, 이젠 장교의 봉사원들이, 또 그 뒤엔 민간인 포로들이 노래를 불렀다. 밤의 휴식 시간을 알려 주는 트럼펫 소리가 날 때까지.

*

스트리치코프와 바르디는 말없이 시내로 향하는 길에서 계속 걷고 있었다. 그 중위는 마침내 대화를 시작하게 만드는 주목하는 발언을 했다.

"두 사람이 같은 길을 걷고 있어도 두 개의 세계이네요. 낙관주의와 패배주의."

"왜 중위님은 그런 말씀을 하나요?"

"내가 그렇게 느끼기 때문이에요. 일주일 전에 난 당신이 운영하는 교실에 가 봤어요. 나는 그곳에서, 당신 안에는 우리를 둘러싼 모든 것에서 멀찌감치 서 있는, 퍼내도 또 솟아오르는 낙관주의가 샘솟고 있다는 인상을 받았어요. 마치 당신은 광란의 피바다라는 대양의 한 가운데 섬에 사는 듯이. 당신은 평화를, 민족간의 화해를, 인간의 이해를 말하고 있고, 당신은 당신의 그 초록 섬으로 피신한 사람들의 마음속에 위로를 심어주고 있더군요. 이상하게도! 당신은 진실로 당신이 말하는 것을 믿나요? 아니면, 당신은 당신이 보고 있는 현실을 볼 수 없을 정도로 그렇게 시각 장애자가 되었는가요?"

"저는 의무를 다할 뿐입니다. 중위님. 인간의 의무를요. 중위님도 같은 일을 하고 있지요."

"에이, 내 의무 완수라니," 그리고 스트리치코프는 자신의 제스처로서 자신의 의무 완수를 아주 높게는 평가하지 않고 있음을 보여주는 몸짓을 취했다. "그럼, 내가 원하는 바를 내가 할 수 있을까요?"

"아무도 그 상황과 그 환경에서 허락하는 만큼보다 더

잘 할 수는 없습니다. 자신의 인생에서 의무 완수에 관해 잊은 사람, 그 사람만이 죄를 짓고 있어요."

"그래요, 다시 당신은 철학적으로 말하는군요. 철학이란 마취시키는 독약입니다."

바르디는 살짝 웃었다. 스트리치코프는 깜짝 놀라 그를 쳐다보았다.

"저기요, 그럼, 이젠 중위님 '당신'이 철학적으로 말하네요. 나는 동의합니다. 우리 두 사람이 우리에게 독을 만들고 있다고요. 난 인생의 그늘진 부분을 보지 않으려고 달콤한 마취제로, 중위님은 태양의 밝은 부분이 존재한다는 것을 잊으려고 쓸쓸한 독약으로 말입니다. 우리는 서로 빚을 갚은 셈이네요."

스트리치코프도 살짝 웃고는, 자신의 손을 바르디의 어깨에 다정하게 올렸다.

"그럼, 좋아요! 나는 토론하지 않아요. 여러 달 동안 나는 당신을 보아 왔어요. 그리고 우리 사이엔 계급과 상황은 거저 외양일 뿐이구요. 당신은 내가 다행히 내 인생행로에서 만난 좋은 친구입니다."

"제겐 대단한 영광입니다."

"예를 갖춘 표현은 내버려 둬요. 나는 그런 말들을 믿지 않아요. 나는 당신의 우정 느낌 속에서 믿고 있어요. 왜냐하면, 그걸 나는 느끼고 있으니까요."

바르디는 대답하지 않았다. 몇 걸음을 더 걸어가면서도 그들은 말이 없었다.

"당신의 연극 작품은 아주 흥미가 있고, 깊은 의미를 갖고 있어요." 스트리치코프가 말했다. "그리고 그것도 아름다운 러시아말로요."

"그건 저를 향한 칭찬이 아니에요."

"폴리에나 알렉산드로프나... 나는 이해합니다. 실제로 나는 자주 그 연극 안에는 조화롭게 두 마음이 싸우고 있음을, 그렇게 조화롭게, 마치 그 둘이 오직 하나인 것처럼... 그런 인상을 받았어요. 인생은 이상하기도 해요."

"그래요, 이상합니다. 자주 인생은 그렇게 이상해요. 사람들이 인생에 절망하지 않도록, 또 인생에 저항할 할 수 있도록 그 인생에 대해 잊어야만 합니다."

"그래요, 그래요! 인생에 대해 철학적으로 생각해 보는 것은 유용하지 않아요... 그리고 또, 곧 모든 것은 이곳에서 무너질 겁니다. 그리고 갇힌 새들도 날개를 가질 겁니다."

"중위님은 뭔가 들은 게 있나요?"

"아무것도요! 하지만 난 권력이란 것이 콜차크 장군의 손에서 미끄러질 것이고, 붉은 물결이 모든 것을 덮칠 것이란 걸 느낄 수 있어요. 당신들과 같은 포로의 경우엔, 집으로 향하는 자유의 길이 열릴 겁니다. 더구나 일본군은 바이칼 동부의 모든 포로수용소를 없애는 결정을 했어요."

"정말인가요?"

"소문에는요... 마찬가지에요! 나는 한 가지만 기대하고 있어요. 내 아내와의 재회를요. 그리고 그녀와 함께 어디론지 달아나는 것을요. 사람들 시선이 우리를 고문하지 않는 곳으로요, 그곳에서는 우리가 우리 신념에 반해 행동하지 않아도 되는 그런 곳으로요."

"중위님은 페트로프프 중위처럼 유럽을 생각하고 있나요?"

스트리치코프는 씁쓸하게 웃었다.

"유럽을요?! 그 홍수가 유럽은 삼키지 않을 것이라고 생각하나요? 틀렸어요! 시간상 다소 차이가 있어도 그곳도 마찬가지로 모든 것이 뒤집힐 겁니다. 더구나 나는 내 아내 없인 탈출에 대해선 생각하지 않아요. 먼저, 나는 내 아내를 찾아야 하고, 나중에... 나중에 무슨 일이 벌어지든 같아요."

"그럼, 완전히 같지는 않네요!"

스트리치코프는, 갑자기 길에서 그 두 사람을 만나러 서둘러 오고 있는 또 다른 두 사람의 모습을 가리켰다. 바르디는 곧 그들을 알아보았다.

폴리에나 알렉산드로프나와 미혹. 좀 그는 놀랐다. 필시 무슨 일이 벌어졌구나. 그 모습으로 보아, 그녀가 지금쯤 '나로드니 돔'으로 갔어야 하는데, 그리고 그와 함께 수업이 끝나면 돌아 와야 하는데.

여전히 그들 사이에는 수십 걸음이 남아 있었다.

그때 미혹은 이미 바르디에게 생기있는 제스처로 소리를 쳤다.

"불행... 사고요... 볼쉬, 더 정확히 말하면 로르드에 게... 그런데 누가 그런 일이 일어날 줄 예상이나 했겠어 요?"

"저 사람이 무슨 일로 소리치고 있나요?" 스트리치코프 는 자신의 몸을 돌려, 바르디에게 말했다.

"저도 무슨 말인지 잘 모르겠습니다. 폴리에나 알렉산 드로프나는 정말 상세히 알려 주겠지요. 뭔가 유쾌하지 않은 일이 일어났어요."

그리고 폴리에나 알렉산드로프나는 스트리치코프와 페 트로프프 중위가 거주하는 집에서 일어난 그 모든 일을 실제로 자세히 알려 주었다.

"미혹과 제가 큰 방에 앉아, 우리 일을 하고 있었어 요." 그렇게 그녀는 시작했다. "그가 그레고르예바 부인 을 위한 겨울 외투 한 벌을 새로 만들려고 천의 재단을 막 끝낼 때였어요. 저는 중위님과 페트로프프 중위를 위 해 셔츠와 웃옷을 만들고 있었어요. 올가 양은 집에 없 었어요. 그녀는 급하게 며칠간 블라디보스토크로 여행가 는 그 중위를 역까지 동행해 배웅해 주었어요. 중위님도 아시지요!"

"그래요! 계속해 봐요!"

"그레고르예바 부인은 이웃집 여자를 만나러 갔어요. 갑자기 좀 흥분한 채 올가 양이 돌아왔어요. 그녀는 미 혹에게 말하길, 그녀에 대해 누군가 묻는 사람이 있으면, 그 사람을 이 집에 들여보내지 말라고 했어요.

그녀가 자기 방으로 되돌아갔을 때쯤 해서, 누군가 그 출입문을 열심히 두드리더군요, 미혹이 자신의 임무를 완수하러 나갔어요. 어떤 장교가 들어서자, 미혹은 그에게 올가 양은 지금 집에 없다고 설명했으나, 그는 미혹을 옆으로 밀치고는, 그녀 살롱의 문 앞으로 갔어요. 그는 그 문 앞에서 문을 두들겼어요. 우리는 그녀가 들어오라고 하는 소리를 들었으나, 곧 나중에, 그 장교가 억지로 그 방에 들어선 것이 분명한 그런 문장들이 들려왔어요. 몇 분이 지났을까, 사건이 벌어진 거예요. 좀 전에는 그 개가 으르렁댔다는 것만 우리가 기억했는데, 갑자기 짖기 시작하더군요. 그 장교가 이런 말을 했어요: "아가씨, 이 빌어먹을 짐승은 좀 치워!" 그녀가 뭐라 답했는지 우리가 듣지 못했지만, 잠시 뒤 그 개가 아프게도 크게 짖기 시작했어요. 장교가 그 개를 발로 찼어요, 올가 양은 한숨을 내쉬며, 도와 달라고 고함을 쳤고, 우리가 그 방으로 달려갔으나, 개가 장교를 난폭하게 공격하고 있고, 장교는 그 개와 싸우고 있음을 우린 보았어요. 우리는 개를 불렀으나, 개를 그에게서 떼어내려고 무진 애를 썼어요. 그러나 불가능했어요. 마침내 장교가 자신의 권총을 호주머니에서 꺼내, 쏘아버리더군요. 총알이 처음엔 개를 맞힌 것이 아니었지만, 천둥 같은 총소리에 개가 흥분해, 그 개가 장교의 목에 즉각 뛰어오르더군요, 장교는 다시 총을 쏘았고, 곧 우리는 올가 양이 창백해지는 것을 보았어요. 총알이 그녀를 맞혔어요."

"그녀가 죽었나요?" 스트리치코프는 그 말에 흥분되어 목소리가 쉰 것처럼 물었다.

"다행히도, 그녀는 살짝 다쳤어요... 그리고 개와 사람의 싸움은 계속되었어요, 우리는 계속되는 총질에 가까이 다가갈 용기도 없었어요. 마침내 어느 총알이 개를 맞히자, 개는 아파, 깽깽대며 짖더니 뒤집어지더군요... 개에 물린 상처들로 또 피로 인해 장교도 자리에서 일어나, 욕설하고 위협도 하더니 자신이 쏜 총알이 올가 양도 맞혔다는 것을 보더니, 의사를 데려오려고 뛰쳐나갔어요. 나는 그 아가씨를 침대에 뉘고는, 미혹은 그레고르예바 부인을 부르러 달려갔어요.

임시로 그 아가씨 상처에 붕대를 감고서, 나는 가장 가까운 곳에 있는 외과 의사에게로 달려갔어요. 의사 선생님이 와, 그레고르예바 부인을 안심시켰어요 ."

"그 장교는 누구요?"

"내가 그녀를 알구요." 폴리에나가 좀 생각한 뒤 대답했다. "스미르노프 대위입니다."

"블라디미르 스미르노프 대위라고요!" 스트리치코프는 외쳤다.

잠시 뒤 그는 이미 덧붙였다. "내가 추측하는 일이 있어요. 올가 양은 그의 억지와 이상한 행동 때문에 불평을 내게 한 적이 있었어요. 그녀는 좀 어때요?"

"총알이 그녀의 오른팔을 살짝 스치기만 했어요. 다행히 그게 근육을 찢지도, 뼈를 부수지도 않았어요."

"하지만 로르드, 우리 착한 로르드는 이젠 다시 생명을 가질 수는 없습니다." 놀라움은 미혹에게서 거의 울부짖는 소리처럼 들렸다. "그 개는 죽었어요...피를 너무 많이 흘렸어요. ... 페트로프프 중위가 뭐라 말할까요?"

"내가 집으로 가보리다." 스트리치코프가 말하고는, 작별 인사없이 그는 서둘러 자리를 떴다.

"이상하게도, 나는 그 명석한 로르드가 왜 그 대위를 증오했는지가 이해가 되지 않아요." 미혹은 말했다. "그 개는 한 번도 물지를 않았어요. 집을 방문하는 이라면 누구라도, 그 개는 으르렁대지도 않았어요. 바르디 선생님, 당신은 기억하지요, 언젠가 그 개는 거의 놀랄 듯이 어떤 장교를 공격하려고 했다는 것을 제가 말해 준 걸 기억하지요? 그럼, 이 사람이 바로 그 장교입니다. 나는 맹세코 용기 있게 말합니다. 나는 그의 기생오라비 같은 행동에 그를 알아볼 수 있습니다."

*

그 수용소 사무소에서 스트리치코프는 바르디에게 정보를 주었을 때는, 일주일이 지났을 때이다.

"스미르노프가 죽었어요."

"결투 때문인가요?" 바르디는 '블라디보스토크'에서 돌아 온 뒤 그 대위를 곧 자극했던 페트로프프를 생각했다. 주변의 남녀 지인들이라면 공식적으로 선언하지 않아도, 그를 올가의 약혼자로 생각하고 있었다.

"아뇨. 감염 때문에. 그렇게 끝났어요! 볼쉬, 아니 미혹의 표현을 빌면 로르드가, 전체 일을 다했어요... 그리고 지금 군대식으로 대열을 갖춘 하관식이 있을 겁니다."

그리고 씁쓸하고도 아이러니한 웃음이 스트리치코프 입가에 나타났다.

바르디는 좀 놀라, 그를 쳐다보았다. 스트리치코프는 주목하게 말하고는 농담조로 말했다.

"언제나 늘 그리됩니다! 위대한 개들에겐 영광과 장엄함을 주고요, 작은 개에게는 길옆의 구덩이를 주지요."

그리고 그들은 한때 기마 포수연대의 대위였던, 자칼 같은 인간인 블라디미르 스미르노프에 대해 더는 아무 말도 하지 않았다.

제19장. 서서히 전시상황은 바뀌어

시베리아의 회색 하늘에서 눈송이들이 다시 밀집해서 떨어졌다. 달력은 1920년을 가리키고 있었다. 그 해는 러시아라는 나라에서 그 시절을 살아남았던 사람들에겐 절대로 잊지 못할 1월을 안겨다 주었다. 유럽 쪽 러시아에서는 참혹한 비참함과 가난이 들이닥쳤다. 길게 늘어선, 목재로 지은 가옥들을 사람들은 땔감으로 쓰려고 도시에서 징발해갔다. 모든 전선의 하얀 군대는 퇴각하기 시작했다. 수십만 구의 시체가 늘려진 채, 매장되지도 못한 채 있어야 했다. 수십억 마리의 이가 득실거려, 유행성 발진티푸스라는 전염병이 돌게 되어, 주민의 수를 10분의 1로 줄어들었다. 피로 인해! 굶주림으로! 유행성 발진티푸스로 인해! 추위로!

콜차크 장군의 퇴각하는 군대는, 자기 뒤에 일십만 명에 달하는 피난민들을 자신들의 평형추로 끌고 다녔다. '대시베리아 차도'에선 동쪽으로의 죽음의 행진이 시작되었다. 상상할 수 없는 고통! 몇 개월을 걸어서 간다는 것, 영하 40도의 추위에 밤이나 낮이나 걷는다는 것, 마른 빵 한 조각을 씹는다는 것, 야만적인 파르티잔 대원들로부터 공격을 당하고, 약탈자 무리들에 쫓긴 채 있다는 것, 죽어가는 아이들의 모습을 본다는 것, 걸음마다 죽음을 목격한다는 것, 골고다의 수천 마일의 길에서 거의 반쯤 미친 채로 걷고 또 걷기란, 인간의 환상에서는 상상이 되지 않을 정도로 참혹한 일이었다.

붉은 군대는 쉴 틈도 없이 모든 것에서 옅은 물을 건넜다. 하얀 군대의 가장 중요한 거점들이 함락되고, 투항했다.

소비에트는 마침내 전쟁포로들을 "자유의 민간인"으로 선포했다.

그 선포로 인해 소비에트는 그들에게 구걸의 걸망태를 짊어지게 했다. 그 "이전의 전쟁포로들"은 자신의 생명을 보전하기 위해 대부분 선동에 못 이겨, 붉은 군대의 별동대들을 만들었다.

1월 4일, 붉은 군대는, 이미 그 군대가 진입하기도 전에, 소비에트 체제에 가입한 도시인 크라스노야르스크[40]에 들어섰다. 여기서, 그 도시 안의 붉은 군대 병사들 때문에 도시를 재탈환하지 못한 콜차크 군 소속의 퇴각하는 사단들의 질서가 무너져버렸다.

사방에서 파르티잔 대원들이, 또 붉은 군대 별동대들이 그 퇴각하는 콜차크 군대의 길을 막고 있자, 그 하얀 군대의 손실은 사망자, 부상자와 포로가 5만 명 이상이나 되었다.

---

40) 역주: 크라스노야르스크(러시아어: Красноярск)는 크라스노야르스크 지방의 중심지이다. 예니세이 강의 하류에 면해있다. 인구는 948,507명 (2008년)으로, 시베리아에서 3번째로 큰 도시이다. 시베리아 철도가 통과하고, 모스크바로부터는 약 4,100km 떨어져 있다. 1628년에 요새로서 건설되었는데 크라스니야르(Красный Яр)라고 불렀다. 금광이 발견되고 나서부터는, 시베리아 철도의 건설에 의해 급속하게 발전했다. 1934년부터는 크라스노야르스크 지방의 중심지가 되었다.

이 전투는 죽음과 같은 타격이었다.

뿔뿔이 흩어진 그 하얀 군대의 연대들은 무질서하게, 서로 방해만 되고, 자주 자신들이 가진 무기로 서로 싸우며, 바이칼 호수의 가장 중요한 철길을 서로 확보하려고 노력했다.

체코 군단이 그 퇴각하는 군대의 첫 점을 형성했으며, 그 군단은 참을 수 있는 상황에서 비교적 진전이 있었지만, 다른 폴란드, 세르비아 별동대들은 군대 기강이 이미 무너진 러시아 연대들과 함께 뒤처지게 되어 참혹한 운명을 맞이했다. 그들은 붉은 군대의 접근을 모든 가능한 자원을 동원해 막아 보려고 했다.

그래서 대형 다리, 철로, 역과 같은 건물들은 파손되었다. 그러는 사이 어디에서나 볼셰비키의 숫자는 늘었고, 파르티잔 대원들은 나타났고, 붉은 지대(분견대)들이 만들어지고, 도시들은 소비에트 체제에 가입했고, 이 모든 상황이 하얀 군대에겐 불리하게 되었다.

이젠 하얀 군대가 '이르쿠츠크'를 도달할 수 있을지 의문이 들었다.

이르쿠츠크 외곽에서는 볼셰비키들이 이미 그 퇴각로를 막고, 자신 앞에는 오직 한길만 -적과의 협상을 하는 것- 보이는 체코 군단의 계속적인 진출을 방해했다.

그 체코 군단과 이르쿠츠크 사회주의 국회의 협상 결과, 그 군단이 콜차크 장군을 넘기고, 몇 명의 막료 장교들과 부관들을 포함해 페펠야에프 장관이자 대장을 넘겨 주기로 했다.

유일하게도 이르쿠츠크에 있던 일본군 사절단은 그 장군을 내어주는 것에 반대했다.

그런 반대가 미국군, 영국군, 프랑스군 사절단의 지원을 받지 못했다. 그래서 그 일본군 사절단은 곧 이르쿠츠크를 떠났다.

그 뒤, 체코 군단은 자신의 길을 계속 갔고, 콜차크가 이전에 '카잔41) 국립 은행'에서 탈취해 갖고 있던 러시아 국가재산인 황금 약 480톤을 특별열차 편으로 이르쿠츠크까지 운반했다.

그 퇴각하는 하얀 군대는 여전히 이르쿠츠크에서 멀리 있었고, 사카라로프 장군 지휘 아래 백군은 콜차크 장군을 해방하러 그 도시로 다가오고 있었다. 그러나 이 모든 것은 허사가 되었다.

콜차크와 그의 장관 페펠야에프가 2월 7일에 총살당했다. 그 시체들을 사람들은 앙가라 강42)에다 던져버렸다. 이

---

41) 역주:카잔(타타르어: Qazan/Казан, 1918년부터 1928년까지 قازان, 러시아어: Казань, 문화어: 까잔)는 러시아연방에 속한 타타르 공화국의 수도이다. 볼가 강에 면해있는 상공업 도시이다. 수상·육상교통의 요충지이다. 인구는 약 115만 명(2002년)이고, 모스크바로부터는 800km이다. 11세기 초에 볼가불가르인에 의해서 건설되었다. 15세기에는 카잔 한국의 수도로서 번창했지만, 1552년 카잔은 이반 4세에게 점령된다. 1708년에 카잔 한국이 폐지되어 카잔은 러시아 제국의 지방도시, 카잔주의 주도가 되었다. 1774년, 푸가초프의 난으로 파괴되었다.
42) 역주: 안가라 강(러시아어: Ангара́)은 시베리아 남동부를 흐르는 강으로, 전체 길이 1779 km의 강이다. 예니세이 강의 지류로 바이칼 호에서 흐

로서 그 하얀 군대의 완전한 종말이 시작되었다.

볼셰비키 측의 승리가 다가오자, 극동 시베리아에서도 정치 지형이 뒤집혀졌다.

1919년 11월 4일 '가이다' 장군은, 체코 군단의 대장인 그는 블라디보스토크에서 자신의 권좌를 잡으려고 시도했으나, 이 정치 소동은 실패로 연결되었다.

칼무코프의 코사크 병사들이 블라디보스토크 역으로 진입해, 피를 쏟는 전투가 벌어지고, 코사크 측이 승리했다. 그러자 블라디보스토크의 도시 사령관 로자노프 러시아 장군의 명령으로 가이다 장군을 체포해, 그를 인근의 배로 유럽으로 보내버렸다.

칼무코프 대장은 급속한 종말을 느끼고는, 그는 자기 행동에 승리의 화환을 씌우려 했다.

하바롭스크에서 멀지 않은 곳에서, 그는 자신의 군사력을 총동원했다. 그는 자신의 "드지키 오트르야드djiki otrjad"(야만의 지대) 앞에 서서, 자신을 향해 대열을 갖춘 여러 중대를 향해 일장 연설을 했다.

"제군들, 이 사람들아, 상황이 바뀌었어. 그 때문에 나는 여러분을 우리 군대 복무에 계속 붙잡아 두고 싶지 않다. 자원해 나를 따라가기를 싫어하는 사람은, 이젠 집으로 자유로이 갈 수 있다. 나는 이 불타는 지옥에서조차

르기 시작하는 유일한 강이다.

안가라 강은 바이칼 호의 남서단, 리스트랸카의 근처에서 흐르기 시작해, 북쪽으로는 이르쿠츠크, 브라츠크를 통과해서 일림 강과 합류한 뒤 서쪽으로 흐름을 바꾸어서, 스트렐카 근처에서 예니세이 강에 합류한다.

도 기꺼이 나와 함께 남을, 그런 남자들만 필요로 한다. 이젠, 입을 열어 한번 말해 봐!"

신병들로 구성된 그 중대들은 군대 복무에서 자신들이 이젠 떠나겠다고 선언했다.

칼무코프는 친절하게도 작별인사를 하며, 그들에게 자신들이 가진 무기를 반납하라고 호소했다.

그의 바람대로 다 되자, 그 "드지키 오트르야드drjiki otrjad"는 그 불행한 사람들을 한데 모이게 하고는, 그 대장 명령을 통해, 옷을 모두 벗게 하고는, 그들을 우수리 강[43]으로 몰아넣어 버렸다.

양편으로는 목에까지 무장한 코사크 병사들이, 뒤에는 기관총들이 들이대고 있는 채로. 3,000명 이상의 청년들이 그 자리서 대학살을 당하고, 총에 맞아 죽었다.

그리고 나중에 칼무코프는 자기 병사들을 데리고 세묘노프 장군의 휘하로 들어가 버렸다.

러시아 전쟁포로 수용소들에서는 양식이 부족했다.

전쟁포로들은 시내로 일을 구하러, 자신이 만든 생산품을 팔러 갔다.

민간인 포로수용소에서는 이젠 엄중한 감시는 중단되었다. 보초병들은 아직 정문에 서 있었지만, 원하지 않은 사람만 들여보내지 않거나, 나가지 못하게 했다.

---

43)역주: 우수리강. 시호테알린 산맥의 남서부 기슭에서 발원하는 2개의 강, 즉 울라헤 강과 아르세니예프카 강이 합류하면서 우수리강이 된다. 길이는 울라헤 강의 발원지에서부터 계산하여 909km이다.

스트리치코프는 매일 가장 필요한 물자를 공급받기 위해 더 많은 관심을 기울였다. 그는 포덴코 대령에게 헛되이 바삐 왔다 갔다 했다. 그 대령은 어깨를 으쓱하고는, "어떡하지?" 라는 몸짓으로, 대화로, 자신의 모든 책임에서 벗어나려는 듯이 흔들었다. 스트리치코프는 자신의 직위에서 제대하겠다고 제안했으나, 그 대령은 군사 규율에 대해 암시했다. 끝내 그 중위는 블라디보스토크로 공무 여행해, 수용소를 위한 일주일 분의 조달물자를 받고 왔다. 그러나, 공식 업무만이 그에게 관심이 있는 것은 아니었다. 그의 기분을 억누르고 있는 것은 언제나 그 하얀 군대의 서부 전선에 관한 더 늘어나는, 더 나쁜 보고들과 소문들이었다.

언제나 더욱더 그는 자신이 자기 아내를 다시 만날 수 있으리라는 희망을 잃어 갔다. 블라디보스토크과 이르쿠츠크 사이에는 정말 나날이 장애물이 많아졌다.

페트로프프 중위는 올가 양과 함께 결혼 생활 속으로 도피했다.

페트로프프는 2주일간의 휴가를 아무 괴로움 없이 즐긴다는 핑계로, 그들은 블라디보스토크로 가, 결코 돌아오지 않았다.

몇 주간이 지난 뒤, 마침내 편지가 그레고르이에바에게 도착해, 알려진 소식에 따르면, 그 젊은 부부가 중국 상하이 항구에 도착했다고 했고, 곧 우편용 선박을 이용해 그들은 유럽 여행길에 오를 것이라고 했다. 그 통지는 스트리치코프에겐 놀라움이 되지 못했다. 이미 오래 전부터 그는 페트로프프가 달아 날 궁리를 준비해 오고 있음을 추측했다. 그가 블라디보스토크로 자주 출장 가는 것이 뭔가 유사한 추측을 가게 했다.

그 젊은 부부가 떠났기 때문에 가장 안타까워 한 사람은, 정말 자신의 처음이자 유일한 학생을 잃은 미카엘로 미혹이었다.

그 사자 목소리의 중위는 그렇게 해서 떠나갔지만, 그는 나중 일은 추측할 수는 없었을 것이다.

왜냐하면, 여러 해가 지나, 그 두 사람 간의 역할이 바뀌어, 헝가리의 어느 마을의 재봉소에서 미혹이 사장으로 있고, 그 중위가 그곳에서 도우는 일꾼으로 될 줄은 꿈에도 몰랐을 것이다.

포로가 된 붉은 군대 군인들의 상황은 마찬가지로 나아졌다. '기마 포수 병사로 사냥하는 연대'에 속했던 장교들은 거의 예외 없이 다른 연대로 전속되었다.

통제할 수 없는 소문이 더 나쁜 소식들을 가져다주면 줄수록, 동부의 주에서의 하얀 정부의 행동은 더욱 너그러워지고, 이해를 더 해 주는 편이었다.

그곳의 주민들도 그 고통당하고 있는 사람들에게 자신의 동정을 보이며, 자신들의 위험을 더욱 용기있게 감수했다.

블라디보스토크의 햐얀 정부와, 다른 도시들의 사령부가 자신의 지배의 다가오는 종말을 느끼고 있었다 하더라도, 그들은 희망을 버리지 않고 있었다.

이르쿠츠크와 블라디보스토크 사이에 정말 수천 베르스타의 거리가 떨어져 있고, 저렇게 쫓기고 있는 하얀 군대가 어딘가에서, 그 승리하고 있는 붉은 군대의 파괴력에 대항해 맞설 수 있을지 누가 아는가?!

그러나 특히 그들은 외국의 군사 사절단들이 도와주리라고 믿었다. 비록 그 외국 군사력을 가진 정부들 사이에 시베리아에서의 공동 전선의 원칙들과 목표들에 대해 대립적 입장이 언제나 첨예하게 대립해 있다 하더라도. 온 프리모르스키 주44)에서는 앞으로의 일에 대해선 생각하지 않은 채, 사람들은 곧 분출할 화산 위에서 춤을 추었다.

똑같은 상황과 분위기가 니콜스크-우수리스크에서도 지배했다. 전투는 이제 어떤 식으로든지 종적을 감추었다.

피를 쏟는 것은 이제 충분해!

1분을 더 즐기자, 순간의 즐거움을 누리자!

도시를 둘러싼 포로수용소들에서도 루크야노프 대령의 허가에 따라 극장들을 설립되어, 러시아 주민들도 기꺼이 방문할 수 있게 되었다. 그런 극장 방문이 유행이 되고, 포로들이 개최하는 무도회들, 연주회들, 오페라공연들은 그 시민 대중의 호의를 즐기게 되었고, 그리고...

---

44)역주: 프리모르스키 주(러시아어: Приморская область)는 1856년부터 1922년까지 존재했던 러시아 제국의 주로, 주도는 니콜라옙스크나아무레 (1856년 ~ 1880년), 블라디보스토크(1888년 ~ 1922년)이다. 현재의 러시아 프리모르스키 지방에 걸쳐 있었다.

그리고 새로운 연애 관계가, 여인에 굶주린 남자 포로들과 러시아 아가씨 마음들 사이에서 생겨났다. 이전의 비밀스런 관계들이 자유로운 권리를 누리게 되었다. 어떤 식으로든지 이곳 여성들은 전쟁 포로인 사람을 약혼자로 만들어, 이 불타고 있는 지옥에서 아내를 평화로운 유럽으로 데려갈 약혼자를 가지는 것이 유행처럼 되었다. - 피난하는 것, 피난하는 것! 어떤 식으로든지 마찬가지지만, 이곳을 빠져나가는 것!

서쪽에서는 비참과 공포가 지배하고, 심장을 쪼개듯이 한탄과 죽음의 비명이 메아리치고 있었다. 동쪽에서는 사람들이 화산 위에서 춤추고 있었다.

*

그 연극 공연이 '나로드니 돔'에서 끝났다. 포덴코 대령의 연예단는 아직도 의상실에 있었지만, 관객들은 이미 빠른 걸음으로 뿔뿔이 귀갓길을 재촉했다. 그 남녀 배우들의 출입구 앞에는 바르디와 폴리에나 알렉산드로프나와 함께 스트리치코프 중위가 서 있었다.

그들은 군인 배우들을 기다리고 있었고, 그들 막사가 그 수용소 옆에 있었다. 최근 몇 주간 동안, 그들은 그 유쾌하게 잡담을 나누는 보헤미안들을 동반해 자주 그쪽으로 걸어갔다. 바르디가 희곡을 만들고, 이를 폴리에나 알렉산드로프나가 러시아어로 번역한, 그 연극 공연이 성공하자, 그들 두 사람에겐 그 연예단에 자신들이 소속될 수 있는 약간의 권리를 얻었고, 실제로 그들은 그런 호의를 누렸다.

스트리치코프는 간혹의 경우에만 이 극장을 방문했지만, 그 남녀 배우들을 기다린 적은 한 번도 없었다.

지금은 그 예외적인 경우였다.

지금조차도 그는 그들과 좀 멀리 서 있었고, 방금 그들을 스쳐 간 순찰대를 생각하며 그 순찰대를 뒤에서 보고 있었다.

그 순찰대는 평범한 순찰대라기보다는 더 많은 군인들로 구성되어 있었다. 저게 무슨 의미인가? 아마 그럴 것이다, 아마 아닐 수도 있을 것이다.

그의 생각은 트카체프의 늘 하던 고정된 생각에서 다시 방황했다. 바이올린연주자의 콘서트가 끝난 뒤, 즉시 대포들이 천둥과 번개 소리를 냈다는 것이, 그것이 인근의 두 곳의 주요도시에서 이미 벌어졌다는 것이 이상했다. 오늘 저녁에도 이곳에 바이올린연주자가 연극의 프로그램 속에서 연주를 펼쳤다. 그 순간에 그는 어떤 뭔가의 연관관계를 생각하지 못했다. 그 예술가의 눈부신 능력의 연주가 그를 가둬 놓았지만, 지금에서야, 그가 순찰대가 지나치며 행군하는 것을 보자, 갑자기 그는 트카체프의 신비한 음악가에 대한 생각이 났다. 그는 그 점에 대해 자신보다 그 예술가를 더 많이 알고 있을 것 같은 포덴코 대령에게 보고할 의무감을 느꼈다.

아름답고도 조용한 밤이었다. 달은 보이지 않았지만, 하얗게 쌓인 눈이 어둠을 조금은 밝혀 주었다. 스트리치코프는 폭풍전야의 고요함이 이 모든 것을 지배하는 듯한 느낌을 받았다. 개 짖는 소리조차도 이 밤에는 메아리가 되어 들리지도 않았다.

"뷘코프는 오늘 아주 잘 연주했어요," 바르디가 말했다. "그분은 위대한 예술가예요. 안 그런가요, 중위님?"

"그래요."

"마랴 라드첸코바가 맡아 한 역할은 중위님 마음에 들었나요?"

"그럼요. 그녀는 생기있게 해냈어요." 그는 마음 편하게 대답했다. 그는 가까이 다가오는 군인들의 규칙적인 발걸음에 주목해 있었다.

1분 뒤, 그 인근 도로에 순찰대가 나타났다.

"이제 또 보이네. 똑같은 순찰대인가, 아니면 새로운 순찰대?"

"중위님, 뭐라 하였나요?"

"중요한 건 아니구요! 뭔가 나를 놀라게 하는 일이 있어요."

순찰대는 그 병영들로 향하는 길에서 모습을 감추었다. 스트리치코프는 똑같은 순찰대가 이번엔 귀대하는 길이겠지 하는 생각으로 자신을 진정시켰다.

마침내, 그 남녀 배우들도 도착했다. 포덴코는 점잖게 마랴 라드첸코바를 배웅해 주고 싶었지만, 스트리치코프가 용무가 있는 듯해서, 그녀에겐 용서를 구하면서, 그는 그 대령을 잠시 끌어당겨, 정보를 주고받으려 했다.

"대령님, 오늘 공연에 출연한 그 바이올린연주자를 아시나요?"

"물론 나는 그를 알지. 사람들이 내게 소개를 해 주었지."

"저는 그 생각은 못했네요... 이전에 대령님은 그에 대해 이미 들은 적이 있습니까?"

"아닐세! 그는 오늘 우리 도시로 와서, 일자리가 없는 예술가로 그는 우리의 재능있는 여성 배우 라드첸코바에게 부탁했기에, 더 정확히는 그가 정중히 부탁도 하고 해서. 그런데, 어떡하지? 그는 바이올린 연주로 먹고산다던데. 안 그런가?"

"예, 예, ... 그는 바이올린으로 먹고 삽니다.... 그리고 지금 이 예술가는 어디에 있나요?"

"저기, 정말은 나도 모르네. 아마 그는 자신의 출연료를 받고 잠자러 갔겠지. 그는 정말 내겐 아주 점잖은 사람이었고, 앞에 나서길 잘 안하는 사람처럼 보였어. 그러나 이 사람이 왜 자네에게 관심갖게 했나?"

"왜냐하면? 저기요, 대령님..."

그 순간 검은 창공에 이상한 섬광이 번쩍했다.

도시 외곽 어딘가에서 쏘아올린 불꽃이 폭발했다. 모두는 놀라, 그 불꽃을 바라보았다.

"저게 무엇을 뜻하지?" 포덴코 대령은 묻고는, 그의 목소리에선 이미 추측이 떨려 왔다.

"저것은, 대령님, 시몬 트카체프가 말해 온 그 신비한 음악가가 바보에게서 나오는 고정된 생각이 아니라는 걸 입증함을 의미합니다."

"난 자네 말을 이해하지 못하겠는걸, 스트리치코프 중위. 그 시몬 트카체프라는 사람 누구냐? 그리고 자네, 그 이상한 말은 무슨 뜻인가?"

"피의 밤이 시작된다는 것만 말씀드리고자 합니다. 다시 저 하얀 눈이 붉게 변하겠어요. 저 존경하는 여성 배우님을 혼자 댁으로 가게 하고, 우리는 정시에 병영으로 귀대하는 것이 가장 현명할 것 같습니다. 정치 소요사태입니다. 누가 알아요?"

포덴코는 이미 자신의 중위가 하는 말을 완전히 이해하였으나, 그의 표정은 잠시 그렇게 몇 분간 지속되었다. 잠시 뒤 그는 그에게는 일상적 의문인 "어떡하지?"라는 물음이 나왔다.

지금은 연이어 서-너 차례 섬광이 검은 밤에 폭발했고, 곧 깨어난 개들이 짖는 소리가 콘서트처럼 들려오기 시작했다.

짧은 의논 끝에, 남녀 배우들은, 포덴코대령의 지휘 하에, 뛰어 그 병영과 수용소 쪽으로 향하는 길로 달려가기 시작했다. 말없이 그들은 안전한 대피소로 최대한 빨리 도달하려고 애썼다. 그들이 그 도시의 마지막 집들을 뒤로 남기고, 이젠 그 수용소로의 중간 정도의 길에 갔을 때, 어느 병영에서부터 나와, 가까이 다가오는 순찰대를 만났다.

그 순찰대 대장인 젊은 하사는 그들을 세워, 그 무리에게 다가와서는, 그들 의복을 관찰하더니, 군인들에게 "아군이네"라고 말하고는, 그는 다시 그 순찰대 일행에게로 돌아갔다.

"헤이, 잠깐만!" 포뎅코 대령이 그를 불러 세웠다. "그게 무슨 말이야?"

그 하사는 대답하려고 몸도 돌리지도 않고, 그의 군인들은 말없이 그를 뒤따랐다. 포뎅코에게서 자신이 대령이라는 직급이 화를 냈다.

"저 친구는 내게 인사도 하지 않네! 저기, 내일, 내가 저 자식이 누군가 알게 되면, 내가 군대 규율로 그를 가르쳐 주겠어." 그러나, 잠시 뒤, 그는 스스로 그 사건에 대해 믿을 수 없었다. 그리고 어깨를 으쓱하면서 자신의 입에서 "어떡하지? 혁명은 혁명이구나."라는 말이 나왔다.

스트리치코프는 말없이 검은 창공을 쳐다보고는, 자신의 신경을 곤두세웠다. 긴장했다. 다시 침묵이 지배했다. 섬광도 없었고, 개가 짖는 소리도 멈추었다... 어디에서나 우울한 위협적인 침묵만 있었다.

그 무리가 수용소에 다다르자, 스트리치코프는 그 대령과 그의 남녀 배우들에게 작별인사를 했다.

"그런데, 왜 자네는 우리와 함께 병영으로 가지 않나?" 포뎅코가 물었다.

"제 자리는 수용소 안입니다. 제 임무는 그곳 보초들을 지휘하는 것입니다."

바르디와 폴리에나 알렉산드로포프나와 함께 스트리치코프는 그 정문으로 갔다. 그런데 그곳 보초병은 보이지 않았다. 스트리치코프는 곧장 그 보초들이 사용하는 위병초소로 달려갔다. 아무도 없었다. 그곳에서 그는 장교의 봉사원들이 거주하는 막사로 달려갔다.

전쟁포로들은 깊이 잠들어 있었지만, 페트로 푸르고니 하사만 깨어나, 스트리치코프 중위를 보자 놀라, 자신의 눈을 긴장시켰다.

그 중위는 주위를 둘러보고는 껌벅거리며 빛나고 있던 석유 램프를 껐다. 그리고 그 중위는 그 막사를 **빠져** 나와, 그 수용소의 사무소로 서둘러 갔다.

바르디는 이미 봉사할 준비를 한 채 그를 기다렸다.

"내가 이곳을 밤새지키고 있겠어요." 스트리치코프가 선언했다. "필시 아무 일도 일어나지 않겠지만, 하지만... 저기, 누가 알아요? 곧 죽음의 춤이 시작될 수도 있어요."

"군인들 없이 말인가요?" 바르디가 주목했다.

"바로 그 때문에요. 왜냐하면, 군인들이 부족합니다." 그리고 스트리치코프는 아픈 듯 자신의 앞을 보았다. "가서, 그 막사의 램프들을 꺼요. 그리고 사람들에게 주의하라고 해 주세요."

"예, 중위님... 폴리에나 알렉산드로프나가 차를 준비해 올 겁니다. 내가 그 차 가져다 드리겠습니다. 괜찮아요?"

"목마르진 않아요."

한 시간, 두 시간이 흘러 갔다.

침묵하는 밤에 아무것도 당혹스러운 것은 없었다. 깊이 이 도시는 잠들고 있고, 민간인 포로들은 자유에 대해 꿈꾸고, 전쟁포로들은 고향으로의 꿈을 꾸고 있었다. 스트리치코프만 그 사무소에서 깨어 있엇다.

바르디와 폴리에나는 옆방에서 조용한 대화를 나누고 있었다. 매 문장이 끝난 뒤, 길게 계속되는 침묵이 뒤따랐다.

그들은 함께 폴리에나의 침상에 앉아, 저 창문을 통해 어두운 밤을 쳐다보고 있었다.

그녀의 한 손은 그 남자의 숙인 머리 위의 곱슬머리를 쓰다듬어 주고, 낮은 목소리로 말했다.

"그럼, 그럼, 그걸 나는 두려워요, 요한."

"뭘요?"

"내가 표현을 잘 못 했네요. 나는 당신 때문이기도 하고, 나 때문이기도 하고 그 점이 두려워요. 나는, 한번은 저 과거의 그림자가 우리 저 멀리로 태양을 숨기게 될 거에요."

"불분명하게 당신은 말하네요. 나는 이해가 되지 않아요."

"놀랐나요, 사랑하는 당신은? 당신에게서 내가 배웠는데요. 당신은 정말 꿈을 따라 방랑하는 사람이구요. 나는 이 땅에 남고 싶지만, 당신은 그렇게 하는 걸 허락하지 않았어요. 당신은 환상을 원했어요. 당신은, 내가, 당신이 이 인생을 보도록 한 모습으로 나에게도 꿈의 형상을 만들게 해 놓았어요."

"당신은 비난하는가요?"

"아뇨, 내 사랑! 아뇨, 내 따뜻한 마음의 아이인 당신! 나는 당신을 깨워서 당신에게 현실을 보여주고 싶을 뿐이에요. 벌써 오래전부터 우리는 이 땅에서 걸어왔어요. 차이라고 한다면, 당신은 그 점을 의식하고 있는 동안에, 당신은 이 땅에서 아직도 저 멀리에 두는 당신 자신을 상상하고 있어요."

"난 당신을 사랑해요, 폴리에나... 나는 정말 당신을 사랑해요."

그녀의 쓰다듬는 손길은 그의 손을 들어, 그 손에 키스를 했다.

"난 알아요, 요한. 나도 온전히 당신에게 속해 있어요. 바로 그 점 때문에 당신 고통을 본다는 것은 아파요."

"폴리에나, 내가 우리 미래에 대해 아무것도 약속하지 못한 것을 당신은 이해하지 못하나요? 내 영혼을 갈갈이 찢어 놓은 것이 내 '인생"이라구요."

"약속이라구요?! 어리석은 낱말이네요. 당신은 약속하지 않고, 주었어요, 주었어요, 주기만 했던 시절이었어요. 왜 지금 약속을 해요? 깨어나요, 요한! 꿈의 방랑은 이제 충분했어요. 저 광풍이 몰려오고 있어요. 우리를 갈라놓을 수 있는 광풍이 말입니다. 우리를 서로에게 밀쳐 주었던 저 피의 폭풍과도 유사한 것이요. 아마 내일일지도, 아니면 1년이 지나서일지도 모르지만요"

그는 아픈 생각이 자신의 마음을 괴롭혔지만, 그 생각들을 말로 표현하지는 않았다. 그는 물어볼 용기도 나지 않았고, 미래를 보고 싶지도 않았다. 그는 절망하지 않으려고 자신의 꿈들에 매달려 있었다. 그녀는 그가 말로 하지 않은 질문을 이해하고는 마치 그 질문에 대답하는 것 같다.

"생각하지 말아요, 요한, 나는 당신을 떠나고 싶어요. 아니, 내가 원하는 것이 아니라, 나는 당신이 마침내 현실을 보도록 염원하고 있어요. 두 세계가 우리입니다. 운명적인 순간이 오면, 나는 당신을 따라갈 수 없고, 당신은 내 편에 남아 있을 수도 없어요. 가정에서 의무감이 당신을 기다리기 때문이 아니라, 내 의무감의 완수가, 이 땅에, 이 나라 사람들에게, 내 혁명의 이데올로기의 세계에 나를 가둬 놓고 있기 때문이에요. 요한, 그 두 세계가 우리입니다."

"왜 당신은 그 점을 지금 말하고 있는거요? 왜?"

"새 광풍이 가까이 오고 있고, 그 광풍은 우리 두 사람에게 자유를 가져다줄 것이고, 또, 그 광풍을 맞을 준비를 해야만 해요. 봐요, 늘 아이 같은 당신, 당신은, 뼈속까지도 꿈을 꾸는 사람인 당신. 나는 당신을 위해 아마도 당신의 영혼을 그 무게로 눌러, 깨버릴지도 모를 그 현실을 쉽게 만들고 싶어요. 그것 때문에만 나는 말했어요. 내 사랑이 당신의 사랑에 못 미친다고는 생각하지 마세요. 오, 당신 스스로 느끼기엔, 사랑만이, 자신을 희생하는 사랑만이 그렇게 말할 수 있다고 느끼고 있어요."

"나는 느끼고, 나는 알아요, 폴리에나, 그럼에도 ..."

"그 당신의 영혼에서 "그럼에도"라는 말은 하지 말아주세요. 그리고 내 두 눈을 쳐다봐요. 이 눈이 거짓말 하나요?"

그들의 입술들이 합쳐 긴 키스로 이어졌다. 통곡하는 두 영혼이 그들을 흩어놓게 할지도 모를 그 광풍 앞에서 자신들에게 용기를 얻기 위해 서로에게 대피하고 있었다. 그 열정적인 포옹 속에서 그 미래를 잊는 것이 낫다.

밤의 침묵 속에서 대포 소리가 다시 쿵-쿵거리기 시작했다... 하나... 둘... 셋... 이제 잠자고 있던 사람들이 깨었다. 잠시 뒤, 스트리치코프 중위의 명령하는 목소리가 온 막사에 들려 왔다.

"모든 사람은 바닥으로 눕는다! 아무도 불을 켜면 안 된다! 창문 앞을 밀짚 포대로 막는다!"

소란스러움이 있었다. 자극을 받은 사람들이 이곳으로 저곳으로 뛰어다녔으나, 모두 명령에 복종했다. 이제 다시 세 번 연속으로 대포 소리가 천둥소리처럼 들려 왔다. 민간인 포로들은 볼셰비키들이 가까이 온 것에 대해 수군대기 시작했다.

"인근의 포병 막사에서부터 누군가 쏘는 것 같아요."

"따뜻하고, 기억해야 하는 날이겠군."

늙은 푸칼로프는 이 무리에서 저 무리로 가, 그들이 침착히 있도록 조언을 했다. 아마 몇 시간 뒤엔, 그들은 지배자들이 될 것이다. 왜냐하면, 그 바퀴가 방금 돌기 시작했으니까.

스트리치코프는 자신의 지휘 아래 있는 그 막사의 사람들이 혹시 모를, 막사로 들이닥칠지도 모를 소총 총탄에 상처를 입지 않도록 숨겨 놓기에 바빴다.

포격의 목표가 그 막사에 있는 것은 필시 아닐 것으로 보였다. 하얀 군대의 포병이라면 정말 자신의 둥지를 부수지는 않을 것이고, 또 그 적이라면 필시 그들이 자신들의 같은 당원들이 살고 있는 곳엔 용서해 줄 것이다.

이젠 창공이 밝았다. 아침이 이미 가까워졌다. 스트리치코프는 그 막사를 떠나 자신의 근무지로 왔다. 아무곳에도 군인은 한 명도 없다. 아무 곳에도 장교는 한 사람도 없다. 그리고 대포소리들은 더 계속되지 않는다면, 아무도 전쟁이라고는 상상할 수 없을 것이다.

장교의 봉사원들 앞에 궁금한 전쟁포로들이 속속 모여들었다. 그리고는 제스처를 취하면서, 그 상황을 설명하고, 손으로는 저 멀리 가리켰다.

"무슨 일이 있는가, 이 사람들아?"

"저기 봐요, 중위님, 전선은 저깁니다."

페트로 푸르고니가 설명했다. "저기요, 한 번도 나는 저렇게 군인들이 운집해 있는 전선을 본 적이없습니다. 저 사람들은 전부 미쳤어요. 우린 이미 그걸 반시간 전부터 보고 있습니다."

스트리치코프는 그 손이 가리키는 방향을 쳐다보았다. 점점 더해지는 아침 햇빛에서, 사람들은 온 시가지를 필시 에워싼 것 같은 분명히 길고도, 드문드문 군인들이 밀집된 전선을 보고 있었다. 놀랍게도 군인들이 가만히 서 있기만 하였다. 자신이 가진 소총에 의지한 채 그들은 포병들이 쓰는 대포의 포격에 무관심한 듯이, 마치 그 온 전쟁이 그들에겐 관심이 없는 듯이, 행동하고 있었다. 그들은 아무 움직임 없이 서 있고, 아무 방어 장비도 없이, 그리고 총도 반격사격도 하지 않고서.

민간인 포로들과 전쟁포로들은 여기저기 무리를 지어, 그 꼼짝없이 서 있는 전선을 관찰하고 있고, 자신의 모든 가능성에 대해 자신의 의심하는 걱정을 드러내고는, 모두는 이런 전쟁방식이 참으로 이상하구나 하고 생가하고 있다.

마침내 그 대포의 포격도 멈추었다.

그 긴 군인들이 운집되어 있는 전선은 조용한 발걸음으로 앞으로 가까이 왔다가, 나중에 갑자기 그 전선은 흩어졌다. 그 군인들은 대열을 갖춰, 병영들로 향했다. 무슨 일이 일어났는가? 아무도 몰랐다.

이해 못함과, 의심과, 어찌할 수 없음이 모든 이의 얼굴에서 반영되었다.

스트리치코프 중위의 명령에 따라, 민간인 포로들은 자기 자신들의 막사로 돌아갔다. 그들 영혼에는 타오르던 희망이 질식되어 버렸다. 아니, 아직은 그들의 승리 차례가 오지 않았다.

"푸칼로프," 스트리치코프가 그 노인에게 말했다. "사람들이 진정하도록 하는 것이 당신이 해야 할 일입니다. 위험이 지나간 것 같아도, 아무도 자신의 위치에서 이탈하면 안됩니다. 모두 재정리시키고, 인내심을 가지고 기다리세요. 이게 명령입니다! 내겐 그 봉사원을 보내 주세요!"

바르디는 그 사무소 책상에서 일하고 있는 중위를 보았다.

"불렀습니까, 중위님?"

"그렇소. 사무실 서류들은 제대로 되어 있겠지요?"

"그렇습니다!"

"좋아요... 만일 내 예측이 나를 속이지 않는다면, 곧 모든 게 정말로 끝날 겁니다."

"무슨 생각으로 하는 말씀인지요?"

"이미 와 있는 끝에 대해서요. 이젠 피의 놀음에서의 그 주사위던지기는 끝났어요."

"그럼, 중위님은 왜 피신하지 않나요? 장교라곤 한 사람도 보이지 않아요."

"나는 이 자리를 지키고 있어야 해요. 나는 책임감이 있어요. 나는 계산 요구에서 달아나고 싶지 않습니다." 그는 열성적으로 말했다. "이젠 저 정문에 가서, 알려 주세요...만일...만일 '그들이' 다가 오면."

...그리고 그들은 왔다. 야만스러운 모습으로, 목에까지 무장한 채, 4명의 파르티잔 대원들을 대동하고, 루크야노

프 대령과 포덴코 대령은 낯선 두 장교와 함께 왔다. 그 낯선 장교들 중 한 사람은 일상적인 보고를 접수했고, 그들을 전체 포로들에게 안내하도록 명령했다.

대형 막사의 방에서 그 새 장교는 큰 목소리로 선언했다. "동무들, 사회 혁명당이 정권을 접수했습니다. 새 정부가 시작되었고, 이 정부 원칙은 이젠 수용소들과, 포로수용소들의 존재를 용인할 수 없다는 것입니다. 그 때문에 나는 이 수용소에 대한 지휘권을 받고, 동시에 나는 이 지휘는 무효로 되었음을 선언합니다. 이제 여러분은 자유인입니다!"

천둥 같은 만세 소리가 들렸다. 그 파견된 장교는 여전히 새 정부의 목표-정의들에 대해 동무들에게 일장 연설을 했다. 그의 문장들을 자주 끊은 것은 전반적인, 큰 소리의 동의였다.

그때야 그 포로들은, 그 파견된 장교가 그들에게 최후로 소송하는 행위, 즉, 고발하라고 호소했을 때, 침묵이 시작되었다.

"그 호소를 실행하는 것이 나의 임무입니다." 그는 말했다. "만일 여러분 중에 누가 지금까지의 여러분을 지휘 감독한 자에 대해 정당한 고소를 하려고 한다면, 지금 그는 자유로이 발언할 수 있습니다. 새 정부의 군사법부는 그 고소를 평가하는 고유 권한을 가지고 있습니다. 나는 여러분 모두에게 경고하건데, 만일 새 정부가 여러 협상을 통해 탄생했으니, 복수할 경향은 없다는 점을 강조해 둡니다."

푸칼로프는 자신을 자기 동무들에게 향하고는, 큰 소리로 질문을 했다.

"동무 여러분, 내가 한마디를 해도 되겠어요?"

사방에서 나온 상호 외침이 곧 그 침묵을 떨쳐 버렸다.

"그래요! 말하시오! 저 사람들은 그걸 알아야만 합니다! 우리가 결정한 대로 그렇게. 저 '혀가 없는 사람'은 그럴 만합니다."

스트리치코프는 경직되고 창백해졌다. 그래 이젠, 지금 고소가 뒤따르겠지. 그리고 바로 저 푸칼로프가. 마찬가지야! 그는 정말 자기 의무를 다했다. 어떡하지? 혁명은 혁명이다! 스트리치코프는 용감하게도 그 벌어질 일들을 대해 떨지도 않고 보고 있었다.

"동무들," 늙은 푸칼로프가 말을 시작했다. "우리를 위해 자유를 가져다준 여러분, 저 숲의 은신처에서 공포의 시간을 보낸 여러분, 또는 다른 곳에서 고통을 입은 여러분, 여러분들은 우리의 입증을 지금 요구하는 이 사람을 알 수 없을 겁니다. 그래서 우리는 증언하고자 합니다. 이것은 고소가 아닙니다." 그는 이젠 자신의 동무들에게 몸을 돌렸다. "그렇게 하면 알겠지요, 같은 처지의 사람들아?"

"그래요! 그렇게! 그렇게 하기만 하면 되어요!" 그 막사는 벌집처럼 웅성거렸다.

푸칼로프는 자신을 스트리치코프 중위에게 몸을 돌렸고,

그의 늙은 두 눈엔 감동 때문에 눈물이 비치고 있었다.

"어제 허락되지 않았던 것이, 그게 오늘은 이미 가능해졌네요. '혀가 없는 사람', 당신은, 말이 없던 중위님, 우리는 당신을 그렇게 불렀어요. 당신의 행동은 당신을 마음속으로 숨겨 놓았어요. 우리는 당신에 대해 새 사람들에게 증언하기로 결심했습니다. 우리의 증언이란, 당신의 인간적 행동에 대한 감사입니다.

당신의 -우리가 침묵해도 쭉 보아 왔습니다- 아픔에서 오는 의무의 이행에 대해서요. 마지막 순간까지 당신은 당신의 지휘 아래 있었던 사람들에 대한 책임감을 용감하게 실천하였습니다. '혀가 없는 사람', 당신은 한 번도 우리를 배신하지 않았고, 앞으로도 우리를 배신하지 않을 것입니다. 그렇게 당신은 평생 우리 기억 속에 살아 숨쉬고 있을 겁니다."

그 분출하는 감사 표현은 울먹이며 이어졌다. 혁명의 와중에서 동화 같은 뭔가 이상한, 뭔가 예외적인 일이 벌어졌다.

"저 '혀가 없는 사람' 만세! 잘 가요! 스트리치코프 동무 만세! 그분의 손을 한 번 잡아 보세! 동무들, 이제 이 모든 것은 허락되어 있어요!"

...그리고 고통받았던 사람 중에서는 수많은 기쁨, 감사, 인간의 선함이 흘러나왔다. 자신의 느낌 속에 살아있는 뭔가, 그 뭔가를 표현하려는 염원이 그 방금 자유롭게 된 포로들을 앞으로 밀쳤고, 그 공식적으로 파견된

장교들을 옆으로 밀치고서, 모두는 자기 방식대로 자신의 동정을 표현하려 애를 썼다. 스트리치코프는 경직된 채, 창백한 채 서 있기만 했다. 그것을 기대한 것은 아니었지만 그에게는 그렇게 몰려 드는 것을 감수하는 것이 고소에 대항하기보다는 더 쉽다.

긴 몇 분이 지난 뒤, 그는 자신이 이미 에너지가 빠진 밀랍 같은 모습이 됨을 느꼈다. 사람들은 그의 손을 쥐고, 그를 포옹한 것은 남자, 여자, 또 한때 그가 자주 비밀리에 만져주었던 그 아이들의 삐쭉 선 머리카락을 가진 아이들이었다. 그곳에서 그는 그들에게 둘러싸여 있었다. 그의 눈길은 어느 소년의 눈길에 가 있고, 그것은 그를 다시 자각하게 했다.

스트리치코프는 자신이 할 말이 있다고 신호를 보내려고 손을 들었다.

사람들이 좀 물러섰다. 외침들과 소란스러움은 거의 없었다. 스트리치코프는 그 어린 소년에게 다가갔다. 죽은 예고로프가 남긴 아이였다.

"디미트리, 네 아버지에게 난 오늘날까지 너를 보호해 주라는 약속을 했어. 이젠 너는 자유의 몸이 되었어. 너는 어디로 갈텐가?"

"모르겠어요." 그 낮게 울먹이는 목소리로 그 아이가 말했다.

"여러분, 이 아이는 목수이자 여러분의 동무인 예고로프의 아이입니다. 고아이구요... 누가 이 아이를 돌봐 줄 수 있는지요?"

그 질문은 깜짝 놀라게 하는 것이었다. 일순간 놀람이
있었다.

"제가 하겠어요." 어느 여인의 목소리가 들렸고, 루시
아 파블로프나 카레세파가 그 앞에 서 있는 사람들 사이
로 자신의 길을 만들었다.

"유로치카와 디미트리는 좋은 어깨동무입니다. 이 두
고아는 잘 지냈어요. ... 이제 제가 이 아이들에게 러시
아 어머니의 아픔에 대해 가르칠게요. 어떤가요?"
스트리치코프의 눈길은 그녀의 얼굴에 잠시 온화하게 쉬
었다.

"그럼 되었어요." 스트리치코프는 자신을 민간인포로들
에게 몸을 돌려 말했다.

"이제, 여러분, 나는 내 임무를 다했습니다. 더 이상 할
일이 없습니다. 건강하길 바랍니다!"

갑자기 그는 새 정부에서 파견된 장교 앞으로 다가섰다.
"이젠 당신 처분대로 하시오."

"당신은 자유인입니다. 중위 동무, 별도 지시가 있을
때까지."

스트리치코프는 군인으로서 작별인사를 하고, 빠른 걸
음으로 그 막사를 떠났다.

그 '혀가 없는 사람'은 마지막 순간까지 자신에게 충실
했다. 그때서야, 그가 아무도 보이지 않는 곳에 있게 되
었을 때, 감정이 그를 흔들기 시작했다.

그것이 또 그렇게 피 한 방울 흘리지 않은 혁명의 소란 속 첫날인, 니콜스크-우수리스크의 삼월 초 어느 날에 일어났다.

*

같은 날 오후에 덩치 큰, 솜털 수염의 거인이 유로치카에게 재미나는 중국 장난감을 제안했다.

"저기, 무서워하지 마요, 꼬맹아... 저기, 이걸 한 번 집어 봐요!...저기 봐요, 얼마나 재치있게 즐길 수 있는가를요!...저기, 한 번 집어 봐요!"

유로치카는 숨긴 눈길로 자기 엄마를 한 번 쳐다보았다. 엄마는 무슨 말을 할 것인가? 용기를 주는 웃음이 그녀 얼굴에서 빛나고 있었다.

"저기, 유로치카, 무서워 말아요... 그걸 한 번 집어 봐요!" 그 어머니가 거들었다. "저기... 저 군인은 너를 위해 아름다운 유리구슬을 보낸 분이야... 저분을 무서워 안 해도 돼요!"

유로치카는 걱정하며 자신의 두 걸음을 내디뎠다. 그 거인인 파르티잔 대원은 그 아이를 잡아, 공중으로 들어 올려서는, 큰 목소리로 웃었다.

"자, 지금, 꼬맹아, 그 작은 손으로 주먹을 쥐어 봐요, 그리고 내 얼굴을 한 번 때려 봐요... 자, 한번 때려 봐요, 힘을 세게 하는 걸 아쉬워 말아요, 이 창백한 꼬맹아. 이젠 우린 서로 빚을 갚은 거지요.!"

"그러데, 추린, 추린, 거인이 어떻게 그런 어린아이 같은 마음이 될 수 있나요...오, 하나님, 당신은 얼마나 어린아이 같은가요...당신이 그 아이를 겁주고 있네요."

추린은 루시아를 다시 쳐다보았고, 그의 입은 행복한 웃음으로 넓혀졌고, 그의 두 눈에선 익살스럽게도 마음을 건드리는 보살핌이 빛나고 있었다.

"내가 유로치카, 너를 겁나게 했나요? ... 그럼, 좋아요... 곧 내가 면도하러 달려 갈께요. "그리고 그의 눈길은 장난하듯 빛나기 시작했다.

"당신은 아이네요, 추린... 거구의 아이네요." 루시아는 온화하게 용서하듯이 되풀이하고, 그녀는 이 웃음이 그녀의 심장으로 달려가고 있는 것을 느꼈다.

제20장. 1920년 5월 1일의 블라디보스토크

일본군대가 줄곧 반대하던 것을 포기하자 그때, 여러 도시에 지방 정부가 창설되었다. 그 목적은 한 번도 명확히 정의되거나 분명하지 않았다. 이 정부들은 사회주의 정당들과의 연합으로 구성되었다. 그리고 소비에트의 보호를 받고 있었다.

그 새 정부는 곧장 가장 극단적인 사회주의 노선으로 방향을 잡았다. 블라디보스토크에서는 그 시의 자치 정부가 선거를 실시했는데, 그 결과는 공산당에 완전히 호의적으로 나왔다. 아주 이상한 현상이었다. '블라디보스토크', 반볼셰비키의 협상국 군대의 주요 기지인 블라디보스토크가 자신을 소비에트 앞으로 밀어 넣은 모습이 되어버렸다. 1920년 5월 1일, 블라디보스토크는 혁명의 색깔로 자신의 옷을 갈아 입었다.

붉은 깃발이 집집마다 게양되었고, 그 집들의 벽마다 소비에트를 찬양하고, 붉은 군대를 모집하는 대형 포스터들이 내걸렸다. 정치 행렬들이 시가지에서 데모를 벌였다. 저항하는 서명(반대하는 서명)이 들어있는 간판들을 들고 붉은 깃발 아래 혁명가를 부르는 일만 명의 군중은 자신들을 향해 하품하며 쉬고 있는 블라디보스토크 항구의 무장 군함들의 대포들을 보고 있고, 또 그 군중을 바라보는 그 깜짝 놀라워하는 협정국 군인들에게 부르짖고, 불경한 말을 하고, 비웃음을 던졌다.

'니콜스크-우수리스크'에서도 매일 정치회의가, 시민집회들이 '나로드늬 돔'에서 열렸다. 상황은 더욱 더 독이들어 있었고, 그 여러 협정국가 정부들 사이에 시베리아 전선의 목표들에 대해 차이점이 더 날카로워졌다.

이제 포로수용소들의 철책은 모두 제거되었다.

러시아 사령부는 선언하기를, 모든 "전쟁포로들"은 자기 자신에 대해 걱정하라고 하면서, 자기가 원하는 곳이면 어디든지 갈 수 있다고 선포했다.

그로 인해, 그 한 때의 전쟁포로들이 모든 비어 있던자리를 차지하고, 모든 일자리를 받아들이고, 러시아 사회의 모든 환경에 침투하게 되어, 그들의 노동지배가 시작되었다. 러시아 사람들은 정치를 말하고 있고, 전쟁포로들은 자립으로 자기 자신들을 위해 일했다.

그들은 상업을, 산업을, 문화기관을 주도했다.

지난 시절의 전쟁포로들이 철도의 기관차 대장이 되고, 그런 지도급의 인사 중에서조차 사람들은 한때의 전쟁포로들을 만날 수 있었다.

전쟁포로들은 다양한 협정국 군대의 노동자들이 되기도했다. 여섯 개의 다른 국적의 군복을 입은 그룹이 헝가리말로 대화를 하는 것을 보이는 것이 이상했다.

포로수용소들이 이제 그들의 주거지 역할만 했고, 그붉은 '선동원들'은 붉은 군대에 입대할 새 군인들을 모병하러 그 주거지의 주민들 사이에서 곧 나타났다. 그런선동은 아무 결과를 낳지 못했다. 왜냐하면, 그렇게 많이 고통을 당한 사람들의 오직 한가지 희망이란 이것이었다: 집으로! 집으로!

일본 군대가 바이칼 호수에서 계속 퇴각해, 그곳의 전쟁포로수용소들을 비웠고, 그곳에 살던 사람들을 니콜스크-우수리스크의 병영으로 넘겨 수용시켰다. 이로서 그 일본 정부는 자신의 뱃길을 통한 고향으로의 귀환을 가능하게 했다. 땅에 묻어 두었던 희망이 되살아났다.

새로운 색깔을 그 전쟁포로 수용소들은 받았다. 왜냐하면 러시아 여성들과 결혼한 전쟁포로들의 첫 여성들과 아이들이 나타났다. 서쪽에서 도착한, 모든 수송 열차에는 수십 명의 여인과 아이들이 함께 있었다. 그 도시 자체적으로 매주 결혼식이 열렸다.

한때의 민간인 포로 중에서 아주 적은 숫자의 사람들만 그 수용소 병영에서 간단하면서도 자유로운 거주자들로 남았다. 그들 중 대다수는 붉은 군대 군복을 입고 있었다. 다른 사람들은 각자의 방향으로 흩어졌다. 카레세프 중사의 부인이던 루시아 파블로프나는 전쟁병원에 일자리를 얻었다. 그녀는 간호사가 되었다. 놀라며 살짝 웃는 그녀는 추린의 순진한 계획들을 듣고 있었다. 오, 어떻게 저런 거인이 어린이 영혼을 가지고 있을 수가 있는가? 어느 날, 그녀는 그런 생각에 친해지고는, 유로치카와 그 고아인 디미트리에게 새 아빠를 안겨 주었다. 그들은 한때 붉은 장교들의 거주지로 사용된 적이 있는, 어느 벽 돌담이 있는 병영에서 살림하게 되었다.

추린은, 여전히 군복을 입고 있지만, 이젠 상인이 되어, "포덴코 대령"의 소시지를 그 포로들에게 팔고 있다. 그의 전투심은 정말 일시적이라서, 그것은 배고픔의 경우나, 화나는 경우에만 다시 깨어났다.

폴리에나 알렉산드로프나는 미카엘 미혹과 함께 그레고리이에브나 부인의 집 안에 재봉소를 차렸다.

바르디는 그들을 위한 일자리를 얻었다.

그리고 새 옷이 준비되면 그 옷을 주문한 사람들에게 전해 주었다. 그 밖에 그는 도시의 김나지움 3 학교에 에스페란토를 가르치고, 그 전쟁포로들의 극단 중 한 곳에서 감독으로 일했다.

바르디와 미혹은 공식적으로는 그 전쟁포로 수용소에서 거주했다. 왜냐하면, 전쟁포로들의 고국송환 명령이 이미 왔고, 그것은 그곳에 거주하는 사람들만 등록할 수 있었기 때문이었다.

스트리치코프는 자신의 삶을 그 병영과 자신의 거주지 사이에서 보냈다. 그는 자신의 존재를 텅 빈 것으로, 아무 할 일 없는 것으로 느꼈다. 정치엔 그는 관심이 없었다. 그런 목적이 없는 삶은 그의 에너지를 빨고 있었다. 그러나 어느 날 , 갑작스런 변화가 있었다.

바르디가 흥분해, 폴리에나의 재봉소로 도착했다.

"스트리치코프는 어디 있나요?"

"병영 막사에요." 미혹이 대답했다.

"저기, 미혹, 곧 뛰어가, 그분을 집에 오게 해 줘요."

"무슨 일이 있나요?"

"곧 내가 이야기해 줄게요, 하지만, 미혹 당신이 지체 없이 그분을 불러와야 해요. 누가 베레조브카에서 지내던 전쟁포로들이 어제 열차 편으로 왔다고 했어요. 미혹, 그분에게 말해요, 그 사람이 그분 아내 소식을 가져 왔다고 그분에게 말해요."

미혹은 곧 달려나갔고, 한 시간 뒤, 그는 스트리치코프와 함께 돌아왔을 때, 그들은 자신들의 작업장에 있는, 작은 키의 우스꽝스럽게 생긴 한 사람을 발견했다.

미혹은 곧 그를 알아보고는, 널따란 웃음으로, 익숙한 우정의 감정으로, 그에게 신사했다.

"이조르! 이조르! 당신 살아 있었네?"

"만일 내가 죽은 당나귀라면, 내가 어찌 여기에 앉아 있을 수 있겠어요?" 그리고 그는 미혹의 양볼을 살짝 쳤다. 그들은 서로 웃었다.

"이조르, 당신은 무슨 바람이 불어 이곳으로 왔나요?" 미혹이 먼저 더 관심을 갖고 물었다.

"만일 당신이 살아 있는 당나귀가 아니라면, 사랑하는 미혹, 당신은 열차가 나를 이곳으로 데려다준 걸 알아야 할 것인데. 하지만 그 점에 대해선 나중에. 지금은 내 임무를 다해야 하고, 아주 어려운 임무를 말이네, 나는 이제 말할 수 있어. 나를 방해하지 말게!"

그리고 이조르는, 작은 덩치의, 머리가 벗겨진 그 유대인은, 미혹을 옆으로 밀치고는, 완전히 존경하는 태도로 자신을 스트리치코프에게 소개했다. "이조르 스테이너라고 합니다. 평소에는 사람들이 나를 이조르라고 부릅니다. 나는 베레조브카에서 왔어요."

"베레조브카 말인가요, 그곳에 내...." 스트리치코프가 소리쳤다.

"용서해 주세요. 나는 '베레조브카'에서 왔을 뿐이구요. 나는 '마르마로스' 출신입니다. 그곳이 어딘지 당신은 아시나요? 헝가리에 있어요. 그곳에서 내 아내는 거위들을 살지게 하고, 내 다섯 자식, 그 중에 하나는 지금까지 볼 기회가 없었습니다만, 배를 채워주고 있어요. 그러나 그 점을 말하고자 한 것은 아니에요. 그것은 정말 내 집안의 사생활입니다. 그건 스트리치코프 대위님과는 상관없는 일입니다."

"나는 대위가 아닙니다."

"저, 나는 놀랍습니다. 당신의 두 눈은 그 대위 계급이 딱 맞게 빛나는군요."

"하나님에 맹세코, 이 사람아, 당신은 왜 나를 괴롭히나요? 당신은 왜 왔나요? 내 아내는요...?"

"잠깐! 잠깐만요!"

그리고 이조르는 좀 당황해 자신의 정수리를 긁더니, 점잖게 미소짓고 있는 바르디와 폴리에나를 몰래 쳐다보았다. 이조르는 자신의 시선을 천정으로 향하고는, 헝가리말로 한숨을 내쉬었다. "저기요, 하늘에 계시는 긴 수염의 아브라함이여, 지금 당신의 봉사자를 지켜 주십시오!" 다시 한번 그는 스트리치코프에게 몸을 돌렸다.

"이제 여기 앉아 보십시오. 그래요, 앉아요! 사람들 말로는, 서 있는 사람이 정당하다고 합니다. 나는 정당하려고 합니다. 더구나 나는 아주 바랍니다. 우리 사이에 이 순간엔 몇 걸음의 간격이 있었으면 합니다."

스트리치코프는 좀 놀라, 불만이 생겼지만, 그의 말을 따랐다. 그는 이 말을 잘하는, 작은 사람이 이해되지 않았지만, 바르디의 진지한 표정과, 폴리에나의 진지한 표정을 통해 그는 평온을 되찾았다.

"그리고 이제, 스트리치코프 선생님, 이 첫 번째 문장을 들으시면, 당신은 영예로운 말을 주십시오. 당신은 갑작스런 화가 나도 참아야만 합니다. 마침내 나는 양볼에 뺨을 맞는 걸 좋아하지 않습니다. 당신이 두번째 문장을 들을 때까지는 평정심을 갖기를 꼭 약속해 주어야 해요."

스트리치코프는 고개를 끄덕여 동의했다. 왜 그만큼의 코미디가 필요한가? 그는 정말 이조르를, 이 농담 잘하는 장사꾼을 이해할 수 없었다.

"저기요, 스트리치코프 선생님, 잠시 전에 '우리의' 아내에게 대해 관심이 있다고 선생님은 말씀을 하셨어요... 그래 좋아요! 당신은 당신의 말대로 용감하게 자신을 지키고 있네요....그래요, 제가 잘못했어요. 나는 이중 결혼자입니다."

"내가 이해를 못하고 있나요?"

"당신은 이해하지 못하고 있어요, 하지만 당신의 두 눈은 대위의 계급에 걸맞게 빛나고 있습니다. 이제, 간단히 말해 '베레조브카'에서 나는 '당신의' 아내와 결혼했습니다. 이제!"

"어떻게! 이 악한이!" 그리고 스트리치코프는 자리에서 벌떡 일어났고, 이조르는 좀 우습게 자신을 작업대 뒤로 숨겼다.

"잠깐만요! 뺨을 때리는 것은 잠깐 참으세요. 왜냐하면 나중에 당신은 내 볼에 키스해야 하기 때문이에요. 그리고 나는 당신에게 고백하길, 여전히 나는 이 여행의 더러움을 완전히 씻지도 못했음을 고백해야겠어요. 그게 나의 첫 말이었음을 나는 알려드립니다! 그리고 지금 둘째 말을 말할 겁니다! 나는 '우리의' 아내와 잠시 뒤 이혼할 겁니다."

이조르는 스트리치코프가 생활하는 방으로 들어서는 문으로 걸어갔다. 그리고 그 방의 문을 열었다.

"이젠 나와 보세요, 지나이다 피투키나 스테이네르바 부인, 이젠 이혼식을 끝내야 하니."

그리고 이조르는 진심으로 웃었다.

그 문의 테두리에는 스트리치코프 부인이 16개월 된 아이를 안은 체로 나타났다. 행복한 미소가 그녀 표정에서 빛나고, 스트리치코프는, 깜짝 놀랐지만, 이 모든 것을 이해하고서, 자신이 사랑하는 사람들에게로 달려 갔다.

"지나, 지나치카, 맞지? 당신, 당신이!"

"그래요, 나, 또 이 아이, 당신 아들, 작은 바실리."

큰 울음이 그 아이에게서 터지는 바람에, 그 아이는 아버지의 열성에 저항했다.

"그런데 왜 그런 코미디를 했나요? 이 사람이, 어리석게도, 당신에 대해, 당신 결혼에 대해 뭐라 말하던가요? 나는 이해가 안 되어요." 그리고 스트리치코프는 분개하며 이조르를 쳐다보았다.

"이분이 한 말은 온전한 진실이네요." 그 대화 속에 새로운 목소리가 섞여 있었다. "나와, 내 아내가 그 증인입니다."

스트리치코프는 이제야, 그의 방에서 새 부부가 나오는 것을 알아차렸다. 그 두 사람은 도슈키와, 베레조브카의 메드베듀크의 한때 미망인이었던, 도슈키의 아내였다.

"그렇습니다. 중위님, 이 모든 것은 당신 아내를 이곳으로 데려오기 위한 유일한 방법이었습니다." 도슈키는 그 연유를 설명하기 시작했다. "그쪽 러시아의 붉은 사령부가 그쪽 전쟁포로들에게 법적으로 가족인 사람만 그 열차에 함께 탈 수 있도록 허락했어요. 그래서, 어찌할까요? 그때 우리는 기꺼이 이 일을 도울 준비가 되어 있는 어느 마음씨 좋은 동무를 찾아보았어요. 이 일을, 이 위험한 일을 기꺼이 동참한 이조르 스테이너는, 한때, 전쟁 병원에서 간호사로 일하던 당신 아내의 환자로 간호를 받은 적이 있었습니다. 그래서 그 고마움의 표시로...."

"용서하세요, 나는 이의를 제기합니다." 이조르는 그의 말을 끊었다. "온전한 진실은 이렇습니다. 내가 나이로 보나 가족 상황으로 보나 가장 위험이 없는 인물로 판단되었어요. 마침내 제가 집에 다섯 아이도 있고, 아내도 있으니 말입니다. 그러나, 그 때문에 그 등록 대장을 책임맡은 동무가 알지 못하게 일을 진행해야만 했어요. 우리 넷이서 그 사람 앞에 다가가니, 그가 간단히 선언하기를, 우리를 부부로 선언했어요. 이게 그에 대한 서류입니다."

"그리고, 그것이면 가능했나요? 그런가요?" 스트리치코프는 놀라워했다.

"무슨 질문인가요? '치타'에서 그런 이중결혼 제도가?? 스무 쌍 이상의 그런 사람들이 자기 아내들을 첫 남편들에게 돌려줌으로 결혼이 파기되었어요. 여전히 우리에겐 부인 셋이 남아 있어요. 그들 남편들은 '이만'의 어딘가에, 또 '블라디보스토크' 어딘가에 지금 살고 있습니다. 이게 전부입니다!"

스트리티코프는 팔을 뻗어, 이조르에게 감사를 표현하러 다가갔다.

"어떤 식으로 내가 당신의 고상한 행동에 보답할 수 있나요? 어떻게 감사하는 것이?"

"누가 그 감사에 대해 여기서 말할까요?" 이조르가 이의를 제기하고는, 자기 호주머니에서 그는 능청스럽게 웃으면서, 장부 책을 꺼냈다. "감사하는 것 말고, 지불할 게 있습니다. 이 코미디는 나에겐 8루블 50코펙입니다.

그 합계는 내가 그 공식 문서를 얻기 위해 지불한 돈입니다. 그게 지금 내 이중결혼을 증명하고 있는 이 문서 쪼가리를 위해 내가 쓴 전부입니다."

스트리치코프 부인은 크게 웃었다.

"그런데, 사랑하는 이조르, 왜 당신은 그 지출이 있었다고 내게 말하지 않았나요? 나는 이 모든 걸 준비할 돈이 있었다구요." 그녀는 놀리는 듯한 비난으로 말했다. "나의 이 기사도 정신이 부인들에겐 그걸 허락하지 않습니다. 그리고 지금은..." 그리고 이조르도 마음씨 좋게 웃었다. 그는 다른 80루블에 대해서는, 그가 그 등록을 책임지고 있는 동무의 선심을 사기 위해 매수한 돈, 80루블에 대해선 침묵했다.

마침내 정말, 그는 죽음의 아가리에서 자신을 구해준 이 천사 같은 간호사에게 뭔가 빚을 지고 있었다. "그럼, 왜냐하면, 지금 우리는 그 일이 끝난 뒤에 있으니, 나는 고백하길, 저 여행 동안, 나는 내 아내로부터 뺨을 맞을 걸 걱정했습니다. 나는 정말 터키의 파샤가 아니고 단순한 마르마로스에서 온 유대인입니다. 지금 나는 이젠 사람들이 내 심장 위에 무거운 바위를 내려놓은 듯이 그렇게 느낍니다. 그 바위를 내려서 굴릴 수 있다면야 나는 8루블 50코펙을 수입으로 잡는 걸 원하지 않습니다."

모두는 웃었고, 그 시각에 실제로 기쁨이, 만족이 그 집 안에 가득했다. 갑자기 바르디는 다른 사람들이 곧장 이해하지 못하는 주목거리를 만들었다.

"이조르, 그 바위를 우리가 당신 심장 위로 다시 굴리고 싶어요"

"당신 미쳤어요?" 그리고 이조르의 코믹스런 절망감이 모인 사람들 전부의 웃음을 다시 한번 터뜨리게 만들었다.

"나는 농담하지 않아요, 이조르, 하지만 그 방식과 기회는 임시로 내 비밀로 남겨 둡시다. 하지만 나는 당신이 이의를 제기하지 않으리란 걸 강조할 수 있어요. 적어도 나는 그렇게 당신을 알고 있어요."

이조르 스테이너는 바르디를 유심히 쳐다보았다. 마치 뭔가 예측이 그에게 궁극적인 계획을 이해하게 했다. 그는 동의하며 웃었고, 그 공식문서를 접어, 그의 호주머니에 다시 집어넣었다.

"저기요, 그럼, 바르디 선생님, 어떤 기괴한 생각을 당신이 가지고 있나요! 안타깝게도 당신은 유대인이 아니네요. 그럼, 하지만, 모두가 다 유대인이 될 필요는 없지요. 안 그런가요? 적어도 모두가 현명한 사람일 필요가 없듯이."

제21장. 일본군의 만행과 미국의 개입

볼렌스키, 모스크바 소비에트에서 파견된 인사는 이곳에 왔다. 그와, 블라디보스토크 소비에트에서 파견된 대의원들과 일본 정부의 대리권한을 받은 사람들은 함께 그 두 나라 정부 간의 관계 정상화 협상을 시작했다.

그 회의는 니콜스크-우수리스크에서 진행되었다. 2주일간의 협상 뒤, 그 회의 결과는 러시아 정부를 만족시키는 국제 조약으로 결론지어졌다.

이를 보장하는 서명만 빠져 있었으나, 스스로 그 좋은 결과의 동의는 프리모르스키 주 전체에 전반적 만족감을 불려 왔다.

같은 날 저녁, 바르디와 스트리치코프는 도시 외곽의 길에 모습을 보였다. 한 사람은 전쟁포로 수용소로 가고 있고, 다른 한 사람은 그 전쟁포로 막사에서 가까운 병영에서의 당직 근무를 하러 가고 있었다. 따뜻한 여름날의 밤이고, 그 두 친구는 걸어가면서 유쾌하게 이야기를 나누었다, 그런데 그들은 갑자기 주변의 침묵을 깨는 대포 소리를 듣게 되었다.

"무엇이지? 대포소리라니?" 스트리치코프는 깜짝 놀라 주의를 기울였다. "저게 무얼 의미하지?"

잠시 뒤, 대포 소리는 더욱 잦아지고, 따따닥-하는 북소리 같은 불을 내뿜는 기관총 소리가 메아리되고, 전투에서 외침의 목소리가 들렸다.

"무슨 일이지?" 스트리치코프는 곧 자신의 병영 쪽으로 달려 가려 했으나, 바르디가 그런 그를 제지했다.

"잠시 있어 봐요! 우리는 함께 전쟁포로 막사로 달려갑시다. 그게 몇 걸음의 거리에 있으니까요."

"내가 근무해야 하는 곳은 저기요." 그리고 스트리치코프는 자신의 근무처로 달음박질쳤다. 그런데, 몇 걸음을 달리다가 그는 공포에 질린 채, 피난민들을, 무기도 없이 그들이 있는 곳으로 달려오는, 옷을 제대로 입지 못한 채, 뛰쳐나오는 군인들을 만났다.

"무슨 일이요?" 스트리치코프가 고함치며 물었다.

"빌어먹을, 악마나 알 겁니다....소문엔 일본군이...."

"일본군이라고요? 불가능해! 바로 오늘 협정에 동의를 했는데요."

"그러니 악마나 알 거라고 하지 않았어요! 병영이 포격과 유산탄들로 인해 불이 났어요.. 당신은 그 기관총들의 북소리 같은 소리를 들었지요? 돌아가요, 동무. 돌아가요! 우리는 자다가 깜짝 놀랐어요."

바르디는 스트리치코프의 손을 붙잡아, 그를 포로수용소 방향으로 끌고 갔다. 그들 곁으로 휙-하며 스쳐 날아가는 총알들이 휘파람소리를 냈다.

"서둘러요, 서둘러요! 이곳보다는 막사 안이 더 안전할 겁니다."

몇 명의 러시아 군인이 그들과 함께 마침내 포로수용소가 있는 첫 막사에 도착했고, 그들은 그 안으로 들어섰다. 그 막사 안에도 이미 새 소란의 원인을 모른 채, 전투 방향을 모른 채, 그들은 우왕좌왕하였고, 넓은 창가엔 밀짚 포대 바리케이드를 세웠고, 무질서하게 다양한 방식으로 막사를 통과하는 그 충분히 많은 수효의 총알로부터 자신을 보호하기 위해 애쓰고 있는, 두려워하는 사람들이 보였다.

이게 또 무슨 일이지?

여기저기서 도움을 요청하는 외침의 소리들이 들려 왔다. 잘못 날아간 총알들에 몇 명의 전쟁포로가 맞아 부상을 당했고 그런 총격은 자신의 내부의 힘에서조차 힘을 잃지 않았다.

어떤 총알이 페트로 푸르고니의 오스트리아인 친구인 나이 많은 롭마에르를 맞혔다.

새 정부가 지배한 이후, 그들은 고국으로 향하는 첫 사람들이 되기 위해 포로수용소로 이사를 했다.

롭마에르는 치명상을 입어 살릴 방도가 없었다. 그는 몇 시간의 고통 속에 있다가, 헛되이도 같은 처지의 사람들이 그를 도우려 했으나 결국 소용이 없었다.

페트로 푸르고니는 감정에 북받쳐 그 노인에게 용기를 북돋으려 했고, 서툰 방식으로 그를 위로하러 애썼다. 늙은 오스트리아인은 만사를 포기한 채, 종교적인 것에 자신을 맡긴 채 임종을 맞고 있었다. 그는 신부가 오기를 원했고, 끊임없이 페트로 푸르고니의 손을 꼭 쥐고 있었다. 죽음을 토해내는 우박 같은 총탄 세례 속에 신부를 부르기란 정말 불가능했다.

대신, 어느 기독교 신학을 배우는 이가 그 절명해 가는 가톨릭 신자 곁에서 인간의 의무를 다하려고 노력했다.

그리고 대포들은 매 순간 그날 밤에 곳곳에다 죽음을 토해 냈다. 부상을 당한 사람들은 막사 안에서 괴로움으로 신음하였다. 밖에서 온 몇 명의 도착한 사람들은, 사람들에게 알리기를, 전투가 인근 산에서 벌어지고 있다고 했다.

그러나, 그 전투에서 누가 누구를 상대로 싸우는지는 아무도 자세히 알 수 없었다. 반혁명인가, 일본 군인들인가? 이 러시아 내전에서 이미 멀리 떨어진 채, 살아가던 무기를 들지 않은 전쟁포로들이 이곳 희생자라고 하면, 공평하진 않다. 그렇지 않은가?

늙은 롭마에르는 피를 흘리고 또 흘렸다.

총알이 그의 내장을 갈라 놓았고, 피거품이 그의 입가에도 보였다. 그의 눈길은 여전히 자신의 살아있는 빛을 점점 잃어 갔다. 그는 페트로 푸르고니의 손을 꼭 잡고서 마지막 말들을 그의 입가에서 토하듯이 힘들게 냈다. 주변에 둘러싼 사람들이 그 절명해 가는 사람의 바램을 통역해 주었다.

"푸르고니... 자네가... 하지만 다시 만나게 될거야...당신 나라를 다시 볼거야... 푸르고니... 그 그림... 그 가정과 기억은 똑같이... 그것들을 가져 가... 여기엔 내 마을에서 온 사람이 아무도 없으니... 자네는 집으로 돌아 갈 수 있어... 동무... 헝가리 형제... 하나님이 당신을 축복할 걸세...만일 리스벳이 부다페스트에서 봉사하고 있으니... 그 아이를 찾아가, 내 이야기를 그 아이에게 전해 주게...알았나?"

그 하사의 목소리를 억누르는 것은 참고 있는 울음이었다. 고개를 오직 끄덕여 그는 동의를 표시했다.

"푸르고니... 리스벳... 리스벳은 좋은 아이야... 정직하고... 그 아인 정말 자네에게도 편지를 썼지... 그렇지 않은가?... 나는 이젠 볼 수 없네... 아무도 나는 보지 못해...하나님이 그렇게 원하시니... 리스벳은 착해... 그녀는 자네에겐 어울리네... 난 알아... 저기, 하나님도 그렇게 원하신다면... 페트로, 이 불평 많은 헝가리 사람아, 이 야만의 마다르족이 내 손 잡고 있네, 더 세게, 더 많이 세게 잡아 주게... 겨우 나는 자네가 누르고 있음을 느낄 수 있어."

...그리고 그 밤의 어둠 속에서 수류탄들이 떨어져 공포스런 파괴를 만들어 놓았다.

그 수류탄들이 전쟁 병원인 곳에조차도 터뜨려졌다. 무너진 천장으로 인해 몇 명의 환자들이 죽었고, 벽을 뚫고 들어선 총알이 새 상처들로 찢어 놓았고, 염라대왕의 영접을 위한 새로운 문들을 열어젖혔다.

파괴된 건물 잔해 아래 간호사 루시아 파블로프나도 머리가 깨진 채 쓰러져, 그녀의 어린 유로치카를 고아로 만들었다.

그녀가 심하게 고통을 입은 심장에서 사랑의 꺼져 가는 불꽃은 끝내 사그라지고, 그녀의 아이 같은 마음인 거인 추린은 그녀 시신을 더는 알아보지도 못할 정도였다.

...그리고 아침이 되었다. 첫 햇살이 충분한 현실 속에서 파괴를, 파괴된 잔해를, 남겨 놓은 장례를 보여주었다. 일본 순찰대들이 그 도회지 간선도로에서 행진하고 있었고, 모든 병영의 꼭대기엔 일본 국기가 펄럭이고 있었다. 긴 행렬의 러시아 붉은 군대 대원들이, 일본군인의 호위 하에 행진하고 있었다.

다시 그 비어 있던 막사들의 정문들이 열렸고, 다시 새로운 포로생활이 시작되었다.... 하지만, 그곳 주민들은 그 처절했던 전투의 원인에 대해 아주 조금 알고 있었다. 마침내, 일본사령부에서 첫 칙령들이 나왔는데, 그 주민들에게 알리길, 일본국이 '프리모르스키'주를 점령했으며, 이곳을 일본국 영토로 여긴다고 알려 주었다.

일본 국기가 펄럭였고, 일본어로 된 포스터들이 집의 벽마다 색깔을 만들어내고, 전쟁에서 패한 사람들은 포로수용소에서 가까운 산비탈에 묻히지도 못한 채 누워있었다. 장례를 치르는 사람들은 관들을 가져 왔고, 그 러시아 병영들 안에는 패배한 붉은 군대 대원들이 눈물어린 빵을 씹고 있었다. 그리고... 40시간이 지나자, 일본 국기가 보이지 않았다.

미국이 반대했다.

일본과 미국 간의 전쟁 위험이 위협적이었다.

전쟁에 반대하는 대중 매체의 압력에 못이긴 일본 정부는 어떤 식으로든 그 사건을 설명해야만 했다.

블라디보스토크에 다시 사회주의 정당들로 구성된 연합 정부가 창설되었다. 그러나 그 피의 밤에 대한 기억은 러시아 국민의 마음속에 남아 있었다.

그 밤의 대학살은, 일본 제국주의에 의해 준비된 그 밤의 학살45)은, '프리모르스키' 주의 모든 도시에 사는 아무것도 예측 못한 주민들, 놀란 군인들 사이에 씻을 수 없는 기억으로 남을 것이다. 그 참혹한 광경을 보고 체험한 전쟁포로들에게서도 씻기지 않은 기억으로 남을 것이다.

---

45) 역주; 이 사건은 1920년 4월 4일-5일 양일간 일본군대가 저지른 만행. http://blog.naver.com/PostView.nhn?blogId=ktiea1515&logNo=221070 872003.에 있음.

제22장. 블라디보스토크항에서의 이별

그 10월을 끝내는 바람은 '블라디보스토크' 항구의 부두 위에 초조하게 기다리고 있는 포로들의 양 볼에 신선한 자줏빛을 만들어 놓았다. 이른 아침부터 그들은 자신의 보잘것없는 보따리를 들고 그곳에 선 채, 때로 자신들을 꿈에 그리던 고향으로 싣고 갈, 대형 선박에 관심 어린 눈길을 보내고 있었다.

그들 중 대다수가 평생 처음 바다를 보았고, 그들은 두 배나 크고 좀 호화스러운 것으로 자기들이 상상했던 그 배를 아주 믿지는 못했다.

그것은 간단한 화물선이었는데, 이를 전시에는 군인들 수송선으로 개조한 것이었다.

그 배의 마스트마다 프랑스 국기가 펄럭이고 있고, "M.M."이라는 이상한 문자를 쓰는 한 수송 협회의 깃발이 펄럭이고 있었다. 미신을 믿는 사람들이라면, 저게 나쁜 사전징조라며 주목했다. 왜냐하면, 그 문자들이 그런 사람들에게 라틴 문자인 'momento mori'[46]의 약자로 생각하게 만들었기 때문이다.

승선을 기다리는 사람들 사이에는 스스로 포로 복장을 한 채, 또 결코 귀국하지 않을 어느 헝가리인 신분증명서들을 갖고, 자기 자신과 자기 가족을 구하는 길을 선택한 스트리치코프 중위의 아내와 그의 어린 아들과 함

---

46) 역주; "죽음의 순간"이라는 말

께 이조르 스테이너는 초조했다. 한때 장교의 봉사원들이, 특히 그 "혀가 없는 사람"을 지난 두 해 동안 아주 사랑하게 된 페트로 푸르고니가 그 선의의 속임을 서둘러 진행했다. 그 탈출 방식에 대한 아이디어는 지난 이삼일 동안에 완성되었다.

그동안 스트리치코프는 전쟁포로의 병영에서 일본군 포로가 되지 않을까 하는 걱정을 하면서, 숨어 지냈다. 그렇다. 그런 방식으로 그 바위가 이조르의 심장 위에 다시 굴러가 있었다.

승선은 한낮의 시간에만 시작되었다.

선박의 갑판에는 귀국위원회 소속의 헝가리 파견인사와 프랑스 선박의 장교가 서 있었다.

전쟁포로는 자신의 승선권을 보여주고, 잠시 뒤 선원들에 의해 안내되어 어느 지정된 장소로 사라졌다. 스트리치코프가 그 승선수속을 이미 끝냈을 때, 이조르는 기쁘게도 외쳤다.

"저기요, 하나님 덕분에요! 내가 여기서 다시 내 가정을 놔두고 갈까 걱정을 했어요." 그리고 수속을 진행하는 프랑스장교에게 그는 용감하게 자신의 아이를 가리키며 강조해 말했다. "저기 보세요, 제독님, 이 아이는, 마치 아빠가 아들을 뱉어낸 듯, 그렇게 이 녀석이 제 아빠를 닮았지요. 그렇지 않나요?"

그 장교는 아무 말도 이해하지 못했으나, 전쟁포로들은 웃기 시작했다.

"당신들은 왜 웃어요? 내가 진실을 말하지 않았나요? 이 녀석이 나를 닮았다고 말하진 않았어요... 더구나 나는 이 배가 지금 서 있는데도 움직이는 것 같이 느껴져요. 오, 안타깝게도, 만일 이미 지금 내 배에 먹어둔 마늘이 지금 회전하며 춤추고 있다면, '인도양'에서는 무슨 일이 벌어질까요? 사람들 말로는, 마늘이 배에서의 멀미 특효약이라고 했어요, 그리고 저 대위를 직접 눈앞에 바라보고 앉는 것이 좋다고 조언을 해주던데요. 바다 생각이나, 이 배가 춤추는 것도 생각하지 말구요. 오로지 그 대위의 코만 바라보고 있는 게 좋다고 하더라구요. 그래, 난 그 조언을 즉시 실행에 옮길 겁니다."

바르디는 여전히 부두에 서 있고, 아픈 눈길로 폴리에나 알렉산드로프나와 작별인사를 하고 있었다. 그 두 사람 모두 창백한 모습이다. 참고 있는 눈물 때문에 그녀 두 눈은 이미 베일에 가린 듯했으며, 그녀 입술의 온화한 미소는 떨리고 있었다. 그 두 사람은 손을 꼭 잡은 채, 긴 몇 분 동안, 말없이 배만 바라보고 있었다.

"큰 배이군요," 그가 주목해 말했다.

"그래요, 요한, 배가 크네요."

"대형 군중의 관이네요."

"그리 말하지 마세요! 이 배가 당신을 당신 조국으로 다시 데려다줄 거예요."

"그렇습니다. 폐허가 된 내 조국으로요."

"내 나라도 파괴되었어요, 귀국하는 분들이, 여러분이

여러분의 나라를 다시 건설해야지요. 우리, 여기 남은 사람들은 우리 나라의 폐허가 된 잔해들을 치워야 하듯이요."

바르디는 한동안 말이 없었다. 그의 생각들은 그를 괴롭히고 있었다. 그는 자신의 폐허가 된 가정의 화로가 생각났다. 이를 다시 만든다는 것은 절대로 가능하지도, 원치도 않을 것이다. 왜 이렇게 찾아 놓은 행복을 두고 지금 달아나려는가? 단지 의무감이 그를 불렀다. 그 의무감, 이 무심한 폭군은 위로와 삶의 기쁨과 목적이 있는 삶을 고취시키는 동반녀를 찾았는데도 불구하고, 그녀로부터의 이별을 요구했다. 그 의무감이란 -그의 자식이 아빠를 부르는 외침. 그는 자기 영혼이 고통 속에서 투쟁해 왔고, 악마 같은 전쟁이 자기 신체를 부숴버렸던 이 나라를 떠난다는 것이 한때 자기 마음이 아플 거라고는 전혀 생각해 보지 않았다.

이상하게도! 그는 눈물의 이 나라를 사랑하기 시작했다. 그는 자신의 심장이 찢겨, 두 조각이 난 것 같이 느껴졌다. 그는 시베리아에서 보낸 5년 반의 세월은, 이 모든 것에도 불구하고, 그의 영혼 속으로 러시아 국민에 대한, 피어린 러시아 땅에 대한 갈라놓을 수 없는 사랑을 심어 두었다... 그리고 그를 소환한 것은 떠나온 나라, 자신의 조국이다. 그 나라 문화를 자신의 어머니 젖으로 먹고, 그 나라 땅도 마찬가지로 순교자의 피로 얼룩져 있다. 폐허가 된 나라, 폐허가 된 가정, 깨어진 희망들, 땅에 묻혀버린 삶의 목적들은 그곳에 돌아올 사람을 기다리고 있을 것이다. 돌아온 사람들을... 오, 얼마나 적은 수효의 사람들인가! 미쳐버린 전쟁은 한때 꽃으로 장식해 준 수십만 명의 사람들을, 또 절반 취한 채 경솔한 영혼의 마음으로, 아름다운 낱말들로 된 격문들을 위해서... 낯선 이해를 위해서... 뭔가, 절대로 동기가 될 수 없는 뭔가를 위해 싸우러, 고통을 입으러, 죽음터로 몰려다니던 그 수십만 명의 사람들을 겨우 수천 명의 사람으로 줄여 놓았다...

폴리에나의 다정한 건드림은 그를 현실로 불러 들였다.

"요한, 곧 당신이 배에 오를 차례입니다. 당신이 믿고 있는 하나님이 당신 운명을 온화하게 해 주시길 기원할게요! 당신의 꿈에 보는 영혼이 앞으로 다가올 당신의 길을 더욱 아름답게 해 주길 기원할게요.

"폴리에나...내 귀하고 사랑하는 당신, 이 모든 것이 단지 아름다운 꿈인가요?"

"요한, 당신에겐 모든 게 꿈인 것 같아요. 그렇게 행복 같은 고통이지요. 내겐 이 모든 게 지나와야만 했던 아름다운 현실이에요. 왜냐하면, 그것은 계속해서 살아가는 데 필요한 너무 아름다운 것이었어요. '인생'이란 산문일 뿐이지만, 나는 당신이 그것에 대해 언젠가 다시 인식한다 해도 걱정하지 않아요. 왜냐하면, 모든 산문에서 당신의 영혼은 '인생'의 운문을 찬미할 것이기 때문이에요. 당신은 환상 없이 절대로 남아 있지 않을 것이고, 당신은 당신의 전 인생이 그런 환상들을 위해 받쳐졌음을 알아차리지도 못할 거예요. 그렇게 되는 것이 좋아요, 요한! 당신에겐 그 환상들이 현실을 만들고, 그 산문이 일시적 현상만 만들지만... 두 세계가 바로 우리라구요. 내 사랑, 우리 두 사람은 각각 의무가 있어요..."

"어떻게 지금 당신은 그렇게 말할 수 있나요...바로 지금?" 바르디의 목소리는 목이 압박해 오는 감정 때문에 사그라져 가고 있었다.

"나를 비웃진 마세요, 내 사랑! 나를 감사할 줄 모른다고 비난하진 말아요. 자 보세요, 한때 '당신의' 환상이 엮어 놓은 영혼이 이 땅으로 나를 다시 불러 왔어요. 그래서 나에게 '삶'을 돌려놓았어요. 그리고 지금 '나의' 분명한 봄은 당신에게 새 환상들을, 새 꿈들을 선물로 드릴게요. 지금 '나의' 영혼은 당신에게 희망이라는 영감을, 목적이라는 영감을 드릴게요... 난 알아요... 그래요, 요한, 나는 그걸 알아요, 왜냐하면 내가 당신을 잘 아니까..."

"...그리고 당신은 나에 대해 몇 번 기억할까요?"

"그럼, 보세요, 내 아이 같은 요한, 나는 똑같은 질문을 당신에게 하지 않아요. 나는 당신이 나를 찾으리란 것을 아니까요. 당신은 언젠가 당신의 길 위에 나타날 모든 여자에게서 나를 다시 찾으려고 애쓸 겁니다. 나는 당신의 상상력이 그 여자들을 환상을 가질 수 있도록 하는 나의 특성들로 옷 입히게 될 걸 난 알아요. 그리고 당신 스스로는 그 새로 만나게 되는 환상들이 당신의 영혼 속에 있는 내 모습을 방해할 걸 알아치리지 못함도 난 알아요. 자, 이게 산문이에요, 요한, 그리고 그것은 내겐 아픔을 가져다주지 않을 거에요. 왜냐하면, 나는 당신이 생각하는 것보다 훨씬 많이 당신을 사랑하니까요... 얼마 전에 당신은 이 모든 게 아름다운 꿈일 뿐이라고 말했어요. 그렇게 말하지 않았나요? 그럼, 나는 당신에겐 겪어온 꿈이 될 거에요, 당신은 나에겐 겪어온 현실로 남을 거구요. 대단한 차이는 없지만, 더 아픈 쪽은 겪어온 현실입니다."

"말해 봐요, 말해 봐요, 그럼, 그곳으로 내가 돌아가는 것이 가치 있는 일인가요? 한마디만 해 줘요. 그러면 나는 내 이 자리를 배에 오를 다른 사람을 위해 양보할 수 있어요... 폴리에나, 말해 주오...어서 말해 주오!"

마음을 찢는 웃음이 폴리에나의 두 눈에 보였다. 그녀 목소리는 온화하게, 다정하게 음악 소리를 내고 있었다.

"당신이 남게 된다면, 당신은 당신 세계를 배신하게 되어요... 배신을 당한 꿈들은 당신의 무력감 때문에 처절하게 당신에게 복수할 거에요. 그래요. 당신 나라로 돌아가는 건 가치 있는 일입니다."

한동안 그들은 침묵했다.

바르디가 서 있는 무리도 마침내 승선을 위하여 준비된, 작은 다리로 출발했다.

...요한은 갑판 위에 선 채, 그의 눈길은 이별하는 폴리에나 알렉산드로프나에 고정되어 있었다. 폴리에나의 모습은 점점 더 작아지고, 그 부두에 환송 나와 있던 사람들과 합쳐져 버렸다.

그 배는 조용히 항구에서 출항하고, 자유로운 바다의 물결들은 이미 저 멀리서 그 배의 철로 된 몸체를 때렸다. 그러나 요한은 여전히 똑같은 장소에 선 채, 압박해 오는 아픔과 함께 그 배가 남기는 신호들을 보고 있었다. 이상하게도, 그 남겨진 신호는 몇 킬로미터에 걸쳐 있어도 잘 보였고, 바다에서의 오랜 여행 동안 요한은 자주 많은 시간을 명상 속에서, 수평선의 어딘가에서 잃어버린 그 길의 흐름에 시선을 두고 있었다.

...그리고 어느 날, 그에게는 바다에 대한 시가 생각 났다. 요한은 폴리에나가 남긴 말들이 떠올랐다. "당신에겐 삶이 운문입니다."... 그래, 아픔이 가득한 운문...하지만, 삶에서 산문이란 도대체 뭘까?

어느 별 없는 밤에, 바다가 난폭해졌을 때, 그 배의 선체는 파도가 때려서 떨고 있었고, 선체 위로는 천둥번개가 갈라지며 지그재그 모양을 그렸고, 그 아래의 바다는 5000미터의 깊이로 배 흔적들을 숨겨 놓았다.

그때 요한은 절망적으로 웅크리고 있으면서, 갑판 위의 쇠줄을 꽉 붙들고 있는 이조르를 보았다.

그 떨고 있는 이조르는 자신 주변으로 세 개의 구명대를 놓고 있었다.

등 뒤에는 자신의 배낭을 진 채, 목에는 새 군화 한 켤레의 줄이 매달려있었다.

요한은 원튼 원치 않든 웃을 수 밖에 없었다.

"이조르, 왜 당신은 떨고서 절망에 빠져 있나요? 이 배는 당신의 소유가 정말 아니거든요."

"정확히 말했어요. 하지만 이 새 신발은 내 재산이지요." 이조르가 답했다. "그리고 이걸 구하는 게 내 관심사이구요."

그렇다. 이게 삶의 산문이구나!

비록 희망이 이 확실한 죽음에서 자신을 구할 수가 없는 경우가 온다 해도, 불쌍한 존재에 매달리는 것, 가진 것을 꼭 붙잡는 것, 또 새 신발 한 켤레를 포기하지 않는 것...이게 산문이구나!

*

1920년 12월 24일에 대단한 군중이 부다페스트 역의 플랫폼에서 기다리고 있었다. 사람들은 방금 도착한, 한 때의 전쟁포로들인 그 수많은 사람을 기다리고 있었다. 부모, 형제들, 나이가 들어 버린 약혼녀들, 운명의 멧돌에에 빠인 아내들, 아빠를 기다리는 아이들. 그곳에서 그들은 소란스럽게 서 있었다.

몇 몇 사람의 손엔 아주 초라한 꽃들이 들려 있었다... 그리고 비가 내렸다... 비가 내렸다...그 내부의 감정, 조급함이 걱정으로 주름진 얼굴들 위에서 싸우고 있고, 사람들의 마음은 저 수백 마일 저 멀리 떨어진 곳에 살다가 돌아오는 수백명의 포로들을 태운 열차가 들어오기만을 떨면서 기다리고 있었다.

...비가 내리고 또 내렸다.... 일단의 파견된 군인들과, 어느 연대 소속의 악단이 도착했다.

명령조의 말들. 모인 사람들은 좀 물러났다. 그 군인들이 페레이드하기엔 공간이 필요했다.

대단한 소음과 함께 그 기차역의 연기 가득한 둥근 천장 아래로 그 열차가 들어섰다. 악단은 국가를 연주하기 시작했다. 경직된 대중은 모자를 벗고, 입을 다문 채 서 있었다... 그리고 그 마중 온 사람들과 그 도착한 사람들이 서로를 눈으로 직접 바로 보았을 때는 눈물의 샘이 흐르기 시작했다.

사람들 모두가 넝마 같은 옷을 입었고, 약탈당한 모습에, 순교자적으로 고통을 당하고 있는 모습이었다...그리고 이젠 여러 곳에서 외침들이, 폐부를 찌르는 기쁨의 소리가 들려 왔다: "내 아들아!"... "아들아, 저기 아빠가 서 있네!"..."어머니, 저예요!"... "카를로, 카를로!"... "일료뇨!"...그리고 그 외침들이 함께 흘러 격류가 되었고, 아무도 그 공식적으로 파견된 인사의 아름다운 인사말을 듣고 있지 않았다

....그 대중은 자신들의 사랑하는, 귀국한 사람들을 만나기 위해 군인들이 만들어 놓은 줄을 끊었다.... 질서는

온통 무질서로 바뀌었다.....

바르디는 경직되게 선 채, 감동한 채, 그 분출되는 아픔의, 사랑의 장면들을 보고 있었다.

오, 이 얼마나 수많은 사람의 재회인가!

얼마나 많은 눈물인가!

얼마나 많은 질문들!

그는 기다렸다... 기다려다... 그와 같은 운명의 사람들 중 아주 많은 사람들이 이미 그 역사를 빠져나갔다.... 지금 어디로 가는가? 가정으로... 당연히 가정으로, 그러나....

어느 뾰족한 콧날의, 푸른 눈의 금발 아가씨가 이미 네 번, 다섯 번 바르디 앞을 지나갔다. 그녀 눈길에서 걱정하는 질문이 있다. 바르디는 그녀에게 연민을 느꼈다.

"아가씨는 누굴 찾고 있어요?"

꽃을 든 손이 떨리기 시작했다.

"나는 페트로 푸르고니 찾는다... 하사... 푸르고니." 그녀는 낯선 악센트로 설명하려고 애썼다.

"헤이, 페트로 푸르고니," 바르디가 외쳤다." 누가 자네를 찾고 있어요!"

"저, 여기 있습니다." 어디서 보고식으로 외침의 소리가 났다.

페트로 푸르고니는 잠시 뒤 이미 궁금해, 좀 탐색하며 그를 보고 있는 그 뾰족한 코의 아가씨 앞에 섰다.

"페트로 푸르고니... 하사... 당신이 푸르고니입니까?"

그녀 목소리는 들고 있는 꽃과 함께, 마치 내기를 할 때의 목소리처럼 떨려 왔다.

"그렇습니다. 나요....'Ich bin Petro'. 페트로 푸르고니, 하사이구요. 'Du bist Lisbet Lobmayer', 아닌가요? 만일 내가 한때 상상했던 당신이 이렇게 아름다운 사람일 줄로 상상했다면, 저 악마가 나를 곧 데려가게 해야지."

그리고 그는 자신의 눈으로 그녀를 자신의 눈길로 거의 집어삼킬 듯이 했다.

"이젠 내게서 이걸 받는 것이... 환영합니다!"

그녀는 그에게 꽃을 전하면서 그렇게 말했다. 그녀 양볼의 자줏빛은 귀밑까지 번졌다.

"그래요. 저는 리스벳 롭마에르입니다...당신은, 페테르 하사...아닌가요?"

깜짝 놀란 하사에게서 갑자기 온전히 야만적으로, 자기 방식대로 열성이 튀어나왔다.

"이 아가씨 헝가리말을 하네! 헝가리어로 그 여성이 말하니, 저 마음씨 착한 하나님의 모든 밤 꾀꼬리도 우리 귀여운 아가씨, 이 뾰쪽한 키의 비둘기가 가진 목소리를 갖지 못하지. 미친 악마여."

그리고 그는 갑자기 그녀를 포옹하고는 그녀에게 키스했다.

그 아가씨는 좀 놀라 외치고는, 그녀 아버지가 자주 편지를 써 보냈고, 지난 해 그녀 스스로 서신교환을 해 왔던, 야만의 마자르족의 불타는 두 눈을 쳐다보고 있었다.

"이건 좀 적절하지 않다, 푸르고니 씨, 이건 나는 허락 못한다." 그녀는 저항했다.

"왜요? 빌어먹을 악마 같으니라고, 왜? 내가 아가씨 마음에 '안' 들어요?"

"마음에 든다, 마음에 든다. 하지만 적절하지 않다, 푸르고니 씨... 나는 키스하는 것 허락하지 않는다!"

"이런 빌어먹을 악마같으니라고, 만일 내가 아가씨에게 마음이 있다면, 그렇게 온 생애 그렇게 마음이 있을거요, 모든 게 정상적으로 되려면, 나의 뾰쪽한 코의 오스트리아인 새여, 일주일 지나면, 우린 신부님 앞에 이미 서게 될거라구요, 그렇게 될 겁니다!"

"Was sagen sie?"

"Nicht was! 그걸 천사들이 저 높은 하늘에서 이미 준비해 놓았어요. 이제 내가 어떻게 설명해 줄까요? 'Ich liebe dich'와 그 말로 'alles in Ordnung. Verstehen Sie'로서, 나의 매력적인 뾰쪽한 코의 아가씨?"

푸르고니는 행복하게 웃으며, 자신의 팔로 그녀의 팔에 팔짱을 끼면서, 그는 거의 뛸 듯이 그 출구로 자신의 보물을 옮겨 갔다.

이젠 스트리치코프 중위는 자기 가족과 함께 바르디와는 작별인사를 하고, 곧 다시 만날 희망을 표현하러 걸어왔다.

러시아에서 온 이주민들의 파견인이 그들을 기다리고

있고, 지금 새 삶이 그들에게 시작될 것이다.

바르디는 주변을 둘러보았다.

다른 열차들로 곧 다른 도시로의 여행을 계속할 같은 처지의 사람 중 그 사람들만이 남아 있었다.

그럼 이제 무엇을 한다? 그럼에도 그는 걸어가야만 할 것이다. 어디로? 집으로. 그러나 제 고유의 집으로는 아니다. 왜냐하면 그 집은 이젠 존재하지 않기 때문이다. '죽음'이 아니라, '삶'이 그의 가정을 앗아갔다.

여기에 살지 않았던, 그 긴 여러 해 동안 한때 그가 만들었던 가정은 파괴되었고, 그 가정의 파괴된 잔해들을 향해 그는 순례하고 싶지는 않다.

그는 자신의 이상주의를 비난했던, 그래서 그를 그의 길에서 이탈하게 한 그 여자를 다시 보고 싶지 않고, 또 그는 그 기워야 하는 미래에 흠 없는 과거를 다시 불러내고 싶지 않았다... 그는 오로지 그 자신의 아이만 그가 보고 싶었으나, 지금 패배한 전쟁은 그녀와 그이 사이에 새 국경을 만들어 버렸다.

'트리아논' 평화 협정47)은 그 여인을 향한 그 길을 막아버렸다... 그럼, 어머니의 집으로! 오, 하나님, 어머니는 지금 살아계실까? 지난 2년간 그는 어머니에게서 한 문장의 소식도 받지 못했다...

---

47) 역주: 1920년 6월 4일 제1차 세계대전 후 연합국-헝가리와 트리아논 조약 체결.

...그렇게 그는 걷고, 또 걷고 또 걸었다... 얼마나 더럽고 얼마나 색깔조차 잃어버린 집들인가.

저 집들의 모습이 사람의 모습과도 같다.

저 사람들의 이 집들과 비슷하다.

모든 것이 회색이고, 무관심하고, 영혼은 상실되어 있다... 사람들은 피곤한 채 걷고 있고, 반쯤 실신한 듯 달려가고, 그들 눈길에서 포기의 절망이 반영되었다... 그리고...그리고... 비가 온다... 비가 오는구나... 빗물 속에서 저 축제의 기분은 질식하고 있구나... 눈물 속에 크리스마스의 기쁨이란...

바르디에게서 불만의 탄식이 나왔고, 어찌할 수 없는 염원이 반항하고 있고, 아프게도 한탄했다.

그는, 자신이 앞서서 놀라워했던 다른 사람들처럼, 그렇게 피곤하게 자신을 끌고 가고 있음을 알지 못했다.

"폴리에나, 그럼, 이렇게 돌아온다는 게 의미가 있는거요... 의미가 있는거요?"

...그는 걷고 또 걸었다... 그가 이곳에서 이방인이고, 이 낯선 도시에서 방황하고 있다는 기분이 모든 걸음에서, 언제나 그 자신에겐 더욱 무거워졌다... 한때 번성했던 조국의 파괴된 건물 잔해 위에서 그는 지금 발전하고 있는 새 세계를 찾았다.

옛 세계를 알고 있던 사람 중 아무도 진심으로 받아 주지 않을 세계를. 환상에서 깨어남이 그 돌아온 사람들을 기다리고 있었고, 새 시베리아는 자신의 배고픈 아가리를 그들에게 열어 놓았다.

 무관심과 무정한 이익만 추구하는 투쟁의 시베리아...
'평화'....그런 것이 '평화'인가?...새 전쟁을 만들기...전쟁
후의 혼돈의 그림자가 지평선을 흐리게 해버렸다.

그는 전쟁으로 불구가 된, 혁명들로 전복된 조국에서,
그를 기다린 것은 오로지 몸부림, 빵 부스러기를 얻기
위한 삶을 빨아가는 씨름일 뿐이다... 그에게만?

"이 세상에서 돌아온 자는 죽음의 고통을 느낄 뿐, 그
러나 결코 살아갈 수 없으니... 폴리에나, 이렇게 돌아온
게 의미가 있는거요?"(끝)

저자에 대하여
-율리오 바기(Julio Baghy, 1891~1967)

헝가리의 연극배우이자 작가, 시인, 에스페란토 교육자. 에스페란토의 '내적 사상'에 매료된 그는 1차 세계대전 당시 시베리아의 전쟁포로 수용소에서 에스페란토로 시를 쓰고 동료 포로들에게 에스페란토를 가르쳤다. 전후 헝가리로 돌아와 토론 모임과 문학 행사를 조직하며 에스페란토 운동의 지도자 중 한 사람이 되었다. 그는 『Preter la Vivo』(1922)를 비롯한 여러 권의 시집과 12개 나라의 민속 우화를 시로 재해석한『Ĉielarko』(1966)를 펴냈다. 작품『Hura!』(1930)는 프랑스어와 독일어로, 『Nur Homo』와『Viktimoj』는 중국어로, 『가을 속의 봄』은 한국어, 프랑스어, 헝가리어, 중국어로 번역되었다. 바기의『가을 속의 봄』을 번역한 중국 작가 바진(巴金)은 이 책에 대한 화답으로『봄 속의 가을』을 썼고, 2007년 갈무리 출판사에서 이 두 작품의 한국어판을 발간하였다. 여러 에스페란토 잡지사와 협력했으며 1933년까지 <Literatura Mondo>의 공동 편집장이었다. 1956년 바기의 노력으로 헝가리의 문교부령에 따라 헝가리 에스페란토 평의회가 창립되었다.

저자의 작품 목록

Arĝenta duopo, 1937, (Komuna volumo kun K. Kalocsay)

Aŭtuna foliaro, 1965, 1970

Bukedo, 1922, E.R.A. 15 pĝ.

Ĉielarko, 1966 - versa reverko de fabeloj de 12 popoloj

Dancu Marionetoj!, 1927, novelaro; 1931 aŭtora eldono, 1933 Literatura Mondo

En maskobalo - kvar unuaktaĵoj 1977, HEA

Heredaĵo 1939 La Verda Librejo, Ŝanghaj

Hura! - satira romano 1930; 1986 HEA

Hurra für nichts!' (germana traduko de Hurra! 1933) Innsbruck

Insulo de Espero, daŭrigo de Hura!, malaperinta dum la Dua mondmilito

Koloroj, 1960, PEA

La Teatra Korbo - novelaro, 1924, 1934 Leiden

La Vagabondo Kantas, 1933; 1937

La verda koro - facila legolibro 1937 Budapest, 1937 Rotterdam, 1947 Budapest, 1947 Rotterdam, 1948 Budapest, 1954 Rotterdam, 1962 Warszawa, 1965 Warszawa, 1969 Verona, 1969 Helsinki, 1978

Verona, 1982 Budapest

Le printemps en automne france 1961

Migranta Plumo - novelo 1923, 1929

Ora duopo 1966 Budapest (En komuna volumo kun Kolomano Kalocsay

Pilgrimo - poemaro 1926, 1991

Preter la vivo - poemaro 1923, 1931 Literatura Mondo, 1991 Eldonejo Fenikso

Printempo en la Aŭtuno, 1931 Köln, 1932 Ĉinio, 1972 Dask Esperanto Förlag

Sonĝe sub pomarbo - poema teatraĵo 1956 Warszawa, 1958 La Laguna

Sur sanga tero, 1933, 1991

Tavasz az őszben (Printempo en aŭtuno, hungare) 1930 Literatura Mondo

Verdaj Donkiĥotoj (noveloj kaj skeĉoj, kun unu romaneto), 1933 Budapest, 1996 Wien

Viktimoj - romano el la militkaptita vivo 1925, 1928, 1930, 1991

Viktimoj kaj Sur Sanga Tero reaperis en unu volumo en 1971.

작품에 대한 서평

"에스페란토 문학 최초의 반전(反戰) 문학 작품"[48]

빌모스 벤지크 (Vilmos Benczik)

『피어린 땅에서』는 율리오 바기의 시베리아 연작소설 중 둘째 소설로 1933년 발표되었다. 이는『희생자』가 출간된 지 8년이 지나서이다. 이 작품은 『희생자』의 연결작품이다. 그렇지만 첫 작품에 대한 사전 지식이 없이도 충분히 읽을 수 있고, 즐거이 읽을 수 있다. 그러나 자연스럽기로 보면 첫 작품 『희생자』를 읽은 독자라면 이 작품에 관계된 사건과 저자의 메시지를 더 잘 이해할 수 있을 것이다. 위 두 작품에 등장하는 인물 대다수는 같지만, 강조하는 인물에 있어서는 차이를 볼 수 있다. 율리오 바기 자신을 나타낸 '바르디'라는 인물이 첫 작품『희생자』의 중심에 서 있지만, 이『피어린 땅에서』는 그렇게 중심에 서 있지 않다는 점이 가장 뚜렷한 차이라고 할 수 있다. 그러나, 더 중요한 점은, 『희생자』와 비교하여 소설 자체의 어조와 색깔 또한 달라졌다는 것이다. 바기는 자신의 첫 작품을 드라마작가(희곡 작가)의 시점에서 만들었다고 한다면, 이『피어린 땅에서』는 역사 작가의 면모가 더 강화되었다는 점이다.

그럼에도 좀 진기한 것은, 작가는 이 소설의 맨 앞에서 글을 써 내려가는 이야기 전개 방식에 있어서 연극 극장의 메타포르를 유용하게 활용하고 있다는 점이다. "외세의 힘이 비극적 영웅인 러시아 민족에게 임시로 조연 배우의 역할을 했다."

이 『피어린 땅에서』라는 작품이『희생자』보다는 다소 더 잔인하고도 피어린 사건들을 제시하고 있지만,『희생자』에 비해 여기서 작가인

---

48) 역주: 이 서평은 『SUR SANGA TERO』, 율리오 바기 지음, 페닉소 출판사, 제6판, 1991. pp 245-249에 실린 것을 옮김.

바기는 다소 강한 색깔을 사용하고, 의심의 여지없이 믿음이 가는 인간의 반응과 생각의 제시에 더 많은 관심을 가지고, 전체적으로 그의 작가로서의 여러 기술 방식이 더 다양해지고 뉘앙스도 풍부해졌다.

독자라면 누구나 『피어린 땅에서』라는 작품을 통해 율리오 바기를 더 완숙해진 산문가를 만나게 됨에는 동감할 것이다. 앞서 내가 언급했듯이. 바르디는 -그 "절반은 신이고 절반은 인간"의 모습을 한 인물이 -그 인물을 타르코니Tárkony가 "반신반인간"이라고 이름지었지만- 자신의 헤게모니적인 역할을 버리면서 다른 주인공들에게도 조금의 공간을 양보한다,

이 소설은 여러 가지 복선들을 통해서 허구라 하더라도 진전되어, 정말 기억할만한 에피소드와, 그와 관련된 인물들에게 그들의 자리를 내어준다. 그런 인물들은 이 소설에서 너무 많다고 할지도 모른다.

이 소설의 서두에서 이미 데메트리오 포텐코가 나오는데, 그는 엔지니어이자 장교로 등장하는데, 엔지니어 한 사람도 보유하지 않은 공병 부대장인데, 그 부대에서 그는 "소시지 육군대령"이라는 별명을 갖고 있다. 포덴코는 이 줄거리에서 근본적으로 착한 마음씨를 가진 러시아인이다. 그는 그 사건들에서 살아남고, 또 가능하면, 그 사건들에서 뭔가 이득을 챙기기도 한다.

무슨 문제에 부닥칠 때마다 그는 전형적인 러시아인의 체념적 표현인 "어떡하지?"라는 말을 언제나 내뱉는다.

다른 기억할 만하고 또 사랑하지 않을 수 없는 서사적 인물은 중국인 리오푸펭이다. 그는 -포덴코와는 좀 달리- 역사의 희생자이지만, 자신이 처한 상황을 건강한 유모어와, 불멸의 재치로 자신이 당하는 상황을 받아들인다. 그의 염원은 단순한 살아남기이기도 했다. 『희생자』에서도 이미 나왔지만, 이 소설에서만 실제 인물은 미카엘로 미혹이다. 이 사람을 비평가 프란시스Francis는 -진실로 맞게- 에스페란토 문학을 통틀어 가장 기억할만한 인물 중 하나로 이름지었다. 사자 목소리의 육군중령 페트로프프(걸맞게 제시된 인물)와

함께 익살스러운 긴 스토리의 모험은, 그 모험에서 페트로프프에게 영어라는 방패 아래 에스페란토를 가르친 인물이기도 한 그는 -눈물이 날 정도로 웃기며 동시에 우리 독자를 울게 만들기도 한다. (더구나, 미케엘로 미혹은 용감한 헝가리 재단사로, 베레조브카에서 요한 바르디로부터 에스페란토를 학습한 인물이다.) 하지만 사람들은 그런 기억할만한 에피소드의 인물들은 그리 깊게 가공된 것이 아니라서, 그래서 작중 인물들을 발전시켜나가는 가능성도 부족하다.

바기가 만들어 놓은 인물들을 일반적으로 언제나 즉흥적인 특징을 갖고 있다고 말하는 것은 바람직하지 않다. 바기는 소설 속 주인공들을 단순한 몇 줄로 그 모습을 그리고 있다. 마치 상세함은 의식적으로 양보하면서, 가장 특징적인 부분만 잡고서 또 영원화 하기를 기대하면서 만화가와 좀 비슷하게 개성 인물들의 윤곽을 그리고 있다.

필시 그 때문에 그의 가장 성공적인 인물들을, 어떤 의미로는, 유머를 갖춘 인물들이다. -그 인물들을 촌철살인하는 해학으로 또 선의로 또 용서하듯하이 인물들로 그는 그리고 있다.

그럼에도 불구하고, 이 소설의 다채로운 기마행렬에서는 웃음을 자아내는 인물뿐만 아니라 즐거운 인물도 나온다. 이 소설에서도 역시 우리는『희생자』에서 만난 메드베튜크라는 인물을 생각나게 하는 칼무코프라는 하얀 군대 장교이자 코사크군대의 대장이 나온다.

다른 한편에서는 온전히 착한 인물인, 아이의 마음을 가진 거인 추린이나 "혀가 없는 인물"이라는 조용한 스트리치코프 라는 인물도 보인다.

바르디 옆에는 죽게 되는 카챠와 도스토예프키의 순정적 갈보 피자 말고도 새 인물인 여성이 나온다.

폴리에나 알렉산드로프나 라는 인물인데, 젊을 때 이상주의자-볼세비키였던 남편의 아내다. 나중에 그 남편은 죽게 된다. 그녀는 옴스크에 있는, 폴란드 태생의 김나지움 교사의 딸이다. 폴리에나는 바르디의 이상적인 짝이 된다. 그녀에겐 지성미와 감수성이 잘 어우러진다. 이 점은 주인공에게, 그들 주변에서 벌어지는 사건들의 핵심에 대해서 마치 철학적인 대화를 선도해가는 주역으로 만들어 준다. 그들의 대화를 이 작품 발표 70년이 다 된 지금 다시 읽어도 진기하기만 하다.

볼셰비키 혁명이 발발하면서 탄생한 그 정부가 자신의 생명을 거의 다하고 있는듯한 지금, 감성적인 여성인 폴리에나 알렉산드로프나는 자신의 죽은 남편의 혁명적 이상에 동의하고 있지만, 혁명에는 언제나 동반하는 폭력을 견디어 낼 수 없다.

바르디는 그 혁명에 러시아 차르 주의가 실현하지 못했던 그 개혁을 통해 살 권리를 제시했음을 우리는 발견한다. 그는 다음과 같이 말한다: "러시아 혁명은 그런 힘에 대해 판단하기엔 너무 어리다. 그것을 입증하거나 잘못되었다고 판단하는 것은 그 혁명이 이 사회의 발전에 세우게 될 그 정당성이다... 아마 사람들은 20년이 지나야만, 그때 결국에는 그 정당성 여부를 판단할 시점이 오게 된다."

오늘날. 지금의 우리는 잘 알고 있다.

바기와 바르디가 기본적으로 옳았음을 알고 있다.

20년 뒤에- 그 잘못된 모스크바의 과정들로서- 단정적으로 분명히 알게 된 것은 러시아 혁명은 러시아 민족을 위해서는 받아들일 수 있는 정체성 창조에 실패했다는 점이다.

그럼에도, 왜 그 정치는 그렇게 오랫동안 살 수 있었을까? 그것에는 두 가지 원인이 있다. 하나는 파시즘의 출현과 제2차 세계대전의 발발이다. 그 안에서 스탈린의 괴물적인 국가가 "좋은 면에서" 싸워 승리했다는 것이다. 소비에트 제국의 여러 민족은 파시스트의 사칼의 손아귀에서 세계를 구하기 위해 비정상적 희생을 치러야만 했다는 것이다. 둘째로, 볼셰비키 운동은 인류가 수천 년간 꿈꾸어 사회정의의 건설에 대한 사상을 선언하였지만, 그로 인해 수십 년간 전 세계적으로 인류 상당수가 잘못된 길로 가게 만들었다. 지성인 세계에서는 전혀 한 번도 사회적 근거를 갖지 못하는 파시즘과는 달리, 공산주의 이데올로기가 전 세계적으로 아주-아주 많은 지성인에게 관심을 갖게 한 것은 우연이 아니다.

스탈린주의 정치의 나폴레옹 같은 지도자들이 저지른 가장 큰 역사적 죄과는 -수백만 명의 무고한 사람들의 학살뿐만 아니라- 필시 정치적 좌파를 위험에 빠뜨렸고, 그들은 진정으로 정당한 인류 사회의 실현을 위한 꿈을 실현 가능성이 없는 유토피아의 개념-상자 안으로 적어도 수십 년간 내몰았던 것이 그것이다.

바기와 바르디는 의심에 여지없이 그런 러시아의 노력에 공감을 표시했다. 물론, 휴머니스트로서 그들 혁명이 가져다주는 폭력성에 대해 고발정신을 보였다. 그의 두 작품에서 방대하게 하얀 군대가 자행한 무의미하고 악의적인 잔혹 행위들을 방대하게 드러냈지만, 볼세비키가 저지른 부정적 역할에 대하여는 아주 간혹 나온다. 그것은 놀라운 일이 아니다: 그 당시 살았던 거의 모든 유럽의 유명 지성인들도 그 사회의 잔혹한 부정의를 말하는데는 다소 같은 입장을 취했다. 그들 지성인들은 러시아 혁명에서 인류가 뭔가 새로운 서광을 보기를 희망했기 때문이었다.

그래도 작가 율리오 바기가 처음으로 그 수많은 과오를 지적했다는 점은 기록할 만하다.

하지만 고대하던 메시아가 온다고 믿는 그의 염원은 그를 완전히 객관적으로 보게 만드는 것을 방해했다. 러시아 시민전쟁을 소재로 그의 작품은 지금까지 내가 만난 가장 진실적이고 가장 실제적 작품이라고 본다.

러시아 역사의 그 비극적 시대를 그린 대부분은 정치적으로 강하게 개입된 -볼세비키이거나 반볼세비키적 관점의- 작품들이 주로 많다. 즉 볼세비키나 반(反) 볼세비키에 대한 저작들이다.

『희생자』나 『피어린 땅에서』에서와 좀 유사한 분위기를 그린 작품은 세계적으로 유명한 헝가리 감독 미클로스 안츠코Miklos Jancso의 작품 "국제주의자"라는 영화에서만 느낄 수 있다. 그 분위기의 유사성은 그렇게 괄목한 것이라서 『희생자』나 『피어린 땅에서』의 **원작 (번역서)** 표지를 그 영화의 한 장면에서 가져 왔음을 밝혀 둔다.

작가 율리오 바기는 에스페란토 문학의 가장 뛰어난 작가라고는 평하지 못할지라도 -그 점을 지난 수십 년간 복수의 박학한 연구들이 입증하고 있다. 그럼에도, 그는 자신의 고유한 관점을 갖고, 그 관점에서 지속적으로 그 논지를 밝혀 왔다.

그는 타협에 여지없이 예술 앞에서는 인생의 프라이오리티를 예시하고 있다. 이로서 비호감과 무관심을... 그의 시베리아 관련 소설들도 그의 그런 원칙들의 결과물이다.

그리고 나는 그의 작품이 발표된 지 수십 년이 지나도, 에스페란토 문학은 그 작품들이 있음에 대해 자긍심을 가질 만하다고 믿고 있다.

참고도서:

"**율리오 바기- 신화와 현실**", Benczik, V. SENNACIECA REVUO 97, 1969, p.42-52

"**율리오 바기**", Benczik, V. Studoj pro la Esperanta literaturo.(Tkasago): La Kritikanto 1980, p.58-74

"**진실, 흥미, 문체**", Auld, W. Romanoj en Esperanto. Saarbrücken: Iltis 1981, p.144

"**불꽃 같은 심장의 시인**", La verkaro de Julio Baghy. Saarbrücken: Iltis 1983, p.144

옮긴이 소개
-장정렬(Ombro, 1961~)

경남 창원 출생. 부산대학교 공과대학 기계공학과와 한국외국어대학교 경영대학원 통상학과를 졸업했다. 한국에스페란토협회 교육이사, 에스페란토 잡지 La Espero el Koreujo, TERanO, TERanidO 편집위원, 한국에스페란토청년회 회장 등을 역임했고 에스페란토어 작가협회 회원으로 초대되었다. 현재 한국에스페란토협회 부산지부 회보 TERanidO의 편집장이며 거제대학교 초빙교수를 거쳐 동부산대학교 외래 교수다. 국제어 에스페란토 전문번역가로 활동 중이다.
역서로『봄 속의 가을』,『산촌』,『꼬마 구두장이, 흘라피치』,『마르타』등이 있다. suflora@hanmail.net

-역자의 번역 작품 목록

-한국어로 번역한 도서
『초급에스페란토』(티보르 세켈리 등 공저,
한국에스페란토청년회, 도서출판 지평),
『가을 속의 봄』(율리오 바기 지음, 갈무리출판사),
『봄 속의 가을』(바진 지음, 갈무리출판사),
『산촌』(예쮠젠 지음, 갈무리출판사),
『초록의 마음』(율리오 바기 지음, 갈무리출판사),
『정글의 아들 쿠메와와』(티보르 세켈리 지음, 실천문학사)
『세계민족시집』(티보르 세켈리 등 공저, 실천문학사),
『꼬마 구두장이 흘라피치』(이봐나 브를리치 마주라니치 지음,
산지니출판사)
『마르타』(엘리자 오제슈코바 지음, 산지니출판사)
『국제어 에스페란토』(D-ro Esperanto 지음, 이영구 /장정렬
옮김, 진달래 출판사)
『사랑이 흐르는 곳, 그곳이 나의 조국』(정사섭 지음,
김우선 외 옮김, 문민)
『바벨탑에 도전한 사나이』(르네 쌍타씨, 앙리 마쏭 공저, 한
국외국어대학교 출판부) (공역)
『에로셴코 전집(1-3)』(부산에스페란토문화원 발간)
『에스페란토 고전단편 소설선(1-2)』(부산에스페란토문화원 발간)

-에스페란토로 번역한 도서
『비밀의 화원』(고은주 지음, 한국에스페란토협회 기관지)
『벌판 위의 빈집』(신경숙 지음, 한국에스페란토협회)
『님의 침묵』(한용운 지음, 부산에스페란토문화원)
『하늘과 바람과 별과 시』(윤동주 지음, 도서출판 삼아)

『언니의 폐경』(김훈 지음, 한국에스페란토협회)

『미래를 여는 역사』(한중일 공동 역사교과서, 한중일 에스
페란토협회 공동발간)(공역)

www.lernu.net의 한국어 번역

www.cursodeesperanto.com,br의 한국어 번역

Pasporto al la Tuta Mondo(학습교재 CD 번역)

https://youtu.be/rOfbbEax5cA (25편의 세계에스페란토고전 단편
소설 소개 강연: 2021.09.29. 한국에스페란토협회 초청 특강)

-진달래 출판사 간행 역자 번역 목록-

『파드마, 갠지스 강가의 어린 무용수』(Tibor Sekelj 지음, 장정
렬 옮김, 진달래 출판사, 2021)

『테무친 대초원의 아들』(Tibor Sekelj 지음, 장정렬 옮김, 진달
래 출판사, 2021)

<세계에스페란토협회 선정 '올해의 아동도서'> 『욤보르와 미키의
모험』(Julian Modest 지음, 장정렬 옮김, 진달래 출판사, 2021년)

아동 도서 『대통령의 방문』(예지 자비에이스키 지음, 장정렬 옮
김, 진달래 출판사, 2021년)

『국제어 에스페란토』(D-ro Esperanto 지음, 이영구. 장정렬 공
역, 진달래 출판사, 2021년)

『크로아티아 전쟁체험기』(Spomenka Stimec 지음, 장정렬 옮김,
진달래 출판사, 2021년)

『헝가리 동화 황금 화살』(Elek Benedek 지음, 장정렬 옮김, 진
달래 출판사, 2021년)

『상징주의 화가 호들러의 삶을 뒤쫓아』(Spomenka Stimec 지음,
장정렬 옮김, 진달래 출판사, 2021년)

『사랑과 죽음의 마지막 다리, 틸라를 찾아서』(Spomenka Stimec
지음, 장정렬 옮김, 진달래 출판사, 2021년)

옮긴이의 말

율리오 바기의 장편 소설 『희생자』와 『피어린 땅에서』와 단편소설 『초록의 마음』을 우리글로 옮기면서 가졌던 궁금함은 이런 것입니다.

'낯선 시베리아. 피비린내 나는 전쟁터에서 전쟁포로가 된 이 소설의 주인공들은 무엇으로 자신의 삶을 지탱해 갈까?

전쟁과 혁명의 소용돌이 속에서 1920년 전후의 시베리아에서의 혹독한 시기를 견디어낸 포로들의 삶을 보면서, 우리는 평화를 어떻게 유지해야 할까?

이 러시아 내전과 소용돌이 속에서, 혹시 당시 일제하에서 기미독립 운동을 이끌어 온 우리나라 독립운동가들의 모습은 있을까?

또 낯선 사람들과의 상호 이해를 위해 할 수 있는 일이 뭘까?'

이 소설은 그에 대한 한 가닥 희망의 메시지를 전해 주고 있습니다.

『희생자』와 『피어린 땅에서』 그리고 『초록의 마음』

역자는 이 작품들이 한 사람의 아이디어에서 출발했음을 잘 알고 있습니다.

에스페란토 사용자들이 가장 널리 사랑하는 작가 율리오 바기.

작가는 자신의 6년간의 전쟁포로 체험을 독자에게 소설 형식으로 희곡 형식처럼 전하고 있습니다.

아픔도 전하고, 삶도 전하고, 세상의 메시지를 전하고, 시베리아를 축으로 유럽사람들의 관심과 우정, 또 러시아 동쪽과 서쪽의 포악성을 전하고 있습니다.

어떤 언어이든 우리가 배움의 첫걸음을 내디디면 문법서와 사전과 문학 작품을 대하게 되고, 이들을 발판으로 해서 배우는 이들은 더

굳건한 언어 사용자가 됩니다.

태어나서 배우는 어머니말(모어)에서 시작하여, 학교에서 배우는 영어를 비롯해, 학원이나 사회에서 배우고 익히는 외국어 학습에도 이러한 기본 책자들, 특히 문학작품의 활용은 중요합니다.

오늘날에는 우리의 세계관은 스마트폰이라는 손안의 작은, 걸어 다니는 도서관이자 정보 저장 창고를 통해 그 범위가 더욱 확장되기도 합니다.

오늘 독자 여러분이 손에 든 작품은 폴란드 안과 의사인 자멘호프 박사가 창안한 국제어 에스페란토의 시각으로 세상을 관찰하게 하고, 그 세계 속에서 사람들이 소통하는 모습을 접하는 기회입니다.

거시적으로, 국제적으로, 한반도에 사는 동시대의 독자 여러분은 이 작품을 통해 평화가 왜 소중한지, 평화를 지키려는 마음이 왜 중요한지를 다시금 되새기는 계기가 되리라 봅니다.

어떤 작품, 어떤 관점의 책을 보는 가에 따라, 우리는 오늘의 세상에서 자신의 세계관, 삶을 펼치는 첫걸음이 될 수 있습니다.

그게 문학 작품을 읽는 이유가 될 수 있지 않을까요?

작가 율리오 바기는 동유럽 헝가리 사람이지만, 저 먼 시베리아까지 험난한 삶을 살아오면서, 한반도와 인접한 블라디보스토크 등지의 시베리아에서 제1차 세계대전의 광풍과 러시아 내전이라는 시공간 속에서 그것도 포로수용소에서 포로로 삶을 살아야 했습니다. 6년간의 포로 생활을 통해 러시아인을 비롯해 동서양의 다양한 포로들을 만나면서, 그 속에 피어나는 삶, 투쟁, 선의, 악의, 모험, 전쟁 속에서 우리 사람들은 어떤 삶과 인생관을 갖고 살아가는지, 또한 작가가 추구하는 바가 뭔지를 일련의 작품들 -『희생자들』, 『피어린 땅에서』과 『초록의 마음』- 을 통해 우리에게 전하고 있습니다.

작가 율리오 바기는 우리 독자들을 제1차 세계대전, 러시아 내전의 소용돌이 속에서 다국적 포로들이 자신의 미래가 어찌 될까, 언제 꿈에 그리는 고향으로 돌아갈 수 있을까, 전쟁 이전의 삶으로 되돌아갈 수 있을까? 하는 여러 질문 속으로 안내하고 있습니다.

당시 우리나라도 나라 잃은 설움으로 고통의 나날을 보내던 국민은 1919년 3월 1일 독립만세운동이라는 역사적 사건을 만방에 알리게 됩니다. 이 독립만세운동은 1945년 해방을 통해 첫 열매를 맺었습니다. 그러나 곧 6.25라는 동족상잔의 비극을 맞게 됩니다. 그로부터 70년이 지났어도, 한반도는 남북으로 갈리어, 서로 통행도 하지 못하고, 이산가족의 아픔은 아직도 지속되고 있습니다. 이를 우리는 극복해 통일로 나아갈 것인가?

러시아 내전이라는 배경으로 인간애를 다룬 작품이자 **시베리아 포로수용소에서의 삶을 생생히 그려낸 작가 율리오 바기의 체험 보고서!**

우리와 국경을 맞닿은 시베리아, 일제의 억압을 피해 만주, 시베리아로 피신하여, 나라를 되찾으려는 독립운동가들의 숨결이 들려오는 시베리아가 배경이 된 작품들: 『**희생자**』(1925년)와 『**피어린 땅에서**』(1933년) 그리고 『**초록의 마음**』(1937년).

약 100년 전의 역사 현장인 이 작품들 속으로 들어가면, 우리 독자는 참혹한 포로수용소에서도 인간다운 삶을, 자신의 자유의지의 삶을 고대하고, 자신들이 열망하는 '귀국할 날, 귀향할 순간'을 고대하며, 그 힘든 포로 생활을 견디어내는 과정을 볼 수 있습니다.
헝가리 부다페스트의 <문학세계> 잡지에 연재된 에스페란토 원작 소설 『희생자』는 선풍적인 인기를 누렸습니다. 이 『**희생자**』 안에는 국제어 에스페란토를 매개로 선의의 삶을 지켜나가는 이가 있는가 하면, 폭력만이, 자신이 가진 권력만이 이 세상의 지배 도구로 착각하고 악의를 자행하는 이가 있는가 하면, 온통 세상을 적대시하며 살아가는 인간 도살자들의 모습도 있습니다. 『**희생자**』(1925년)에서 다루지 못한 이야기를 『피어린 땅에서』(1933년)의 줄거리에 담고 있습니다. 이에 비해 상대적으로 가벼운 작품 『초록의 마음』은 에스페란토를 학습하는 학교를 이야기하면서, 그 이야기 자체가 언어학습자에게는 좋은 모범 사례가 됩니다. 에스페란토와 이 언어의 강의와 학습, 또 에스페란토와 연관된 사상과 감정들을 중심으로 이야기를 이끌어가고 있습니다. 이 세 작품을 한번 시간 내어, 함께 읽어 보시면, 백 년 전의 시베리아의 역사의 거울을 대하게 됩니다.

이 소설 작품은 세계를 뒤흔든 세계 제1차 대전이라는 정치변혁의 시대에서 희생된 사람들, 즉 시베리아 전쟁포로들의 순교자적 삶과, 인간으로 상상할 수 없을 고통을 서술해 놓고 있습니다.

저자 율리오 바기는 박진감 넘치는 현실성(현재성)으로 서술하고 있습니다. 더구나, 작가 자신 또한 그 많은 희생자 중 한 사람이기도 합니다. 그 희생자들에게 피비린내 나는 광풍이 불어옵니다.

비평가 빌모스 벤지크 (Vilmos Benczik)는 자신의 서평에서 이 『**피어린 땅에서**』라는 작품이 『**희생자**』보다는 다소 더 잔인하고도 피어린 사건들을 제시하고 있음에도, 『**희생자**』에 비해 여기서 작가 율리오 바기는 다소 강한 색깔을 사용하고, 의심의 여지없이 믿음이 가는 인간의 반응과 생각의 제시에 더 많은 관심을 가지고, 전체적으로 그의 작가로서의 여러 기술 방식이 더 다양해지고 뉘앙스도 풍부해졌다고 말합니다.

저자 율리오 바기의 작품 속 배경인 1918년으로부터 100년이 흐른 지금, 율리오 바기의 탁월한 작품들 -『**희생자**』와 『**피어린 땅에서**』, 『**초록의 마음**』- 을 국어로 번역해 놓으니, 에스페란티스토로서 자긍심을 갖게 하고, 문학을 사랑하는 한 사람으로서도 율리오 바기라는 큰 인물을 이해하는 소통의 통로를 만들어 놓은 것 같아 사뭇 마음이 가볍고, 이 번역서를 들고 이웃을 나들이해도 좋을 듯합니다.

반면, 역자는 근심도 있습니다. 그게 뭘까요?

그로부터 1세기가 흐른 오늘날, 시베리아 바로 아래 자리한 한반도 상황의 지정학적, 정치적 불확실성은 우리 한국인의 염원인 통일, 평화, 자유를 우리 세대에 한반도에 구현해 낼 수 있는가?

절대적으로 소중한 자유와 평화를 담보하고, 전쟁의 소용돌이에 빠지지 않아야 하는 그런 나라를 우리가 만들어 갈 수 있을까?

이제, 제 번역 이야기는 마치려고 합니다. 이 작품의 번역 과정을 묵묵히 지켜봐 준 가족, 책으로 나오는데 기꺼이 응원해주는 친구들, 에스페란토 사용자인 동료, 같은 시대를 함께 고민해 가는 독자 여러분께 감사의 인사를 드립니다. 부족한 번역작품을 책으로 만들어 주시는 진달래출판사 오태영(Mateno)대표님께도 감사의 뜻을 표합니다.

독자 여러분이 이 책을 통해, 나름의 국제적 시각과 인권과 자유를 한 번 생각해 보는 시간이 되기를 기대해보면서, 역자로서의 소임을 마쳤다고 보고합니다.

2021년 10월 9일 한글날에
한글로 나래를 펼쳐봅니다.
역자 장정렬